CHRISTOPH HEIDEN

ZURÜCK IM ZORN

CHRISTOPH HEIDEN

ZURÜCK IM ZORN

GMEINER

THRILLER

Immer informiert

Spannung pur – mit unserem Newsletter informieren wir Sie regelmäßig über Wissenswertes aus unserer Bücherwelt.

Gefällt mir!

Facebook: @Gmeiner.Verlag
Instagram: @gmeinerverlag
Twitter: @GmeinerVerlag

MIX
Papier aus verantwortungsvollen Quellen
FSC® C014496
www.fsc.org

Besuchen Sie uns im Internet:
www.gmeiner-verlag.de

Im Ehnried 5, 88605 Meßkirch
Telefon 07575/2095-0
info@gmeiner-verlag.de

1. Auflage 2020

Lektorat: Daniel Abt
Herstellung: Mirjam Hecht
Karte auf S. 6–7: Magdalena Schneider
Umschlaggestaltung: U.O.R.G. Lutz Eberle, Stuttgart, unter Berücksichtigung einer Anregung von Matthias Pick,
unter Verwendung eines Fotos von: © claudiarndt / photocase.de
Druck: GGP Media GmbH, Pößneck
Printed in Germany
ISBN 978-3-8392-2644-5

Personen und Handlung sind frei erfunden.
Ähnlichkeiten mit lebenden oder toten Personen
sind rein zufällig und nicht beabsichtigt.

SCHWARZER
SEE
2.
Koloniestraße
GOLL-
WITZ
Dorfstraße
4.
1.
Gollwitzer Chaussee
RATHENOW

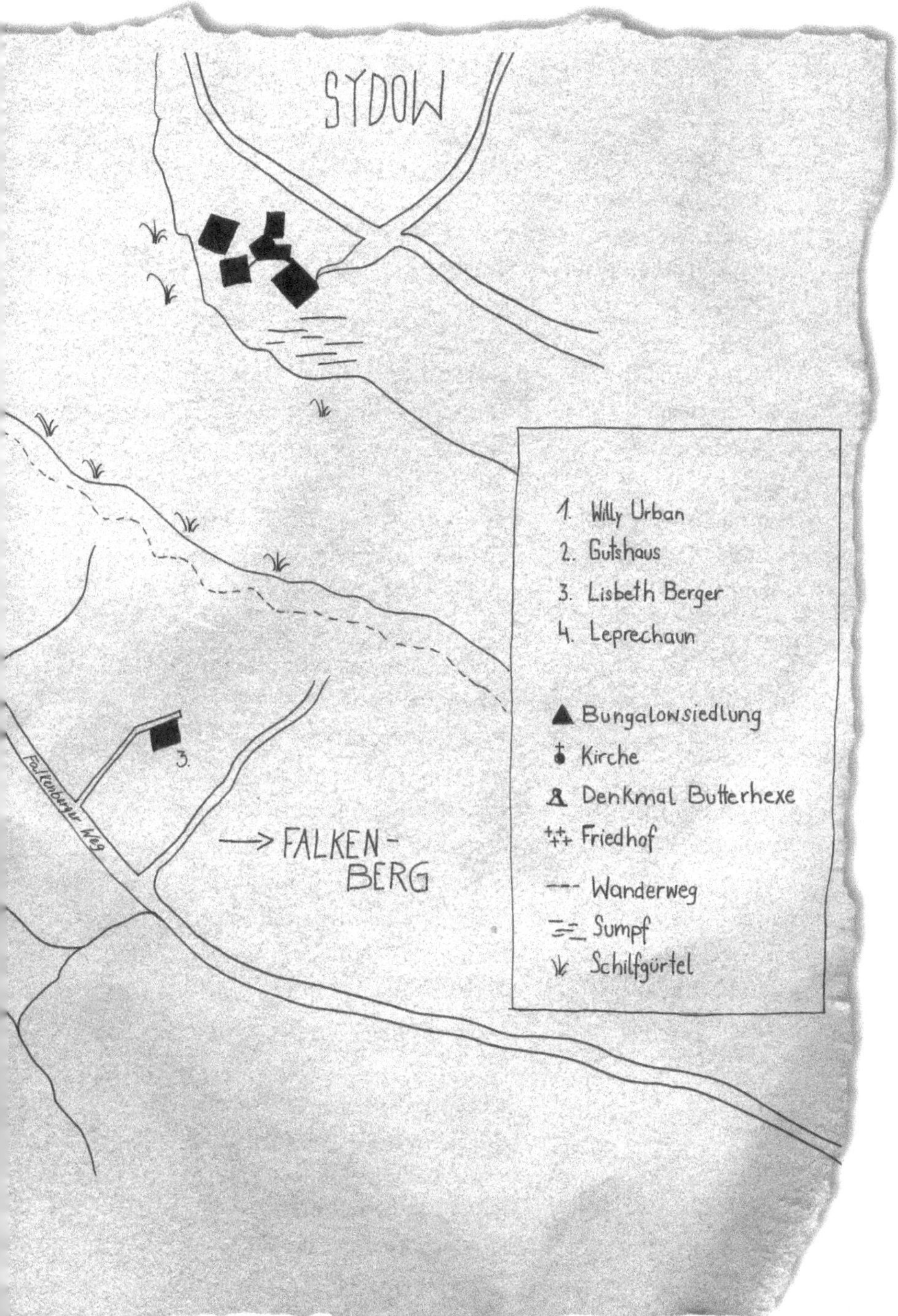
SYDOW
Falkenberger Weg
3.
→ FALKEN-
BERG
1. Willy Urban
2. Gutshaus
3. Lisbeth Berger
4. Leprechaun
Bungalowsiedlung
Kirche
Denkmal Butterhexe
Friedhof
Wanderweg
Sumpf
Schilfgürtel

FIGUREN

Anna Majakowski	Sozialarbeiterin, Waise
Willy Urban	ehemaliger Polizist, Witwer
Martin Berger	Brandstifter, Heimkehrer
Lisbeth Berger	Rentnerin, Martins Mutter
Jörg Berger	Martins Vater, verstorben
Stephan Majakowski	Pensionsbesitzer, Annas Onkel
Helene Majakowski	Pensionsbesitzerin, Annas Tante
David Majakowski	arbeitet im Gutshaus, Annas Cousin
Lennart Majakowski	Schüler, Annas Bruder, verstorben
Mutter Majakowski	Hausfrau, verstorben
Papa Majakowski	Vertreter, verstorben
Danny Schmidt	Führer für Nachtwanderungen
Kevin Hübner	arbeitslos, Freund von Danny
Jochen Friesack	Besitzer des örtlichen Pubs
Robert Beck	Ortsvorsteher von Gollwitz
Lasse Kallabis	arbeitet im Geflügelhof
Claudia Kallabis	arbeitslos, Lasses Frau
Jeanette Gerber	Dorfbewohnerin
Sonja	Annas Arbeitskollegin
Mike	Reinigungskraft in der »Blauen Oase«
Paul	Annas Ex-Freund
Eva Urban	Willys Frau, verstorben
Tom Wolf	Willys ehemaliger Kollege

Henning Kokles	Vogelkundler
Frau Kramer	Kokles' Tochter
Herr Kramer	Kokles' Schwiegersohn
Benny	Martins ehemaliger Zimmergenosse
Das Sumpfding	Gast aus Louisiana
Alan Albert Bloch	britischer Drehbuchautor, Esoteriker

BRANDNACHT

18. März 1995

»Warum liest du nicht ein bisschen?«

»Mama, Lesen ist langweilig.«

»Dann weiß ich auch nicht.«

»Ich will mit euch Fernsehen gucken.«

»Nein, heute nicht.«

Anna verschränkte die Hände hinter dem Kopf und starrte in stillem Protest an die Decke; direkt über dem Bett ein Poster von Michael Jackson: die Hand im Schritt, das Hemd aufgerissen und das Gesicht so blass, dass es in manchen Nächten wie ein eckiger Mond strahlte.

»Kannst du mir nichts vorlesen?«

»Nein, Anna.«

»Nur eine ganz kurze Geschichte? Bitte.«

Ihre Mama, auf der Bettkante sitzend, die Beine übereinandergeschlagen, stupste mit dem Fuß gegen den Kassettenrekorder; davor lagen drei Hörspiele, die Anna von ihrem Bruder geliehen hatte und die sie wochentags in den Schlaf begleiteten. Mit trotziger Stimme sagte sie, dass sie keine Lust auf Alf habe.

»Seit wann das denn?«

»Der ist im Fernsehen viel lustiger.«

»Heute gibt's kein Fernsehen. Punkt.« Ihre Mutter stützte einen Arm aufs Bett, langte hinter sie und zog den neuen Teddy hervor. »Wenn du dich an ihn kuschelst, schläfst du garantiert schnell ein.«

»Wetten nicht.«

»Der ist von deinem Verehrer, also.«

»David ist mein Cousin.«

»Na und?«

»So was ist igitt.«

»Verehrer bleibt Verehrer.«

Anna betrachtete zunächst den Teddy, der sie mit riesigen braunen Glasaugen anglotzte, dann ihre Mutter, die sanft über das Fell des Bären strich, die Schnauze umrandete und tat, als würde sie ihn an den Tatzen kitzeln. Letzten Monat hatte ihre Mutter sich die Haare blondieren und bis unter die Ohren kürzen lassen; das machte sie um zehn Jahre jünger. Mindestens. Anna kam der Gedanke, sie vielleicht mithilfe eines Kompliments umzustimmen; sie könnte ihr sagen, dass sie wie Madonna aussähe, nein, besser sogar. Schließlich verwarf sie die Idee und ging in die Offensive.

»Und warum darf Lennart fernsehen?«

»Lennart ist in seinem Zimmer«, erwiderte ihre Mama. »Der hat längst Gute Nacht gesagt.«

»Jetzt schon?«

»Keine Ahnung, was er hat.«

»Habt ihr euch gestritten?«

»Ach, du kennst ihn ja.«

Ihre Mama neigte sich vor, gab ihr einen flüchtigen Kuss, und Anna roch den Alkohol in ihrem Atem, den Alkohol und das Aroma knuspriger Chipsletten. Kaum hatte ihre Mutter die Tür zum Flur geöffnet, hörte sie aus dem Erdgeschoss tosenden Applaus. Im Fernsehen lief »Wetten, dass..?«, das sie auch gemeinsam hätten gucken können. Mama, Papa, sie und Lennart. Aber ihre Mutter hatte den Abend anders geplant, ohne die Kinder, allein mit ihrem Mann. Die Tür schloss sich, und Anna betrachtete erneut das Poster über ihrem Bett.

Ein Mitschüler hatte ihr erzählt, Michael Jackson schlafe in einem Sauerstoffzelt, das sein Leben um hundert Jahre verlängerte. Sie fragte sich, ob in dem Zelt auch seine Freunde

Platz fänden oder er darin mutterseelenallein lag, ob er die Einsamkeit mit dem Komponieren neuer Songs bekämpfte. Ein Zelt voller Sauerstoff, sinnierte sie. Wäre es nicht einfacher, im Wald unter einem grünen Baum zu schlafen? Sie seufzte, drehte sich auf die Seite und legte das Alf-Hörspiel »Reden ist Blech« ein, löschte dann das Licht und bettete ihren Kopf in den flauschigen Schoß des Teddys.

Ein heftiges Rütteln riss Anna aus ihren Träumen, ein Arm schob sich unter ihre Kniekehlen, ein anderer unter ihren Rücken, dann hievte sie jemand vom Bett. Es war Lennart, ihr Bruder.

»Halt dir den Pullover vor den Mund«, sagte er.

In wilder Panik trat sie aus, und als sie ihn mit der Ferse am Kinn traf, ließ er sie zurück aufs Bett fallen. Sie wollte nach ihrer Mama rufen, brachte aber nur ein Röcheln, ein schmerzhaftes Husten zustande.

»Bitte«, flehte er. »Nimm das verdammte Ding.«

Sie versuchte zu schreien, bis er ihr den Pullover ins Gesicht presste. Seine Arme glitten zum zweiten Mal unter ihren Körper und stemmten sie hoch. An seine Schulter geschmiegt schwebte sie über die Türschwelle und die Treppe abwärts; alles war ringsum von Rauch verhüllt, jeder Atemzug drohte, ihr die Lunge zu zerfetzen.

»Was hab ich getan?«

Lennarts Stimme, kaum verständlich.

»Was hab ich getan?«

Er trug sie durchs Wohnzimmer, wo der Rauch dicht und blau und heiß war, dann in die Diele und zur Vordertür hinaus. Ihr Kopf rutschte von seiner Schulter in seine Armbeuge, und die Welt zeigte sich ihr verkehrt herum: Oben die graue Straße, unten der schwarze Nachthimmel und von irgendwoher ein rotes flackerndes Licht.

»Was hab ich getan?«

Seine Stimme nun kraftlos.

»Was hab ich bloß getan?«

Er wankte über das Feld und sank nach 100, vielleicht auch 200 Metern auf die Knie, legte Anna behutsam ab, schob den Pullover unter ihren Kopf, und während sie sich im Liegen erbrach, sah sie Lennart zurück zum Haus rennen. Er verschwand in Rauch und Feuer, für immer.

DONNERSTAG

Liebste Anna

Ich bin ein ganz, ganz dummer Junge. Was ich getan habe, war nicht richtig. Im Rechnen hatte ich immer Einsen, trotzdem hab ich mich verzählt.
1 Papa,
1 Mama,
1 Brüderchen.
Das macht nach Adam Ries 3 feine Leichen. Dabei sollte das Sümmchen das Doppelte ergeben. Aber sei bitte nicht enttäuscht, ich werde die Rechnung korrigieren. Dein Onkel, deine Tante und der schöne David sind als Nächstes dran.

Einen schönen Tag wünsche ich Dir,
Küsschen.

Drecksau

»Meine Fresse«, sagte Willy Urban, während er auf dem Küchenstuhl stand und den Fliegenfänger musterte.

Der Streifen war von oben bis unten mit Ungeziefer übersät; einige Kadaver sahen aus, als wären sie in Zuckerwatte getaucht worden. Das kam vom Fliegenschimmel, einem Pilz, der die Tiere bei lebendigem Leib zersetzte und deren Kadaver so anschwellen ließ, dass sie auf ihre Artgenossen äußerst betörend wirkten. Versuchten die gesunden Fliegen nun, den Kadaver zu begatten, infizierten sie sich ebenso. Verdammte Geilheit, dachte Willy und rupfte das Band von der Decke.

Er durchquerte die Küche und gab sich alle Mühe, die klebrige Falle auf Abstand zu halten. Wenn er etwas mit seinen 69 Jahren hasste, dann war es Wäschewaschen; allein die Vorstellung, die Klamotten nach Hell und Dunkel zu sortieren, später auf die Leine zu hängen, zusammenzulegen oder gar bügeln zu müssen, bog ihm die Fußnägel zurück. Die Buntfaltenhose und das Karohemd hatte er heute frisch angezogen, aber seine Steppweste strotzte derart vor Dreck, dass kein Fliegenschiss sie hätte besudeln können.

Er zerrte den Mülleimer aus dem Spülschrank, warf den Streifen hinein und machte sich gedanklich die Notiz, eine Packung »Fliegentod« zu kaufen. Im Sommer wimmelte es hier vor Ungeziefer, sodass die Fliegenklatsche sein treuester Begleiter war; jetzt ruhte das Viehzeug allerdings in Winterstarre.

Er hob eine offene Flasche Bier vom Tisch, trank einen Schluck und schlurfte zum Backofen. Nach dem Aufwachen heute Morgen hatte er in der klammen Kälte seines Hauses beschlossen, die Gefriertruhe abzustellen. Seit Tagen hielten sich die Temperaturen unter null. Der Kasten fraß unnötig Strom, und ihm fiel kein plausibler Grund ein, weshalb er die wenigen Lebensmittel nicht im Schuppen oder auf dem Fenstersims lagern sollte; die Kälte gab es immerhin frei Haus. Neben Fischstäbchen und Preiselbeeren hatte er in der Truhe einen Beutel Pflaumen entdeckt, die er im letzten Herbst eigenhändig gepflückt, entkernt und eingefroren hatte. Als Willy den Backofen nun öffnete, strömte ihm der Duft eines hausgemachten Pflaumenkuchens entgegen.

Der Teig wölbte sich über das Blech, an den Rändern leicht gebräunt, in der Mitte zartgelb, und der Fruchtsaft warf auf den Pflaumen winzige Bläschen. Er pikste mit dem Messer hinein und musterte anschließend die Klinge. Fast fertig, dachte Willy und verdrehte in heller Vorfreude die Augen.

Er nahm eine Kuchengabel und einen Teller von Evas Lieblingsgeschirr aus dem Schrank. Handgemaltes Rosenmotiv auf weißem Porzellan. Dann latschte er, den Backgeruch in der Nase, den Speichel im Mundwinkel, zur Anrichte und griff nach dem Zuckertopf. Ein Stück Pflaumenkuchen ohne Zucker war wie eine Suppe ohne Fettaugen oder Kaffee ohne Sahne.

»Verdammt«, fluchte er. »Alle.«

Er hatte den letzten Zucker für den Hefeteig verwendet, eine Erkenntnis, so giftig und bitter, dass er das Bier in einem Zug leerte. Die Küchenuhr zeigte halb sechs. Seine Abendplanung sah keine Fahrt zum Netto vor; er wollte die Beine ausstrecken, den Kuchen verputzen, zwei oder drei Schnäpse kippen und sich einen Dokumarathon auf »National Geographic« geben. Außerdem hatte er im Laufe des Nachtmittags drei Bier getrunken, was eine Autofahrt de facto ausschloss. Als ehemaliger Polizist klebte ihm die Vorbildfunktion an den Fersen wie Hühnerkacke. Er strich sich das Haar zurück, öffnete ein neues Bier und latschte in die Wohnstube. Die Freude auf den Kuchen war dahin.

Der Abend schwärzte die Fenster, und das Licht der Stehlampe leckte über die Scheiben und Ofenkacheln. Willy hakte die Daumen in die Westentaschen und beäugte sein Spiegelbild im Fenster. Früher hatte Evas Putzfimmel dafür gesorgt, dass er sich mit scharfen Konturen und feinen Details auf dem Glas wiedererkannte; jetzt war seine Gestalt unscharf, schwammig und seines Erachtens viel zu fett. Eva hätte ihn beim Anblick der Wohnstube garantiert eine Drecksau geschimpft. Dabei saugte er regelmäßig Staub, schrubbte das Klo einmal im Monat und ließ den Abwasch höchstens eine Woche stehen. Andere Dinge vernachlässigte er, insbesondere solche Dinge, die Eva erledigt hatte: Fenster putzen, Vorräte auffüllen, Staub wischen oder eben die Wäsche waschen.

In einem Anflug von schlechtem Gewissen schnappte er sich das Kissen vom Ofenhocker und rieb es über die Kacheln, dann trottete er zu dem Küchenbüfett an der hinteren Wand. Das Möbelstück passte nicht in die Wohnstube, wirkte hier deplatziert, als stünde es für den Sperrmüll bereit. Willy fand es praktisch, erstens hatte auf der Arbeitsfläche sein Plattenspieler Platz und zweitens konnte er den unteren Teil mit allerlei Krimskrams zumüllen. Halbherzig strich er das Sitzkissen über das Holz und die Glastüren. Wäre ihre Ehe nicht kinderlos geblieben, hätte Willy sich wohl zum Besseren entwickelt; wahrscheinlich wäre er heute einer dieser perfekten Witwer, deren Verlust ungeahnte Kräfte in ihnen mobilisierte. Diese Super-Witwer, die im Kirchenchor singen oder Hunde aus dem Tierheim Gassi führen, die mit dem Fahrrad zum Bioladen fahren und Grundschülern Geschichten vorlesen. Willy hatte keine Kinder, denen er Autonomie oder Lebensfreude beweisen musste, und somit drang das Licht Jahr für Jahr dumpfer durch die Fenster. Nicht mehr lang und in seiner Wohnstube würde ewige Dämmerung herrschen.

Er pflanzte sich aufs Sofa, schob das Kissen hinter seinen Rücken, und solange seine Finger zwischen den Polstern nach der Fernbedienung stöberten, beäugte er die rechte Wand. Früher zierte die Tapete ein auf Pappe geleimtes Puzzle, das Eva während ihrer Chemotherapie gemacht hatte; heute hingen dort Fotos und Zeitungsartikel und eine Karte vom Westhavelland.

»Kannst du mir mal verraten, was ich übersehn hab?«, fragte er in die Stille hinein. »Hä?«

Doch Eva reagierte nicht, mit keinem Wort, keiner Geste.

»Was frag ich dich überhaupt«, motzte er. »Du hast schon damals die Schnauze voll gehabt.«

Er spähte nach den beiden Fotografien, die im Zentrum seiner Sammlung hingen. Auf der besseren Aufnahme sah man einen jungen Mann neben seiner Mutter. Martin und Lisbeth Berger. Willy hatte das Foto Mitte der 90er geknipst, was die Persönlichkeitsrechte der beiden verletzte und ihm fast eine Abmahnung eingebracht hätte.

Das zweite Foto, das ein Vogelkundler aus Pechlin geschossen hatte, war in Schwarz-Weiß und zeigte einen Ausschnitt der Gollwitzer Heide: im Hintergrund der graue Himmel und die Landschaft, im Vordergrund eine Straße und die verwischte Gestalt eines Mopeds inklusive Fahrer. Das Kennzeichen war von Matsch verdreckt und dementsprechend unbrauchbar. Henning Kokles hatte den Heimflug der Kraniche festhalten wollen, und das Moped war ihm zufällig ins Bild geraten. Für ihn eine verpfuschte Aufnahme, für Willy der Beweis, nach dem er lange gesucht hatte. Manchmal wünschte er sich, dieser Zufall hätte sich nie ereignet und Kokles zwei Sekunden später den Auslöser gedrückt. Vielleicht wäre er dann auch ohne Kinder einer dieser perfekten Witwer geworden.

»Dir ist doch klar«, fragte er, »dass er wieder zuschlagen wird?«

Er klopfte mit der Fernbedingung auf seine Oberschenkel, als erwartete er von Eva tatsächlich eine Antwort. Nach einer Weile seufzte er und schob die leere Bierpulle zwischen die

Polster, angelte vom Boden eine Flasche »Goldkrone« und dachte an den verdammten Zucker.

Bloß keine Panik

Während Justin sich über einen älteren Jungen ausließ, hörte Anna das Läuten des Telefons; es drang durch die Bürotür auf den Flur hinaus, abgehackt und schrill, als würde ihr der Anrufer direkt ins Ohr kreischen.

»Wieso darf der immer bestimmen?« Justin fuchtelte mit seiner Tischtenniskelle herum. »Die anderen wollen auch spielen.«

»Ich werde mit ihm reden.«

»Das sagt Sonja auch immer.«

»Gib mir fünf Minuten, okay?«

Justin nahm das Läuten entweder nicht wahr oder ignorierte es absichtlich; obwohl sie vor seinen Augen den Schlüssel ins Schloss steckte, verlangte er von ihr, sie solle den Idioten rausschmeißen. »Jetzt sofort.«

»Ich muss ans Telefon«, erklärte sie.

»Dann warte ich hier.«

»Justin, wir schließen um acht.«

»Hab ich's doch gewusst.«

»Was hast du gewusst?«

»Dass du sowieso nichts machst.«

»Justin«, sagte sie. »Fahr mal runter.«

»Das ist der beschissenste Jugendklub, den ich kenne.« Er

warf den Schläger auf den Boden, wandte sich ab und lief in der Pose eines arroganten Fußballers zur Treppe. »Das war so was von klar!«, brüllte er. »Typisch Anna!«

Keine Zeit und keine Nerven, um sich seine Komplimente anzuhören. Sie schloss die Tür auf und huschte ins Büro. Unerledigte Aufgaben hatten aus dem Raum eine Rumpelkammer gemacht; rechts ihr Schreibtisch, ringsum Regale bis unter die Decke. Wo sich keine Ordner aneinanderreihten, standen Kartons voller Flyer oder Brettspiele, die sie auf Vollständigkeit prüfen wollte. Am Schrank ein Plakat zur U-18-Wahl, davor eine Kiste mit Broschüren von Pro Asyl und einer neu gegründeten Mädchengruppe. »Girls Power – Machst du mit?« Aus dem Aktenschrank war das obere Scharnier rausgebrochen, sodass die Tür halb in den Raum ragte. Unten am Kühlschrank hing eine Postkarte vom Hausmeister: *Liebe Grüße aus Vietnam. Ich vermisse keinen von euch.* Anna ließ sich auf den Drehstuhl fallen und langte nach dem Telefon.

»Majakowski hier.«

Keine Reaktion.

»Hallo?«

Sie schaute aufs Display.

»Ist jemand dran?«

Kein Name wurde angezeigt, keine Nummer.

»Hallo-o?«

Sie hörte ein Seufzen. Oder ein Stöhnen.

»Nur als kleine Info«, sagte sie. »Ich lege jetzt auf.«

Wer auch immer angerufen hatte, kam ihr allerdings zuvor und unterbrach die Verbindung. Sie prüfte erneut das Display, wo neben dem Akkustand lediglich die Uhrzeit blinkte. 20.03 Uhr. Justin hatte recht; sie würde im Tischtennisraum nicht für Gerechtigkeit sorgen, zumindest nicht mehr heute. Typisch Anna. Sie legte das Telefon auf einen Stapel Formulare, lehnte sich zurück und betrachtete den Brief, den sie heute Morgen in der Post gefunden hatte. Schon beim Lesen war ihr kotzübel geworden, dann hatte sie ihn an die äußere Tischkante geschoben, möglichst weit weg von sich, nur einen Stups vom Papierkorb entfernt.

In der Hoffnung, den Brief ignorieren zu können, wandte sie sich ab und starrte mit übertriebener Konzentration auf den Laptop. Sie musste noch eine Mail an das Jugendamt schreiben. Ein Mädchen, das regelmäßig den Klub besuchte, hatte ihre im Müll versinkende Wohnung inklusive ihrer alkoholisierten Mutter gefilmt; daraufhin hatte ihre Freundin das Video ins Internet gestellt, ganz selbstlos, quasi als Beweis echten Mitgefühls.

Während Anna in Gedanken angemessene Sätze formulierte, aktivierte der Laptop den Ruhemodus. Der schwarze Bildschirm spiegelte nun das Büro wider: im Hintergrund das stete Chaos, im Vordergrund Annas Gesicht. Ihr rechtes Auge war deutlich kleiner als das linke, doch sobald sich ihre Miene veränderte, fiel es nicht mehr auf; zu ihrem Bedauern hatte sie die Angewohnheit, mit leblosem Ausdruck in der Gegend herumzustarren. Wie eine Eule – nur mit einem kleinen und einem großen Auge. Durch ihr kurzes Haar ähnelte sie ihrem Bruder oder eher einer 33-jährigen Version von ihm, einer Version, die niemals existiert hatte und niemals existieren würde. Mit einer impulsiven Geste schlug Anna gegen die Maus, und der Bildschirm leuchtete wieder auf.

Etwa zehn Minuten später schlenderte ihre Kollegin Sonja ins Büro; sie trug eine Pudelmütze, einen Parka und Doc Martens. In Gegenwart der knapp 50-Jährigen fühlte sich Anna frühzeitig gealtert – in Mode und Lebensstil, in Ansichten und Wünschen.

»So«, sagte Sonja. »Ich hab die Meute rausgefeuert.«

»Auch die ewigen Nörgler?«

»Alle in die Kälte verscheucht, allesamt.«

Anna streckte ihr den Daumen entgegen.

»Ich soll dir allerdings von Justin ausrichten, dass du gehirnamputiert bist und schwul.«

»Hat er wirklich gehirnamputiert gesagt?«

»Ja, sehr laut und mit sehr viel Spucke.«

»Ziemlich retro«, stellte Anna fest. »Hätte ich ihm gar nicht zugetraut.«

Sonja öffnete das Fenster, setzte sich auf die Heizung und zündete sich eine Marlboro an. Eigentlich war das Rauchen im Klub untersagt, aber das kümmerte Anna nur so weit, dass sie Sonja ermahnte, sich nicht erwischen zu lassen. Sie wickelte sich ein Halstuch um und widmete sich der E-Mail.

»Ach du Scheiße«, fluchte Sonja. »Wer hat das denn verzapft?«

Anna schaute vom Laptop auf und realisierte, dass ihre Kollegin den Brief in den Fingern hielt. »Eigentlich ist das privat.«

»Sorry, ich dachte, das wäre ein peinlicher Liebesbrief.«

»Dann wär's auch privat.«

»Mann, nicht von dir. Von einem der Kinder.«

»Hab's kapiert«, entgegnete Anna härter als beabsichtigt.

»Entschuldige, aber das ist krank. Echt krank.«

»Ich weiß.«

»Hat den dein Ex geschrieben?«

»Wie kommst du ausgerechnet auf den?«

»Nach dem, was du von ihm erzählt hast.«

»Nein, das ist nicht Pauls Art.«

Sonja blies den Rauch hinaus in die Nacht und reckte ihr gleichzeitig den Umschlag entgegen. »Haben den etwa unsere Pappenheimer fabriziert?«

»Nein, hundertprozentig nicht.«

»Und warum bist du dir so sicher?«

»Auf dem Poststempel steht 'ne 14.«

»Und das bedeutet?«

»Die Zahl steht fürs Briefzentrum, in diesem Fall für Stahnsdorf.«

»Noch nie gehört.«

»Liegt draußen in Brandenburg.«

»Aha, und kennst du da jemanden?«

Anna stieß sich vom Schreibtisch ab, rollte zum Fenster und gierte nach der frischen Luft, die ihr die Beklemmung in der Brust lösen sollte. »In Stahnsdorf landet auch die Post aus Gollwitz.«

»Gollwitz, dein Heimatdorf?«

»Meine Heimat ist Berlin, okay?«

»Du weißt, was ich meine.«

Anna schwieg.

»An deiner Stelle würde ich die Bullen rufen?« Sonja streifte die Asche am Fenstersims ab und wandte sich ins Büro. »Das ist quasi 'ne Morddrohung.«

»Ich wette, das hat irgend so 'n Dorftrottel geschrieben.«

»Das macht's nicht besser.«

»Solche Freaks muss man ignorieren, sonst stachelt man sie nur an.«

»Das heißt ja nicht, dass man sich alles bieten lassen muss.«

»Sonja, wenn sich irgendwer darauf einen runterholt, kann ich's eh nicht verhindern.«

»Und wenn du Anzeige gegen Unbekannt stellst?«

»Ich schmeiß den Brief weg und die Sache ist erledigt.«

Anna rang sich ein Grinsen ab und zupfte gleichzeitig den Umschlag aus Sonjas Hand, dann rollte sie mit dem Bürostuhl zurück an den Schreibtisch, fuhr den Laptop runter und warf sich ihren Mantel und ihren Rucksack über.

Sie begaben sich auf die allabendliche Kontrollrunde: Sonja warf einen Blick in die Toiletten, Anna checkte den Tischtennisraum. Beim Öffnen der Tür schlug ihr die ganze Wucht pubertärer Ausdünstungen entgegen. Wäre es nach ihr gegangen, hätten die Jugendlichen zu jedem Schläger ein Duftbäumchen ausleihen müssen. Fichtenduft versus Schweiß, verursacht von Hormonen und dicken Kapuzenpullis. Sie prüfte die Fenster und fegte die Schalen der Sonnenblumenkerne zusammen, die man neuerdings überall im Haus fand.

Auf dem Weg ins Erdgeschoss fragte Sonja beiläufig, ob sie ihre Familie schon angerufen habe.

»Warum sollte ich?«

»Hallo, der Brief!«

»Ja, und?«

»Würdest du nicht wissen wollen, wenn dich jemand bedroht?«

»Ich will sie nicht in Panik versetzen«, rechtfertigte sich Anna. »Nicht wegen so einem Spinner.«

Sie traten vor die Eingangstür und der Bewegungsmelder schaltete das Hoflicht an. Irgendwer hatte einen Zweig in einen Schneehaufen gesteckt und darauf eine leere Chipstüte gestülpt; der Wind entlockte ihr ein Knistern, als würde ein scheues Tier über totes, gefrorenes Laub schleichen. Anna tippte den Code für die Alarmanlage ein, da klingelte im zweiten Stock erneut das Telefon. Vielleicht der Anrufer von vorhin. Sonja schaute sie an, bis Anna demonstrativ mit den Schultern zuckte.

»Ich würde es machen«, sagte ihre Kollegin.

»Was? Noch mal reingehen?«

»Nein, meine Familie informieren.«

»Wir haben uns das letzte Mal vor Ewigkeiten gesehen.«

»Du hast ja bloß Schiss, Anna.«

»Was soll ich denen denn sagen: Hallo, meine Lieben. Ich hab einen Brief erhalten, in dem jemand ankündigt, euch abzufackeln?«

»Ja, zum Beispiel«, meinte Sonja.

»Das würde sie total verschrecken.«

»Das tut die Wahrheit doch meistens, oder?«

Liebende Walrosse

Willy setzte seinen Astra rückwärts aus der Einfahrt und brachte ihn knapp vor dem Straßengraben zum Stehen. Das Haus, das er länger als sein halbes Leben mit Eva bewohnt hatte, lag außerhalb von Gollwitz. Eingerahmt von verschneiten Feldern war der Ziegelbau erbarmungslos der Witterung ausgeliefert; eine Steintreppe führte zu einer Flügeltür, deren blauer Anstrich sich bestenfalls erahnen ließ; von den Fensterläden hatten Wind und Regen die Farbe gespült. Das Haus schien sich langsam, aber sicher in der havelländischen Ebene aufzulösen. Willy machte das Radio an, drückte aufs Gas, und nach wenigen Sekunden verschwand das Hoflicht aus dem Rückspiegel.

Er nahm den Feldweg, der von seinem Haus zur Gollwitzer Chaussee führte. Das Ende der 20-Uhr-Nachrichten signalisierte ihm, dass der Netto am Rathenower Stadtrand soeben geschlossen hatte. Egal, sagte sich Willy. Zucker gibt's auch anderswo. Als im Radio »You see the trouble with me« von Barry White angekündigt wurde, drehte er die Lautstärke auf, doch statt den Song einfach abzuspielen, strapazierte der DJ Willys Geduld mit Hörergrüßen.

»Wen interessieren denn Inge und Klaus?«, brüllte er. »Hau rein, die Nummer!«

Eva hatte für das »Walross der Liebe« und seine kosmische Bassstimme zeitlebens geschwärmt: Zum Putzen hatte sie die alte Platte aufgelegt und war zu »Just the way you are« oder »Let the music play« durchs Haus geflattert, hatte zu »Your sweetness is my weekness« den leckersten Kuchen der Welt gebacken.

»Dir ist nie der Zucker ausgegangen«, murmelte Willy und trommelte aufs Lenkrad, während der Astra durch Schnee und Dunkelheit pflügte.

Er wusste um seine Trunkenheit, und er wusste, dass das Fass noch nicht überzulaufen drohte. Er griff aus dem Seitenfach eine Plastikflasche und klemmte sie zwischen seine Beine. Billiges Discounterbier, mit praktischem Schraubverschluss und 25 Cent Pfand pro Flasche. Er pustete den Schaum ab, kippte einen Schluck und leckte sich über die Lippen, dann ein zweiter Schluck und ein dritter, und je leerer die Flasche wurde, desto lauter stellte er das Radio.

Welkes Gestrüpp und kahle Obstbäume schoben sich ins Fernlicht, blitzten auf und verschwanden wieder. Unter der Eisdecke gefror das Fallobst vom letzten Herbst, hier und dort durchsiebten dürre Gräser das Weiß. Willy brauchte das alles nicht zu sehen, denn die Region umschloss sein Herz wie ein Kranz feiner Venen und Arterien. Er konnte sich nicht vorstellen, woanders zu leben, woanders zu sterben; das Doppelgrab auf dem hiesigen Friedhof war längst abbezahlt.

Auf der Gollwitzer Chaussee drosselte er das Tempo und stierte konzentriert dem Fernlicht hinterher. Pass bloß auf, verdammt. Einen Astronisten über den Haufen zu fahren, würde ihm wohl einen Ehrenplatz unter seinen Mitbürgern bescheren; da verstanden die Gollwitzer keinen Spaß.

Vor zwei Jahren hatte man die Region 90 Kilometer westlich von Berlin zum ersten Sternenpark Deutschlands gekürt. Das Kerngebiet reichte vom nördlichen Zipfel Rathenows bis hinauf zur Gemeinde Gülpe. Die dünne Besiedlung und die Lichtarmut sorgten für einen Himmel, wie es ihn in Deutschland kein zweites Mal gab. Dass Menschen die Region wegen der rabenschwarzen Nächte aufsuchten, war bei den Gollwitzern zunächst auf Skepsis gestoßen; heute dagegen stapelten sich in den Pensionen nachtblaue Flyer, Stern- und Postkarten. Man hatte sogar einen Namen für die Besucher kreiert: *Astronisten*, eine Kombination aus Astronomen und Touristen.

Willy brachte der Sternenhimmel kaum in Verzückung. Sein Gedächtnis war voll von Nächten, in denen Suffköppe im

Dorf randalierten oder der alte Siebert seine Frau mal wieder verdroschen hatte; Nächte, in denen Eltern vom Unfalltod ihres Sohnes erfuhren oder er verstörte Kinder einer Notunterkunft übergeben musste. Und es gab die Nacht, als er zum Haus der Familie Majakowski gerufen worden war. Für diese Tragödie hatten die Gollwitzer ebenso einen Namen kreiert: Die *Brandnacht*, so schlicht wie unzweideutig. Die Nacht, in der Eva ihren Abgang gemacht hatte, setzte jedoch allem die Krone auf.

In Gedanken an seine Frau schwenkte er die Flasche zum Seitenfenster.

»Ich hoffe, bei dir ist es wärmer.«

Unter abgeschirmten Laternen zog sich die Dorfstraße dahin wie durch eine Geisterstadt. *Gollwitz, Kreisstadt Rathenow, Landkreis Havelland.* Winterzeit war auch hier keine Erntezeit. Die Astronisten wagten sich kaum in diese Hundekälte; vielleicht hockte ein harter Kern im hiesigen Pub zwischen den Einheimischen und trank sich Mumm für die Wanderung an. Willy war das alles einerlei, die Sterngucker, die Winterflaute, der verdammte Himmel. Er wollte ein Päckchen Zucker, mehr nicht.

Er fuhr am Denkmal der »Butterhexe« vorbei und schwenkte die Flasche erneut zum Fenster. Die Frau war 1672 verbrannt worden, weil sie verunreinigte Butter verkauft haben soll. Schon vor 300 Jahren hatten sich die Gollwitzer nicht hinters Licht führen lassen. Er folgte der Dorfstraße und passierte die Fachwerkkirche, wendete und parkte den Wagen in Sichtweite von Friesacks Pub.

Jochen Friesack, ein Mann um die 60, hatte nach der Wende sein Gespartes zusammengeklaubt, um Irland zu besuchen; weshalb sein erstes Ziel in Reisefreiheit ausgerechnet auf die grüne Insel gefallen war, blieb allen ein Rätsel.

»Du hast ihn immer Erdbeermütze genannt«, erinnerte sich Willy in der Dunkelheit des Wagens. Er presste ein bitteres

Lachen hervor, aber Eva stimmte nicht mit ein. »Ich glaube, der Idiot hält sich für 'nen verdammten Paddy.«

Er hievte sich aus dem Auto, schob den Schlüssel in die Weste und überquerte mit der Bierflasche die Straße. Friesack hatte vor seinem Pub nicht nur Schnee gefegt, sondern auch Kies gestreut.

»Sehr vorbildlich«, bemerkte Willy und stapfte vor die Ladenfront. Durch das Bleiglasfenster in der Tür drang warmes Licht auf den Gehweg. Sobald ihm das Kneipenschild über der Tür ins Auge sprang, verkrampften sich seine Finger um die Flasche. Auf dem sumpfgrünen Blech stand in verschnörkelten Lettern *LEPRECHAUN*.

»Wer benennt denn seine Kneipe nach 'nem Kobold?«, fragte sich Willy. »'nem rothaarigen noch dazu.«

Allmählich setzte ihm die Kälte zu; er raffte die Weste um seine Brust, bückte sich und zog unter der Hose seine Wollsocken hoch. Ein Teil von ihm wollte zurück ins Auto steigen und heimfahren; der Pflaumenkuchen wartete im Ofen, der Schnaps neben dem Sofa und »National Geographic« brachte eine Doku über Essigfliegen. Eigentlich ein erstklassiges Programm, auch ohne Zucker auf den Pflaumen.

Er trank den letzten Schluck und holte Schwung, um die Plastikflasche über die Mauer aufs Nachbargrundstück zu feuern. Die Flasche prallte von den Steinen ab und landete mit einem Plopp im Schnee. An manchen Tagen sollte man einfach nicht das Haus verlassen. Dann grunzte er lautstark, als würde ein Grunzen genügen, um den Gedanken zu verscheuchen. Er marschierte die Eingangsstufen empor, und kaum dass er die Tür geöffnet hatte und sein Gesicht in der Kaminhitze zu glühen begann, glaubte er die ganze Welt gegen sich.

Pfoten weg

Anna folgte der Anzeige über dem Fahrstuhl, elfter Stock, zehnter Stock. Der Verkehr von der Frankfurter Allee lärmte durch die verglaste Tür in die Vorhalle. Sie hatte ihre Hände in den Manteltaschen vergraben; die rechte berührte den Wohnungsschlüssel, die linke den Brief. Achter Stock, siebenter Stock. Sie schaute abwärts und sah den Schlamm von ihren Stiefeln rinnen, den die Berliner für Schnee hielten. Dritter Stock, zweiter Stock, endlich. Als der Fahrstuhl im Erdgeschoss ankam, hatte sich ihre Faust um den Brief geballt.

Der Aufzug öffnete sich und sie erblickte eine Greisin, die sich mit einem Rollator abmühte. Sie begegnete der Frau zum ersten Mal, was in einem Hochhaus kein Kuriosum war. Die Anwesenheit anderer Mieter wurde hier von Poltern, Krach und Geschrei verraten, selten dadurch, dass man sich im Hausflur begegnete. Sobald die Alte den Fahrstuhl geräumt hatte, blockierte Anna mit ihrem Rucksack die Tür, folgte der Frau in die Eingangshalle und hielt ihr die Tür zur Straße auf. Sie quittierte den Dank der Greisin mit einem Nicken, schnappte sich den Rucksack und drückte die Taste für die 18. Etage.

Der Lift schloss sich, und ihre Hände rutschten zurück in die Manteltaschen. Sie begann, an dem Umschlag zu zerren, ließ ihre Finger über die harten Kanten gleiten, bohrte ihre Nägel in das Papier. Sonjas Kommentar, dass sie an ihrer Stelle längst ihre Verwandten informiert hätte, gängelte ihr Gewissen; aus ihrem Mund hatte es geklungen wie eine Sache der Moral und des Anstands. Aber ihre Kollegin kannte kaum die Hälfte der Wahrheit. Sie wusste nichts von der Trauer, die stets in Perioden über sie hereinbrach, von ihren Träumen, in denen sie halsbrecherisch zur Wohnungstür eilte, um lediglich einen Lieferschein vorzufinden: *Leider war es nicht mög-*

lich, Ihnen Ihre Sendung zu übergeben. Vor Jahren hatte Anna sich einem fremden Mann anvertraut; sie waren sich auf einer Party begegnet, er hatte von seinen Depressionen geplaudert, als spreche er über einen verknacksten Knöchel, und sie hatte zu schnell zu viel getrunken. Seiner Depression hatte Anna ihre Trauer entgegengesetzt, seiner Drogensucht ihre Arbeit. Seiner geliebten Ex ihren toten Bruder. Nach dem Sex war sie aus seiner Wohnung geschlichen und hatte sich bei ihm nicht mehr gemeldet. Die Wahrheit lässt sich nicht halbieren, dachte Anna und nahm die Hand aus der Manteltasche.

Ohne im Flur Stiefel oder Mantel abzustreifen, kniete sie vor dem Schuhschrank nieder, öffnete die untere Schublade und hob einen roten Karton heraus. In dem dumpfen Licht der Energiesparlampe glich das Nike-Logo einem abgestoßenen Etikett. *Eigentum von A. M.* hätte die zwölfjährige Anna auf den Deckel geschrieben. *Reingucken verboten. Pfoten weg!* Sie stemmte sich hoch, behielt den Karton am Bauch und nahm in den Ohren den eigenen Herzschlag wahr: ein Pochen, das sie häufig aus dem Schlaf riss und die halbe Nacht wachbleiben ließ.

Sie schob den Karton auf den Schrank, fischte aus ihrem Rucksack das Handy und ging ins Wohnzimmer. An den Fenstern klebte eine Dunkelheit, die vom Schein der Laternen und Autolichter ruhelos flirrte. 18 Stockwerke über der Erde und doch nicht losgelöst von allem. Anna drehte die Heizung auf und schaltete die Stehlampe ein. Die Wände ringsum schmückten weder Pflanzen noch Bilder, kein Schnappschuss vom letzten Urlaub, allein die Schatten einer Couch und einer Kommode bogen sich über die Tapete. In der Ecke stand eine Musikanlage, daneben stapelten sich Bücher, die sie auf Trödelmärkten gekauft hatte; alte Schulbücher aus den Fächern Biologie und Erdkunde, ein Lehrbuch der Landwirtschaft, dutzende Reiseberichte riskanter Expeditionen. Bisweilen hockte sie auf dem Boden und inhalierte den Geruch der vergilbten Seiten, den Geruch nach Dachboden und Klassenzimmern, studierte die Schwarz-Weiß-Fotos von Vulkanen und Getreidearten, von Forschern, die mit steifer Miene ein Teleskop oder einen Kernreaktor präsentierten. Anna wusste, dass diese Bücher in Zeiten des Internets so unnötig waren wie zwei verschieden große Augen. Brauchte keiner, wollte keiner. Einmal hatte Sonja ihre Einrichtung als charakterlos bezeichnet, natürlich halb im Scherz, worauf Anna geantwortet hatte: »Wer viel hat, hat auch viel zu verlieren.«

Mit geöffnetem Mantel nahm sie auf dem Sofa Platz. Sie scrollte in ihrem Telefonbuch zum Namen ihrer Tante. Zögerte, grübelte. Vielleicht hatte Sonja recht, vielleicht war sie ihrer Familie einen Anruf schuldig. Sie konnte nicht ausschließen, dass in der Pension ebenso ein Brief angekommen war, schlimmstenfalls befanden sich dort alle längst in heller Aufregung. Sie lauschte dem Tuten, und sobald die Stimme ihrer Tante ertönte, atmete sie erleichtert auf. Es war die Mailbox.

Helenes Stimme klang fest und beherrscht, und unter ihren Worten glaubte Anna das Getuschel der Pensionsgäste zu hören, das Scheppern von Geschirr, den Hall in den hohen Räumen. Nach dem Tod ihrer Eltern waren Gutshaus und Garten ein zweites Zuhause für Anna geworden, ihr Onkel, ihre Tante und ihr Cousin eine Ersatzfamilie. Doch mit bestandenem Abitur hatte sie Gollwitz den Rücken gekehrt; das neue Haus und die neue Familie hatten zwar die Trauer einer Heranwachsenden auffangen können, aber nicht den Zorn einer jungen Frau. Aus ihren Besuchen waren sporadische Anrufe geworden, aus den Anrufen irgendwann Glückwunschkarten, die das schlechte Gewissen schmälern sollten. *Schöne Weihnachten, Herzliche Glückwünsche, Viele Grüße*. Auf das hoffnungsvolle *Bis bald* am Ende einer jeden Karte hatte sie rasch verzichtet. Vor fünf Jahren war Anna das letzte Mal in Gollwitz gewesen.

Leider habe sie gerade zu tun, verkündete Helene auf der Mailbox, sie würde jedoch umgehend zurückrufen. Anna legte auf, ohne eine Nachricht zu hinterlassen.

Sie tauschte ihre Wintersachen gegen eine Jogginghose und ein T-Shirt mit einem Aufdruck von »Buffy – Im Bann der Dämonen«, rollte die Wollsocken über ihre Hosenbeine und rutschte auf die Couch. Dort öffnete sie den Brief und strich anschließend das Papier glatt. Der Bogen hatte 15 vorgedruckte Zeilen, die Kindern zur Schreibhilfe dienten; unter der letzten Zeile grinste ein Schneemann mit Karottennase und Kohleaugen. Normalerweise schickten Kinder solche Briefe aus dem Ferienlager nach Hause, normalerweise strotzten solche Briefe vor tollen Erlebnissen und allerliebsten Grüßen. Dieser Brief war anders, zweifellos. *Liebste Anna … dein Onkel, deine Tante und der schöne David sind als Nächstes dran.* Die Arbeit, ihre Kollegin und ein Haus voller Kinder hatten sie tagsüber vor eben diesen Zeilen beschützt; sie wusste, dass der wahre Horror erst in den eignen vier Wänden begann.

Sie las den Brief wieder und wieder und zerrte dabei einen losen Wollfaden aus ihrer Socke. Offenbar hatte irgendein Spinner Schadenfreude als willkommene Abwechslung zum Alltagstrott entdeckt. Es war kein Geheimnis, dass in Dörfern wie Gollwitz Langeweile und Überdruss herrschten. Ihr Bruder hatte hinlänglich bewiesen, welches Potenzial diese Eintönigkeit entfesseln konnte. Er war nicht nur in den örtlichen Pub eingebrochen, um irischen Whiskey zu stehlen; darüber hinaus hatte er das Denkmal der »Butterhexe« mit Hakenkreuzen und bunten Schwänzen verziert. Auch Lennart wäre imstande gewesen, einen derartigen Brief zu verfassen. Nein, nicht *auch*, korrigierte sie sich, sondern *gerade* Lennart.

Als das Telefon klingelte, schreckte sie aus ihren Gedanken hoch. Das Display zeigte unter einem gesichtslosen Kopf den Namen ihrer Tante. Sie legte das Handy auf die Couch und hoffte, es würde rasch verstummen. Durch die Wände krachten die üblichen Geräusche: das Poltern des Mieters über ihr, ein Knacken aus der Nachbarwohnung, als würden dort Holzscheite unter starker Hitze bersten; von irgendwoher das Miauen einer Katze oder vielleicht auch das Wimmern eines Mädchens. Eine endlose Minute später erlosch das Display, dann signalisierte ein Piepen eine SMS. Garantiert hatte Helene auf ihre Mailbox gesprochen.

Statt sich die Nachricht anzuhören, rannte Anna in den Flur und öffnete den Schuhkarton, legte den Brief zu den vier anderen, die bereits darin lagen, und schob den Karton zurück in die Schublade. Sie streifte sich einen Pullover, Schal und Stulpen über, schlüpfte in ihre Laufschuhe und verließ die Wohnung.

Blinde Kuh

Aus versteckten Boxen plärrte Irish Folk, wie er in jedem x-beliebigen Pub gespielt wurde: Akkordeon, Mandoline und Fidel, dazu eine Stimme, die an das Zermalmen von Kohle erinnerte. Im Kamin glomm das Holz, während zwei Kerle stumm, triefäugig und Guinness trinkend in die Glut starrten. Die Gäste an den vorderen Tischen sprachen weiter, als hätte sich die Eingangstür keinen Millimeter gerührt; vielleicht war es unter ihrer Würde, einen Neuankömmling wenigstens mit einem Nicken zu begrüßen. Willy stützte sich am Türrahmen ab und verharrte in lautlosem Protest.

Die Aufmerksamkeit aus der hinteren Sitznische war ihm dagegen gewiss; dort im Halbdunkel saßen jene, die mit der Finsternis Geld verdienten: Besitzer einer Pension oder Wanderführer, Hobby-Ornithologen oder selbsternannte Spezialisten für Sonne, Mond und Sterne.

Links am Tisch die Eheleute Kallabis, die ungefähr in Willys Alter waren. Lasse hatte sein Leben lang in der Putenmast gearbeitet, wo er seiner Frau begegnet war. Die Ammoniakdämpfe vom Vogelkot hatten Claudia offenbar das Hirn vergiftet; sie stierte Willy aus geröteten Augen an, den Rücken gekrümmt, das Doppelkinn zur Hälfte im Bierglas. Daneben hockten Eugen und Constanze Kramer, zwei Berliner, die hier ein Haus gekauft hatten und nun alles Erdenkliche taten, um sich in die Horde zu integrieren. Arschlecken deluxe. Den Großteil der Runde machten die Einheimischen aus. Die Jüngsten unter ihnen, Kevin Hübner und Danny Schmidt, hatte Willy aufwachsen sehen, die Älteren hatten mit ihm die Schulbank gedrückt; aus Leidensgenossen waren Nachbarn geworden, aus Nachbarn irgendwann Fremde.

Er blieb an der Tür stehen und witterte das würzige Aroma, das über die Köpfe, Biergläser und speckigen Tische schwebte. Das Rauchverbot, das Friesack wegen der Touristen und ihrer neumodischen Ansichten durchgesetzt hatte, galt nicht für Johann Beck. Soweit Willy sich erinnern konnte, hatte der Alte nie auf seine Pfeife verzichten müssen, weder hier noch in den Ställen der Genossenschaft. Gleich einem Silberrücken hockte Beck inmitten der Horde, linkerhand sein Sohn, rechterhand seine zweite Frau, vor sich ein Guinness. Willy spürte, wie Beck Junior ihn taxierte.

»Hey, altes Haus«, rief ihm der Wirt vom Tresen zu. Sein Dauergrinsen und das Geschirrtuch auf seinen Schultern sollten Lässigkeit vortäuschen, doch mit jeder weiteren Sekunde, die Willy unterm Türsturz ausharrte, krümmten sich Friesacks Mundwinkel tiefer. Garantiert hatte Erdbeermütze Angst, er würde ihm das Geschäft versauen. Die handzahmen Astronisten mochten keinen Stunk, sie verbrachten ihre Zeit lieber mit Explosionen, die Millionen Lichtjahre entfernt waren. Friesack kam hinter seinem Tresen hervor, wanzte sich an Willy heran und raunte:

»Verzieh dich aus meinem Laden.«

»Wie bitte?«, entgegnete Willy.

»Du bist hier nicht willkommen.«

»Das ist 'n freies Land. Ich kann hingehen, wo ich will.« Ein dummer Spruch aus noch dümmeren Filmen, jetzt fand Willy ihn allerdings originell. »Oder siehst du das anders?«

»Schon mal was vom Hausrecht gehört?«

»Oh, der Herr hat sich belesen.«

»Los, mach 'nen Abgang.«

»Ich will nur 'n Päckchen Zucker.« Er hielt seine Hand wie ein Bettler auf. »Für meine Pflaumen.«

»Ist das 'ne Verarsche?«

»Über Pflaumen würde ich niemals Späße machen.«

Aus der hinteren Sitznische wurde eine Runde geordert, und der Wirt brüllte zurück, dass er sofort käme. Willy merkte, wie seine Abneigung gegen Friesack unter dem ursprünglichen Anlass seines Besuches ein tieferes Bedürfnis freilegte. Er winkelte die Ellbogen an, hakte die Daumen in die Westentaschen und sagte:

»Entweder lässt du mich durch oder du erlebst gleich 'ne Supernova.«

»Willst du mir wieder 'nen Stein ins Fenster werfen?«

»Das hättest du wohl gern.«

»Du warst damals schon neidisch.«

»Hä, auf dich?«

»Auf mich und meinen Pub.«

»Für so 'n Loch wäre mir selbst 'ne Handvoll Kötteln zu schade.«

»Wart nur ab«, drohte Friesack. »Die Quittung wirste noch kassieren.«

»Erst mal will ich ’n Päckchen Zucker. Kapiert?«

Von hinten dröhnte erneut die Bestellung, diesmal in strengerem Tonfall.

»Bist du taub?«, fragte Willy. »Das klang nach ’nem Marschbefehl.«

Mit sichtlich genervter Miene wandte sich Friesack um. Zwei Männern näherten sich der Tür. Sie und Friesack nickten einander zu, dann kroch der Wirt ohne ein weiteres Wort hinter den Tresen, wo er sich selbst einen Doppelten einschenkte.

»Unser Hüter von Recht und Ordnung.« Robert Beck, Sohn vom alten Silberrücken, lächelte so breit, als hätte er einen alten Freund entdeckt. Er und Danny Schmidt trugen Cargohosen und Thermopullover, Beck Junior dazu eine mit Lammfell gefütterte Weste und ein Halstuch.

»Ihr sollt bestimmt den Dreck rauskehren«, sagte Willy.

»Warum so aggressiv?«, fragte Beck.

»Ich will bloß ’n bisschen Zucker.«

»Und ich möchte nur mit dir reden.«

Robert Beck war Inhaber einer Tischlerei und der jüngste Ortsvorsteher, den die Gollwitzer je gewählt hatten. Mit seinem Vater war Willy lange befreundet gewesen, doch seit sich die Gegend »Sternenpark« nennen durfte und ein bisschen Geld in die Kassen floss, hatte sich irgendwas zwischen sie gedrängt.

»Was willst du hier?«, fragte Beck.

»Sag mal, bin ich ’n Papagei?«

Beck strich sich mit Daumen und Zeigefinger über den Schnurrbart. »Hey, wir wollen keinen Ärger.«

»Sprichst du etwa für alle?«

»Ich spreche für deine lieben Mitbürger«, entgegnete er. »Und du, Willy? Für wen sprichst du?«

Aus den Boxen säuselte eine melancholische Nummer, und Willy bemerkte auf unangenehme Weise, wie die Wirkung des Alkohols abflaute. Hätte es ihm sein Stolz erlaubt, wäre er an den Tresen gelatscht, um sich neuen Mut anzusaufen. Geschenkt, dachte Willy. Erdbeermütze würde ihm sowieso kein Pint zapfen oder es zumindest mit hauseigenem Rotz garnieren.

»Okay«, bat Beck in ruhigem Tonfall. »Mach bitte keine Szene.«

Eine Aussage, die sich für Willy wie eine Zeile aus einer Seifenoper anhörte; er empfand sich aber weder als enttäuschten Liebhaber noch als hysterische Geliebte. Er war ein handfester Typ und hatte sein Lebtag dementsprechend gehandelt: Ohne die geringste Ankündigung drückte er seinen Handrücken gegen Becks Unterarm und wollte ihn beiseiteschieben.

»Hey, lass das«, sagte Beck.

»Du hast mir gar nichts zu befehlen.«

»Alter Mann«, höhnte der Ortsvorsteher nun. »Schlaf deinen Rausch aus und komm morgen wieder. Eva hätte dasselbe gewollt.«

In dem Moment, in dem er den Namen seiner Frau vernahm, packte er Becks Arm, um ihn nach Polizeimanier auf dessen Rücken zu hebeln. Beck befreite sich aus der Klammer, scheinbar mühelos, und Willy wurde das ganze Ausmaß seiner Erbärmlichkeit demonstriert. Zunächst hoben die beiden Kerle am Kamin ihre Blicke, dann drängte Beck ihn gegen den Türpfosten, worauf alle anderen Gäste verstummten.

»Ey«, rief Willy ihnen zu. »Gaffen steht unter Strafe.«

»Bleib locker«, flüsterte Beck.

»Was hast du gesagt, hä?«

In den Gesichtern der Gäste saß eine Scham, wie sie nur peinliche Greise verursachten. Danny Schmidt und Robert Beck tauschten die Positionen und der sonst eher geschwätzige Schmidt fixierte Willy am Türrahmen. Schmidts Lippen waren blutleer, hart und versiegelt; Willy hingegen verspürte keinerlei Interesse, still zu sein.

»Ihr könnt mir nicht den Mund verbieten.« Seine Stimme überschlug sich. »Das Schwein kommt raus, das wisst ihr alle.«

»Reiß dich zusammen«, sagte Beck.

»Ich kann ihn in den Knast bringen, wirklich.«

»Das hättest du vor 20 Jahren tun sollen.«

»Ich hab jetzt das Foto. Das beweist alles.«

»Wir werden das auf unsre Art regeln.«

»Verdammt, denk an die Brandnacht«, brüllte er Beck ins Gesicht. »Oder willst du das nächste Mal deine Kinder begraben?«

Auf Willys Geschrei hin hatte Friesack die Lautstärke der Musik aufgedreht. Die Glut im Kamin verwandelte sich in ein wildes Geflacker, und Willy suppte der Schweiß ins Hemd. Er setzte zur Gegenwehr an, was Schmidt jedoch im Ansatz erstickte: Er schlug ihn nicht, er trat ihn nicht, stattdessen umklammerte er ihn von hinten und bohrte ihm sein spitzes Kinn ins Rückgrat. Willy war über die Methode schier verblüfft, bis sein gesamter Körper vor Schmerz erstarrte. Schmidts Kinn schien direkt seine Nervenbahnen zu reizen, und während Willy nichts blieb, außer die Zähne zusammenzubeißen, schubsten sie ihn nach draußen.

Sie stolperten die Eingangsstufen abwärts, und noch ehe sie unten waren, gesellten sich Lasse Kallabis und Kevin Hübner hinzu. Die vier Männer zerrten ihn aus dem Lichtkreis des Schaufensters und weiter die Dorfstraße entlang. Willy hatte jede Kraft eingebüßt, um ernsthaften Widerstand zu leisten; er schwankte von Beck zu Schmidt, von Hübner zu Kallabis und wieder zurück, taumelte zwischen ihnen wie die blinde Kuh im Kinderspiel.

Die Gruppe gelangte zu einem verwaisten Grundstück. Zwischen zwei Scheunen brach sich ein Streifen Ödland in die Nacht; der Schnee war an dieser Stelle alt und unberührt, spröde und hart. Willy beschwor die Männer, seinen Worten Glauben zu schenken, er lallte etwas von Idioten und blinden Fischen, er sagte, der Teufel lache immer als Letztes. Aber die besorgten Bürger ignorierten seine Appelle.

Der fette Kallabis schubste ihn in die Dunkelheit, der drahtige Schmidt positionierte sich hinter ihm. Sie zerrten ihm die Weste von den Schultern, dann knöpften sie sein Hemd auf und rafften ihm das Unterhemd übers Gesicht, sodass er nichts mehr sehen konnte. Schmidt bog ihm die Arme auf den Rücken und brachte ihn mit einem Tritt in die Kniekehle zu Fall. Was nun geschah, tat nicht sonderlich weh, aber ein Teil seines Gehirns – jener Teil, der wohl auch im Schlaf funktionierte – wusste schon jetzt, dass es morgen wehtun würde. Willy schaltete einfach ab und ließ es über sich ergehen.

FREITAG

Erlegte Hirschkuh

Willy erwachte auf dem Sofa, in Hose und Unterhemd, beides dreckverkrustet. Seine Oberarme fühlten sich kalt und taub an, während er unter seinen Fersen die Polster und zwischen seinen Füßen das Sofakissen spürte; offenbar war es ihm wenigstens gelungen, die Schuhe auszuziehen. Seine Erinnerung an den gestrigen Abend grenzte an null.

Sobald er sich hochzustemmen versuchte, meldete sich sein Unterleib. Schmerzen waren nicht auf Erinnerungen angewiesen, das hatte er vor Ewigkeiten gelernt; Schmerzen gaben sich mit dem Hier und Jetzt zufrieden. Als er sich in die Senkrechte zog, bemerkte er die Bierflasche unter seinem Arsch. Er hatte sie gestern, ehe er zum Schnaps übergegangen war, zwischen die Sitzpolster geschoben. Nachdem er die Flasche herausgezerrt hatte, lehnte er sich zurück und stöhnte, dann zupfte er sein Unterhemd hoch.

»Meine Fresse.«

Er feuerte die Flasche gegen die rechte Wand, wo sie mit einem Knall zerbarst, einige Zettel herunterriss und in Scherben zu Boden fiel.

»Verdammte Scheiße, verdammt.«

Seinen von Alkohol aufgeschwemmten Bauch zierten zwei Blutergüsse; jeder einzelne hatte die Größe einer Schuhsohle und schimmerte in einem dunklen Lila. Sowie Willy die Hämatome berührte, zuckte er zusammen. Die Erinnerung an Danny Schmidt und seine Knebeltechnik kroch ihm ins Gedächtnis und belebte gleichzeitig die Schnappschüsse ihrer gemeinsamen Vergangenheit. Schmidt, den Willy aus dem Verkehr zieht, bekifft und rotzfrech. Schmidt, den er bei einem Einbruch erwischt oder bei dem Versuch, einen Außenborder von einem Touristen zu stehlen. Schmidt als Kaninchendieb, Schmidt als Drogendealer. Jedes Mal hatte Willys Nachsicht den Jungen vor einer Strafe bewahrt, doch was hatte es am Ende gebracht?

»Einen Idioten mehr in Gollwitz«, murmelte er. »Sonst nichts.«

Ohne das Unterhemd über den Bauch zu raffen, hievte er sich vom Sofa, blieb eine Weile reglos stehen und starrte ins Leere, als müsste er zunächst seine Körpermitte austarieren. Es war nicht die erste Abreibung, die er sich einfangen hatte. Auf Willy traf die Bezeichnung Bulle nicht nur wegen seiner früheren Arbeit zu, sondern auch, weil er einstecken konnte wie einer. Vor dem Sofa entdeckte er eine Wasserflasche und einen Eimer, konnte sich aber nicht erinnern, beides dorthin gestellt zu haben. Die Achseln zuckend, schlurfte er mit entblößtem Bauch in die Küche.

Er füllte sich ein Glas Leitungswasser ein, fischte aus der Schublade eine Packung Ibu 600 und lehnte sich gegen die Anrichte. Nicht auf leeren Magen, mahnte ihn eine innere Stimme, die eindeutig nach Eva klang. Obwohl sie ihm stets davon abgeraten hatte, war sie zuletzt kaum imstande gewesen, dem eigenen Rat zu folgen; nicht einmal das Verlangen nach Essen war ihr geblieben, nur der Wunsch nach Schmerzlosigkeit, und am Ende die Bitte, er solle seine Dienstwaffe nicht auf Arbeit verschließen.

»Jaja«, gab er nach. »Ich esse einen Happen.«

Ihm fiel sein fast perfekter Pflaumenkuchen ein. Er zog das Blech aus dem Ofen, schob es auf den Tisch und sah, dass irgendjemand den Kuchen angeschnitten hatte; irgendjemand, der nicht Willy Urban hieß und dessen Bauch wahrscheinlich keine Hämatome zierten. Im Spülbecken lag ein benutztes Messer, an der Klinge klebten ein paar feuchte Krümel. Unvermittelt brachte ihm die Grübelei über das fehlende Stück Kuchen ein Stück seiner Erinnerung zurück.

Sie hatten ihn in sein eigenes Auto verfrachtet, Robert Beck, Danny Schmidt, Lasse Kallabis und Kevin Hübner, dann hatten sie ihn heimgebracht und gleich einer erlegten Hirschkuh ins Haus geschleppt. Anstatt ihn auf den Dielen abzuladen, hatten sie das weiche Sofa für angebrachter gehalten. Bilder seiner abendlichen Glanzleistung drangen in sein Bewusstsein: Willy sturzbetrunken im Leprechaun, Willy sturzbetrunken und halbnackt im Schnee. Willy im Angesicht seiner eigenen Erbärmlichkeit.

Er musste sich auf der Anrichte abstützen, so sehr wankten ihm die Beine. Mit Eva an seiner Seite wären ihm derartige Entgleisungen nicht passiert; sie hätte ihn auf den Boden der Tatsachen zurückgeholt, hätte ihm den Schnaps verboten und an seinen gesunden Menschenverstand appelliert. Von Eva hatte er sich – wenn auch mit knirschenden Zähnen – besänftigen lassen. Wie oft war er mitten in der Nacht aufgewacht und sie hatte ohne das geringste Zögern seine Hand ergriffen?

Willy, mein Schatz?

Ja, was denn?

Du hast geträumt.

Entschuldige, ich wollte dich nicht wecken.

Und war's wieder das Feuer?
Es ist immer das Feuer, immer.

Jetzt, wo Eva für alle Zeit fort war, hatte er nicht einmal mehr Zucker im Haus. Er blieb in der Küche stehen und versuchte, seine Gedanken zu ordnen. Nachdem die Männer ihn aufs Sofa verfrachtet hatten, mussten sie ihm den Kotzeimer und die Wasserflasche hingestellt haben. Anscheinend war auf der Fahrt hierher ihre Brutalität einer seltsamen Art von Fürsorge gewichen. Der besorgte Bürger als verkannter Samariter. In Willys Kopf folgte ein ganzes Daumenkino an Bildern: Robert Beck sinkt vor dem Sofa in die Hocke, taxiert ihn wie ein betäubtes Tier und isst dabei ein Stück Pflaumenkuchen. Er sagt: »Willy, mein Alter hat dich gemocht und er hat Respekt vor dir gehabt. Aber du musstest ja freidrehen.« Er beißt von dem Kuchen ab und kaut genüsslich. »Das mit deiner Frau tut uns allen Leid. Ich kenne niemanden, der sie nicht in Ehren hält. Schon deswegen solltest du dich am Riemen reißen. Denk einfach an Eva.«

Als Beck sich erhebt, presst Willy einige kaum verständliche Worte hervor, er spricht von Feuer und dem Teufel in persona. Ohne seine Warnung in irgendeiner Weise zu kommentieren, sagt Beck schließlich: »Den Haustürschlüssel werfen wir durch den Briefschlitz. Schlaf erst mal deinen Rausch aus.«

Willy verspürte das dringende Bedürfnis, den Kuchen auf der Stelle wegzuschmeißen. Er wollte einen neuen Teig anrühren, neue Pflaumen entkernen, etwas machen, das nicht von dreckigen Pfoten besudelt war. Er langte nach den Tabletten, und sein Blick fiel auf den Kalender neben dem Kühlschrank. Über dem Foto einer schneebedeckten Landschaft stand in fetten Buchstaben: *JANUAR*. Vielleicht würde er im Netto eine Schale Pflaumen aus Übersee kriegen, Pflaumen, so klein und mickrig wie Lammhoden und zu einem Preis, für den das Wort Wucher erfunden wurde. Schließlich blieb sein Blick an dem einzigen Datum hängen, das mit einem Kreuz markiert war. Der 24. Januar, ein Sonntag. Er senkte die rechte Hand auf seine Wampe und befühlte die Hämatome.

»Bald wird das erste Haus brennen«, sagte er zu Eva. »Und dann werden sie sehen, wer im Recht ist. Die ganze verdammte Bagage.«

Manchmal hilft nur Gewalt

Anna stand in der geräumigen Küche, wo sie einmal die Woche mit den Kindern einen Kochnachmittag veranstaltete. Ihre Schultern hingen herab, ihr Rückgrat war zu einer Sichel gekrümmt und ihr Blick haftete sehnsüchtig auf der Kaffeemaschine. Obschon sie gestern Abend an die 15 Kilometer gelaufen war und nach drei Folgen »Buffy« noch einem Hörspiel gelauscht hatte, war sie erst gegen 3 Uhr eingeschlafen, und das für nur wenige Stunden.

Über die Durchreiche hinweg konnte man aus der Küche in den offenen Bereich blicken. Mike, die Putzkraft des Klubs, hatte seine Box laut aufgedreht und schwang den Wischmopp übers Linoleum. Er war um die 40, trug eine Latzhose und bändigte seine dünnen langen Haare mit einem Stirnband, wodurch er einem Tennisspieler aus den 80ern ähnelte. Anna beobachtete, wie sein Rücken sich hob und senkte, wie seine sehnigen Arme den Wischmopp vor- und zurückwuchteten. Zack, zack und wieder zack. Viel zu schnell für ihre müden Sinne.

»Mike?«

Er stützte sich auf den Stiel und schaute in die Küche.

»Tasse Kaffee?«

»Jetzt?«

»In fünf Minuten.«

»Klar, gerne.«

Sie lehnte sich gegen die Anrichte, verschränkte die Arme und ließ sich von dem Gluckern der Kaffeemaschine und Mikes Musik berieseln. Gil Scott Heron sang, dass es nicht leicht sei, frei zu sein, dass niemand gesagt habe, es würde leicht werden. Anna konnte sich nicht erinnern, wann sie hier das letzte Mal so zeitig aufgeschlagen war. Der Klub öffnete erst in vier Stunden, und von Mikes Arbeit hatte sie bisher nur Notiz genommen, wenn Sonja irgendwas zu bemängeln gehabt hatte. Anna versuchte, sich sein Leben außerhalb des Jugendklubs vorzustellen. Garantiert war es ein einfaches Leben mit einfacher Struktur und einfachen Regeln, mit einer Vergangenheit, die sich ohne große Mühe säubern und glatt polieren ließ. Zack, zack und alles rein. Natürlich wusste sie, dass dieses Bild ihrer eigenen Sehnsucht geschuldet war; im Grunde hatte sie keine Ahnung von seinem Leben.

»Mike?«

»Ja.«

»Den Kaffee mit Milch oder Zucker?«

Aus der zweiten Etage drang das Klingeln des Telefons herunter. Sie bemühte sich, es zu ignorieren, und zog zwei Tassen aus dem Schrank. Eigentlich war sie nicht hier, und darüber wussten alle Kollegen, die Mitarbeiter vom Träger, das Jugendamt, wer auch immer Bescheid. Mike stellte die Musik ab, stützte sich auf den Mopp und starrte sie an, bis sie ihn im Scherz fragte, ob er nicht rangehen wolle. Dann gab sie sich einen Ruck, stieg die Treppe hoch, bemerkte vor der Tür, dass sie den Schlüssel vergessen hatte, trottete wieder hinunter und wieder hinauf.

»Jugendfreizeiteinrichtung ›Blaue Oase‹.«
Keine Reaktion.
»Majakowski hier.«
Weiterhin Stille.
»Hallo-o?«
»Hallo«, kam es wie ein Echo zurück.
Sie setzte sich, schlug die Beine übereinander und stütze einen Ellbogen auf den Oberschenkel. »Majakowski am Apparat?«
»Majakowski am Apparat«, wiederholte der Anrufer.
»Echt lustig, ganz ehrlich.«
»Echt lustig, ganz ehrlich.«
»Versuch's mal beim Krisendienst. Ich lege jetzt auf.«
»Das würde ich nicht tun.«
Statt sich durch jähes Gelächter zu verraten, fragte der Anrufer ernst und bestimmt, ob sie den Brief erhalten habe. Anna schnappte reflexartig nach Luft; von einem Moment auf den anderen schien das Büro frei von Sauerstoff, als sei der ganze Raum mit dem schalen Atem anderer Menschen gefüllt, mit dem Odem unsichtbarer Geister. Sie erhob sich und wankte zum Fenster.
»Ich habe dich was gefragt«, sagte der Anrufer.
Nachdem sie das Fenster geöffnet hatte, sog sie die Winterluft in ihre Lungen und strich sich gleichzeitig die Benommenheit aus dem Gesicht. Mit bemüht freundlicher Stimme bat sie ihn, das sein zu lassen.
»Was denn sein lassen?«, fragte der Unbekannte wie jemand, dem die Antwort bestens vertraut war.
»Diese Briefe«, entgegnete Anna. »Die Drohungen. Alles.«
»Warum sollte ich das tun?«
»Weil ich sonst die Polizei rufe.«
»Das wirst du schön sein lassen.«
Sie stellte den Lautsprecher des Telefons an und begann, nach ihrem Handy zu suchen; vielleicht konnte sie das

Gespräch heimlich aufzeichnen. In der Absicht, ihn hinzuhalten, fragte sie ihn, was er damit bezwecke.

»Das macht mich geil, Anna.«

»Meine Familie zu bedrohen?«

»Das ist bloß der Anfang.«

»Okay, schreiben Sie Ihre Briefe und rufen Sie mich meinetwegen an. Aber lassen Sie meine Familie aus dem Spiel.«

»Wir sind hier nicht bei Wünsch-Dir-Was, kapiert?«

»Ich bitte Sie inständig.«

»Deine Familie ist als Nächstes dran. Ende der Durchsage.«

Ihr Handy lag in ihrem Rucksack und der Rucksack in der Küche. Sie überlegte, ob sie nach unten rennen sollte; immerhin könnte Mike den Anruf mithören und notfalls auch bezeugen. Gleichzeitig dachte sie, dass man solchen Spinnern nicht die Aufmerksamkeit einräumen durfte, nach der sie gierten und ohne die sie mickrige Schlappschwänze waren.

»Ach, fick dich«, platzte es aus ihr heraus. »Schönen Tag noch.«

»Sie werden alle brutzeln«, schallte es aus dem Telefon. »Dein Onkel, deine Tante und der schöne David.«

Erst als es an der Tür klopfte, hielt Anna ein, das Telefon auf den Boden zu schlagen. Die Elektronik war aus der Verschalung gebrochen, die Batterie durchs Büro gerollt, und über ihren Handrücken zog sich ein tiefer Kratzer.

»Moment«, rief sie panisch. »Einen Moment, bitte.«

Sie breitete die Arme aus und raffte alles zu einem Haufen zusammen, hievte sich hoch und schob die Einzelteile mit dem Fuß unter den Schreibtisch, dann rutschte sie auf den Drehstuhl und zwängte ihre Rechte in die Hosentasche, wobei die wunde Haut schmerzhaft über den Jeansstoff schabte.

»Ja, was ist denn?«

Wider Erwarten öffnete Sonja die Tür. Ihre Kollegin war nicht wie üblich hereingepoltert, einen lockeren Spruch auf den Lippen, eine lustige Anekdote im Schlepptau, sondern hatte angeklopft und draußen gewartet. Ihr besorgter Blick sprach Bände.

»Entschuldige, aber hier war so 'n Krach, da dachte ich …« Sie beendete den Satz nicht, was die Sache noch schlimmer machte. Hinter Sonja stand Mike, ohne Wischmopp, ohne Putzlappen, stattdessen mit einer Tasse Kaffee.

»Alles in Ordnung«, erwiderte Anna mit gespielter Lässigkeit. »Von dem blöden Stuhl ist ein Rad rausgesprungen.« Sie zeigte nach unten. »Ich musste es wieder reinkloppen.«

»So was kann schlimm enden.« Mike linste über Sonjas Schulter hinweg. »Soll ich's mir mal angucken?«

»Nein, alles paletti.«

»Manchmal hilft nur Gewalt«, stellte er grinsend fest.

»Genau, das hab ich auch gedacht.« Sie grinste zurück, doch Sonjas Miene blieb voller Sorge. Anna kam es vor, als könne man das Adrenalin im Raum wittern, die Spuren ihres Zorns und ihrer Wut, was in ihr das Gefühl schürte, bei einer schlimmen Tat erwischt worden zu sein. »Kaffeerunde?«, fragte sie und verzog den Mund zu einem verkniffenen Lächeln.

Sonja trat ein, schloss die Tür vor Mikes Nase und sagte:

»Ruf deine Familie an. Mach was, irgendwas.« Sie tippte gegen die herausgebrochene Schranktür. »Oder wir müssen uns bald 'ne neue Einrichtung besorgen.«

COMING HOME

17. Dezember 1993

Mit verklebten Augen blinzelte Claudia Kallabis zum Fernseher. Seit ihr Mann sich weigerte, etwas gegen sein Schnarchen zu unternehmen, schlief sie auf dem Sofa in der Wohnstube. Sie ahnte, dass es weniger an einem Gebrechen lag, sondern vielmehr an seiner Ignoranz; kranke Atemwege lassen sich auskurieren, hatte sie zu Lasse gesagt, ein schlechter Charakter nicht.

Mittlerweile musste es nach zwölf sein. Sobald Lasse ins Bett getrottet war, hatte sie die Lautstärke heruntergedreht und war irgendwann vor dem Geflimmer eingenickt. Jetzt lief eine Krimiserie, die Claudia viel zu hektisch fand und die viel zu viel nackte Haut zeigte. Früher hatte es solchen Schmutz nicht gegeben und trotzdem waren alle zufrieden gewesen, und wenn man es schon aufs Tablett brachte: Zu Ostzeiten hatten sie auch bloß zwei Sender gehabt. Leider hatte Lasse für ihre Bedenken nur ein Schulterzucken übrig; sie wusste längst, dass sie von ihrem Dackel mehr Verständnis erwarten durfte.

Sie ließ den Arm vom Sofa sinken und streckte ihre Finger nach Charlie aus. Für gewöhnlich schlief er auf der rosafarbenen Fußmatte mit dem Aufdruck *Welcome home*. Grunzte er vollgefressen und zufrieden vor sich hin, klang das ganz anders als Lasses penetrantes Schnarchen.

»Charlie?«

Sie wedelte mit der Hand, doch bekam sie weder sein Fell zu fassen, noch leckte er über ihre Fingerspitzen.

»Charlie, mein Liebster.«

Kein Grunzen, nichts.

Claudia hob ihre Beine vom Sofa und rückte den Tisch beiseite, raffte das Nachthemd hoch und sank auf die Knie. Die Fußmatte fühlte sich kalt an, von Charlie keine Spur. Sie stemmte sich hoch und versuchte dabei, das unangenehme Knarzen ihrer Lendenwirbel zu ignorieren. Schlüpfte in die Latschen, knipste das Licht an und rief erneut nach dem Hund. Manchmal rollte er sich am Ofen zusammen und blieb dort so lange liegen, bis sein Fell förmlich zu glühen anfing. Auch wenn die Kacheln noch lauwarm waren, hatte Charlie heute offenbar andere Pläne gehabt.

Da glaubte Claudia ein Bellen zu hören, gedämpft wie aus weiter Ferne, und während sie in träger Anspannung horchte, zupfte sie an ihrer schlaffen Kinnhaut.

Alles blieb still, womöglich hatte sie sich getäuscht.

Sie schob die Wolldecke beiseite, die als Türvorhang diente, und schlurfte in die Diele. Im Alter quälte Charlie eine Unruhe, die ihn des Nachts durchs Haus trieb. Früher hatte er an der Tür kratzen müssen, bis Claudia ihm geöffnet hatte. Rein, raus, rein, raus – das Spiel war ihr gehörig auf den Senkel gegangen. Erst nach langem Zureden hatte sich ihr feiner Gatte erbarmt, die Tür auszuhängen und stattdessen die Wolldecke anzubringen. Claudia schaute sich um, wurde nicht fündig und schlurfte weiter in die Küche.

»Charlie, du alter Kläffer.« Ihr Tonfall nun gereizt. »Komm bei Fuß. Sofort.«

Sie nahm aus dem Hängeschrank ein mit Futter gefülltes Döschen und schüttelte es kräftig.

»Leckerlis«, rief Claudia. »Deine liebste Sorte, Apfel und Rind.«

Der Köter tauchte nicht auf.

Sie inspizierte das Esszimmer, danach die Speisekammer, und immer wenn sie sich bückte und ihre Lendenwirbel spürte, verfluchte sie den Hund. Wurde er auf seine alten Tage genauso eigensinnig wie ihr faules Stück von Ehemann? Sie schüttelte den Kopf und gleichzeitig das Döschen.

Binnen weniger Minuten hatte Claudia alle Räume mit Ausnahme der Schlafstube durchsucht. Nach der Wende hatte sie selbst zwischenzeitlich noch einmal darin geschlafen; Ohropax und ein neues Bett von Möbel Höffner hatten die Hoffnung auf eine ungestörte Nachtruhe wiederbelebt, doch waren die Wunder des Westens eben keine echten Wunder. Erneut hatte sie vor Lasses Schnarchen kapituliert, diesmal endgültig. Sie öffnete die Tür und sagte:

»Charlie, komm her.«

»Du brauchst nicht zu flüstern«, bemerkte Lasse. »Dein Krach hat selbst die Wanzen verschreckt.« Ein Seufzen folgte, darauf das Quietschen des Bettes. »Was is ’n los?«

»Haste Charlie gesehn?«

»Der hat vorhin an der Haustür gekratzt.«

»Und?«

»Ich hab ihn rausgeworfen.«

»Und wann haste ihn reingeholt?«

»Der meldet sich schon, wenn er fertig ist.«

»Sag bloß, du bist wieder eingeschlafen.«

»’tschuldige.«

»Muss man hier alles selber machen?«, schimpfte Claudia und schlug die Tür zu. Noch während sie zur Vordertür schlurfte, belegte sie Lasse und Charlie mit allerlei Flüchen; am liebsten hätte sie ihrem Mann ebenso den Hintern versohlt, wie sie es gleich bei dem Hund tun würde.

Sie trat aus dem Haus, sah auf den Falkenberger Weg und knautschte die Hautfalten unter ihrem Kinn. Das ganze Dorf schien im Winterschlaf. Sie schaute hoch und musste beim Anblick der funkelnden Sterne frösteln. Der Westen verhökert zwar unser Land, dachte sie, aber den Himmel wird er uns nicht abluchsen. Niemals. Beiläufig witterte sie einen beißenden Gestank, irgendjemand verbrannte wohl heimlich seine

Abfälle. Garantiert giftiges Zeug. Autoreifen, lackiertes Holz oder alte Matratzen. Wer auch immer so dreist war, sollte bloß aufpassen, dass ihn Johann Beck nicht am Wickel zu fassen kriegte. Johann Beck war der Ortsvorsteher von Gollwitz, ein Wendehals, von dem Claudia sich oft genug wünschte, er wäre damals mit Frau und Sohn abgehauen.

Unablässig das Döschen schüttelnd, tippelte sie in Nachthemd und Latschen ums Haus herum. Das schmale Grundstück streckte sich schlauchförmig bis ins Heideland. Ohne Claudias Pflege wäre hier alles längst verwildert; ihren Rückenproblemen zum Trotz kümmerte sie sich allein um den Garten. War ihr feiner Gatte nicht auf Arbeit im Putenstall, half er Beck beim Hausbau, was mitnichten bedeutete, dass er dort bis zum Umfallen schuftete. Das verrieten ihr die Schwimmringe, von denen er sich jedes Jahr einen weiteren zulegte, und sein täglicher Bieratem.

»Charlie«, brüllte sie verärgert, ehe sie die Rauchsäule erblickte.

Das Außenklosett hinter der Scheune war seit Jahren außer Benutzung. Sie und Lasse hatten keine Lust, für jedes Geschäft über den Hof zu latschen, und noch weniger wollten sie sich im Winter den Arsch abfrieren. Jetzt wärmte das in Flammen stehende Plumpsklo Claudias Gesicht wie ein herrliches Neujahrsfeuer.

Ohne sich von der Stelle zu rühren, rief sie nach Lasse. Unter der Hitze knackten die Holzwände lautstark und mit dem Knacken trug der Wind Charlies Geheul zu ihr. Claudia rannte zum Klo, griff nach der Verriegelung und das heiße Metall ließ ihre Hand zurückschnellen. Abermals rief sie nach Lasse, und als der nicht auftauchte, zog sie den rechten Arm unter das Nachthemd, neigte sich vor und umfasste mit der geschützten Hand den Riegel. Sie versuchte, ihn anzuheben, rüttelte unermüdlich an der Tür.

»Charlie, mein lieber Charlie.«

»Zisch ab«, brüllte ihr Mann.

Er zerrte sie von der Toilette weg, schob seine Schwimmringe an ihr vorbei und trat dann so lang gegen die Verriegelung, bis das rostige Schloss vom Holz sprang und zu Boden klatschte.

»Scheiße«, fluchte er, »die Tür geht nicht auf.«

»Warum ’n nicht?«, schrie Claudia zurück.

»Was weiß ich.«

»Lasse, mach doch was.«

Kaum hatte das Feuer das Innere des Klosetts erfasst, verstummte das Geheul. Die Gewissheit von Charlies Tod traf Claudia fast so hart wie die ersten Bilder der Grenzöffnung. Sie kniff sich die Haut unterm Kinn, als könne sie auf diese Weise aus dem Albtraum erwachen. Da reckte Lasse sein Gesicht gefährlich nah zur Tür hin.

»Pass bloß auf, du«, warnte sie ihn.

Er drehte sich um, und Claudia sah das Entsetzen in seinen Augen. »Die Tür is zugeschraubt«, sagte er. »Von oben bis unten.«

SAMSTAG

Zu spät

Anna hatte sich in die letzte Reihe gesetzt – Rucksack auf dem Schoß, Mantelkragen an den Hals geschmiegt, Kopf voller Zweifel. Sie mochte es kaum glauben, dass sie tatsächlich den Zug nach Rathenow genommen hatte und dort in den Linienbus gestiegen war. Noch paffte der Busfahrer draußen eine Zigarette, noch konnte sie aussteigen und die Aktion abblasen.

Verunsichert schaute sie durch das Fenster auf das Bahnhofsgebäude. Der glutrote Klinker thronte über dem Vorplatz und verbannte den morgendlichen Osthimmel. Auf der anderen Straßenseite ein Wohnblock und davor eine Reihe spindeldürrer Bäume, die aus der Entfernung wie in die Fassade eingebrannte Silhouetten wirkten. Anna erinnerte sich, dass Mitte der 90er der Zugverkehr von Rathenow nach Berlin wegen Bauarbeiten stillgelegt worden war. Ihr Onkel hatte darüber zunächst getobt und später lediglich den Kopf geschüttelt; sie war zu jung gewesen, um seine Wut zu verstehen, es hatte wohl mit der Pension und den fehlenden Gästen zu tun gehabt. Heute fuhren die Züge wieder im Stundentakt, doch war der Bahnhofsplatz in der Frühe kaum lebhafter als ein Friedhof.

Die Januarluft strömte in den Bus und kühlte das Innere langsam aus. Anna spürte durch den Rucksack hindurch die Briefe auf ihrem Schoß. Fünf Gründe, sofort auszusteigen und den nächsten Zug nach Berlin zu nehmen; fünf Gründe zu fragen: Warum erst jetzt? Wäre ihre Familie nicht bedroht worden, lägen die Briefe in dem Schuhkarton, verborgen und verschlossen wie eine Totengabe. Vermutlich würde ein Anruf bei ihrer Tante noch immer alle Bedenken aus der Welt schaffen.

Hallo, ich bin's.

Hallo, Anna.

Alles klar bei euch?

Jaja, hier ist alles bestens.

Das freut mich, ehrlich.

Und weshalb rufst du an?

Der Motor heulte auf, die Tür schloss sich, und der Bus rollte vom Bahnhofsplatz in Richtung Gollwitz. Zu spät, zu spät.

Anna rutschte tiefer in den Sitz, streifte ihre Handschuhe ab und berührte die schorfige Stelle auf ihrem Handrücken. Ungezählte Male hatte sie die Sache mit sich selbst ausgemacht und bereitwillig ihr Los getragen, die einzige Überlebende der Brandnacht zu sein. Sie krümmte die Hand zur Faust und spürte, wie der Schorf auf ihrer Haut spannte; ein Gefühl, das einen als Kind fast in den Wahnsinn getrieben und zum großen Herumpolken verführt hatte.

Anna wischte mit dem Ärmel über die Fensterscheibe. An ihren Augen zogen menschenleere Parks und Gehwege vorbei, eine Villa im Stil »Schön aufgebaut und schön verwahrlost«, dann ein Spielplatz unter einer schmutzigen Schneedecke. Auf einigen Schaufenstern klebten Schilder mit dem Hinweis *ZU VERMIETEN*, andere Auslagen erstrahlten in einer Farbpalette von Hellgrau bis Dunkelgrau. Der Bus verließ die Innenstadt und rollte über nasse Straßen in die Peripherie.

Aus mehrstöckigen Mietshäusern wurden Eigenheime, die man durch Hecken und Zäune vor den Blicken Fremder zu schützen suchte; in manchen Gärten waren Flaggen gehisst, ein Totenkopfsymbol als Abwechslung zu Schwarz-Rot-Gold. Sie blickte nach vorn und sah den Busfahrer mit einer Greisin plaudern. In Berlin hätte ein Schild über dem Führerhaus darauf hingewiesen, dass man den Fahrer während der Fahrt nicht anzusprechen hatte; außerdem favorisierte man einen Platz möglichst weit weg von den anderen. Hier dagegen saßen die Leute dicht beisammen. Bis auf einen Mann, der sich an der Stange festhielt, schienen die Fahrgäste allesamt im Rentenalter. Bei jeder Bodenwelle stießen die ergrauten Schädel hoch, und die Heizung blies unablässig den Geruch von Kernseife und feuchter Tapete nach hinten.

Als Annas Blick zufällig den des Mannes traf, kniff er die Brauen zusammen und verengte die Augen. Mit der olivgrünen Cargohose und der aufgebauschten Daunenjacke entsprach er dem Klischee, das Städter von 40-jährigen Landeiern pflegten. Eine knallrote Basecap krönte sein Outfit. Anna schaute auf ihren Rucksack, bemerkte aber aus den Augenwinkeln, dass er sie unentwegt anglotzte. Lächerlich, dachte sie, kein Grund, nervös zu werden. Auf ihrer Arbeit erlebte sie Kinder, die sich während eines Gesprächs vor Anspannung die Genitalien rieben, oder Väter, deren Interesse eher ihren Brüsten galt als den Basteleien der eignen Tochter. Vermutlich begegnete der Typ nur selten Frauen seines oder jüngeren Alters; hier war eben nicht Randbezirk oder Speckgürtel, sondern ganz weit draußen.

Sie schob den Rucksack gegen den Vordersitz und zog ihr Handy heraus. Laut Onlinefahrplan fuhr der Bus im Zweistundentakt von Gollwitz nach Rathenow, am Samstag und Sonntag bis 16.00 Uhr, dann war Schluss. Das hieß immerhin, dass sie sich abends mit Sonja auf ein Glas Wein treffen konnte, um darüber zu diskutieren, ob »Buffy« oder »Angel« die bessere Serie sei, dass sie in ihrem eigenen Bett schlafen würde.

»Anna Majakowski?«

Ihr Kopf schnellte hoch.

»Danny«, sagte der Mann mit der Basecap. »Danny Schmidt, erinnerst du dich?«

Riesiger Vogel

Seit 6.00 Uhr morgens saß Willy in seinem Astra und observierte das Haus, das für ihn nicht irgendein Gebäude am Rand der Gollwitzer Heide war, sondern die Kinderstube eines mehrfachen Mörders.

Er hatte den Rücken gegen die Fahrertür gelehnt, das rechte Bein auf dem Beifahrersitz und in den Händen ein Fernglas. Zwischen dem Wagen und dem Grundstück erstreckte sich die verschneite Ebene brachliegender Felder; über dem Haus die Morgensonne, so trüb wie das Auge eines alten Rüden.

Jörg und Lisbeth Berger hatten das Haus in den 70ern erbaut, damals waren beide in der LPG »Märker Land Gollwitz« beschäftigt gewesen. An der Fassade der DDR-typische Kratzputz, ein Gemisch aus Zement, grobem Kies und schmutziger Arbeit. Rechts gelangte man durch ein Holztor zu einem Schuppen und einer Garage, in der früher einmal Bergers Golf gestanden hatte. Jörg Berger war 2014 bei einem Autounfall ums Leben gekommen, seitdem lebte Lisbeth allein auf dem Grundstück.

Willy legte den Feldstecher beiseite und öffnete die unterm Kinn verschnürten Ohrenklappen seiner Mütze, dann schraubte er die Thermoskanne auf und goss sich den letzten Rest Kaffee ein. Wenn er unterwegs war, benutzte er Kondensmilch aus kleinen Plastikbehältern; er stach mit dem Daumennagel die Alufolie auf, damit die Milch beim Öffnen nicht herausspritzte, und tröpfelte geduldig die Sahne in den Kaffee. Anschließend schmiss er die Verpackung in den Fußraum auf der Beifahrerseite, wo sich leere Bierflaschen häuften. Er pustete über den Becher, nippte und hob wieder das Fernglas. Morgenroutine.

Bei Tagesanbruch war Lisbeth von einem Raum zum nächsten gelaufen, um die Öfen anzuheizen; jetzt qualmte der Schornstein und in der Küche brannte Licht. Sie saß über ein Prospekt gebeugt am Tisch und trank ebenfalls Kaffee. Er wusste, dass sie die Angebote vom Netto ausgiebig zu studieren pflegte; oft genug hatte er sie dabei beobachtet. Sie blätterte langsam vor und zurück, während Willy sich im Gähnen übte. Nach Jahrzehnten im Schichtdienst, entweder auf Wache oder Streife, verfehlte Koffein bei ihm jede Wirkung, selbst am Abend zur Tagesschau gönnte er sich eine Tässchen Kaffee, ohne nachts Polka tanzen zu müssen. Er hakte den Daumen ins Knopfloch seiner Weste und riss übertrieben die Augen auf.

Nach einer Weile erhob sich Lisbeth und begann, erneut von Stube zu Stube zu laufen. Ihre Betriebsamkeit machte ihn halbwegs munter, als bestünde zwischen ihnen eine Art Verbindung. Er drehte den Becher auf die Kanne und fokussierte den Feldstecher neu. Da löschte sie das Licht der Abzugshaube, und das Küchenfenster war so dunkel wie der Rest des Hauses. Willy schwenkte hinüber zur linken Giebelseite, wo sich ein flacher, unverputzter Anbau befand. Ein Hühnerstall mit Außengehege. Gelangweilt folgte er den braun gefiederten Hennen, die draußen herumstolzierten und ihre Schnäbel in den Schnee hackten. Fressen, kacken, weiter fressen. Vielleicht kommt mal ein Marder oder Fuchs vorbeispaziert und sorgt für Abwechslung, dachte er und stellte sich gleichzeitig Lisbeths Gesicht vor – ihre Augen, die der Schreck aus den Höhlen treten lässt, ihre Hände, die sich in ihre Wangen krallen, ihr Mund, der sich zu einem lautlosen Schrei öffnet, genau wie bei diesen bleichen Frauen in den alten Stummfilmen. Willy genoss seine Fantasie so lange, bis der Fokus seines Feldstechers den Giebel hinaufkletterte.

Direkt unterm Dach mit Blick auf den Hühnerstall lag das Zimmer ihres Sohnes. Seit Martin Berger weggesperrt worden war, hatte Willy dort nicht ein einziges Mal das Licht brennen sehen. Lisbeth schien die Stube niemals zu betreten, was er früher als Ausdruck tiefer Scham interpretiert hatte. Mein Sohn, der Mörder. Mein Sohn, die Schande der Familie. Mittlerweile war er überzeugt, dass Martin alles so vorfinden sollte, wie er es am Tag seiner Verhaftung zurückgelassen hatte. Echte Mutterliebe eben.

Willys Astra, der über keine Standheizung verfügte, war längst ausgekühlt. Er legte das Fernglas auf den Schoß, neigte sich zur Rückbank und griff nach seiner Fleecejacke, wobei ihn ein Stechen im Bauch erschaudern ließ.

»Danny, du blöde Sau.«

Unter Schmerzen fischte er aus der Innentasche ein loses Hustenbonbon, schob es sich in den Mund und streifte anschließend die Jacke über die Weste. »Ich hätte ihn einbuchten sollen«, sagte er. »Das wäre ihm eine Lehre gewesen.« Eva reagierte mit keiner Silbe, und Willy besah sich seine schrundigen Finger, als sei er pikiert über ihr Schweigen.

Eine weitere Stunde verstrich ereignislos, und er stellte das Radio an, rutschte in eine bequeme Position und verschränkte die Arme vor der Brust. Er lauschte den Nachrichten über ein Europa, das seine Liebe für Grenzzäune wiederentdeckte, über Brüllaffen, die Politik machten, und Mutter Merkel, deren Thron zu wackeln begann, über Terroristen und Selbstmordattentäter, und mit jeder neuen Horrormeldung sanken seine Lider ein Stückchen tiefer.

Wie der Schatten eines riesigen Vogels erschien Lisbeth in der Auffahrt. Er brauchte einen Moment, um ihre Präsenz zu begreifen, dann fuhr er zusammen, als hätte man ihm einen Stromstoß versetzt. Sie öffnete einen Torflügel, bugsierte einen Pfosten davor und verschwand in der Garage.

»Wo will die Alte bloß hin?«, wandte er sich an Eva. Er stellte das Radio aus und langte nach dem Fernglas. Es war nach zehn, und der Himmel erstrahlte in einem kühlen, metallischen Blau. »Sonderangebote ramschen, was sonst.«

Lisbeth schob die Simson heraus, trat den Ständer runter und verschloss das Tor. Wie üblich war sie ganz in Schwarz gekleidet: Die Jeans und die Lederjacke, die plumpen Stiefel und der Motorradhelm, der am Lenker hing. Willy fühlte sich von der öffentlichen Zurschaustellung ihrer Trauer seit jeher provoziert. Ihr Junge war weder verbrannt noch an seiner eigenen Kotze erstickt; Martin Berger hockte zwar in der Klapse, war dafür aber quicklebendig und bald auf freiem Fuß. Verdammtes Rechtssystem, dachte Willy und spürte das Stechen in seinem Bauch.

Lisbeth stülpte sich eine Mütze übers Kraushaar, danach den offenen Helm. Aus einer olivgrünen NVA-Tasche, die hinten am Gepäckträger festgeschnallt war, zog sie ein Paar Handschuhe; natürlich in schwarz. Sie trat mehrmals den Kickstarter durch, und sobald der Motor ansprang und den ersten Qualm hustete, kletterte sie auf den Sitz. Sie ließ die Maschine im Leerlauf rattern, beide Hände am Lenkrad, den Blick in Richtung Feld.

Zunächst wollte Willy seinen Augen nicht trauen und drehte fieberhaft an der Schärfe, doch täuschte er sich nicht. »Meine Fresse«, sagte er. »Die Alte grinst mich an.«

Mit flatternden Hosen fuhr Lisbeth den Falkenberger Weg entlang, bog anschließend auf die Dorfstraße, und erst als sie außer Sicht war, merkte Willy, dass er zu atmen vergessen hatte.

Nimm dich in Acht

»Danny Schmidt«, wiederholte der Mann, der nun eine Reihe vor ihr saß. »Aus Lennarts Klasse.«

Sie hatte weder ein Bild des jungen Schmidt vor Augen noch von einem der anderen Mitschüler ihres Bruders. Größtenteils kannte sie Lennarts Klasse aus den Erzählungen, mit denen er sie oft zum Lachen, bisweilen auch zum Fürchten gebracht hatte. Sie erinnerte sich an einen Robert Beck, den er Robert Speck gerufen hatte, oder an einen Mirko Ruprecht, dem beim Wrestling die Hoden in die Bauchhöhle gerutscht waren. Fortan hatte Lennart ihn liebevoll Geierpelle genannt. Aber ein Danny Schmidt?

»Tut mir leid«, meinte sie schließlich. »Der Name sagt mir nichts.«

»No Problem.« Er winkte lässig ab. »Als ich dich das letzte Mal gesehn hab, warst du noch flach wie 'n Brett.«

»Mannomann, und trotzdem hast du mich erkannt.«

»Naja, deine Friese ist anders.« Er hatte den Rücken in

Fahrtrichtung gedreht und sprach über die Lehne hinweg. »Und was treibt dich nach Gollwitz?«

»Ich will meine Familie besuchen.«

»Etwa den schönen David?«

»Die anderen natürlich auch.«

»Ich hab gehört, das Gutshaus ist gut besucht.«

»Da weißt du mehr als ich.«

»Seit dein Onkel 'nen Wintergarten hat, kann man direkt aufn See gucken. Die Lage ist einfach tipptopp.«

Beim ersten Hören klang Dannys Stimme nicht wie die des Anrufers, der gestern ihre Familie bedroht hatte. Aber was hieß das schon; in den billigsten Krimis wurde gezeigt, wie man seine Stimme verstellen kann. Sie entgegnete:

»Von einem Wintergarten weiß ich nichts.«

»Verfluchter Mist. Der stiehlt allen die Show.«

»Wer ist denn alle?«

»Na, alle im Dorf.«

»Du redest von der Konkurrenz?«

»Wer will denn Plötzen, wenn's Hechte gibt?«

»Plötzen?« Sie grinste. »Die sind wohl nicht beliebt?«

»Zu viele Gräten«, sagte er todernst. »Zu viele Gräten.«

Unter Dannys Lippe spross ein winziger Bart in Form eines Dreiecks, und sobald er den Kopf abwärts bewegte, sträubten sich die Borsten gegen den Kragen seiner Daunenjacke. Sie fragte ihn, ob er selbst ein Zimmer vermiete oder überhaupt irgendwas in Sachen Tourismus mache.

»Ich biete Nachtwanderungen an.«

»Für Sternsucher?«

»Für jeden, der's dunkel mag.«

»Braucht man dafür eine Lizenz oder so?«

Jetzt grinste Danny. »Eigentlich muss man bloß wissen, dass die Sterne oben sind und im Dunklen leuchten. Ansonsten sollte man sich in der Gegend auskennen.«

»Hört sich interessant an.«

»Willste ’ne Tour buchen? Ich mach dir ’n Sonderpreis.«

»Ich behalt’s aufm Schirm, okay?«

»Hier, guck mal.« Er hob einen Beutel mit zwei Ferngläsern von seinem Sitz. »Hab ich gebraucht bei Dunkers gekauft.«

»In Rathenow?«

»Klaro.«

In der Schule hatte sie ein Referat über den Aufstieg und Niedergang der Rathenower Optischen Werke halten müssen. Brillen, Ferngläser und Teleskope – dafür war die Stadt zu DDR-Zeiten bekannt gewesen. Von der Vorzeige-Industrie hatten sich lediglich zwei Familienbetriebe über die 90er retten können; zu spät war die Region zu einem der dunkelsten Orte Deutschlands ernannt worden. Auf Anna machte die Gegend allerdings kaum den Eindruck, als wären die Senioren fähig, die Entwicklung umzukehren. Oder die Danny Schmidts dieser Welt. Er rückte seine Basecap ein wenig nach rechts und sagte unüberhörbar:

»Alle versuchen, mit diesen Nerds Schotter zu machen.« Anna taxierte die Fahrgäste, worauf er hinzufügte: »Keine Sorge, die nehmen nie den Bus. Die kommen lieber mit ihren schicken Karren.«

»Dann klimpert’s ja ordentlich in der Kasse?«

»Nicht, wenn’s mehr Zimmer als Besucher gibt. Im Winter kommt keine Sau.«

»Und was treibst du sonst so? Ich mein, in deiner Freizeit.«

»Dinge organisieren. Abhängen.«

Er beugte sich über die Rückenlehne, und seine Pupillen glänzten wie matte Glasmurmeln. »Hat es ’nen Grund, dass du ausgerechnet heute hierher kommst?«

»Nein«, antwortete sie und krallte ihre Finger in den Rucksack. »Warum fragst du?«

»Also weißt du nichts davon?«

»Wovon?«

»Hat dir dein Onkel nichts erzählt?«

Sie schüttelte den Kopf.

»Du willst mich testen, nicht wahr?«

»Warum sollte ich?«

Er zog die Arme von der Lehne, neigte sich in Fahrtrichtung, ging auf Distanz. »Hat dich etwa dieses Bullenschwein angestachelt?«

»Was meinst du?«

»Deswegen bist du doch hier, oder?«

Sie hatte keine Ahnung, von wem er sprach und was er zu sagen beabsichtigte; immerhin hielt er nun Abstand und kroch ihr nicht auf die Pelle.

»Was damals passiert ist, ist echt traurig«, sagte er. »Aber wir leben jetzt in ’ner anderen Zeit.«

Ihre Finger knautschten durch den Rucksack hindurch die Briefe – fünf Gründe, die Weisheiten von Danny Schmidt abzunicken, fünf Gründe für Geduld und Wachsamkeit.

»Weißt du, in Berlin kann man sich ’ne Menge Blödsinn erlauben. Die Regierung pumpt eh das ganze Geld zu euch, selbst wenn ihr Paläste aus Hühnerkacke bauen wollt. So ’n Firlefanz kann sich hier keiner leisten.«

Danny verfiel in ein lautstarkes Flüstern, und Anna sah über seine Schulter hinweg zwei Senioren, die ihre Gesichter umwandten und hinter vorgehaltener Hand zu tuscheln begannen.

»Robert sagt immer: Die Vergangenheit ist tot.«

Robert Beck alias Robert Speck, wollte Anna wissen, verkniff sich jedoch die Frage.

»Was tot ist, buddelt man nicht wieder aus«, fuhr er fort. »Eigentlich kapieren das alle, bloß das Bullenschwein nicht.«

»Das Bullenschwein, das mich angestachelt haben soll?«

»Nimm dich vor ihm in Acht«, warnte Danny, ohne auf ihre Frage einzugehen. »Der Alte ist total crazy.«

Er beugte sich erneut über die Lehne, worauf Anna zurückwich. Sie dachte an alkoholisierte Väter, die jedes Distanzgefühl vermissen ließen, die meinten, dass ein Klaps auf den Po noch niemandem geschadet habe, und diese Anschauung unterstrichen, indem sie einem ihre Nase buchstäblich ins Gesicht drückten, Männer, die »kapiert« und »basta« und »Ach, hör doch auf« sagten. Zwei Handbreit von ihr entfernt fragte Danny schließlich:

»Und dein Bruder hat nix von mir erzählt?«

»Ich kann mich jedenfalls nicht erinnern.«

»Komisch, wir waren nämlich best friends.«

Der Bus rollte über ein Schlagloch, und ihre Köpfe stießen beinahe zusammen. Danny maulte etwas Abfälliges über den Busfahrer, dann umfasste er mit beiden Händen die Lehne und zog sich über den Sitz dicht an sie heran.

»In der Scheiße zu graben, bringt Lennart nicht zurück.« Mit einer flinken Bewegung drückte er den Knopf für den Haltewunsch. »Koloniestraße«, bemerkte er kühl. »Du musst aussteigen.«

Anna rang sich ein höfliches Lächeln ab, und während sie zur Tür schritt, fiel ihr ein weiterer Spitzname ein. Ihr Bruder hatte ihn oft und gern benutzt und ihr damit eine Heidenangst eingejagt. Gut 20 Jahre später bekam *Psycho-Danny* nicht nur ein Gesicht verpasst, sondern auch eine charmante Art. Sie wandte sich ein letztes Mal um und sah ihn telefonieren. Sie fragte sich, ob Psycho-Danny genug psycho war, um psychopathische Briefe zu schreiben. Der Linienbus stoppte, die Tür öffnete sich und die Landschaft empfing Anna in einem so grellen Weiß, dass sie beim Aussteigen die Augen zukneifen musste.

Dinosaurier

Willy klopfte mit dem Hacken seiner Schuhsohle so lange auf den Schlagschlüssel, bis das Schloss nachgab und sich öffnen ließ. Er schob das Werkzeug in seine Weste und vergewisserte sich mit einem Schulterblick, dass die Luft rein war, dann streifte er auch den linken Schuh ab und tapste ins Haus.

Als er in Socken, aber mit Mütze und Handschuhen durch Lisbeths Diele schlich, fand er die Situation reichlich absurd. Im Geiste erschien ihm das Bild eines Demenzkranken, der vergessen hatte, wohin er seine Schuhe gestellt hatte; gleichzeitig war ihm bewusst, dass er gerade einen Einbruch beging. Vorbildfunktion?, dachte er. Damit hatten eher seine braven Kollegen glänzen können.

Er betrat die Wohnstube und sah sich um. Unzählige Male hatte er das Sofa mit dem Feldstecher anvisiert, Nächte über Nächte, in denen er Lisbeth beim Fernsehen beobachtet hatte. Im Handschuhfach seines Wagens steckte sogar eine TV-Zeitschrift, um ihre Vorlieben zu ermitteln, und als sie sich einmal für eine seiner Lieblingssendungen – »Panda, Gorilla und Co.« – entschieden hatte, hätte Willy ihr am liebsten die Antenne vom Dach gerissen. Heute mahnte er sich zu Distanz und Nüchternheit. Er zog aus der Weste eine Digicam und begann, die Wohnstube abzufilmen.

Links die Sitzgarnitur mit dem Fernseher und der Stehlampe, deren Fransenschirm über einem Sessel thronte, rechts die Vitrine aus Massivholz. Hinterm Glas allerlei Nippes, der vor Kurzem nicht nur abgestaubt, sondern auch poliert worden war; neben pausbäckigen Engelsfiguren reihten sich mit Blattgold verzierte Eierbecher, und auf dem obersten Regal schmollte ein Wackel-Elvis, der zwischen den Engeln ziemlich obszön wirkte. Nirgends fand Willy Spuren, die eindeutig bewiesen, dass sich Lisbeth auf ein Leben zu zweit einstellte. Während sich in den letzten fünf Jahren seine Recherchewand zum Zentrum seiner Wohnstube entwickelt hatte, war hier alles beim Alten geblieben; das ärgerte ihn noch mehr als die Tatsache, dass sie überall ihre Trauerkluft präsentierte. Er wollte gerade die Aufnahme pausieren, da weckte eine Kommode unter dem Fenster seine Neugier.

Willy öffnete die obere Schublade und fand Knöpfe, Nähzeug und eine Sammlung hellblauer Flicken, wie sie Eva auch aus abgetragenen Jeans geschnitten hatte. Verdammte Mangelwirtschaft, dachte er. Die Schublade darunter war randvoll gefüllt mit weißen Stofftaschentüchern; jedes Exemplar schien gebügelt und anschließend fein säuberlich zusammengelegt worden zu sein. Es musste Jahre her sein, dass er das letzte Mal ein echtes Stofftaschentuch benutzt hatte. Mittlerweile kannte er so was nur aus alten Filmen, in denen Männer weinenden Frauen eins anboten oder jemand ein weißes Taschentuch zum Zeichen der Kapitulation um einen Stock wickelte. Willy zupfte ein Tüchlein heraus und wischte sich damit den Schweiß von der Stirn, dann entdeckte er unter dem Stapel einen Bilderrahmen.

»Sieh dir das an«, flüsterte er. »Papa Haudrauf und sein Baby.«

Die Fotografie zeigte Jörg Berger vor einem Golf III, offenbar ein Neuwagen. Er lächelte in die Kamera, und Willy konnte leicht nachvollziehen, welche Freude er beim Kauf verspürt haben mochte. Als Willy mit Eva seinen ersten Opel gekauft hatte, waren sie spontan an die Ostsee gefahren, um dort beengt und unbequem im Auto zu schlafen. Wenn er sich nicht täuschte, hatte das Foto bei seinem letzten Besuch an der Wand über dem Sofa gehangen.

»Genau dort«, sagte er und zeigte auf eine Stelle, wo Licht und Staub ein leeres Rechteck hinterlassen hatten.

Damals waren er und sein Kollege hier teils offiziell, teils eigenmächtig aufgetaucht. Lisbeth hatte ihnen die Tür versperrt, und nachdem Willy mehrfach um Zutritt gebeten hatte, war ihm der Kragen geplatzt. Er hatte Lisbeth beiseite gegen die Wand gestoßen, was dem Kollegen später eine Aktennotiz wert gewesen war. Am Boden liegend hatte Lisbeth gebrüllt, wenn das ihr Mann wüsste, dann …

»… würde er mir die Hölle heiß machen«, flüsterte Willy und hielt das Bild direkt vor die Kamera. »Warum versteckst du den Penner in der Kommode, hä?«

Als man Papa Haudrauf samt Golf und Wodka unter einer Eisdecke im See gefunden hatte, war die kollektive Trauer ausgeblieben; die Gollwitzer schimpften ihn heute noch einen Kotzbrocken und Tunichtgut.

»Wie der Vater, so der Sohn«, stellte Willy fest und schaute sich erneut um. Es hatte sich doch einiges verändert: Gegenstände, die an Jörg Berger erinnert hätten, suchte man vergebens. Keine Fotos von ihm an der Wand, keine Automagazine auf dem Couchtisch. Bergers Videosammlung war wohl dem Röhrenfernseher in den Müll gefolgt, ebenso seine Hauspantoffeln und die unzähligen Aschenbecher. Mit flüchtiger Sorgfalt schob Willy den Bilderrahmen unter die Taschentücher, dann wischte er sich mit dem Tüchlein ein letztes Mal über die Stirn, legte es zusammen und an seinen Platz zurück. Er hetzte in die Diele und von dort die Stiege zum Dachboden hinauf.

Inzwischen erschien ihm die Situation – ein Einbrecher in Socken und Winterkleidung – nicht mehr absurd, im Gegenteil: Unter seiner Mütze rann unablässig der Schweiß herab und reizte ihm die Augen. »Meine Fresse«, knurrte er. »Wir riskieren hier Kopf und Kragen.« Er nahm die letzte Stufe und horchte angespannt in die Stille.

Nichts.

Allein das Gluckern des Schmelzwassers, das über die Dachziegel floss, und das Knarren der Dielen unter seinen Füßen. Er tapste weiter und verharrte schließlich vor der Stube, die Martin Berger bis zu seinem 20. Lebensjahr bewohnt hatte. Die Kinderstube eines Mörders.

Irgendetwas hemmte Willy, die Tür zu öffnen. Waren es Respekt oder Ehrfurcht? Oder Angst? Oft genug hatte er das Haus von seinem Wagen aus beobachtet, an die 100 Mal, vielleicht auch an die 200 Mal. Seit seiner Pensionierung verfügte er über eine Menge Zeit, und nicht wenige im Dorf meinten, es sei zu viel. In der Sekunde, in der er endlich die Klinke zu drücken wagte, spürte er mit jeder Faser seines Körpers, dass sie allesamt keine Ahnung hatten. Robert Beck nicht, Lasse Kallabis ebenso wenig und seine ehemaligen Kollegen schon gar nicht. Er würde ihnen eine Lehre erteilen, ihnen allen.

Im klaren Licht der Vormittagssonne schwebten die Flusen, die sich vom Türrahmen gelöst hatten, langsam zu Boden. Willy trat auf einen Teppich, dessen Dinosauriermotive längst verblasst waren. Unter der Dachschräge ein schmales Bett, auf der anderen Seite ein Schreibtisch und ein weißer Kachelofen. Neben dem Bett türmte sich ein Stapel Zeitschriften: Videomagazine, ein Comic über ein grünes Sumpfding, eine TV-Zeitung und ein Sexheft, das Willy bei der letzten Durchsuchung hinterm Sofa gefunden hatte. Da er es nicht für nötig gehalten hatte, das Heft an den ursprünglichen Platz zurückzulegen, waren die Brüste irgendeiner Blondine unter einer dicken Staubschicht ergraut.

Mit steifen Händen hob er die Kamera und filmte die Dachschräge. An der Holzverkleidung waren drei Schaukästen voller aufgespießter Käfer und Schmetterlinge befestigt, darunter stand ein CD-Ständer voller Eurodance-Alben. Willy besaß unzählige Listen, auf denen jedes Insekt, jeder Musiker, jedes Album mit Namen und Fotonummer vermerkt waren; vom Hirschkäfer zur Libelle, von DJ Bobo zu Ace of Base. Alles, was er in dieser Stube berühren konnte, hatte er schon einmal berührt: Gemeinsam mit seinen Kollegen hatte er das Zimmer penibel nach Beweisen abgesucht, um Martin Berger des Mordes zu überführen; am Ende hatte es allein für eine Anklage wegen Brandstiftung und Sachbeschädigung gereicht.

»Wir haben's vermasselt«, warf er sich vor und trat den Stapel Zeitschriften um. Seine Kehle fühlte sich ausgedörrt an, während ihm das Arschwasser in Strömen floss. Er fokussierte mit der Kamera das Comic, auf dessen Cover ein grünes Monster mit feuerroten Augen prangte. »Guck dir den Mist an. Einfach krank.«

Im nächsten Augenblick packte ihn ein leichter Schwindel, als würde man nach nervtötender Warterei vom Zahnarzt aufgerufen werden. Die Zeitreise forderte ihren Tribut, vielleicht auch die Aufregung oder sein Alter. Er schob die Kamera in seine Weste, suchte am Schreibtisch Halt und wollte durchatmen, aber die Luft in diesem Raum war abgestanden und tot. Aus dem Erdgeschoss drang das Knallen der Haustür, danach ein paar vage Geräusche, bis jemand brüllte: »Komm runter, du Arschloch.«

Nur keine Sorge

Von der Koloniestraße schwenkte Anna auf eine einspurige Zufahrt, stapfte über den Schnee an brachen Feldern und verdorrten Distelstauden vorbei, und sobald sich in der Ferne das Gutshaus erhob, verlangsamte sie ihre Schritte.

Die Vormittagssonne erhellte die gesamte Südfassade, verwandelte die kleinen quadratischen Fenster in silbrige Schuppen. Majestätische Pappeln flankierten das Haus, und zwischen den Stämmen sah Anna den Schwarzen See schimmern, der sich wie glänzende Tinte in die Landschaft dehnte. Eine Schar Krähen stieg aus den kahlen Wipfeln empor, flog über sie hinweg und landete auf einem der Felder; das alles ohne Gekrächze, ohne das traurige »Rak Rak«. Das Anwesen ihrer Familie lag unter einer Glocke frostiger, fast geisterhafter Stille.

Anna betrat den verschneiten Parkplatz, in den die Zufahrtsstraße mündete. Die Spuren von Rollkoffern schlängelten sich durch den Schnee, während die Frostschutzdecken auf den wenigen Autos das Sonnenlicht reflektierten. Sie zog das Handy aus ihrer Manteltasche und prüfte die Uhrzeit. Der nächste Bus nach Rathenow fuhr in einer Stunde, immerhin. Sie versuchte, sich die Entschlossenheit in Person vorzuspielen, die Unerschütterliche, die Frau mit dem Plan. Selbsttäuschung als Antrieb und Motor, das bewährte Rezept. Sie klemmte die Daumen unter die Schultergurte ihres Rucksacks und überquerte mit festen Schritten den Parkplatz.

Als Anna nach dem Tod ihrer Eltern ins Gutshaus gezogen war, hatte dieser Parkplatz noch nicht existiert. Die intakten Zimmer hatten gerade für die Familie ausgereicht, der Rest war von Vernachlässigung und Zerfall geprägt gewesen. Im Putz hatten sich tiefe Risse bis hinauf ins dritte Stockwerk verzweigt; die Fenster waren gesplittert, die Dachschindeln brüchig, und im Gebälk hatten Schwalben gebrütet und Wespen labyrinthische Nester erbaut. Ein Paradies für Kinderaugen, eine Lebensaufgabe für Tante und Onkel. Heute präsentierte sich Anna eine Fassade, die in dem gleichen Pastell erstrahlte wie die Warteräume von Therapeuten und Zahnärzten.

»Nur keine Sorge«, hörte sich Anna sagen, »bei uns sind Sie gut aufgehoben.«

Ein kupferfarbenes Schild direkt neben der Eingangstür verkündete in kursiver Schrift:

Gutshaus am See
Inhaber: Stephan & Helene Majakowski

An der Stelle, wo früher eine Türklinke gesteckt hatte, krümmte sich nun ein senkrechter Griff aus Edelstahl; zweifellos waren ihr Onkel und ihre Tante geschmacklich in den 90ern hängengeblieben. Anna streifte ihre Handschuhe ab, und kaum dass sie das kühle Metall berührte, musste sie über ihre eigene Naivität den Kopf schütteln. Hatte sie tatsächlich geglaubt, die Zeit wäre hier stehengeblieben, eingefroren im Jahr 1995? Es kam ihr so vor, als hätte sie die wenigen Besuche seit ihrem Auszug unter dem Einfluss von Drogen oder Medikamenten hinter sich gebracht: der 50. Geburtstag ihres Onkels und später das Fest zum 50. ihrer Tante. Oder der spontane Überfall, als sie sich mit Paul im ewigen Liebesglück geglaubt hatte, ein Liebesglück, das die Vergangenheit und die Entfremdung zwischen ihr und ihrer Familie zu überstrahlen imstande gewesen war. Ein Liebesglück von allzu kurzer Dauer. Dem ersten Streit war die Einsicht gefolgt, dass selbst der kleinste Riss im Herzen einen größeren freizulegen vermochte. Für Anna gab es eben kein zack, zack und alles rein. Sie stampfte den Schnee von ihren Stiefeln, atmete durch und öffnete mit einem Ruck die Tür.

Im Foyer surrte die Heizung vor sich hin; auf dem roten Läufer die Abdrücke nasser Schuhsohlen. Die Sessel, die schon früher hier gestanden hatten, waren mit neuen lachsfarbenen Stoffen bezogen; in einem Prospekthalter klemmten Flyer, Broschüren und eine Sternkarte. Durch eine Schwingtür gelangte Anna in einen dämmrigen Speisesaal, und auch dieser Raum war menschenleer. Nachdem sie ihren Rucksack auf einem der vorderen Stühle bugsiert hatte, entdeckte sie am Ende des Saals den Wintergarten – der Neubau, von dem Danny Schmidt mit unverhüllter Missgunst gesprochen hatte. Sie lief an der Bar und den Tischen vorbei und blieb nahe der offenen Glastür stehen.

Zehn, bestenfalls fünfzehn Gäste nahmen gerade ihr Frühstück ein. Zwei Kinder fischten mit demonstrativer Ekelmiene die Pelle von ihrem Kakao; die übrigen Gäste mochten um die 50 oder älter sein. Ein Kerl schaute grimmig von seiner »MAZ« auf, als würde ihn Annas bloße Gegenwart am Lesen hindern; am Nachbartisch eine ältere Dame, die so selbstvergessen in die Landschaft starrte, dass es fast verdächtig wirkte. An einem größeren Tisch plauderten zwei Pärchen in ungehemmter Lautstärke, als würden sie ihre Geselligkeit lediglich vortäuschen. Unter Annas Nervosität gärte ein Gefühl der Scham; sie hatte den Eindruck, sämtliche Gäste wüssten, wer dort an der Glastür stand. Anna Majakoswki, die einzige Überlebende der Brandnacht. Das ewig zwölfjährige Mädchen.

Instinktiv trat sie in den Speisesaal zurück und verharrte im Halbschatten. Sie spähte über die Gäste hinweg nach draußen, und allein die Aussicht auf den See machte ihr deutlich, dass sie fort wollte, nicht nur von diesen Menschen, sondern von allem. Sie sollte nicht hier sein, denn das war kein namenloser See in Brandenburg, keine beliebige Villa im Havelland. Hast du toll gemacht, sagte sie sich. Typisch Anna. Sie versuchte ihre Unsicherheit mit einem Blick aufs Handy zu bekämpfen. 10. 25 Uhr. Mindestens drei Busse fuhren heute noch nach Rathenow.

»Kann ich Ihnen weiterhelfen?«

Anna wandte sich um und erkannte das Gesicht ihres Cousins. David Majakowski. Sie starrten einander an, als hätte keiner von ihnen die passende Reaktion parat. Ihr Anblick schien seine Gesichtszüge förmlich einzufrieren, allerdings konnte sie nicht sagen, ob vor Erstaunen oder Entsetzen. Das Gemurmel der Gäste und das Klirren des Bestecks rückten in den Hintergrund; zwischen ihnen nur Platz für Stille.

Ein Mädchen rennt mit einem Teddy im Arm die Stiege empor, die Wangen glühen vor Scham, denn weder die Beichtbriefe aus der »Bravo« noch die geheimen Runden mit den Freundinnen haben es auf ein solches Geschenk vorbereitet; und das Mädchen durchquert den langen Flur und eilt in die Stube, wo es den Teddy aufs Bett stellt, ganz nahe am Kopfkissen, sodass sie einander beschützen können, das Mädchen den Teddy und der Teddy mit seinen riesigen braunen Glasaugen die zwölfjährige Anna.

David öffnete seine Arme, machte einen Schritt auf sie zu und umarmte sie. Er war einen Kopf größer als sie und in dem Alter, das ihr Bruder heute gehabt hätte. Mit der Linken fuhr er ihr über den Rücken, einmal, zweimal, dann schob er sie sachte von sich, und in seinen Mundwinkeln formte sich ein Grinsen. Davids Grinsen, Davids Lächeln. Ein Ausdruck, der sie schon in ihrer Kindheit verhext hatte und der sie wieder zur kleinen, unreifen Cousine werden ließ.

»Mannometer«, sagte David, und gleich danach folgte jene Frage, vor der sie sich seit ihrer Abreise gefürchtet hatte. »Was machst du denn hier?«

Rosarote Schwäne

»Darauf hab ich lange gewartet!«, rief sie die Stiege hoch.

»Ich dachte, du wartest auf Martins Heimkehr?«

»Halt bloß den Rand, Willy.«

Während er die Treppe auf Socken hinabstieg, trug Lisbeth Stiefel und Lederjacke. In ihrer Faust hielt sie ein matt glänzendes Beil.

»Dir liegt das Rumschnüffeln wohl im Blut?«, fragte sie. »Oder bist du in deiner Horch-und-Guck-Zeit hängengeblieben?«

»Ich dachte, das wäre dein Verein gewesen.«

»Ich hab gesagt, du sollst die Klappe halten.«

Sie schlug mit dem Beilnacken so kräftig gegen das Geländer, dass er auf der Stelle stoppte. »Hopp, Hopp«, drängte sie, und noch bevor er die unterste Stufe erreichte, machte sie einen Schritt zurück. »Bleib bloß auf Abstand, sonst wird's schmutzig.« Sie hob das Beil und grinste humorlos. »Los, in die Küche. Hopp, hopp.«

Als Willy die Diele durchquerte, konnte er nirgends seine Schuhe entdecken; sie musste das Paar weggeschafft haben, womöglich hatte sie es in den Ofen gefeuert. Der Hexe war alles zuzutrauen, und ihm kam der Gedanke, auf Socken abzuhauen, querfeldein zu seinem Auto.

»Falls du deine Botten suchst«, sagte sie, »die stehn am Ofen.«

»Hast wohl kein Holz mehr?«

Lisbeth hob das Beil und dirigierte ihn auf die eingebaute Bank hinter dem Tisch. Die Sitznische war bis auf Brusthöhe mit dunklem Holz vertäfelt, darüber hingen Bilder von Engeln und rosaroten Schwänen. Willy nahm Platz und entdeckte sogleich seine Schuhe; sie lehnten hochkant am Küchenofen, als hätte er sie selbst dort hingestellt. Der Tisch war mit einer Wachstuchdecke drapiert, und in der Mitte stand ein Glas, randvoll mit Treuepunkten vom Netto. Er hatte sich immer gefragt, wer solche Punkte sammelte und was es dafür geben mochte. Neben dem Glas lag das aktuelle Prospekt, Lisbeths Morgenlektüre. Er lehnte sich zurück, schob seine Hände in die Westentaschen, sodass die Daumen hervorlugten, und bemühte ein Dauergrinsen. »Willst du mir jetzt die Finger abhacken?«

»Das würde dir gefallen, nicht wahr?«

»Ich glaub, du schnallst nicht, wie tief du im Schlamassel steckst.«

»Ach, hör auf, Willy.«

Lisbeth entfachte das Gas, setzte Wasser auf, und das Beil blieb stets in Griffnähe. Mit ihren 63 Jahren besaß sie garantiert noch ein flinkes Händchen; immerhin sorgte sie seit geraumer Zeit für sich allein, hielt selbstständig Haus und Hof instand. Willy wusste, was das hieß: Man rückte die Dinge gerade, ohne dass jemand einem aus Dank oder Respekt auf die Schulter klopfte. Risse wurden gekittet, da es notwendig war, und nicht, weil es einem den Schlaf raubte oder andere mit dem Finger drauf zeigten. Verpflichtungen hielten einen am Leben, machten das Alleinsein erträglich. Nicht ohne Eifersucht dachte er daran, dass das alles für Lisbeth bald ein Ende haben würde.

Nachdem sie zwei Tassen mit Kaffeepulver gefüllt hatte, erklärte sie:

»Ich bin keine dumme Schachtel. Ich kenn deine Tour.«

»Welche Tour denn?«, fragte Willy.

»Das weißte doch am Besten.«

»Ich? Ich weiß gar nichts.«

»Du würdest dich freuen, wenn ich dir 'nen Finger abhacke. Dann könntest du deine Griffel überall rumzeigen wie 'ne dreischwänzige Katze.« Sie trat in den Raum, hob ihre Hand und knickte den Ringfinger weg. »Seht mal, das war die Berger. Die hat wohl am Blitz geleckt.« Sie trat an den Tisch und gestikulierte wild. »Ich hab euch ja gewarnt, aber ihr habt nicht auf mich gehört. Los, holt eure Messer und Knüppel. Wir räuchern ihre Bude aus, und Martin … den bammeln wir gleich auf.«

Willy befürchtete, sie würde sich vor seinen Augen in Rage reden; diese Frau war ganz und gar verrückt, genau wie ihr Sohn mit dem Pornoheft und dem Monstercomic und seinen aufgespießten Käfern.

»Tut mir leid, Willy. Du kannst deine Griffel behalten.« Sie schritt zurück an den Herd. »Ich hab dich längst durchschaut.«

»Kommt jetzt mein Horoskop fürs nächste Jahr?«

»Du willst den Leuten auf Teufel komm raus beweisen, dass du kein Psychopath bist«, fuhr sie fort. »Aber das kannst du dir abschmieren. Ich meine, hier hält dich eh jeder für plemplem.«

Willys Grinsen fiel in sich zusammen.

»Alle wissen, dass Eva für Ordnung gesorgt hat, nicht nur im Haus, sondern auch …« Sie reckte den Zeigefinger zur Stirn. »… in deinem Oberstübchen.«

Er sprang auf, grabschte nach der Wachstuchdecke und wollte sie mit einem Ruck vom Tisch reißen; im letzten Moment bremste er sich, Lisbeth hatte bereits das Beil zur Hand.

»Nur zu, Willy. Tu dir keinen Zwang an. Erst ist der Irre in mein Haus eingedrungen, dann hat er randaliert und mich bedroht.«

Obwohl er vor innerer Anspannung zu zerspringen drohte, strich er die Decke glatt, setzte sich wieder und neigte sich zurück. Auf dem Herdgitter wackelte der Kessel, als würde er jede Sekunde explodieren. Lisbeth zupfte an ihrem Kraushaar und starrte selbstvergessen in den Dampf.

»Eine Mutter muss ihr Kind beschützen.«

»Es gibt Grenzen«, erwiderte er. »Auch für dich.«

»Das kann bloß einer sagen, der keine Kinder hat.«

»Eva war eine gute Krankenschwester.«

»Ja und?«

»Auf der Kinderstation im PKR.« Die Worte kamen ihm schwer über die Lippen. »Ich kenn das, wenn man sich um die kleinen Racker sorgt.«

Lisbeth schüttelte nachsichtig den Kopf. »Das ist dein verdammtes Problem, Willy. Du hast es nie am eignen Leib erfahren. Du hast keine Ahnung.«

»Hast du deshalb Martin das Alibi verschafft? Aus Mutterliebe?«

Sie machte einen Satz vom Herd weg und ließ die flache Seite des Beils auf die Tischplatte krachen. Willy, der sich zu ducken versuchte, stieß gegen den Tisch, wobei das Glas mit den Treuepunkten umkippte und langsam zur Kante rollte.

»Wir waren in dieser Nacht zusammen, das habe ich dir gesagt.«

»Ich denke, als Mutter hättest du ihm sowieso ein Alibi verschafft.«

»Halt bloß die Schnauze.«

»Hast du nicht gemeint, eine Mutter muss ihr Kind beschützen?«

Statt zu antworten, stoppte Lisbeth das rollende Glas knapp vor der Tischkante und richtete es wieder auf, während das Beil in ihrer Rechten nicht zur Ruhe kam. Dann schauten sie einander an, und Willy hatte den Eindruck, in diesem Blickkontakt läge ein beiderseitiges Einverständnis, das Okay für einen vorläufigen Frieden.

Sie schob das Beil auf die Anrichte, und ehe sie den Kaffee einschenkte, strich sie sich mehrmals über den Oberschenkel. Willy war diese Geste allzu vertraut: Keinesfalls wollte Lisbeth ihre Kleidung glätten, sondern sie hoffte, die Erregung aus ihren Fingern streichen zu können, das Zittern, den verräterischen Tremor. Sie pustete über ihren Kaffee und nippte zaghaft. »Wenn ich dich hier nochmal sehe, passiert was Schlimmes.«

»Soll das 'ne Drohung sein?«

»Ich hab einiges von meinem Mann gelernt.«

»Hast du deswegen sein Bild …«

»Halt die Klappe«, unterbrach sie ihn. »Wenn man oft genug Prügel kriegt, lernt man, wo es wehtut.«

»Also doch 'ne Drohung?«, wollte Willy wissen, und Lisbeth funkelte ihn über ihre Tasse hinweg an, die Hände indessen ganz ruhig, der Mund verschlossen. »Ich hab dich was gefragt.«

»Spar dir die Spucke«, kläffte sie. »Du hast mich verstanden und damit basta.«

Er kapitulierte, und sie nippten stumm an ihren Tassen, ließen dabei einander nicht aus den Augen, wahrten den Frieden. Schließlich trat Lisbeth an den Küchenofen und bückte sich.

»So«, stellte sie fest. »Deine Botten sind trocken.«

Willy mangelte es an der passenden Reaktion; ein Spruch oder ein Grinsen wollten ihm nicht gelingen, und bevor er sich bei einer Lisbeth Berger bedankte, hätte er eher seine Zunge verschluckt. Also stierte er auf seine Schuhe, bis Lisbeth sagte:

»Soll ich sie dir noch anziehen, oder was?«

Er kroch hinterm Tisch hervor, und sobald er sich dem Ofen näherte, griff sie nach dem Beil und rückte auf Distanz. Er trug seine Schuhe wie ein braves Kind in die Diele und schlüpfte dort unter Mamas wachsamem Blick hinein.

»Martins Tage in Freiheit sind gezählt, das versprech ich dir.«

»Er ist geheilt. Das haben ihm die Ärzte bescheinigt.«

»Mag sein«, sagte Willy und schnürte sich die Schuhe zu. »Aber wer wegen Hämorrhoiden zum Arzt geht, wird wohl kaum am Kopf operiert.«

»Haste so 'ne Rede auch im Pub geschwungen?«

Sein Auftritt am Donnerstag hatte offenbar die Runde gemacht. Er zog den Schnürsenkel seines linken Schuhs so fest, dass ihm der Spann schmerzte, dann reckte er sich hoch und wandte sich in der Haustür ein letztes Mal um. Lisbeth, die auf der Schwelle zur Küche stand, beäugte jeden seiner Schritte.

»Martin braucht seine Koffer erst gar nicht auszupacken.« Ihm gelang ein breites Grinsen. »Ich hab neue Beweise, Lisbeth.«

Mit Genugtuung bemerkte er das Zucken ihres Unterkiefers, sah das Beil in ihrer Klaue beben, ihre ganze herrliche Ratlosigkeit. Er trat aus dem Haus und stapfte, ohne sich nochmals umzudrehen, über den Schnee in Richtung Auto. Als er die wohltuende Ofenwärme in den Schuhen spürte, hasste er Lisbeth Berger mehr denn je.

Wer kennt den nicht

David hatte sie in den Speisesaal bugsiert, zu einem der leeren Tische, fern der Pensionsgäste. Er servierte ihr ein Frühstück aus Kaffee, Konfitüren und Toast, dann pendelte er zwischen ihr und dem Wintergarten hin und her, räumte dort Tische ab und sorgte dafür, dass stets volle Kaffeekannen vorrätig waren. Sobald er sich ihr näherte, tastete sie unauffällig an ihrer Jeans nach einer offenen Naht.

»Sind deine Eltern unterwegs?«

»Ja«, sagte er und begab sich hinter die Bar. »Tagsüber manage ich den Laden allein.«

»Die ganze Pension?«

»Du siehst ja, ich arbeite mich nicht gerade tot.«

»Läuft wohl nicht so gut?«

»Na ja, die Bar ist über 'n Sommer kaum leerer geworden.«

Anna lehnte sich zurück und blinzelte gegen die aufkommende Müdigkeit an. Drei Fenster in der Größe von Kellerluken spendeten gerade so viel Licht, dass man zwischen Tag und Nacht unterscheiden konnte. Entlang der Wand eine Reihe Tische, die jeweils mit Servietten, einem Teelicht und einer Getränkekarte bestückt waren; rechts von ihr ein schmuckloser Tresen, der gleichzeitig als Bar und Rezeption fungierte. In einer unbeleuchteten Nische stand ein Klavier, schwarz, dekorativ und dennoch versteckt.

»Und spielst du wieder Elton John?«

»Wir lassen fast nie Musik laufen.« David nahm ein Glas vom Regal, pustete hinein und polierte es mit einem Geschirrtuch. »Die Alten wollen ihre Ruhe.«

»Ich meinte am Klavier.«

Er hielt inne und starrte über den Tresen in die Nische. »Das Ding rühre ich nicht mehr an.«

»Warum hast du damals eigentlich aufgehört?«

»Ich hatte andere Interessen.«

»Als Klavierspielen und Gedichte zu schreiben?«

»Ich war 16, Anna. 16.«

»Die Mädels haben dich jedenfalls angehimmelt.«

»Vielleicht hab ich genau deshalb aufgehört.«

Mit einem Grinsen schwang sich David das Geschirrtuch auf die Schulter. Sein kakifarbenes Hemd war bis zu den Ellbogen hochgekrempelt und hing lässig über seine Jeans; die Haare fielen ihm in die Stirn, wobei die Seiten auf wenige Millimeter gestutzt waren. Er hätte auch als Sozialarbeiter durchgehen können, allein sein Lächeln würde die richtigen Leute, insbesondere die Damen vom Jugendamt, dazu ermuntern, allerlei Töpfe zu öffnen. David kam hinter dem

Tresen hervor, nahm ihr gegenüber Platz und schob ihr einen Schlüssel hin.

»Ist der für mich?«

»Für dein altes Zimmer.«

»Das existiert noch?«

»Irgendwie schon.«

Er schenkte sich Kaffee ein, stützte die Ellbogen auf und nahm einen Schluck. Über die Tasse hinweg bemerkte er:

»Du hättest ruhig anrufen können.«

»Weil ich euch besuchen will?«

»Ja.«

»Ich wusste nicht, dass ich mich anmelden muss.«

»Das habe ich nicht gesagt.« Er blieb die Ruhe in Person, während ihre Finger einen losen Faden an ihrer Jeans aufspürten. »Wir hätten uns Zeit nehmen können, deswegen.«

»Ich wollte euch nicht aus euerm Alltag reißen.«

David betrachtete sie mit seinen großen kindlichen Augen, als zeige sie einen Zaubertrick, der bei ihm anstelle von Erstaunen bloß Skepsis verursachte. Sie langte nach einer Scheibe Toast, biss hinein und kaute mechanisch; nur mit Mühe bekam sie den Bissen runter. »Ich muss dich mal was Blödes fragen«, sagte sie vorsichtig.

»Tu dir keinen Zwang an.«

»Ich meine, was echt Blödes.«

»Kein Problem. Schieß los.«

»Habt ihr in letzter Zeit komische Briefe bekommen?«

»Ja, einen.«

»Wirklich?«

»Ein Pärchen aus Hamburg hat uns geschrieben, sie würden uns total vermissen. Wir sind quasi deren zweite Familie.«

»Nein, ich meine *komisch* im Sinne von *seltsam*.«

»Das finde ich seltsam.« Er lachte. »Du nicht?«

Zwei Senioren mit metallenen Wanderstöcken passierten den Tisch in Richtung Ausgang; sie nickten David zu, worauf er ihnen einen schönen Ausflug wünschte. Er entschuldigte sich bei Anna und verschwand in den Wintergarten, um das benutzte Geschirr abzuräumen.

Mittlerweile hatte sie den Faden aus der Jeans gefriemelt, ihn um das oberste Glied ihres Zeigefingers gewickelt und zerrte nun daran, sodass sich das Blut in ihrer Fingerkuppe staute. Das letzte Gespräch, das sie dermaßen angespannt hatte, lag Monate zurück. Paul, ihr Exfreund, hatte sie gefragt, warum sie die Briefe nicht weggeworfen habe, obwohl sie es ihm hoch und heilig versprochen hatte. Damals war es noch ein Quartett durchgeknallter Briefe gewesen, das in dem Karton auf einen fünften wartete. Das Gespräch zwischen ihnen hatte in einem Streit gegipfelt und der Streit in handfester Gewalt. Am nächsten Tag war Paul ausgezogen, worauf sie Sonja erzählt hatte, er habe sie betrogen. Das war einfacher gewesen.

»Und was meinst du nun für Briefe?« David hatte wieder Platz genommen und starrte sie erwartungsvoll an.

»Ich meine so was wie Drohbriefe?«

»Wer soll uns denn drohen?«

»Keine Ahnung.« Sie zögerte. »Die Konkurrenz?«

»Du meinst Leute aus dem Dorf?«

»Zum Beispiel.«

»Wie kommst du denn darauf?«

»War bloß ein Gedanke«, sagte sie bemüht leichtfertig. »Kennst du einen Danny Schmidt?«

»Wer kennt den nicht.«

»Ich habe ihn im Bus getroffen. Er war ziemlich angefressen wegen eures Wintergartens.«

David winkte ab. »Der schiebt 'nen Film, weiter nichts.«

»Er klang eher verbittert.«

»Danny ist seit 20 Jahren verbittert. Keine Ahnung, was bei ihm kaputt gegangen ist, vielleicht liegt's an seiner Kifferei.«

»Er hat behauptet, er wäre mit Lennart befreundet gewesen.«

»Er und Lennart?«

»Meinte er jedenfalls.«

»Der will sich bloß wichtigmachen.«

Aus dem Hintergrund tauchte ein Mädchen auf, teilte David mit, dass der Kakao alle sei, und er entfernte sich durch den Speisesaal in den Wintergarten.

Anna wandte sich zur Seite und gähnte aus vollem Hals. Aus Angst, vor Müdigkeit vom Stuhl zu kippen, stemmte sie sich hoch und studierte die Bilder an der Wand. Eine Fotografie zeigte ein düster dreinschauendes Elternpaar hinter düster dreinschauenden Kindern; vielleicht die ersten Gutsbesitzer oder irgendein Familienportrait aus dem 19. Jahrhundert, wie man es auf Trödelmärkten zu kaufen bekam. Daneben hing eine grobe Kohlezeichnung vom Schwarzen See und ein Grundriss, der die ursprüngliche Größe des Anwesens dokumentierte. Ein Viereck markierte ein Inspektorhaus, wenige Rechtecke die Wohnstätten der Gutsarbeiter. Nach dem Krieg wurden diese Gebäude wegen des Mangels an Baumaterialien abgetragen. Dann folgten mehrere Fotos, die den Zerfall der Villa zu DDR-Zeiten veranschaulichten. Den Abschluss bildete ein auf alt getrimmtes Familienportrait in schönstem Sepia: David, Helene und Stephan Majakowski vor dem Gutshaus stehend; von der kleinen Anna nicht mal ein Schatten.

David kehrte zurück, doch statt sich zu setzen, trat er hinter die Rezeption. Er polierte ein Glas nach dem anderen, noch immer die Ruhe in Person. Anna rutschte auf einen Barhocker, positionierte die Kaffeetasse vor sich und sagte:

»Aber von einem komischen Anruf hast du nichts gehört?«

»Du meinst von einem *seltsamen*?« Er grinste sie an, und ihre Finger glitten über ihr Hosenbein, fanden sogleich den losen Faden und zerrten daran.

»Ja«, entgegnete sie. »Genau, das meine ich.«

»Ist irgendwas in Berlin passiert?«

Sie schüttelte den Kopf.

»Sicher?«

»Absolut.«

Er warf sich das Tuch über die Schulter, stützte sich auf dem Tresen ab, und seine großen kindlichen Augen verrieten ihr, dass er nicht mehr an die alten Zaubertricks glauben mochte, ganz egal, wie effektvoll sie daherkamen. Mit gehobenen Brauen fragte er:

»Anna, irgendwas ist doch im Busch«, und der Faden riss von ihrer Jeans.

Verbranntes Vieh

Nachdem Willy sich ein Spiegelei gebraten und eine Büchse Kidneybohnen erwärmt hatte, nahm er mit einem Teller auf dem Sofa Platz. Seine Füße steckten in dicken Wollsocken und einem Paar Latschen, an seinem Bauch klebte eine Wärmflasche. Das Kissen in seinem Rücken und die Polster unter seinem Hintern waren klamm vor Kälte; er hatte sich bisher nicht aufraffen können, die Stube einzuheizen.

»Ich hab unsere Beweise erwähnt«, sagte er. »Die Hexe hat das Muffensausen gekriegt, das kannste mir glauben.«

Während Willy den Teller auf einer Hand balancierte, lehnte Eva an seiner Recherchewand. Das Mittagslicht, das durch die Fenster wogte, verwandelte die Fotos in gleißende Vierecke, seine Notizen in unlesbare Chiffren. Er lutschte das Spiegelei von der Gabel, schluckte es in einem Stück runter und leckte sich anschließend das Fett aus den Mundwinkeln. »Wir haben jeden verdammten Schnipsel aufbewahrt«, fuhr er fort. »Jeden Schnipsel, jedes Staubkörnchen umgedreht, für nichts und wieder nichts.« Er klemmte sich die Wärmflasche hinter den Hosenbund und hievte sich hoch. »Ist dir klar, dass ihn nur die kleine Majakowski identifizieren kann?«

Mit dem Teller in der Hand schlurfte er durch die Stube und verdrückte die Bohnen ohne Genuss und Appetit, eher wie eine Sache, die man wohl oder übel zu schlucken hatte. Er verharrte vor dem Büfettschrank und stellte den Teller auf den Plattenspieler. Beäugte die LPs, die er seit Jahren nicht mehr gehört hatte. »Barry White Greatest Hits«. Tina Turners »Private Dancer«. »rhythmus '74« und »rhythmus '76«. Die Hüllen waren so ausgeblichen wie der Teppich in Bergers Stube, der Plattenteller so staubig wie seine Zeitschriften. Ihm drängte sich Lisbeths Behauptung auf, Eva hätte hier allein für Ordnung gesorgt, und auch wenn diese Worte nichts als Gefasel waren, sorgte er sich plötzlich um sein Beweisstück. Das Foto zu erwähnen hatte genügt, Lisbeth Berger bibbern zu lassen – das Foto, das Martin Berger auf einem Moped in der Brandnacht zeigte, das Foto, das Willy Urban im Dorf rehabilitieren würde.

»Ach, leck mich«, murmelte er vor sich hin. »Wir machen 'ne Kopie, ganz einfach.«

Er warf die Wärmflasche beiseite, schlurfte in die Diele und zog unter der Telefonbank die Gelben Seiten hervor. Rasch fand er einen Kopierladen, der samstags geöffnet hatte; am Stadtrand von Rathenow, keine Stunde von hier. Er notierte die Adresse, streifte sich die Schuhe über und wäre in seinem Aktionismus beinahe ohne das Originalfoto losgefahren. »Meine Güte«, sagte er. »Alzheimer lässt grüßen.«

Er eilte zurück in die Stube, überblickte die Wand, und unter seinen Schuhsohlen knirschten die Scherben der zerbrochenen Bierflasche. Wehmütig dachte er daran, was für ein tolles

Gespann er und Eva gewesen waren; sie hatte für die Ordnung in den eignen vier Wänden gesorgt und er für die Ordnung draußen vor der Tür.

Sein Blick streifte das Foto von den abgebrannten Stallungen der Falkmann GmbH. Drei Gebäude waren bis auf die Grundmauern zerstört worden, 130 Kühe in den Flammen verendet. Datum der Brandnacht: 10. Februar 1994. Ein anderes Foto zeigte die Ruine eines Stalls, dessen eingestürztes Dach 7.000 Küken unter sich begraben hatte. Datum der Brandnacht: 23. Oktober 1994. Ein Stück tiefer das Foto einer rußgeschwärzten Scheune. Das Feuer hatte mehrere Sauen und ein Rudel Meerschweinchen getötet. Datum der Brandnacht: 15. Januar 1995. Halb verdeckt von allerlei Zetteln ein Abzug, auf dem man nur mit genügend Fantasie eine Brandstätte erkennen konnte. An der verkohlten Stelle zwischen Scheune und Gartenzaun hatte ein Plumpsklo gestanden. Datum der Brandnacht: 17. Dezember 1993. Die Spurensicherung hatte in den Rückständen mehrere Schrauben gefunden, die ebenso fotografiert worden waren wie die Reste des Hundes, den Martin Berger ins Klo gesperrt hatte. Am Bildrand stand in Willys krakliger Handschrift: *Charlie.* Das erste dokumentierte Opfer von Martin Berger.

All diese Bilder und Notizen umrahmten jene Fotoserie, die sich wie eine Schlangenhaut über die gesamte Wand zog. Fotos, die das Haus der Familie Majakowski aus mehreren Perspektiven zeigten: von links der direkte Blick auf die verrußten Fenster, von rechts der auf den unbeschädigten Giebel, ein Blick empor zu den Kinderstuben, wo kein Feuer, aber hochgiftige Gase gewütet hatten. Datum der Brandnacht war der 18. März 1995. In weniger als zweieinhalb Jahren hatte Martin Berger erst ein Hundeleben ausgelöscht und am Ende fast eine ganze Familie.

»Verdammt«, fluchte Willy. »Wo ist das Foto?«

Er trat einen Schritt zurück und betrachtete die Wand aus der Distanz, kniff die Augen zu und rieb sich über das Gesicht.

Er hatte den Schnappschuss, der Martin Berger auf dem Weg zum Haus der Majakowskis zeigte, nur mit Mühe in die Hände bekommen. Im Leprechaun hatte ein betrunkener Henning Kokles damit geprahlt, dass er in der Brandnacht unweit der Unglücksstelle gewesen war. Kraniche habe er fotografieren wollen, einfach bloß Kraniche. Er war nicht müde geworden, den Namen der Vogelart laut auszusprechen, immer wieder *Kraniche* und *Kraniche* und *Kraniche*; irgendwann hatte Willy sich zu ihm gestellt und ihm das nächste Bier spendiert.

»Meine Fresse!« Willy spürte in seinem Innern das Aufbrodeln von Panik. »Wo habe ich das Foto bloß festgemacht?«

Eva gab keine Antwort.

Was soll denn passieren?

Ein zaghaftes Klopfen ließ Anna die Augen öffnen. Sie brauchte einen Moment, um zu realisieren, wo sie gerade war. Unter ihr lag eine samtweiche Tagesdecke, und durch das Fenster sickerte ein graues Licht. Natürlich. In der Pension ihrer Tante und ihres Onkels; das kleine Zimmer im dritten Stock. Ihr Cousin hatte sie hoch begleitet und gemeint, sie solle sich wie zu Hause fühlen. Er war hinuntergegangen, und sie hatte sich auf dem Bett ausruhen wollen, bloß fünf Minuten, nicht länger.

Laut ihrem Handy war es 15.00 Uhr durch; sie hatte tatsächlich vier Stunden am Stück geschlafen. Als es abermals klopfte, rappelte sich Anna auf, straffte ihren Pullover und öffnete die Tür.

»Hi.« Es war ihre Tante. »Habe ich dich geweckt?«

»Nein, nein. Ich wollte eh aufstehen.«

»Dann lass dich drücken, Liebes.«

Helene umarmte sie mit einer Energie, der sich Anna nur ergeben konnte; sie schmiegte ihren Kopf an Helenes Schulter, atmete langsam ein und langsam aus und streifte ebenso langsam ihre Benommenheit ab.

»Wann hast du dir die Haare abgeschnitten?«, fragte Helene und strich ihr kaum merklich über die Haarspitzen.

»Nach der Trennung von Paul.«

»Ihr seid auseinander?«

»Ja, seit Ewigkeiten.«

»Und warum?«

»Laut ›Gala‹ wegen unüberwindlicher Differenzen.«

Anna schickte ihrem Grinsen ein Schulterzucken hinterher; das war zu viel Realität nach dem Aufstehen, zu viel Realität zwischen Tür und Angel. Sie schnappte sich ihren Rucksack, ging zu der hüfthohen Kommode neben dem Fenster, und Helene nahm auf dem Bett Platz, das Kinn erhoben und den Rücken gerade wie eine Gouvernante aus dem 19. Jahrhundert. »David hat mir erzählt, dass du nach irgendwelchen Briefen gefragt hast.«

»Keine Ahnung, wie ich darauf gekommen bin.«

»Hast du Ärger in Berlin?«

»Nein, alles bestens.«

Helene neigte leicht den Kopf, wobei sie mit dem Mittelfinger ihre rechte Augenbraue nachzeichnete. Der straff gebundene Dutt und der Rollkragenpulli betonten ihr gleichmäßiges, beinahe altersloses Gesicht. Es war kaum vorstellbar, dass sie woanders leben würde als in dem Gutshaus, geradezu grotesk, sie sich in einem Bauernhaus auszumalen; ebenso abwegig schien der Gedanke, sie würde einer anderen Arbeit nachgehen oder zu diesen über 50-jährigen Frauen gehören, auf die der Markt glaubte, verzichten zu können. Helene Majakowski und das Gutshaus, das war in Annas Vorstellung ein und dasselbe.

Im sanften Tonfall fragte Helene, wie lange sie zu bleiben gedachte. Anna ahnte, dass sie den letzten Bus nicht mehr bekommen würde; vielleicht war es besser so, dachte sie. Der Realität war eben schwer zu entfliehen.

»Ich muss Montag arbeiten«, antwortete sie.

»Also fährst du morgen?«

»Eigentlich wollte ich Montag fahren. Gleich früh.« Sie hatte den Verdacht, dass es nicht die Antwort war, die Helene hatte hören wollen, und fügte rasch hinzu: »Ich kann auch Sonntag abreisen.«

»Mach dir keinen Kopf«, sagte Helene. »Bleib, solange du willst.«

»Danke.«

Anna machte sich daran, ihre Kleidung aus dem Rucksack in die Kommode zu räumen. Im Grunde eine sinnlose Aktion. Die zwei Paar Socken, die Unterwäsche und das Schlafshirt, die Wechselhose und die gefütterte Leggings hätten problemlos im Rucksack bleiben können, dennoch öffnete sie die untere Schublade und legte ihre Slips hinein. »Das sieht alles so sauber aus. Wie geleckt.«

»Wir wollen keine schlechte Bewertung riskieren.«

»Etwa von mir?«

Helene lachte. »Nein, von den Gästen.«

»Das ist ein Gästezimmer?«

»Ja, was denn sonst?«

»Ich dachte …« Sie stockte und schaute für einen kurzen, ratlosen Moment zu Helene, dann überflog sie das Mobiliar, wobei sie das unwirkliche Gefühl erfasste, ein zweites Mal aufzuwachen. In dem Zimmer standen ein Bett und ein Nachttisch mit einer grün beschirmten Lampe, an der Wand hing eine Stickerei. Hellblaue Kornblumen am Feldrand. Auf dem Bilderrahmen und der Kommode nicht ein Körnchen Staub. Sie wandte sich ab und öffnete die mittlere Schublade.

»Was hast du gedacht?«

»Ach, nichts.«

»Du bist enttäuscht, nicht wahr?«

»Quatsch«, meinte Anna, ohne Helene anzusehen. Das Paar Socken, das sie in die Schublade legte, wirkte darin verloren und trostlos, als sei es vom letzten Gast vergessen geworden. Sie stieß die Schublade so kräftig zu, dass es rumste. »Entschuldige.«

»Also doch enttäuscht?«

»Ja, ein bisschen.«

»Keine Sorge, wir haben nichts weggeworfen.«

»Wirklich nicht?«

»Kannst mir glauben.« Helenes Stimme klang so mild und geduldig wie zu der Zeit, in der sie Anna oft hatte trösten müssen. »Ich habe deine Sachen in Tüten und Kartons gepackt, und David hat alles auf dem Speicher verstaut.«

»Warum sollte das Zimmer auch leer stehen«, sagte Anna einsichtig.

Helene rückte zur Bettkante vor, die Füße flach auf dem Boden, höchstens eine Handbreit voneinander entfernt. »Ich muss dich mal was fragen.«

Anna erwiderte nichts.

»Weshalb besuchst du uns ausgerechnet heute?«

Anna dachte erneut daran, wie unkompliziert ein Anruf gewesen wäre, und ärgerte sich über ihre eigene Hau-Ruck-Mentalität. Gegen eine zupackende Art in Kombination mit klarem Verstand hätte sie nichts einzuwenden gehabt, bei ihr wechselten allerdings Lethargie und blinder Aktionismus wie die Launen eines Kindes. Schon oft hatte sie sich gefragt, wem sie diese Eigenschaft zu verdanken hatte. Mit dem beinahe leeren Rucksack in den Händen murmelte sie schließlich:

»Ich wollte euch einfach sehen.«

»Das hättest du auch ein andermal machen können.«

»Ich hatte plötzlich Angst, dass euch was Schlimmes passiert.«

»Liebes, was soll uns denn passieren?«

»War bloß so 'n Bauchgefühl.«

»Ein Bauchgefühl, das dich nach fünf Jahren in den Zug steigen lässt?«

»Ich hab mir halt Sorgen gemacht.«

»Du bist wegen ihm hier, stimmt's?«

Anna senkte den Blick auf den geöffneten Rucksack und sah im Innern das Briefpapier schimmern. »Wisst ihr etwa Bescheid?«

»Glaub mir«, versicherte Helene. »Wir haben alles Mögliche versucht. Dein Onkel hat sogar beim Landrat offiziell Beschwerde eingereicht, war aber alles umsonst. Wenn's um seltene Vögel geht, finden die ja immer irgendwelche Gesetze, nur unser Seelenfrieden ist den Herrschaften egal.«

Trotz ihres offensichtlichen Ärgers blieb Helenes Stimme beherrscht; sie trat an Anna heran und umschloss mit ihren zarten Händen die ihren, als wolle sie ihr helfen, den Rucksack zu halten. »Solange er keine gesicherten Wohnverhältnisse vorweisen kann, muss er bei seiner Mutter wohnen. Wegen der ambulanten Betreuung.«

»Ich habe keine Ahnung, wovon du sprichst.«

»Ich rede von seiner Entlassung.«

»Wessen Entlassung?«

»Die von Martin Berger.«

Anna begannen die Hände zu zittern, und der Rucksack glitt ihr aus den Fingern und fiel zu Boden. Sie musste hier raus, sofort.

Wetten, dass

Mit offenem Mantel rannte Anna zum Schwarzen See hinunter und folgte dem Uferpfad nach Osten, bis sie vor einem Wegweiser bremste. Eine blau-weiße Markierung wies den Weg ins sechs Kilometer entfernte Falkenberg. Sie hatte keine Vorstellung von dem Dorf, nicht einmal davon, wie lange sie für sechs Kilometer brauchen würde; sie lief einfach weiter, weil ihr im Augenblick nichts anderes möglich schien. Laufen, durchatmen, laufen.

Ein dichter Schilfgürtel säumte das Ufer, und obwohl in der feuchten Brise die Haarkränze auf dem Schilf bebten, war fast kein Laut zu hören; nur das Hecheln ihres Atems und das Knirschen ihrer Schritte im Schnee. Die Winterruhe war nur eine hellere Variante der Grabesstille, und so breitete sich das Echo seines Namens in ihrem Schädel aus. Martin Berger. Martin Berger. Berger. Martin. Anna hetzte über das bucklige Gelände, und erst vor einer krummen Silberweide kam sie zum Stehen.

Unter dem blattlosen Gestrüpp tief hängender Zweige entdeckte sie eine Sitzbank. Die Holzplanken waren fahl, die krummen Beine halb im Boden versunken. Sie stemmte die Hände in die Taille und spähte südwärts über das verschneite Feld. In der Ferne zogen erste Wolken auf, darunter abschüssige Häuser und versprengte Gehöfte. Der Anblick der Rauchfäden über den Dächern ließ Anna an heiße Kachelöfen und knackendes Holz denken, dann an verstopfte Kamine und geruchloses Gas. Kohlenmonoxid. Der unsichtbare Tod. Sie wandte sich um und trat mit voller Wucht gegen die Bank.

Nach dem vierten Tritt war das Holz gesplittert, und ihr Stiefel durchbrach die Rückenlehne, sodass sie mit der Wade über das ausgefranste Holz schrammte und das Gleichgewicht verlor. Sie griff ins Weidengestrüpp, suchte Halt und fing sich auf. Unter den dürren Ästen dachte sie daran, was sie Paul angetan hatte: das Wortgefecht und die Schläge, seine Flucht und ihr Schulterzucken. Lange hatte sie geglaubt, ihre Wut entlade sich allein in ihrer Wohnung; dann war der zerbrochenen Schranktür das zerbrochene Telefon gefolgt und dem Telefon nun eine zerbrochene Bank.

Sie ging zurück auf den Pfad und vergewisserte sich, dass niemand sie beobachtet hatte. Obwohl ihr Mantel noch offen stand, war ihr Pullover unter den Achseln nass vor Schweiß. Sie raffte ihr rechtes Hosenbein hoch und inspizierte die Schramme, die nicht tief, nicht wirklich schlimm aussah, dafür aber brannte, wie nur Schürfwunden brennen konnten. Sie knöpfte ihren Mantel zu, zog sich die Mütze in die Stirn und lief in ruhigem Tempo weiter. Paul, seine rote Wange, seine blutige Nase, all das verblasste mit jedem Schritt, und als der Schilfgürtel sich öffnete und die Sicht auf den See freigab, verstreute der Anblick ihre Selbstvorwürfe.

Vor ihr spannte sich der Schwarze See über das Land, still und reglos. Anna setzte einen Fuß auf die Eisschicht, die sich am Ufer gebildet hatte, und übte ein wenig Druck aus. Sofort verzweigten sich feine Risse über das Eis. Sie erinnerte sich, dass ihr Bruder sie hin und wieder zu solchen Badestellen mitgeschleppt hatte. Irgendwann war Lennart beim Rauchen erwischt worden, was zu Stubenarrest und einer Woche Fernsehverbot geführt hatte; in dieser Hinsicht hatte ihre Mutter kein Pardon gekannt. Niemals im Haus, ohne Ausnahme, außerdem sei er noch keine 16. Fortan war Lennart zum Rauchen in die Botanik geflohen, meist allein, gelegentlich mit seiner jüngeren Schwester, und auf einem dieser Ausflüge hatte er sie gefragt, ob sie das von Charlie gehört habe.

»Nein«, sagte sie. »Ist der aus deiner Klasse?«

»Du kennst Charlie nicht?«

»Nein.«

»Mann, der alte Köter von Kallabis.«

Die Oberfläche des Sees war gefroren, und Lennart tippte mit den Spitzen seiner neuen Turnschuhe auf dem Eis herum. Ein kantiger Bürstenschnitt verlieh seinem Gesicht eine Härte, die sich auch in seiner Stimme niederzuschlagen schien; bisweilen schreckte Anna schon auf, wenn er sie in seiner ruppigen Art ansprach.

»Du kennst doch die Häuser hinterm Friedhof.«

»Ja, und?«

»Da wohnen Kallabis.«

»Ach, du meinst den Dicken und seine Frau.«

»Hundert Punkte für die Kandidatin.« Lennart wagte einen ersten Schritt auf die Eisdecke, faltete die Hände in Gebetshaltung und griente breit. »Tada, ich bin Jesus und laufe übers Wasser.«

»Echt lustig, echt.«

»Anna, guck dir das an!«

»Ja, schön. Aber was ist nun mit diesem Charlie?«

»Der ist gegrillt worden«, erklärte Lennart beiläufig.

»Versteh ich nicht.«

»Mann, der Feuerteufel hat die Töle abgefackelt.« Auf Annas fragenden Blick hin sagte er: »Er hat den Hund ins Scheißhaus gesperrt und dann das Ding angezündet. Die Töle ist bloß noch 'n Haufen Asche.«

Sie presste vor Ekel die Lippen zusammen. Sie mochte Tiere, besonders Katzen, Delfine, Karnickel, Meerschweinchen, Schafe, Ziegen, Pferde und eben auch Hunde. Dass jemand ein Tier bei lebendigem Leib verbrannte, überstieg ihre Vorstellungskraft. »Du spinnst. Niemand macht so was.«

»Ich schwöre.«

»Auf was?«

»Auf Muttis Leben.«

»Also lügst du.«

»Okay, ich wette um meine Michael-Jackson-Kassette.«

»Cool«, sagte Anna, doch ihre Vorfreude über den eventuellen Gewinn vermochte kaum ihr Misstrauen zu dämpfen. »Und woher weißt du das?«

»Hat jemand im Leprechaun erzählt.«

»Du bist in der Kneipe gewesen?«

»Das hast du jetzt nicht gehört, klaro?«

»Mutti hat dir verboten, dort hinzugehen.«

»Mutti hat mir auch verboten zu rauchen.«

Er zog aus der Ärmeltasche seiner Bomberjacke eine Schachtel »F6« und zündete sich eine Kippe an. Mittlerweile stand er einen halben Meter vom Ufer entfernt, beide Füße auf dem Eis, die Schultern herabhängend. Er wandte sich um und blies Anna demonstrativ den Qualm ins Gesicht. »Wenn du mich verpetzt, sag ich dem Feuerteufel, wo du wohnst.«

»Na und! Du kennst ihn eh nicht.«

»Wetten, dass?«

»Verarschen kann ich mich selbst.«

»Ich wette um meine Roxette-Kassette.«

»Ich hasse Roxette.«

»Okay, du kriegst 'nen Pulli von mir.«

»Welchen?«

»Den mit Alf drauf.«

Kaum hatte Lennart den Wetteinsatz erhöht, knackte unter seinen Schuhen das Eis; sein linker Fuß blieb auf der Oberfläche, sein rechter rutschte ins Wasser. »Verfluchte Scheiße.«

Er hatte den Schuh aus dem Wasser gezogen, war zurück ans Ufer gesprungen, und Anna hatte hinter vorgehaltener Hand gekichert. Als er ihr daraufhin die Faust entgegengestreckt hatte, war sie in der Befürchtung, eine Schelle zu kassieren, heimwärts gerannt.

Sie konnte sich nicht mehr erinnern, ob er ihr mit erhobener Faust und nassem Schuh gefolgt war; sie wusste aber, dass ihre Eltern heftig gestritten hatten, als sie zu Hause angelangt war, und dass sie an diesem Tag zum ersten Mal vom Feuerteufel gehört hatte.

Unter Anna brach das Eis, und das Wasser schwappte über ihre Stiefelspitze. Sie zuckte mit den Schultern, entfernte sich vom Ufer und folgte dem Pfad in Richtung Falkenberg.

Über die Winterfelder hinweg entdeckte sie am nachtblauen Horizont eine Gruppe kahler Birken, vielleicht fünf oder sechs. An den Bäumen führte eine schmale Straße entlang und trennte so das vordere Feld von dem hinteren. In Annas Gedächtnis gab es ein klares Bild von dieser Straße und dem Haus, das früher zwischen den Birken gestanden hatte; auf dem Holperpflaster hatte sie mit ihrer Mutter Federball gespielt oder ihren Bruder zum Schulbus begleitet. Derweil sich Annas Augen an das Zwielicht gewöhnten, glaubte sie, eine Gestalt über das Feld wandern zu sehen.

Wenn es den Sternenpark schon vor 20 Jahren gegeben hätte, sinnierte sie, wäre das Unglück garantiert verhindert worden. Irgendein Sterngucker hätte das brennende Haus zwischen den Birken entdeckt und die Feuerwehr alarmiert. Ihre Gedanken strebten zu den Dorfbewohnern, die in ihren Stuben hockten und nichts von seiner Rückkehr wussten, die am Wochenende Formel 1, Fußball oder die Schlagerparade guckten und dabei Konfekt aus knisternden Schachteln polkten, während das Kohlenmonoxid unbemerkt in ihre Lungen drang. Menschen, genauso ahnungslos wie damals ihre Eltern und ihr Bruder. Martin Berger war nicht nur in ihr Leben, sondern in das Leben aller zurückgekehrt. Die Gestalt näherte sich dem Feldweg, und Anna neigte sich vor und zupfte die Jeans von der klebrigen Wunde.

Gestrandeter Wal

Willy löste die Landkarte von der Wand und ließ die grünblaue Herrlichkeit des Havellandes zu Boden fallen. Der Anblick der kahlen Stelle brachte ihn schier zur Verzweiflung.

»Sag schon, was hat neben dem Foto gehangen?« Er rieb sich übers Gesicht, und das Geräusch, das seine Hände auf der stoppeligen Haut verursachten, traktierte seine Ohren. »Jaja, schweig dich ruhig aus.«

Eva enthielt sich jeder Reaktion, wie immer, und er stieß eine Salve Flüche gegen die Wand. Nach einer Minute stockte er und klatschte sich die Hand auf den Oberschenkel.

»Klar doch, die Zeugenaussage vom ollen Hörnicke.«

Gustav Hörnicke, der längst einen Stammplatz auf dem Gollwitzer Friedhof besaß, hatte im Dezember '94 einen jungen Mann um seinen Pferdestall herumschleichen sehen. »Hier«, sagte Willy und pochte mit dem Finger auf Hörnickes protokollierte Aussage. *Wie der Deibel lauerte der Bursche hinter meiner Scheune, ich hab die Augen im Dunkeln leuchten sehn, und sein Gesicht war ganz finster, da wusste ich sofort, dass er's auf meine Stuten abgesehn hat, und hab ihn mit Gebrüll verscheucht, diesen Deibel.* Zweifellos Martin Berger, der nach neuen Opfern Ausschau hielt.

Wider Erwarten hing neben Hörnickes Aussage kein Foto, und Willy begann, die Wohnstube in latenter Panik von einer Seite zur anderen abzuschreiten. Sowie ihm ein Artikel aus der »Märkischen« einfiel, lachte er mit kindlicher Freude auf. Über den Zeitungsausschnitt musste das Foto angepinnt sein; er sah beides in Gedanken deutlich vor sich. Der Artikel hatte zum Thema die Unterbringung psychisch kranker Täter im regulären Strafvollzug. Laut dem Bericht waren die Kliniken überfüllt und kaum noch belastbar. Dass Martin Berger einen Teil des Problems darstellte, war Willy beim Lesen sofort klar geworden; ein eiskalter Mörder, der irrtümlich für einen Schizophrenen gehalten wurde, einer, der seine Krankheit bestens zu simulieren wusste. Als er den Artikel endlich aufspürte, schlug er mit der flachen Hand gegen die Wand, einmal, zweimal.

»Eva, wo ist das Scheißding?«

Dreimal, viermal.

»Ohne das Foto bin ich am Arsch.«

Er rupfte sämtliche Reißzwecken ab, entfernte die Kopien, die Fotos, die Artikel, einfach jeden Zettel und überließ alles der Schwerkraft. Bald zeichnete das Licht der Stehlampe allein Willys Schatten an die leere Wand. Unter seinen Schuhsohlen knirschten die Scherben, auf seinem Bauch pochten die Hämatome, und Eva blieb reglos, teilnahmslos, unerhört gefühllos.

Nachdem er mit einem Schluck Bier zwei Ibu 600er hinuntergeschluckt hatte, öffnete er jede Schublade, blätterte durch jeden Aktenordner und stöberte in jeder Nische. Er krempelte das Haus von unten nach oben um, bis ihn die Resignation in die Schlafstube trieb.

Auf dem Bett sitzend, strich er sein Haar zurück und nuckelte selbstvergessen an der Bierflasche. Über dem Bett das Puzzle, das früher anstelle seiner Notizen in der Wohnstube gehangen hatte. Es zeigte ein Korallenriff mit der üblichen Flora und Fauna, darunter auch Arten, die sich in Wirklichkeit nicht den Lebensraum teilten. Diese Welt ist zu schön, um wahr zu sein, hatte Eva beim Puzzeln gesagt. Das glänzende Haar der Perücke hatte nicht zu ihrem ausgemergelten Gesicht gepasst, ihr freundlicher Ton nicht zu den Schmerzen, die sie tagein, tagaus ertrug.

Magst du etwa das Puzzle nicht?

Nein, Willy. Ich find's große klasse.

Ganz ohne Flachs jetzt?

Das ist ein tolles Geschenk, wirklich.
Und warum sagst du dann so was?
Ach Willy, du hast keine Ahnung von Tieren.

Mit feuchten Augen sank er nach hinten, umklammerte mit der Linken das Bier und befühlte mit der Rechten die Matratze. Auf seiner Seite bauschte das Federbett, die andere Seite war leer und würde es auch immer bleiben. Obwohl Eva sich etwas anderes für ihn gewünscht hatte, würde er in dieser Hinsicht ihrem Willen nicht nachkommen; sein Platz war an Evas Seite, im Leben wie im Tod.

Als hätte ihm jemand ein nasses Tuch in den Nacken gelegt, fingen seine Oberarme zu kribbeln an. Er richtete sich auf und beäugte das Puzzle. Im Hintergrund die Korallen und ein Riffhai, vorne Kugelfische, Rochen und neben einem Sammelsurium anderer Exoten ein Buckelwal. Das Kribbeln pulsierte bis in seine Fingerspitzen, sodass die Bierflasche zu schwanken begann. »Der Wal gehört da nicht hin«, sagte er, und seine Stimme klang in seinen Ohren wie die eines anderen Menschen. »Der Wal gehört ins Nordmeer, verdammt.«

Willy verließ die Schlafstube und suchte die Schlösser der Vorder- und Hintertür nach dubiosen Spuren ab, dachte daran, wie leicht er sich zu Lisbeths Haus Zugang verschafft hatte. Ein Schlagschlüssel und eine Schuhsohle hatten genügt: Klopf, klopf und knack, knack und schon war er drinnen gewesen. Früher hatte niemand die Haustür verriegelt, heute witterten die Gollwitzer hinter jedem Busch eine Einbrecherbande aus Rumänien; sie alle hielten ihre Türen zwei- und dreifach verschlossen, als gäbe es hier irgendetwas zu holen.

Mit erstarktem Eifer prüfte er sämtliche Fenster, sogar die auf dem Dachboden und das winzige Lüftungsloch im Bad. Auf den ersten Blick wirkte alles normal, unangetastet. Nirgends Kratzspuren oder verdächtige Kerben. Solange man nicht durch Wände gehen konnte, war niemand bei ihm eingebrochen; das Foto musste irgendwo im Haus sein.

Allzu rasch verpuffte seine Energie, und er öffnete ein neues Bier, durchstreifte angetrunken und ratlos die Räume. Überall begegnete er den Auswüchsen seiner erfolglosen Suche: verstreute Papiere, aufgerissene Schubladen und Schranktüren. »Was ist nur los mit mir?«, fragte er Eva. »Guck mich an.« Er zupfte am Bund seiner Hose. »Fett und hilflos wie ein gestrandeter Wal.«

Er stellte die leere Bierflasche kopfüber ins Spülbecken und glotzte auf den Kalender. Da er noch nicht geheizt hatte, legte sich die Kälte um ihn wie ein tiefgefrorener Regenmantel und drohte, in sein Innerstes vorzudringen. Morgen war der 24. Januar. Seit Evas Tod bestimmte Martin Berger sein Leben, war Aufgabe und Ziel, Sinn und Bürde. Jetzt musste Schluss sein. Er würde Martin Berger nicht der gerechten Strafe zuführen können, nicht ohne das Foto. Resigniert riss er die Kalenderseite ab, knüllte sie zusammen und zerrte den Mülleimer aus der Spüle. Als sein Blick auf den Abfall fiel, fingen seine Arme von Neuem zu kribbeln an. Ganz oben lag der Pflaumenkuchen, den er eigenhändig weggeschmissen hatte.

»Diese Schweine«, dämmerte es ihm. »Die haben hier rumgeschnüffelt, während Beck auf lieben Onkel gemacht hat.« Langsam faltete er das Kalenderblatt wieder auseinander.

Anglerlatein

»Ich glaub, ich hau ab.«

»Was? Jetzt schon?«

»Ja, das Treffen beginnt gleich.«

»Take it easy. Die interessieren sich eh nicht für uns.«

»Ich will aber hören, was Beck zu sagen hat.«

»Noch fünf Minuten, okay?« Danny fischte aus seiner Daunenjacke den Tabak und hielt ihn Kevin Hübner hin. »Blättchen und Filter sind drin.«

»Wann haste mich das letzte Mal rauchen sehn?«

Danny zuckte die Achseln.

»Eben«, murmelte Kevin.

»Und 'nen Zug vom Sticky?«

»Von dem Zeug krauch ich ins Leprechaun.«

Sie standen am Ufer des Schwarzen Sees, und Kevin klappte ohne Unterlass ein silberfarbenes Taschenmesser auf und zu. Danny glaubte, sich zu erinnern, dass er das Messer von seinem verstorbenen Großvater bekommen hatte – als Trostpflaster für ein Rudel toter Meerschweinchen.

»Hey«, sagte Kevin mit der Stimme eines Kindes. Er zeigte in den Himmel, wo dünne Wolken vom Horizont aufstiegen und die ersten Sterne verdrängten. »Ist das ein Planet?«

»Null Ahnung.« Danny nahm aus dem Tabakpäckchen das Überbleibsel eines Joints. »Vielleicht der Mars.«

»Ich dachte, der ist rot?«

»Heute so, morgen so.«

»Echt? Nennt man ihn nicht den Roten Planeten?«

»Bin ich der Sternführer oder du?«

Danny bedachte ihn mit einem abfälligen Blick, den große Brüder ihren nervigen kleinen Geschwistern schenkten. Kevin war ein paar Jahre jünger und sein bester Freund, sofern dem einzigen Freund automatisch der Rang des besten gebührte. Mit dem blauen Parka und den Ohrenwärmern ähnelte er den Großstädtern, die hier am Wochenende auf Abenteurer machten, den Northface-Hippies und Jack-Wolfskin-Bonzen. Kevin fragte ihn, ob er schon mal daran gedacht habe, dass der alte Knacker recht hat.

»Du meinst Urban?«

»Ich fand das gestern echt grenzwertig.«

»Mann, der hat bloß gekriegt, was er verdient.«

Kevin klappte das Messer zu, schob seine Rechte unter den linken Jackenärmel und schupperte sich am Handgelenk.

»Mach dir keine Platte«, fügte Danny hinzu. »Der rennt rennt nicht zur Polente.«

»Sicher?«

»Die denken sowieso, dass er einen an der Waffel hat.«

Kevins Ohrenwärmer sah aus wie ein Schal, den er sich um den Kopf gewickelt hatte, und wirkte auf Danny äußerst feminin. Als er damit zum ersten Mal im Leprechaun angetanzt war, hatte es von allen Seiten Spott gehagelt: *Hey, Kevin, willst du bei »Germany's Next Top Model« auftreten*? Oder: *Hat dich das Amt zu 'nem Strickkurs verdonnert?* Seit einem Dreivierteljahr war Kevin arbeitslos. Er hatte in Rathenow in einem Reisebüro gearbeitet, das insolvent gegangen war. Daraufhin hatte Danny ihm seinen Masterplan anvertraut – das große Ding, mit dem sie dick ins Geschäft einsteigen würden. Welches Geschäft denn?, hatte Kevin nachgehakt. Touristen, Touristen, war Dannys Antwort gewesen. Ein bisschen durch die Pampa latschen und dafür Knete kassieren. Bedauerlicherweise hatte Kevin die Schnauze voll von Touris und wollte zunächst einmal Arbeitslosengeld kassieren. Außer auf den Angelausflügen mit Danny oder hier am Ufer hatte Kevin seinen Ohrenwärmer nie wieder in der Öffentlichkeit getragen.

»Du, sag mal.« Danny zog an seinem Joint und registrierte mit Genugtuung, wie Kevin ihm sein jungenhaftes Gesicht zuwandte. Um den Moment auszureizen, inhalierte er langsam und tief und pustete den Rauch behäbig aufwärts. »Was wäre, wenn ich unsere Firma mit 'nem Startkapital pusche? Quasi 'ne erste Finanzspritze.«

»Unsere Firma?«, fragte Kevin ungläubig.

Danny drehte sich vom Ufer weg und wies den Abhang hinauf. Ein Gefälle, teilweise mit niedrigen Sträuchern und stumpfen Wurzeln gespickt, zog sich etwa 30 Meter in die Höhe. Dort oben befand sich eine Bungalowsiedlung, und wenn sie auch in der Dunkelheit kaum zu erkennen war, wusste Danny, dass Kevin den Wink verstand.

»Hast du vergessen, was Robert gesagt hat?«, bemerkte Kevin.

Ein Berliner oder zumindest ein Typ, der in Berlin ein Büro besaß, hatte das Grundstück inklusive aller Bungalows und der Anlegestelle gekauft. Was der neue Eigentümer mit der 2.000 Quadratmeter großen Immobilie anstellen mochte, war Dauerthema im Leprechaun. Wollte er hier allein wohnen oder ein Feriendomizil errichten? Würde er die Bungalows abreißen oder eher sanieren? Robert verwies unermüdlich auf die feuchten Wände und die Dächer aus Asbest. Der reinste Krebs. Und dazu die Kosten für die Entsorgung. Der Typ wird sich vor Wut in den Arsch beißen.

»Robert hat keinen Plan«, erwiderte Danny.

»Aber du?« Kevin öffnete wieder sein Taschenmesser.

»Denk doch mal nach«, sagte Danny. »Ob der die Hütten saniert oder abreißt oder da das größte Plumpsklo der Welt hinzimmert, kann uns beiden schnuppe sein. Fakt ist, dass Leute kommen werden. Leute mit Schotter, Leute von Außerhalb.«

Ehe Kevin ihn hätte unterbrechen können, spulte Danny seinen Text ab, erzählte all das, was ihm seit Tagen durch den Kopf geisterte. Seine Sternführungen seien nämlich Humbug – und er wisse auch, dass jeder in Gollwitz das ebenso sah –

nur die Idee dahinter sei nicht dumm. Wer das nicht kapiere, dem sei nicht zu helfen. Sternführungen, Angelausflüge, das volle Programm in Kooperation mit einer Pension oder diesem Heini aus Berlin.

»Mensch, Kevin«, schloss er. »Du und ich. Genau wie früher.«

»Nur einer fehlt.«

Kevins Satz traf ihn wie ein Schlag in die Magengrube. Er musste seinen Blick abwenden, denn an einer Sache gab es keinen Zweifel: Wäre Lennart am Leben, würde er in diesem Augenblick wohl kaum neben Kevin Hübner stehen und ihm von seinen Plänen berichten. Klinge raus, Klinge rein, Klinge raus, Klinge rein.

»Lennart hätte gewollt, dass wir's den alten Säcken zeigen«, sagte Danny schließlich.

»Meinste das im Ernst?«

»Klaro, wir drei gegen den Rest der Welt.«

Über das Gesicht seines einzigen Freundes huschte ein Lächeln, und Danny fragte sich, ob Kevin all die Scherze verdrängte, die sie auf seine Kosten gemacht hatten, oder ob es ihm mittlerweile egal war. »Wie die drei Musketiere«, stellte Kevin fest.

»Oder die verschissene 'Justice League'.«

»Das sind mehr als drei.«

»Machste jetzt auf Schweinchen Schlau?«

Kevins Gesicht verfinsterte sich, dass Danny fast seinen Kommentar bereute. In diesem schwachen Moment wollte er ihm anvertrauen, was er aus Urbans Stube hatte mitgehen lassen. Er betrachtete seinen Joint, blies gegen die Glut, und der Moment verflüchtigte sich wie sein Atem in der kalten Luft.

»Das mit den Pottwalen ist echt krass«, sagte Danny. »Haste das gehört?«

»Ja, gestern wurden noch zwei angespült.«

»Ich weiß. An der dänischen Küste.« Danny drehte seine Basecap um, sodass der Schirm nach hinten zeigte, nestelte an seinem Hosenstall und pinkelte aufs Eis. »Jetzt sind es 13 Wale insgesamt.«

»Die reinste Apokalypse.«

»Fragt sich nur für wen.«

Kevin zuckte die Achseln, und Danny packte alles wieder ein. »Das waren reinweg männliche Tiere.«

»Nicht wirklich.«

»Doch, alles junge Bullen.«

»Scheiße«, fluchte Kevin und schaute auf sein Handy.

»Das eigene Gewicht hat ihnen die Lungen zerdrückt. Die sind elendig krepiert.«

»So will ich nicht sterben.«

Danny spähte in die Ferne und zupfte sich dabei das Bärtchen unter seinen Lippen. »Die sind ewig durchs Meer geirrt, nichts zu fressen und keine Weiber am Start.«

»Du, wir müssen ins Leprechaun.«

»Da gibt's auch keine Mädels.«

»Kannst ja hierbleiben und mit den Fischen reden.«

»Mann, Kevin«, versuchte es Danny erneut. »Den Alten gehn wir am Arsch vorbei. Du willst doch nicht enden wie so 'n Walfisch?«

»Und was ist mit Du-weißt-schon?«

»Der wird seine Rechnung kriegen, vertrau mir.«

Kevin prüfte abermals die Uhrzeit. Die Verunsicherung schien ihm aus jeder Pore zu sprießen, und dort, wo sie nicht von allein herauskam, kratzte er sie frei.

»Ich hau jetzt ab«, stieß er nervös hervor. »Von mir aus auch allein.«

»In fünf Minuten, okay?« Danny hielt ihm den Sticky hin. »Das entspannt dich.«

Klinge rein, Klinge raus.

Hinterm Mond

Anna öffnete die Arme, zögerlich, fast schüchtern, während ihr Onkel, den sie fälschlicherweise für einen Astronisten gehalten hatte, seine Hände in den Taschen beließ. Über einen Wollpullover trug Stephan eine offene Windjacke, doch schien er weder zu frieren, noch wegen der Kälte besorgt zu sein.

»Dein Besuch kommt ziemlich unerwartet.«

»Tut mir leid, dass ich euch so überrumpelt habe.«

»Ein Anruf hätte genügt, Anna.«

»Wie gesagt, es tut mir leid.«

Stephan zuckte mit den Schultern, wandte sich ab und schaute in die Richtung, aus der er gekommen war. Er überragte sie um knapp zwei Köpfe; seine hohe Stirn und die bernsteinfarbene Brille verliehen ihm das Aussehen eines Intellektuellen, der einen Bauern nachzuahmen versuchte. Anna rückte neben ihn, und obwohl sich der Himmel von Minute zu Minute dunkler färbte, erkannte sie noch immer die Birken, die wie verkohlte Finger in die Landschaft ragten.

»Eigentlich wollte ich das Feld kaufen«, erklärte Stephan. »Aber keine Chance. Ein Investor hat es sich untern Nagel gerissen. Der pure Landraub.«

»Ich dachte, so was gibt's bloß in Afrika.«

»Unsinn. Brandenburg ist längst im Ausverkauf.«

»Das wusste ich nicht.«

»Ackerland ist das neue Öl.«

»Und was wolltest du mit dem Feld? Etwa Mais anbauen?«

»Ich will nicht, dass die hier ständig Gülle sprühen oder irgendein Idiot seinen Schutt ablädt.« Er zog aus der Jacke ein Päckchen Tabak und drehte sich eine Zigarette. »Das hat meine Schwester nicht verdient.«

Der Satz traf Anna völlig unvorbereitet; sie brauchte einen Moment, bis ihr Verstand aus *seiner* Schwester *ihre* Mutter gemacht hatte. Stephan steckte sich die Zigarette an, inhalierte und reckte das Kinn beim Ausatmen nach Süden. »Ich hab die Ruine eigenhändig weggerissen. Die Schwalben können auch woanders nisten.«

Anna scharrte mit den Stiefeln im Schnee.

»Wollen wir mal rübergehen?«

»Jetzt?«

»Warum nicht?«

»Ich weiß nicht.«

»Unter den Birken hab ich Rasen gesät. Hab mir extra eine Spezialmischung besorgt. Aber die Hitze im letzten Sommer hat alles verdorren lassen.«

Anna schaute ihn an, und er hielt ihr einen Vortrag über Rasensorten, über Schatten und Lichtverhältnisse, über Parasiten und Dünger. Hätte sie ihn jetzt umarmt, wäre er dennoch weit weg gewesen, weiter sogar als die Entfernung vom Feldrand zu einer Gruppe Birken, wo einst ein Einfamilienhaus gestanden hatte. Nach einer Weile fragte er, ohne den Blick zu senken:

»Und? Was ist nun?«

»Vielleicht ein andermal«, lehnte sie ab. »Mir ist kalt.«

Sobald er die Zigarette aufgeraucht hatte, löschte er den Stummel im Schnee; er legte ihn in einen Streifen Alupapier, den er zusammenfaltete und in seine Jacke schob. Dann traten sie gemeinsam den Heimweg an, schweigend und mit zügigen Schritten, während sie die Dämmerung wie einen Schlitten hinter sich herzogen.

Je näher sie der Silberweide und der demolierten Bank kamen, desto intensiver spürte Anna den Kratzer auf ihrer Wade. Das Schamgefühl, das einem Ausbruch folgte, war im Beisein kontrollierter Menschen noch größer; besonders schlimm hatte sie es in Pauls Gegenwart empfunden.

Der miese Tag auf Arbeit, das Verkehrschaos in Berlin, die Obdachlosen, von denen man sich belästigt fühlte, die Heuchelei der Politiker, seine schräge Familie – nichts davon hatte Paul aufgebracht. Ihr Ventil war in seiner Welt keine Lösung gewesen. Als Stephans Augen zur Weide strebten, sagte Anna rasch:

»Helene hat es mir erzählt.«

»Ich dachte, du wusstest es bereits.«

»Nein, bis heute nicht.«

Sein Blick fuhr herum, ohne dass er den Schritt verlangsamte.

»Mach bloß keinen Unsinn.«

»Was denn für Unsinn?«

»Halt dich da raus«, entgegnete er ruppig. »Das regeln wir.«

Anna hatte keine Ahnung, was er ihr damit sagen wollte, und lief stumm neben ihm her. Im Zwielicht verrieten Stephans Gesichtszüge seine schweren Gedanken: Die Brauen hatten sich über der Brille zu einer Wulst zusammengeschoben, das Kinn mahlte unermüdlich. Schon als Kind hatte Anna sich davor gehütet, ihren Onkel in dieser Stimmung mit Fragen zu löchern oder gar zu verärgern.

Vorbei an Gutshaus und Pappelhain steuerten sie auf die alte Anlegestelle zu. Stephan lief in der Mitte des Stegs und schob mit den Füßen den Schnee beiseite. Unter Annas Stiefeln knarzten die Bohlen, und das Geräusch verhallte in der grauen Stille, die den See beherrschte. Sie schauten schweigend aufs Wasser hinaus, bis Stephan meinte, dass es morgen schneien wird.

»Wirklich?«, erwiderte Anna.

»Zu 98 Prozent.«

»Kannst du das riechen?«

»Wir leben nicht hinterm Mond.« Er angelte aus seiner Windjacke ein Smartphone. »Ich hab 'ne Wetter-App.«

Anna versuchte ein Lächeln.

»Ich meinte das ernst vorhin.« Er begann, sich eine neue Zigarette zu drehen. »Halt dich bitte fern von ihm.«

»Ist das nicht meine Sache?«

»Manche Dinge sollte man ruhen lassen. Ganz einfach.«

»Ich denke, das ist leichter gesagt als getan.«

»Warum?«, fragte er ruhig. »Du hast dir ein Leben in Berlin aufgebaut. Hast eine eigene Wohnung, einen Job und einen netten Freund.«

»Paul und ich sind getrennt.«

»Das macht den Rest ja nicht schlechter.«

»Mag sein«, bemerkte Anna. »Trotzdem bin ich hier.«

»Aber hier ticken die Uhren nun mal anders. Langsamer.«

Sie hob die Schultern, versteifte sich, und Stephan zeigte die feierlich ernste Miene jener Männer, die sie von Schwarz-Weiß-Fotos aus alten Schulbüchern kannte, Männer, die in steifen Kitteln eine Pflanze, ein Reagenzglas oder eine Rakete präsentierten.

»Gollwitz hat gerade die Chance, ein Stück vom großen Kuchen abzukriegen. Die 90er sind Geschichte.« Er zupfte sich einen Tabakfaden von der Zunge und schmierte ihn an der Hose ab. »Ich will dir nur sagen, dass unser Unglück nicht das Unglück der anderen ist.«

»Du willst mir *nur* sagen, dass ich abfahren soll.«

Während sie auf eine Reaktion wartete, fixierte sie ihn. Der Rauch strömte ihm stoßweise aus der Nase und verpuffte im Abendgrau; seine Kiefer mahlten genauso unruhig, wie sie es auf dem Heimweg getan hatten. Das Smartphone und die Wetter-App konnten nicht darüber hinwegtäuschen, dass ein Teil von ihm ebenso in einer anderen Zeit lebte.

»Eins kannst du mir glauben«, legte Anna nach. »Wenn ich's mir aussuchen könnte, würde ich auf der Stelle abhauen. Aber leider geht's mich etwas an, auch nach 20 Jahren.«

Sein Blick blieb aufs Wasser gerichtet, und selbst als eine Schar Gänse den Himmel zerschnitt, zeigte sein Gesicht keine Regung.

»Er hat mir einen Brief geschrieben.«

Stephan fuhr ruckartig herum. »Wer?«

»Du weißt genau, wer.«

»Ich will ihn sehen«, forderte er, beinahe bittend.

»Der ist in meinem Rucksack.«

»Und was schreibt er?«

»Na was schon. Krankes Zeug.«

Er schaute auf sein Smartphone und sagte mehr zu sich selbst als zu ihr: »Ich muss in den Pub.« Statt den Zigarettenstummel in die Alufolie zu wickeln, schnippte er ihn aufs Wasser hinaus. »Und ich bleib dabei«, seine Augen funkelten sie durch die Brille an. »Halt dich fern von ihm.« Ohne ein weiteres Wort stampfte ihr Onkel vom Steg und verschwand zwischen den Pappeln.

Altes Krokodil

Willy hatte den Ton des Fernsehers abgestellt und starrte gedankenverloren auf den Bildschirm. »National Geographic« brachte eine Doku über Leistenkrokodile, und allein das Knacken des Feuerholzes durchbrach die Stille, während er wie gelähmt auf dem Sofa klebte.

Er trug die Bundfaltenhose, ein geripptes Unterhemd

und noch immer seine Schuhe, aus deren Sohlen die Glassplitter der Bierflasche ragten. Linkerhand lag das schnurlose Telefon, rechterhand sein Adressbuch. Eine letzte Möglichkeit war ihm geblieben, um an das Foto zu gelangen: Er musste den Mann kontaktieren, der das Bild in der Tatnacht geschossen hatte. Henning Kokles aus der Ortschaft Pechlin. Vielleicht hatte der ein Negativ aufbewahrt oder das Foto nachträglich digitalisiert. Immerhin haben wir Samstagabend, redete Willy sich gut zu. Jeder halbwegs normale Mensch versackte um diese Uhrzeit vor der Glotze, zumindest jeder über 60. Kokles musste mindestens 75 Jahre auf dem Buckel haben, denn bei ihrer ersten Begegnung hatte er bereits Rente bezogen. Warum Kokles vorzeitig in den Ruhestand getreten war, hatte Willy allerdings vergessen; irgendwo musste eine Notiz liegen, irgendwo in dem Chaos, das ihn umgab.

Er wählte Kokles' Nummer, lauschte dem Tuten und beobachtete dabei das große Fressen-und gefressen-Werden im australischen Schwemmland. Nach einer Weile legte er frustriert auf, streckte die Beine von sich, und die bezahnten Schuhsohlen kratzten über die Dielen. Durch sein Unterhemd schimmerten die inzwischen grün angelaufenen Hämatome. Anstatt sich mit Schmerztabletten vollzupumpen, hätte er den Bauch mit Essig einreiben sollen; das wäre jedenfalls Evas Rat gewesen. Aber genau wie der Zucker war ihm der Essig ausgegangen. Von seiner Haushaltsführung führte ein direkter Weg zu seinen Blutergüssen und von dort zum Verschwinden des Fotos. Hätte er die Speisekammer aufgefüllt, würde das Foto noch an seinem Platz hängen; zweifellos wäre keinem dieser Super-Witwer solch ein Fehler unterlaufen. Er drückte die Wahlwiederholung, schloss die Augen und ließ es durchklingeln.

Als erneut niemand abnahm, malte er sich aus, wie er Robert Beck eine Lektion erteilte, darauf Danny Schmidt und Kevin Hübner und zum Schluss dem 60-jährigen Lasse Kallabis. »In anderen Ländern schlägt man Dieben die Hand ab«, brüllte er gegen die leere Wand. »Ach, was red ich? Du hältst immer schön die Klappe.«

Wie von selbst fasste seine Hand nach der »Goldkrone« neben dem Sofa. Er trank einen Schluck und klemmte die Flasche anschließend zwischen seine Oberschenkel. »Bloß keine Panik, ich fahr nicht ins Dorf.« Er schnaubte ein trockenes Lachen durch die Nase. »Nein, heute baller ich mich hier weg.« Rasch fügte er hinzu: »'tschuldige, war nicht so gemeint.«

Evas Selbstmord lag bald ein halbes Jahrzehnt zurück. Sie hatte sich die Waffe unter das Kinn geschoben und dann Peng. Zu ihrem Unglück hatte sie beim Abdrücken die Pistole verzogen und sich den gesamten Unterkiefer weggeschossen, letzlich war sie in der Badewanne verblutet, bestenfalls unter Schock oder bewusstlos. Auf der Beerdigung hatte Evas Schwester zwei Dinge zu ihm gesagt, erstens: Eva hatte die Wanne gewählt, damit ihm das Saubermachen keine Probleme mache, und zweitens: Willy sollte ihr nie wieder unter die Augen treten. Von Schuld hatte ihre Schwester nicht sprechen müssen, ihr verhärmtes Gesicht war eine einzige Klageschrift gewesen. Nachdem die üblichen Formalien geklärt worden waren, hatte Evas Familie den Kontakt zu ihm abgebrochen, endgültig.

»Deine Bagage konnte ich sowieso nie leiden.« Er trank einen Schluck und seufzte. »Du warst eben ganz anders. Du warst meine Eva.«

Die Bilder, wie die Männer ihn auf der Brache verprügelten, schwappten ihm ins Bewusstsein. Dass Lasse Kallabis – der einzige Gollwitzer, dessen Bauchumfang seinen eigenen übertraf – mit von der Partie gewesen war, wurmte ihn besonders. Vom Fettesten auf die Bretter geschickt. Erbärmlich, kaum auszuhalten. Willy wischte sich über die Augen und sagte:

»Ich weiß genau, was du denkst. Dein Gatte ist bloß noch ’n versoffener Köter, oder?«

Evas Schatten verharrte ungerührt an der Wand. Er drückte die Wahlwiederholung – in seinen Ohren das stete Tuten, in seinem Blick ein vernarbtes Krokodil, das sich müde und hungrig durch die Trockenzeit quälte. Dann hörte er unter dem Tuten das elektronische Anklopfsignal, offenbar versuchte ihn jemand auf der Leitung zu erreichen. Er drückte die rote Taste und gleichzeitig stellte das Telefon den Anrufer durch.

»Urban hier.«

»Hör zu«, sagte der Anrufer. »Ich kann dich nicht leiden, das spielt aber keine Rolle.«

»Wer is ’n da?«

»Der Weihnachtsmann.«

»Bist du es, Schmidt?«

Der Anrufer reagierte nicht.

»Ich weiß, dass du es bist.«

»So ’n Quatsch. Ich bin nicht Schmidt.«

»Und ich bin nicht Urban, du Arschloch.«

»Wir müssen uns treffen«, beschwor der Anrufer, und Willy hörte das Ratschen eines Feuerzeugs.

»Du hast mein Foto geklaut, du Ratte.«

»Mann, ich will dir helfen.«

»Das ist Diebstahl, ich werde dich anzeigen.«

»Den Weihnachtsmann kann man nicht anzeigen.«

»Verdammt, Schmidt, du bist zu blöd zum Schwitzen.«

Willy berührte die Hämatome und schielte hinüber zum Fernseher. Im australischen Schwemmland beendeten sintflutartige Regenfälle die Trockenzeit und das alte Krokodil erwachte zu neuem Leben. Der Unbekannte schlug vor:

»Heute Nacht an Hübners Scheune, klaro?«

»Du meinst die neue?«

»Mann, Hübners Ruine. Das abgebrannte Ding.«

»Okay.«

»Gegen eins.«

»Okay, sonst noch was?«

Keine Antwort. Der unbekannte Anrufer oder Danny Schmidt oder der Weihnachtsmann höchstpersönlich legte auf, und Willy sah das alte Krokodil aus der Tiefe des Flusses in unfassbare Höhe schnellen. Seine Beute hatte nicht die geringste Chance.

Nicht aufregen

Ihr Onkel, der aus dem Leprechaun eine dezente Whiskey-Fahne mitgebracht hatte, thronte am Kopf der Tafel, und Anna saß ihrer Tante gegenüber, den Rucksack auf dem Schoß, das Bündel Briefe darin. Ein Gesteck aus Kerzen, Kiefernzweigen und Kienäpfeln war in der Tischmitte arrangiert, und Anna beobachtete, wie das flüssige Wachs von der Kerze perlte und sich in den dünnen Zweigen verfing. Das Grünzeug war so trocken, dass ein Funke genügte, um es zu entfachen und im Esszimmer eine Feuersbrunst zu verursachen.

»Du hättest mir ruhig von dem Brief erzählen können«, sagte Helene. Keine Anklage in ihrem Tonfall, kein Vorwurf, keine Arroganz, nur leises Bedauern. »Bestimmt hast du dir ernsthafte Sorgen gemacht.«

»Ich wollte nicht auf eurer Mailbox krachschlagen.«

»Das kann ich verstehen.«

»Das hätte euch bloß unnötig aufgeregt.«

»Unnötig aufgeregt?«, wiederholte Stephan. Er stemmte sich an der Stuhllehne hoch und zog aus seinem Flanellhemd ein Päckchen Tabak. Sie hatte ihn noch nie im Haus rauchen gesehen, niemals. »Bei uns gibt es seit Wochen kein anderes Thema«, sagte er. »Aber trotzdem danke, dass du uns *nicht aufregen* wolltest.«

Stephan umrundete den Tisch. Anna griff in den Rucksack und zog den obersten der Briefe heraus. Bevor sie ihn auf den Tisch hätte legen können, grabschte Stephan ihr das Papier aus der Hand. Er öffnete das Fenster, und die kühle Winterluft strömte ins Zimmer und verursachte ihr ein Frösteln im Nacken. Sie hörte, wie er sich hinter ihr eine Zigarette ansteckte und geräuschvoll inhalierte; tiefe Lungenzüge gegen Wut, Enttäuschung und Ohnmacht.

Obgleich Helenes Miene Ruhe und Geduld ausstrahlte, mied Anna den direkten Augenkontakt mit ihr; stattdessen konzentrierte sie sich auf die Familiengalerie an der Wand gegenüber der Fensterseite. Sie sah David in klein, David in groß und David in noch größer. Helene lächelte auf jedem der Fotos, was aber nirgends gekünstelt, geschweige denn unnatürlich wirkte. Stephan erweckte dagegen den Anschein, als hätte man ihn vor die Kamera zerren müssen. Das störrische Blut der Majakowskis, dachte Anna. Störrisch, eigensinnig, genauso wenig mischbar wie Öl mit Wasser. Ein Schnappschuss zwischen den Porträts zeigte Anna in einem marineblauen Trainingsanzug mit weißen Ärmelstreifen, auch sie sprühte kaum vor Freude.

»Der Brief ist garantiert nicht ohne Umschlag angekommen«, bemerkte Stephan.

»Der liegt zu Hause.«

»Bravo, Anna, da liegt er gut.«

Er schnippte die Kippe hinaus und schloss das Fenster, setzte sich wieder, und während er seine Ärmel hochkrempelte, strafften sich seine sehnigen Unterarme. Er wollte wissen, ob auf dem Umschlag ein Absender vermerkt war.

»Nein«, antwortete Anna. »Der Brief ist auch nicht an mich adressiert gewesen.«

»Sondern?«

»An den Jugendklub.«

»Vielleicht hat sich eins der Kinder ’nen üblen Scherz erlaubt«, meinte Helene.

»Unsinn«, fuhr Stephan sie an. »Das ist eindeutig Bergers Handschrift.«

Helene schob ihre Hand auf die seine und lächelte gütig, bis er sich ihr entzog, indem er sich zurücklehnte und die Arme vor der Brust verschränkte. Ihre Fingerspitzen befühlten die Tischplatte, als wollten sie der Wärme seiner Hand nachspüren.

»Wenn man meinen Namen googelt, kommt man automatisch auf die Homepage vom Klub«, warf Anna ein. »Majakowski ist ja kein Allerweltsname.«

»Scheiß Internet«, schnaubte Stephan.

Helene zog vorsichtig den Brief zu sich herüber, stützte die Ellbogen auf und las ihn; ihre Augen wanderten von links nach rechts, und mit jeder Zeile hob und senkte sich ihr Brustkorb schneller.

»Hätte ich von seiner Entlassung gewusst«, meinte Anna, »wäre ich gleich zur Polizei gegangen.«

»Vergiss es.« Stephan rückte seine Brille zurecht. »Das bringt gar nichts.«

»Ich denke, das ist eine handfeste Drohung.«

»Und was willst du damit anfangen?«

»Zum Beispiel Anzeige erstatten.«

»Ohne einen Absender ist der Brief einen Dreck wert.«

»Die Polizei muss doch nur eins und eins zusammenzählen.«

»Das hab ich vor 20 Jahren auch gedacht.«

Er fixierte sie, und aus seinem Gesicht schälten sich die Züge ihrer Familie, insbesondere die ihrer Mutter, seiner Schwester; es war der gleiche Ausdruck, der sie schon als Kind jedes

Flunkern hatte bereuen lassen, nur dass es jetzt keine Lüge gab, sondern lediglich vier Briefe in einem Rucksack.

»Du hast Recht«, gestand sie kleinlaut, »warum sollten sie uns glauben.«

»Eben«, erwiderte Stephan. »Im schlimmsten Fall kriegt die Presse davon Wind und dann kramen die alles raus. Das willst *du* nicht und *wir* erst recht nicht.«

»Wegen der Pension?«

»Wegen der Pension, wegen unserer Nachbarn. Wegen allem. Niemand ist an Schlagzeilen interessiert.«

»Ich habe euch noch nicht alles gesagt.«

Er spreizte seine Arme, umfasste beidseitig die Tischkante und atmete tief ein. Helene schaute mit gläsernem Blick von dem Brief auf, und Anna dachte, dass nun eingetreten war, was sie hatte verhindern wollen. Wie hatte sie sich einbilden können, dass es sich bei den Briefen um einen primitiven Streich handelte? Das Werk eines gelangweilten Idioten, an dem allein sie und sonst niemand zu tragen hatte; ihr Kreuz, weil sie die einzige Überlebende der Brandnacht war. Das hatte sie sich eingeredet, hatte sie ernsthaft glauben wollen. Wie egozentrisch von mir, dachte sie. Der Schuhkarton, der bis gestern noch fünf Briefe enthalten hatte, war nicht allein ihre Bürde, sondern die der ganzen Familie. Da öffnete sich die Tür und David kam mit einem Lächeln und einer Flasche Wein herein.

Er bediente hinter der Bar die wenigen Gäste; laut seinen Worten Entspannung pur. Tagsüber forderten die Senioren ihre Knochen, abends betäubten sie den Schmerz mit Kräuterlikör; die Stimmung am Tresen ein Cocktail aus Nostalgie, Besserwisserei und Altherrenwitzen.

David stellte ihnen Gläser hin und offerierte Anna den Wein in der Karikatur eines steifen Butlers. Die Situation kam ihr vor, als habe ein Schauspieler versehentlich die falsche Bühne betreten und gebe dennoch seine Rolle zum Besten. Unwissend, aber perfekt. Erst nachdem David seiner Mutter eingeschenkt hatte, schien er zu bemerken, dass hier ein ganz anderes Stück aufgeführt wurde.

»Hab ich was verpasst?« Er pustete sich das Haar aus der Stirn und offenbarte ein verlegenes Grinsen. »Ist Anna schwanger und weiß nicht von wem?«

Sein Blick entdeckte den Brief, worauf ihn Helene an sich zog. »David, würdest du uns bitte allein lassen?« Sie sah ihn flehentlich an, und als er nicht sofort kehrtmachte, sagte Stephan:

»Hast du was in den Ohren?«

David zuckte mit den Schultern, verließ das Zimmer, und aus dem Wintergesteck drang ein Knistern. Nervös schaute Anna über den Tisch. Ein paar Kiefernnadeln, die sich an einer heruntergebrannten Kerze entzündet hatten, glimmten kurz auf und verloschen ebenso rasch. Helene besorgte aus einem Schrank eine neue Tafelkerze und drückte sie mit zitternden Fingern in das heiße Wachs der alten.

»So«, nahm Stephan das Gespräch wieder auf. »Was kommt jetzt?«

»Vielleicht sollten wir allein reden.«

Helene hielt in ihrem Tun inne. »Nimm bitte keine Rücksicht auf mich.« Sie brauchte drei Versuche, um das Feuerzeug zu entflammen, dann steckte sie die Kerze an und nahm Platz. Der schwarze Rollkragenpulli, der sonst ihre noble Blässe unterstrich, ließ ihr Gesicht erschöpft wirken; überhaupt hatte sie kaum noch Ähnlichkeit mit der Frau auf den Fotos. Anna schloss die Augen, atmete einmal durch und eröffnete ihnen:

»Er hat mich angerufen.«

»Martin Berger?«, kam es ungläubig von Stephan.

»Ja.«

»Verfluchter Mist. Wann?«

»Gestern auf Arbeit.«

Helene runzelte die Stirn. »Kann man einfach aus der Klinik anrufen?«

»Er wird Ausgang gehabt haben«, sagte Stephan. »Unterwegs konnte er in aller Seelenruhe telefonieren.«

»Und den Brief abschicken«, fügte Anna hinzu.

»Reicht das nicht, um die Polizei zu holen?«, fragte Helene.

»Hier wird niemand die Polizei rufen«, sagte Stephan. »Die werden hier bloß antanzen und die Leute nervös machen. Und du …« Er wies mit dem Finger auf Anna. »… hältst dich aus Gollwitz fern.«

»Ich bin nicht Martin Berger. Ich habe niemandem etwas getan.«

»Aber du bist ihnen unheimlich.«

Er sprach das Wort *unheimlich* nicht auf die Art aus, wie es greise Leute in Gruselfilmen flüstern, sondern eher so, als sei es ein Synonym für schmierig, unrein und verdorben.

»Das kapiere ich nicht«, erwiderte sie.

»Was kapierst du nicht?«

»Das alles.«

Er schob sich vom Tisch weg, sodass die Stuhlbeine lautstark über das Parkett schrammten, stemmte sich dann hoch, verschränkte die Hände hinter dem Rücken und begann, im Zimmer umherzutigern. Schließlich blieb er vor der Galerie stehen und drückte seine Brille auf die Nasenwurzel, als wollte er eines der Familienfotos betrachten. »Erinnerst du dich an den Polizisten, der dich gefunden hat?«

»In der Brandnacht?«

»Ja.«

Anna schüttelte den Kopf.

»Also weißt du auch nicht mehr, was du zu ihm gesagt hast?«

Sie schob ihre Hände unter den Rucksack und spürte stärker denn je das Gewicht der Briefe.

»Du hast behauptet, dein Bruder hätte dich gerettet«, sagte Helene. »Danach soll Lennart zurück ins Haus gerannt sein, um deine Eltern rauszuschaffen.«

Wieder klang ihre Tante so sanft und behutsam wie in den

trüben Tagen ihrer Kindheit. Ein Teil von Anna wollte zu Helene eilen, um den Kopf auf ihren Schoß zu betten, wollte von ihr in den Schlaf gestreichelt werden; aber das Gewicht der Briefe drückte sie auf den Stuhl und ließ sie steif und blockiert dasitzen.

»Jeder weiß«, fuhr Helene fort, »dass er dich nicht retten konnte. Er hat in seinem Bett gelegen, genau wie dein Vater und deine Mutter.«

Annas Mund öffnete sich selbständig. »Nein, das stimmt nicht.«

Helene senkte die Stirn und starrte auf ihren Schoß hinab, während Stephan vor den Fotos verharrte, keine Regung, kein Blick ins Zimmer.

»Warum glaubt ihr mir nicht? Lennart hat mich rausgetragen.«

»Nein«, sagte Stephan. »Das hat er nicht.«

»Und dann ist er zurück ins Haus gerannt.«

»Es tut mir leid. Das wünschst du dir nur.«

»Ich kann mich aber daran erinnern.«

»Anna, sie haben ihn im Bett gefunden.« Er drehte sich um und starrte knapp über sie hinweg. »Erstickt an seinem Erbrochenen.«

DER GESTANK DES BÖSEN

15. Januar 1995

Kevin Hübner lag in seinem Bett und starrte auf den Radiowecker. Für gewöhnlich hatte er um diese Zeit die Augen geschlossen und träumte von dem Ding aus den Sümpfen und seinem Widersacher Doktor Arcane, heute hingegen ließ ihn die Sorge um seine Meerschweinchen kein Auge zumachen.

Der Zwölfjährige wälzte sich auf die Seite und rieb sich mit der linken Ferse über sein rechtes Schienbein; sobald seine Gedanken vor Nervosität wie grelle Comicblitze herumschossen, begann seine Haut zu jucken. Er malte sich aus, dass irgendwas in die Scheune eindringen und seine Meerschweinchen fressen würde, vielleicht ein Marder oder ein hinterlistiger Fuchs, der auf der Suche nach leichter Beute durchs Dorf streifte. Erst vorige Woche hatte er seltsame Spuren hinter der Scheune entdeckt: Die Abdrücke waren kleiner als die eines Hundes und größer als die einer Katze. Anna Majakowski, die in Biologie nur Einsen kassierte, hätte ihm garantiert sagen können, ob es sich wirklich um Fuchsspuren handelte. Alles, was Kevin über Pflanzen und Tiere wusste, hatte er entweder aus seinen Comics oder von seinem Großvater.

Er schaltete die Leuchte neben dem Bett ein und zupfte sein neuestes Heft vom Boden. Auf dem Cover ein grünes Monster mit glühenden Augen und blutrotem Rachen. Er hatte eine Menge Comics gelesen, doch das »Ding aus den Sümpfen« stellte den ganzen Kinderkram in den Schatten; das Sumpfding war spannend und brutal und manchmal auch traurig. Von seinem Taschengeld hatte er sich den fünften Band »Der Gestank des Bösen« gekauft, ohne den er fast nie das Haus verließ.

In der Hoffnung, sich ablenken zu können, blätterte er zu seiner Lieblingsepisode: Das Sumpfding will Abigail Cable aus den Klauen ihres dämonischen Onkels, Doktor Arcane, befreien. Es ist ein Kampf zwischen Gut und Böse, zwischen der Grünen Welt und der Braunen Fäule. Obwohl Kevin die Geschichte schon ein Dutzend Mal gelesen hatte, folgte er jeder Zeile mit dem Zeigefinger, selbst einem *BOOM* oder *KKKRRSH*.

Du musstest sie nicht töten, um mich Verzweiflung zu lehren, hieß es in der Sprechblase über dem Sumpfding, das in seinen mächtigen Armen die bleiche Abby trug. *O je,* antwortete Doktor Arcane sarkastisch. *Hat sie dir so viel bedeutet?*

Nach einer Weile begannen Kevins Beine so stark zu jucken, dass er die Bettdecke zurücktrat. Seine Fingernägel schabten wie ferngesteuert über die Schienbeine, was ihm ein intensives Gefühl der Befriedigung verschaffte, dann hielt er inne und betrachtete die Striemen auf der Haut. Das sah nicht gut aus. Morgen würde ihm seine Mutter garantiert die Hölle heiß machen; sie schimpfte immer, wenn sie die mit Blut verkrusteten Stellen entdeckte. Einmal hatte sie ihm angedroht, seine Hände in ein Paar Fäustlinge zu stecken und die Fäustlinge an seine Handgelenke zu schnüren, damit er sich nicht mehr kratzen könne. Seine Mutter hatte keine Ahnung von echten Schmerzen. Bevor Alec Holland sich in das Sumpfding verwandelt hatte, war er bei lebendigem Leib verbrannt. Dagegen sind meine Kratzer die reinste Kinderkacke, dachte Kevin, betastete sein Schienbein und leckte sich anschließend genüsslich das Blut vom Finger.

Er kroch auf allen vieren zum Fenster, um die Scheune in Augenschein zu nehmen. Weil das Glas die helle Stube reflektierte, rückte er dicht an die Scheibe und schirmte das Licht mit beiden Händen ab. Den unteren Teil der Scheune nutzten seine Eltern als Schweinestall, im Dachstuhl lagerten riesige Strohballen. In einem separaten Nebenraum hatten sie ihm gestattet, ein paar Meerschweinchen zu halten. Das war sein eigenes Reich, und sobald er den Stall betrat, empfing ihn ein aufgeregtes Fiepen und Glucksen.

Neben der grünen Eingangstür war ein kleines Fenster, das er vor Monaten mit einem Stein eingeworfen hatte. Damals hatte ihn alles fasziniert, was Krach und Zerstörung verursachte; sogar eine Scheibe in der Dorfkneipe war seiner Leidenschaft zum Opfer gefallen. Heute schämte er sich dafür, insbesondere für das kaputte Fenster in der Scheune, da er befürchtete, der eisige Wind könne direkt in die Käfige wehen.

Ein Mitschüler hatte ihm erzählt, sein liebstes Kaninchen sei fast an einer Lungenentzündung gestorben; eine Lungenentzündung, so hatte er behauptet, könne auch einen Menschen töten. Zum Glück habe sein Vater das Kaninchen von allen Leiden befreit, indem er es gegen die Hauswand geschleudert hat. Bei dieser Geschichte war Kevin ein Schauer über den Rücken gelaufen; nicht in hundert Jahren würde er eines seiner Meerschweinchen gegen eine Wand werfen.

Er schubberte sich das Schienbein und rief sich die Worte seines Großvaters in Erinnerung. Der hatte gemeint, dass den Tieren Minusgrade nicht schaden. Meerschweinchen machen nämlich keinen Winterschlaf und überleben selbst in einer Höhe von 4.000 Metern; sie waren sogar vor dem ersten Mensch im Weltall gewesen und zwar in der Raumsonde »Sputnik 9«. Das sei Beweis genug, hatte sein Großvater gesagt, und Kevin war bereit gewesen, ihm zu glauben, weil er seinem Opa immer glaubte. Jetzt war sein Großvater allerdings nicht hier, und der Wind heulte um Haus und Scheune und vielleicht auch durch das Fenster in die Käfige.

Kevin lehnte sich an die Wand, zog die Knie zur Brust und widmete sich wieder dem Sumpfding. Mit gesenkter Stimme, als würde er zu einem jüngeren Bruder sprechen, las er sich selbst vor:

»Es wäre so einfach ... Nein ... Ich darf mich nicht verlieren ... Mein Ziel liegt anderswo ...«

Das Sumpfding zweifelte an seiner eigenen Kraft und daran, Abigail vor den bösen Mächten beschützen zu können; es hatte Angst und Selbstzweifel, und Kevin konnte beides nachvollziehen. Er blickte zum Fenster und ärgerte sich, dass er den Meerschweinchen keine Namen gegeben hatte. Sein Großvater hatte ihm die Nager mit Einwilligung der Eltern besorgt, nachdem sie sich lange und ausführlich über Haustiere und Pflichtgefühl unterhalten hatten. Das Sumpfding war verantwortlich für Abigail, die weder Pflege noch Futter brauchte, sondern den Schutz vor dem eigenen Onkel, und in Kevins Verantwortung lag das Wohl seiner Meerschweinchen.

Widerwillig löschte er das Licht, streckte sich lang und raffte die Decke bis unters Kinn. Er versuchte, sich die Meerschweinchen in der Schwärze und Endlosigkeit des Weltalls vorzustellen. »Sputnik 9« – was war das überhaupt für ein komischer Name? Niemals würde er eines seiner Meerschweinchen so nennen, und während er über passende Namen nachgrübelte, sank er in einen unruhigen Schlaf.

Ein lautes Quieken ließ ihn ruckartig die Augen öffnen. Er kämpfe sich hoch und kroch ans Fenster. Als er die Rauchwolke über der Scheune sah, brachte er binnen Sekunden den Anblick und das Quieken in Zusammenhang. Er sprang aus dem Bett, schob sich das Comicheft hinten in den Bund seines Pyjamas, rannte zur Schlafstube seiner Eltern und riss, ohne anzuklopfen, die Tür auf. Das Licht brannte, doch das Bett war leer.

Kevin stand neben seinem Großvater, schaute in die ausgehobene Grube und glaubte, den Geruch der brennenden Scheune nie mehr aus der Nase zu kriegen.

»Willst du das Grab zuschütten?«, fragte sein Opa.

»Ja, gern.«

Er stach mit der Schaufel in die angehäufte Erde und kämpfte gegen den Druck hinter seinen Augen. Was er jetzt tat, hielt er für die Aufgabe eines Erwachsenen, und als Erwachsener sollte er sich Tränen und Geheul verkneifen. Er schaufelte die Erde auf die blaue Mülltüte, die beinahe das ganze Loch ausfüllte. Sein Großvater hatte die Meerschweinchen – oder was das Feuer von ihnen übrig gelassen hatte – in die Tüte gesteckt und alles mit einer festlichen Schleife verschnürt. Kevin wusste, dass es für die 14 Schweine keine Beerdigung gegeben hatte, obwohl seine Eltern viel mehr um die Säue und Ferkel trauerten als um seine Schützlinge.

»Wer macht denn so was?«, fragte Kevin und kratzte sich am Unterarm.

Sein Großvater schnippte ihm gegen den Hinterkopf, worauf Kevin von seinem Arm abließ.

Nachdem er das Loch zugeschüttet hatte, flüsterte er:

»Ich hoffe, sie finden den Brandstifter.«

»Der Polizist hat gesagt, dass sie ihn schnappen werden.«

Kevin erinnerte sich an die Löschfahrzeuge, das viele Wasser und die Schaulustigen aus dem Dorf, und er erinnerte sich noch genau an die Polizisten, die mit Nasenklammern und Handschuhen die Trümmer der Scheune inspiziert hatten. Einen von ihnen hatte er gefragt, ob sie sein Comicheft gefunden haben, worauf der geantwortet hatte, er werde seine Augen offen halten.

»Willst du ein Gebet sprechen?«, fragte sein Opa.

»Wie im Film?«

»Sag einfach, was dir wichtig ist.«

Die Hand seines Großvaters ruhte auf seiner Schulter, und er dachte an das Sumpfding und was es hieß, Verantwortung für andere zu übernehmen. »Es tut mir leid«, sagte er. »Ich hätte euch beschützen sollen.«

SONNTAG

Der unerwünschte Gast

»Ich würde gern den Friedhof besuchen.«

»Lass uns erst mal nach Hause fahren.« Seine Mutter klemmte dicht hinter dem Lenkrad, während sie mit vorgerecktem Kinn die Straße zu überblicken versuchte. »Wir essen Mittag, und dann kannste dich ein bisschen ausruhen.«

»Ich hab keinen Hunger und ich will mich auch nicht ausruhen.« Er wollte bestimmt klingen, aber nicht ungehalten. »Ich möchte bloß zum Friedhof.«

»Das können wir doch morgen machen.«

»Dürfte ich bitte aussteigen. Ich laufe.«

»Ja, am besten durchs ganze Dorf. Damit dich alle sehen.«

»Ist mir egal.« Er fasste demonstrativ nach dem Türgriff, worauf ihn seine Mutter mit bleicher Miene anstarrte.

»Meinetwegen, fahren wir eben zum Friedhof.«

»Danke«, entgegnete er und bereute gleichzeitig, seinen Willen so unnachgiebig durchgesetzt zu haben. Alan Albert Bloch meinte, dass man allein sein *Ich* sprechen lassen sollte, und das frei von Angst, denn Angst blockiert, fesselt und schränkt ein, Liebe hingegen öffnet, besänftigt und treibt Blüten. Ohne Alan Bloch säße er nicht in diesem Auto, ohne ihn würde er noch immer ein Gefangener seines Egos und der Psychiatrie sein. Martin Berger lehnte sich zurück und sagte:

»Das ist lieb von dir, Mama. Was gibt's denn zum Essen?«

»Eier in Senfsoße.«

»Oh, mein Lieblingsessen.«

Sie lächelte vom Fahrersitz herüber, und ihre Augen glänzten unverändert, seit er in den Peugeot gestiegen war. Anstelle der schwarzen Kleidung, die sie bei ihren Besuchen angehabt hatte, trug sie eine hellblaue Bluse und eine schiefergraue Stoffhose; um ihren Hals schmiegte sich ein Seidentuch, um ihr Handgelenk ein goldener Armreif. Es war Sonntag, der 24. Januar. Der Tag, auf den Martin und Lisbeth sehr lange hatten warten müssen.

»Der Bart steht dir«, bemerkte seine Mutter.

»Danke. Ist bloß 'n Versuch.«

»Aber die grauen Zippel solltest du abschneiden.«

»Findest du?«

»Ja, die machen dich älter.«

Er kraulte sich die Wange und blickte dabei über die Schulter durch die Heckscheibe. Die Gollwitzer Chaussee wand sich unter einem niedrigen Himmel an Feldern und gestutzten Kopfweiden vorbei; versprengte Siedlungen tauchten auf, um ebenso rasch in der Ferne zu verschwinden. Er dachte: Freiheit. Freiheit ist Liebe. Auf der Rückbank lag sein Koffer, der nichts enthielt außer ein paar Schulhefte, einige Bücher, drei Audiokassetten und einen Walkman. Benny, sein Zimmergenosse im Klinikum, hatte ihm die Kassetten zu seinem 40. Geburtstag geschenkt; auf ihnen war die gesamte Hörbuchfassung von Alan Blochs »Im Innern des Baumes«.

»Das Grab sieht etwas verwahrlost aus«, erklärte seine Mutter. »Ich hatte keine Zeit, ein Wintergesteck zu kaufen.«

Erste Schneeflocken schwebten vom Himmel und landeten auf der Motorhaube, langsam und träge wie Pappelwolle. »Das Haus macht viel Arbeit«, fuhr sie fort. »Die Regenrinne ist kaputt und das Auto bräuchte neue Bremsbeläge. Mit ’ner besseren Rente hätte ich jemanden zum Friedhof geschickt. Garantiert.«

»Von wessen Grab redest du eigentlich?«

»Na, vom Grab deines Vaters.«

»Das interessiert mich nicht.«

»Warum willst du dann zum Friedhof?«

Er senkte den Kopf und drückte sich die Handballen auf die Augen, als übermannte ihn ein Migräneanfall.

»Geht’s dir gut, Martin?«

Ohne seiner Mutter zu antworten, verharrte er mit zugedrückten Augen. Redete sich in der Dunkelheit ein, dass er stark und frei war, von nun an Schöpfer seiner eigenen Realität. Als er die Hände senkte, sah er mehr und mehr Schneeflocken gegen das Seitenfenster klatschen. »In der Klinik ist eine Menge passiert«, antwortete er. »Ich habe mich verändert.«

»Denk nicht, dass hier nix passiert ist.«

Und während der Peugeot über die Chaussee rollte, erzählte sie ihm von den Dingen, die er verpasst hatte: den Jagdunfall im Krötenluch oder die Aktion mit den Syrern, die letztes Jahr in ein Ferienheim einziehen sollten; das Wort *sollten* garnierte sie mit einem hämischen Grinsen. Sie berichtete von einer Bande Jugendlicher, die das Denkmal der Butterhexe besprüht haben soll, und dass jemand das Fenster von Friesacks Kneipe eingeworfen hätte. »Mit einem Stein.«

»Daran kann ich mich erinnern«, sagte er. »Das ist schon 20 Jahre her.«

»Den Strolch hat man bis heute nicht geschnappt.«

»War bestimmt ein Kinderstreich.«

»Ja, Martin. Wer’s glaubt, wird selig.«

»Das klingt, als würdest du den Täter kennen.«

»Aber hallo.«

»Wer soll's denn gewesen sein?«

»Den Namen kennst du genau.«

Martin fragte nicht nach, und seine Mutter machte keine Anstalten, ihm auf die Sprünge zu helfen; stattdessen erwähnte sie Robert Beck, an den er sich nur ungern erinnerte. Beck hatte ihn wegen seiner Familie gehänselt, in der Schule, auf dem Sportplatz, beim Baden im Schwarzen See, unentwegt. Beck war ihm gegenüber aber nie handgreiflich geworden, das hatte seine Clique für ihn erledigt. Mit hörbarer Verachtung meinte Lisbeth, Beck sei der neu gewählte Ortsvorsteher, doch im Grunde zöge dessen Vater die Strippen. Beck senior habe im Pub sogar einen Stuhl, auf dem niemand sonst sitzen dürfe. »Sein persönlicher Thron.«

Martin nickte.

»Rat mal, was seine idiotischen Freunde gemacht haben?«

»Keine Ahnung, Mama.«

»Die haben ihm ein goldenes Namensschild geschenkt, und Friesack hat es eigenhändig an der Lehne festgeschraubt. Die ganze Bande bückt sich wie zu Ostzeiten. Nichts hat sich verändert, nichts.«

Seine Mutter beendete den Satz mit einem Grunzen, und er gewann den Eindruck, entweder kenne sie das Dorfleben nur vom Hörensagen oder sie spare gewisse Dinge aus. In der Klinik hatte er ein Ohr für Authentizität entwickelt, was ihn vor dem ein oder anderen Fehltritt bewahrt hatte. So war einer der Pfleger der Ansicht gewesen, ihn gelegentlich testen zu müssen: Er hatte eine Packung Streichhölzer in Martins Zimmer deponiert und ihn dann gefragt, ob er die Schachtel gesehen habe. Oder er hatte ihn direkt angehauen, inwiefern er dieses Jahr das Osterfeuer entfachen wolle. Alles mit falscher Freundlichkeit und einem komplizenhaften Zwinkern.

»Neulich hat sich einer dieser Sterngucker ein Bein gebrochen«, fuhr seine Mutter fort. »Draußen in den Gräben. Bis der Krankenwagen hier war, hat er gequiekt wie 'ne angestochene Sau.«

»Was für Sterngucker?«, fragte er, obwohl ihm die Antwort bekannt war.

»Das hab ich dir längst erzählt.«

»Wann?«

»Irgendwann, als ich dich besucht hab.«

»Tut mir leid, das habe ich vergessen.«

Und sie erzählte ihm, dass die Gegend eine Art Naturschutzgebiet für Sterne sei, was das genau zu bedeuten habe, das wisse sie allerdings nicht. Jedenfalls sei das ganze Dorf aus dem Häuschen. Astronisten hier, Astronisten dort, und sobald sich der nächste Neumond ankündige, kämen sie mit Kameras und Fernrohren aus ihren Löchern gekrochen; Westler, Berliner, Leute von außerhalb.

»'ne freie Sicht ist gleich Pinkepinke«, meinte sie. »So einfach ist die Rechnung.« Sie reckte das Kinn nach draußen. »Dieses Wochenende haben wir Neumond, aber der Himmel ist grau wie Asche. Da wird kein Sternchen blinken.«

Sie lachte humorlos.

Die ersten Häuser von Gollwitz tauchten auf, er straffte den Rücken und begann, in gleichmäßigen Zügen zu atmen.

»Jaja«, seufzte seine Mutter. »Ich hab selbst schon überlegt, ein Zimmer zu vermieten.«

»In unserm Haus?«

»Klar, ist doch Platz genug.«

In Gedanken durchschritt er sämtliche Räume: unten die Wohnstube, die Essnische, die Küche, das Bad und die alte Schlafstube, im Dachgeschoss das Zimmer von der Größe einer Besenkammer. Sein Zimmer, sein Gefängnis. Nüchtern bemerkte er, dass er *unser* Haus anstelle von *ihr* Haus dachte, *sein* Zimmer statt *ihr* Zimmer. Wenn er im Begriff war, ein neuer Mensch zu werden und sich neu zu gestalten, galten dann überhaupt noch die alten Begrifflichkeiten? *Sein* Zimmer, das *gemeinsame* Haus, *seine* Vergangenheit.

Sie fragte in seine Gedanken hinein, warum er ausgerechnet heute zum Friedhof müsse.

»Ich denke, Sonntag ist ein guter Tag.«

»Sonntag sollte man die Beine hochlegen.«

»Aber nicht, wenn man wachsen will.«

»Wachsen?«, wiederholte sie. »Du bist groß genug, Martin.«

»Ja, äußerlich.«

Sie schüttelte missbilligend den Kopf, ehe sie sich wieder auf die Straße konzentrierte. Mittlerweile fiel der Schnee so dicht, dass er keine 30 Meter vorausschauen konnte. Sobald sie ins Dorf einfuhren, spielte sie ihre letzte Karte:

»Das ist kein Wetter, Martin. Wollen wir nicht morgen fahren?«

Er antwortete nicht.

Seine Mutter fuhr die Dorfstraße entlang und bog nach etwa 300 Metern in den Falkenberger Weg. Auf dem Parkplatz vor dem Friedhof angekommen, erklärte er behutsam, er müsse allein erledigen, was er zu erledigen habe. An ihrer verkniffenen Miene sah er, dass sie ihm widersprechen wollte. Er legte ihr die Hand auf die Schulter und rieb mit dem Daumen sanft über ihr Schlüsselbein. »Ich beeile mich. Mach dir keine Sorgen.«

Auch wenn sich die senkrechte Falte zwischen ihren Brauen nicht glättete, spürte er, wie sich ihre Schultern senkten und sie langsam ausatmete, wie sie den Widerstand aufgab. Sie ließ ihn kommentarlos gewähren, und er stieg aus dem Auto, ohne Mantel, ohne Jacke, sondern lediglich in dem Strickpullover, den sie ihm zu Weihnachten geschenkt hatte.

»Bis gleich, Mama.«

»Ich warte nicht ewig.«

Martin verharrte an der Friedhofsmauer und starrte über das eiserne Gatter hinweg zur Kirche. Das Gebäude war eine der wenigen Fachwerkkirchen Brandenburgs; die waagerechten und senkrechten Balken formten eine Ordnung, die ihm bereits auf den Fotos gefallen hatte. In der Klinik waren Tage voller Langeweile keine Seltenheit, Tage, die Martin im Internet verbracht hatte, entweder mit ziellosem Surfen oder auf den Spuren von Alan Bloch. Er warf einen letzten Blick zurück; seine Mutter kauerte in dem Peugeot und beäugte jeden seiner Schritte mit unverhohlener Skepsis. Ehe er das Gatter öffnete, lächelte er hoffnungsfroh, aber ihre Miene blieb hart.

In dem Schneegestöber war der Kirchturm nur vage zu erkennen, der helle Außenputz schien sich darin aufzulösen. Er neigte den Kopf abwärts, bekreuzigte sich und folgte der Mauer auf der Innenseite des Friedhofs. Rechts und links der Kirche hoben sich die Grabsteine in Dreier- und Viererreihen. Er begann, die Inschriften zu lesen, jeden einzelnen Namen, das Datum der Geburts- und Todestage.

Auch wenn ihm einige der Namen vertraut waren, hatte er zu den wenigsten das passende Gesicht. Friedhelm Schulz, gestorben August 1995, war Lehrer an der POS Salvador-Allende gewesen. Zu dieser Zeit hatte Martin bereits drei Monate im Maßregelvollzug gesessen. Auf dem nächsten Stein stand: Michaela Grosser, gestorben 2004. Er erinnerte sich an eine Frau namens Michi, die mit ihm die Berufsschule für Metalltechnik besucht hatte. Im Überlandbus nach Rathenow hatte sie oft vor ihm gesessen und ihre Musikkassetten mit einem Bleistift zurückgespult. Vom Alter her hätten die Frauen ein und dieselbe sein können. Er fragte sich, woran Michaela Grosser so früh verstorben war, doch alles, was ihm spontan einfiel, beruhte auf den Taten seiner Mitpatienten. Zum Beispiel hatte Benny mehrere Frauen vergewaltigt und eines seiner Opfer anschließend erdrosselt; Bennys Leidenschaft waren Sudoku, esoterische Ratgeber und gesalzenes Buttergemüse. Martin stampfte weiter durch den Schnee, immer an der Mauer entlang, und stieß bald auf das Grab seines Vaters.

Jörg Berger
1952 – 2014

Mehr stand nicht auf dem Grabstein. Ein Achselzucken war die einzige Reaktion, zu der Martin sich durchringen konnte; er hatte sich 20 Jahre darin geübt, seinem Vater weniger Bedeutung beizumessen als einer Michi oder Michaela. Alan Bloch meinte: Verbanne jeden unerwünschten Gast aus deinem mentalen Gebäude. Jeden.

Er umrundete die Kirche, und auf den Steinen und Gestecken häufte sich der Schnee. Wider Erwarten entdeckte Martin einen zweiten Besucher. Die Frau saß auf einer Bank, die Beine übereinandergeschlagen, die Hände in den Manteltaschen. Sie hatte ihre Wollmütze so tief in die Stirn gezogen, dass sie beinahe aggressiv wirkte, und er machte um die Besucherin und das vor ihr liegende Grab einen Bogen. Vielleicht hatte seine Mutter recht: Er sollte niemandem begegnen, zumindest vorerst nicht.

Eine der letzten Ruhestätten, die er sich anschaute, gehörte einer Frau namens Eva Urban. Er kraulte sich den schneefeuchten Bart und wehrte sich nicht gegen die Bilder, die ihm sein Gedächtnis lieferte. Zweimal war er der Frau begegnet: Zuerst in einem Konsum, den es garantiert nicht mehr gab, und später im Gericht bei seiner Verurteilung. Obwohl sie dort nur flüchtige Blicke getauscht hatten, würde er behaupten, in ihren Augen ein Fünkchen Verständnis erkannt zu haben. Alles andere, was diese Frau womöglich ausgemacht hatte, wurde von der Gestalt eines Mannes überschattet. Willy Urban. Den Namen, den seine Mutter nicht hatte aussprechen wollen.

Er trat an das letzte Grab vor dem Ausgang, befreite die Inschrift vom Schnee, und sobald er den Namen des Verstorbenen gelesen hatte, wusste er, dass er um das falsche Grab einen Bogen gemacht hatte. Er schaute zurück, und die Frau saß noch immer da.

Fliegender Elefant

Willy hatte die Befürchtung, seine Blase könnte jeden Moment platzen, ihn kurzerhand außer Gefecht setzen; in diesem Fall würde man ihn bis unter die Mütze vollgepumpt mit Koffein vorfinden. Er stemmte die Schuhspitze in die Mauer, krallte sich an der Oberkante fest und hievte sich so weit hoch, dass er zum Friedhof hinüberspähen konnte.

Aus unerfindlichen Gründen hatte Martin Berger nach dem letzten Grab kehrtgemacht und war abermals in den hinteren Teil gewandert; jetzt saß er auf einer Bank, den Kopf erhoben wie ein verdammter Heiliger, dem Schnee und Kälte am Arsch vorbeigingen. Am anderen Ende der Bank kauerte eine Frau.

Willy hatte nicht die geringste Ahnung, wer sie war. Das Schneetreiben verwischte ihre Gesichtszüge, zudem hatte sie ihre Mütze bis zu den Brauen gezogen und den Schal weit übers Kinn gerafft. In Anbetracht des Wetters war sie wohl kaum eine Touristin, viel eher die Verwandte eines Gollwitzers, vielleicht die Tochter der alten Briese, die hier regelmäßig nach dem Rechten sah. Willy spürte abermals den Protest seiner Blase, und als ihm vor Erschöpfung die Beine einzuknicken drohten, stieg er zu Boden.

Er trocknete sich mit dem Jackenärmel das Gesicht, dann fasste er sich unter der Weste an die Brust. Sein Herz raste im Affentempo, was er gern auf den vielen Kaffee geschoben hätte. In der Frühe hatte Lisbeth ihren Sohn abgeholt, vom Landesklinikum in Brandenburg an der Havel. Willy, der ihr seit 7.00 Uhr auf den Fersen war, hatte seinen Astra nahe der Klinik geparkt und das Paar bei ihrem Wiedersehen beobachtet. Erst die innige Umarmung und Lisbeths feuchte Augen, darauf das Lächeln übers Autodach hinweg, ehe der lang vermisste Sohn einstieg. Familie Berger vereint zu sehen, ließ ihn einen klaustrophobischen Anfall erleiden: Das Auto schien ihm zu eng, seine Weste schnürte ihm den Atem ab und dazu ein Schwall erdrückender Erinnerungen. Willy war wieder auf Streife, weil man neue Feuer befürchtete, alles wie gehabt, alles wie früher, ein Bulle im Dienst. Damals hatte ihm das Autoradio jedoch nicht die Toten aus Syrien um die Ohren geknallt, sondern die Opfer des Bosnienkrieges; neue Zahlen, neue Fakten und trotzdem die alte verdammte Geschichte. Nur die Songs, die man ihm als die heißesten Oldies hatte verkaufen wollen, waren noch immer die heißesten Oldies. Zu »The Winner takes it all« war er dem Peugeot gefolgt, und die Gewissheit, dass vor ihm der leibhaftige Martin Berger saß, hatte sich mit jedem Kilometer tiefer in sein Bewusstsein gefressen. Kurz hinter Rathenow hatte er angehalten, um sich am Straßenrand zu übergeben. Daraufhin hatte er gegen den sauren Geschmack zwei Thermoskannen Kaffee und eine Tüte Bonbons geleert.

Jetzt rannte Willy an der Friedhofsmauer entlang, und die Ohrenklappen seiner Mütze hüpften auf und ab wie die Ohren von Dumbo, dem fliegenden Elefanten. Aus der Deckung heraus riskierte er einen Blick in Richtung Parkplatz.

Lisbeth hockte unverdrossen hinter dem Steuer ihres Peugeots. Er dachte daran, dass sie das Porträt ihres verstorbenen Mannes unter einem Stoß Taschentücher aufbewahrte. Jörg Bergers Grab war allenfalls von eifrigen Kirchgängern gepflegt worden, und soweit er sich erinnerte, niemals von Lisbeth persönlich. Martin schien die Gefühle seiner Mutter keineswegs zu teilen. Garantiert war im Vollzug aus Papa Haudrauf irgendwann Papa Nichtda geworden, und Papa Nichtda konnte sich rasch in den besten Papa der Welt verwandeln. Diese Sehnsucht war Willy nicht fremd, auch wenn er nur widerwillig Evas Tod mit Jörg Bergers vergleichen mochte.

Er eilte zurück und blies sich den warmen Atem in die

Hände, beschwor seine Blase, noch ein bisschen durchzuhalten, und zog sich erneut an der Mauer empor.

Martin Berger und die fremde Frau saßen unverändert auf der Bank, er mit kerzengerader Haltung und sie leicht geduckt ähnlich einer Krähe. Nach dem fröhlichen Wiedersehen von Mama und Söhnchen stieß ihm dieser Anblick ebenso sauer auf. Hatte denn die ganze Welt einen Schaden? Da kommt ein Verbrecher frei und kein Schwein schlägt Alarm. Nirgends ein Schild mit der Aufschrift *Du bist hier nicht willkommen,* nirgends ein Banner mit der Parole *Mörder bleibt Mörder*. Kein Zeichen von Mitgefühl und Respekt gegenüber den Opfern, keine Petition, die Bergers Rückkehr zu verhindern suchte. Als in einem leerstehenden Ferienheim eine Familie aus Syrien untergebracht werden sollte, entflammte bei den besorgten Bürgern sofort der Widerstand. In Premnitz, südlich von Rathenow, hatte sich eine aufgebrachte Gruppe sogar an Martin Berger orientiert und ein geplantes Quartier für Geflüchtete niedergebrannt. Von den Tätern fehlte bis heute jede Spur, denn die besorgten Bürger gaben sich solidarisch, zumindest untereinander.

Willy erlahmten die Beine, und er glitt von der Mauer hinab. Er schnürte die Ohrenklappen mit dreifachem Knoten unterm Kinn fest und starrte die Dorfstraße entlang. Bis auf den fallenden Schnee und die Rauchfahnen über den Dächern war alles in Reglosigkeit erstarrt, kein Mensch weit und breit, genau wie gestern Nacht an Hübners Stall oder vielmehr dort, wo das Gebäude einmal gestanden hatte.

Danny Schmidt hatte ihn dahin bestellt, um ihm das gestohlene Foto zu verkaufen. Willy wusste, dass Schmidt mit seiner Ich-AG rote Zahlen schrieb, doch als er ohne Scham für das Foto 1.000 Euro verlangt hatte, hätte er aus seiner Visage gern Gulasch gemacht. Zwei Tage Bedenkzeit hatte Willy ihm abgerungen – zwei *kurze* Tage, in denen er eine Kopie des Fotos auftreiben musste, zwei *endlose* Tage, in denen er nur beten konnte, dass Schmidt nicht mit Lisbeth verhandeln würde. Seit gestern malte er sich aus, wie sie das Foto in die Finger bekäme und es ihrem Sohn überreichen würde, inklusive Feuerzeug. Ratsch und Flämmchen. Foto, Bye Bye.

Kaum versuchte Willy sich an der Mauer hochzuziehen, schrie seine Blase auf.

»Scheiß Kaffee, verdammt.«

Er blickte sich um und jagte über die Straße direkt zu einem Gebüsch. In dem Gefühl der Erleichterung betrachtete er den dampfenden Urin und vergaß alles um sich herum. Eva war es zuwider gewesen, wenn er den Garten anstelle des Plumpsklos benutzt hatte. Nimm wenigstens den Komposthaufen, hatte sie geschimpft, und als sie sich später ein WC angeschafft hatten, war er zum Pinkeln weiter in den Garten geschlichen. Mittlerweile hatte ihn der Fortschritt jedoch eingeholt: Telefonanschluss, warmes Wasser, Toilette und Pay-TV. Er zog den Hosenstall zu, schaute sich verstohlen um und rannte zurück an die Mauer.

Die Schuhe in die Fugen gestemmt, mühte er sich hoch, blinzelte durch das Schneetreiben und hätte beinahe aufgeschrien. Die Bank war leer. Er spähte nach links, er spähte nach rechts, und sobald er das Geräusch eines Autos vernahm, sprang er von der Mauer. In der Sekunde, in der er zu seinem Astra spurten wollte, bog Bergers Peugeot um die Ecke und rollte den Falkenberger Weg entlang; kurz bevor sie auf einer Höhe waren, grüßte ihn Lisbeth per Lichthupe.

Einfach totstellen, dachte Willy, obwohl sich sein Körper längst entschieden hatte: Die Beine blieben zementiert an Ort und Stelle, die Augen fixierten Martin Berger. Der saß auf der Beifahrerseite, glotzte zum Fenster heraus, und in seinem Blick lag keinerlei Groll, keinerlei Verwunderung, im Grunde fehlte ihm jede Emotion. Er wandte sich nicht einmal um, als der Peugeot Willy und den Friedhof hinter sich ließ.

Willy befreite sich von seiner Starre und rannte mitten auf die Straße. »Unsachgemäße Bedienung der Lichthupe«, rief er ihnen nach. »Fünf Euro Bußgeld, du alte Hexe.«

Der Peugeot löste sich in dem Weiß auf, völlig teilnahmslos und desinteressiert, sodass Willy nur abwinken konnte. Die Schornsteine rauchten himmelwärts, der Schnee schwebte zur Erde hinab und dazwischen stellten sich die Gollwitzer schlafend. Ein Dorf von Vollidioten, dachte Willy, wandte sich um und sah die unbekannte Frau den Friedhof verlassen.

»Entschuldigen Sie bitte!«, rief er ihr zu.

Die Frau blieb stehen.

»Ich hab bloß 'ne Frage.« Willy näherte sich ihr. »Haben Sie mit dem Kerl gesprochen?«

»Welchem Kerl?«

»Na, dem bärtigen.«

»Warum wollen Sie das wissen?«

Und da erkannte er ihre Stimme.

Klick, klick

Während sie auf dem Beifahrersitz saß und Willy Urban den Oberkörper zuwandte, steckte ihre Linke in der Manteltasche und umklammerte einen Kuli, den sie beim Einsteigen unauffällig aus der Türablage gegriffen hatte. Im Fall der Fälle würde Anna zu reagieren wissen.

»Und was sollen das für Beweise sein?«

»Ein Foto zum Beispiel.« Urbans Brauen hüpften hoch. »Das wird sie aus den Latschen hauen.«

»Und weshalb sind Sie damit nicht zur Polizei?«

»Ha«, stieß er aus. »Ich bin die Polizei.«

Mit spürbarer Euphorie erklärte er ihr, dass er die Beweise schon über Jahre sammle und dass sich jetzt, wo sie endlich hier sei, alles zusammenfügen werde. Weiß Gott, meinte er, ihre Begegnung könne kein Zufall sein.

»Und welche Rolle spielt dabei der Mann vom Friedhof?«

»Nicht die geringste.«

»Das klang aber vorhin ganz anders.«

»Ist bloß 'n alter Bekannter.«

»Und deshalb interessiert Sie unser Gespräch?«

»Wir haben noch 'ne Rechnung offen, sozusagen.« Er schaute sie grimmig an. »Sie haben mir doch nichts verschwiegen?«

»Nein, wir haben bloß übers Wetter gesprochen.«

»Aha, übers Wetter.«

»Ja, am Anfang«, sagte sie. »Danach haben wir über das Schmelzen der Polkappen und den Nahostkonflikt debattiert.«

»Haha, wirklich witzig.«

»Nein, im Ernst. Ihr Bekannter hat die ganze Zeit von der Stille auf dem Land geschwärmt. Hier könne man sich noch selbst finden und so 'n Zeug. Ich hab nur mit halbem Ohr hingehört.« Sie stockte und beobachtete, wie dieser Willy Urban den Wagen lenkte und gleichzeitig die Kinnschnur seiner Mütze zu entknoten versuchte. »Sie wissen, warum ich auf dem Friedhof war?«

Er nickte, ohne dass das Misstrauen aus seinem Gesicht verschwand. Es hörte zu schneien auf, und über den Feldern duckte sich ein tiefer, gespenstischer Himmel. Die Kopfweiden am Straßenrand waren gänzlich mit Schnee bestäubt, als wären ihre Ruten von Schimmel zersetzt. Anna blickte in den Rückspiegel und sah das Dorf zu einem grauen Strich schrumpfen.

»Sind Sie immer so früh aufm Friedhof?«

»Ich hab das Grab meiner Frau besucht.«

»Mein herzliches Beileid.«

Er nickte träge.

»Und Sie leben jetzt allein?«

»Mir kommt 'ne andere Frau nicht ins Haus.«

»Das klingt nach einer Entscheidung fürs Leben.«

»Man richtet sich eben ein«, sagte er, und Anna bemerkte, dass ihn jedes Thema abseits der angeblichen Beweise zu erschöpfen schien; vielleicht konnte er sich deshalb kaum zwei Menschen vorstellen, die einfach übers Wetter sprachen.

»Werden Sie wenigstens von Ihren Nachbarn unterstützt?«

»Ich hab keine Nachbarn.«

»Aufm Dorf hat doch jeder welche.«

»Ich nicht.«

Sie drückte die Mine des Kugelschreibers, klick, klick, klick, und starrte verunsichert in den Seitenspiegel. Das Dorf war längst verschwunden, allein die weiße Straße entrollte sich hinter ihnen ins Nirgendwo. »Sagten Sie nicht, Sie leben in Gollwitz?«

»Ja, sagte ich.«

»Und wo fahren wir dann hin?«

»Keine Angst«, beschwichtigte er und zerrte unentwegt an der Kinnschnur. »Wir sind gleich da.«

»Sagte der Serienkiller zu seinem Opfer.«

Anna rang sich ein Grinsen ab, das Urban nicht erwiderte. Sie rutschte in eine bequemere Position, und ihre Stiefel stießen gegen die Bierflaschen, die den Fußraum zumüllten, ein Anblick, der sie unwillkürlich mit den Augen rollen ließ.

»Denken Sie bloß nicht«, verteidigte sich Urban, »dass ich beim Fahren saufe.«

»Das mache ich nicht.«

»Die Dinger wollte ich eigentlich abgeben.«

»Jaja«, bemerkte sie. »Schon klar.«

Er stellte das Radio an, als hoffte er, ihre Fragen auszubremsen oder sie mit weichgespülten Oldies zu beruhigen. Hall and Oates stimmten ihren Hit »Maneater« an, und Anna neigte sich vor, schob die Finger unter ihre Hose und schubberte sich am Schienbein. Die Schramme hatte über Nacht frischen Schorf gebildet, der nun viehisch juckte. Ihre Finger umkreisten die Stelle, widerstanden jedoch der Versuchung, den Schorf einfach abzurupfen. Mit einer Hand am Hosenbein fragte sie Willy Urban, ob er die Beweise schon vor 20 Jahren gehabt hatte.

»Natürlich nicht.« Sein Blick blieb auf die Chaussee gerichtet. »Dann könnten wir uns ja die Fahrt sparen.«

»Und seit wann haben Sie das Foto?«

»Seit einer Weile.«

»Die Ermittlungen gegen Martin Berger laufen also noch?«

»Ich hab die Akte vor fünf Jahren wieder geöffnet.«

»Und warum vor fünf Jahren?«

»Es war an der Zeit, deswegen.«

Urbans Stimme rührte an irgendetwas in ihrem Gedächtnis, etwas, das sie nicht zu fassen bekam und seinen Ursprung womöglich im Winter '95 hatte. Sie entsann sich Stephans Worten: *Erinnerst du dich an den Polizisten, der dich gefunden hat?* Ihre Finger näherten sich der Schramme, waren kurz davor, dem Jucken einen anderen Schmerz entgegenzusetzen. Die Stimme eines Polizisten und die Falschaussage einer Zwölfjährigen echoten durch ihre Gedanken, und sie fuhr sich über den Schorf, ganz leicht und behutsam. Mit einem Ruck gelang es ihr, sich aufzurichten. Sie fragte Urban:

»Denken Sie, dass Martin Berger wegen mir das Gefängnis erspart blieb?«

»Weshalb?«

»Weil ich ausgesagt habe, mein Bruder hätte mich gerettet.«

Er schaute zu ihr herüber, und in seinen misstrauischen Blick stahl sich eine Spur Mitleid. »Sie waren zwölf Jahre alt. Ein Mädchen, das gerade seine Eltern verloren hatte.« Es entstand eine Pause, in der er das Bändchen der Mütze übers Kinn zerren wollte. »Denken Sie, dass *ich* es vermasselt habe?«

»Sie waren jedenfalls keine zwölf.«

»Wie bitte?«

»Vergessen Sie's.«

»Also denken Sie es?«

»Das war bloß dahergeplappert.«

»Sie sind keine gute Lügnerin, Anna Majakowski.«

Sie suchte nach einer Möglichkeit, um von dem Gesagten abzulenken, ein Spruch, eine Floskel, ein dämlicher Witz. »Kennen Sie den mit den zwei Fliegen?«

Doch es war zu spät. Aus Urbans Gesicht schwand das Leben, als würde er sich in sein Innerstes zurückziehen. Kinder, die gerade erfahren, dass die versprochene Fahrt ins Spaßbad oder zum Ponyhof nicht stattfinden wird, sehen kaum anders aus: In den Augen die große Leere, ehe sich Trotz und Wut einstellen. Willy Urban klemmte zwei Finger unter die Kinnschnur seiner Mütze und ballte die Hand zur Faust.

»Behandeln Sie mich nicht wie ein Kind, okay?«

»Das war nicht meine Absicht.«

»Bla bla bla.«

Er ließ von der Kinnschnur ab und lenkte den Wagen auf einen Feldweg. Die unter dem Schnee verborgenen Schlaglöcher und Wurzeln rüttelten das Auto durch. Anna stemmte den rechten Arm gegen die Tür und klammerte sich gleichzeitig am Sitz fest. »Ich weiß nicht, was Sie hören wollen«, sagte sie in das Geruckel hinein. »Meine Familie ist nicht gut auf Sie zu sprechen, das war's.«

»Was hab ich denn Ihrer Familie getan?«

»Angeblich haben Sie Fehler gemacht. Damals.«

»Fehler gemacht«, blaffte Urban sie an. »Ich zeige Ihnen die Beweise, Sie werden schon sehn.«

Er klemmte die Finger unter die Kinnschnur und zerrte heftig an ihr herum. Anna befürchtete, er würde jederzeit die

Kontrolle über das Auto verlieren und einen der Obstbäume am Feldrand rammen. »Halten Sie bitte an«, forderte sie ruhig. »Ich möchte aussteigen.«

»Einen Teufel wirst du. Auf den Tag hab ich ewig gewartet.«

»Das ist nicht lustig.«

Der Wagen rutschte über die Grasnarbe aufs Feld und im selben Moment schnellte Urbans linke Hand zum Lenkrad und zerriss dabei die Kinnschnur. Die Finger um das Lenkrad gekrallt, brachte er den Wagen in die Spur zurück, doch seine Aggressivität ebbte keinesfalls ab. »Fehler gemacht«, murmelte er abermals. »So 'n Scheiß.«

»Ich muss dringend pinkeln«, sagte Anna.

»Wir sind gleich da.«

Sie holte ihr Handy aus dem Mantel und drohte, die Polizei anzurufen.

»Das ist 'ne ganz dumme Idee.«

»Dann halten Sie an.«

»Hier draußen?«

»Ja.«

»Jetzt übertreiben Sie nicht.«

Sie wischte über das Display, und als die Ziffern aufleuchteten, drückte er das Bremspedal durch. Annas Körper schlug nach vorne und wieder zurück in den Sitz. In Windeseile schnallte sie sich ab, und sobald auch Urban seinen Gurt lösen wollte, zischte sie:

»Pfoten weg.«

»Was?«

»Diesmal haben Sie richtig verstanden.«

Unter seiner Mütze perlte der Schweiß hervor, rann über seine Papierhaut und verfing sich in den Brauen; von den Ohrenklappen baumelten die zerfetzten Enden der Kinnschnur, und sein Blick schwankte zwischen Erschöpfung und Resignation. Sowie Anna aus dem Auto stieg, schnaufte er:

»Hören Sie, ich wohne dort hinten.«

Sie blickte über die Tür hinweg und entdeckte in der Ferne einen Backsteinbau.

»Wenn Sie das Foto sehen wollen, klopfen Sie einfach.«

Anna warf die Tür zu, und der Wagen machte einen Ruck und fuhr weiter den Feldweg hinauf. Bis zu den Knöcheln im Schnee stehend, drückte sie beide Hände in die Manteltaschen, eine umschloss das Handy, die andere Urbans Kugelschreiber. Klick, klick und wieder klick.

Außen hart, innen weich

Martin stand vor der Stiege zum Dachboden, ließ den Blick über die Stufen wandern, und seine Mutter machte Anstalten, seinen Koffer hochzuschaffen.

»Lass stehn, der ist viel zu schwer.«

»Ich hab schon ganz andere Sachen geschleppt.«

»Das weiß ich.« Er lächelte nachsichtig und nahm ihr gleichzeitig den Koffer ab. »Geh lieber Kartoffeln aufsetzen. Ich hab einen Riesenhunger.«

Zunächst huschte ein Schatten mütterlichen Misstrauens über ihr Gesicht, dann erwiderte sie sein Lächeln und nickte emsig. »Eier mit Senfsoße, dein Lieblingsessen.«

»Ja, mein liebstes Lieblingsessen.«

»Das gab's in der Klinik bestimmt nicht.«

»Niemals«, sagte er. »Niemals, Mama.«

Sie schaute die Treppe hinauf, grummelte ein »Na ja«, ohne etwas folgen zu lassen, und verschwand schließlich in die Küche. Martin blieb zaudernd am Treppenabsatz stehen. Beim letzten Mal, als er die Stufen betreten hatte, war er ein anderer Mensch gewesen, ein junger Mann in Handschellen, mit Wut und Kälte im Herzen. Diese Tatsache voll und ganz zu akzeptieren, gehörte zum Anfang seiner Neugestaltung. Er spürte vom Gewicht des Koffers ein Ziehen in der Armbeuge, ein beinahe wohltuender Schmerz, und nahm endlich die erste Stufe.

Dann eine zweite und eine dritte Stufe, bis die Hälfte hinter ihm lag. In ihm flammte die Erinnerung auf, wie er bei seiner Verhaftung über das stumpfe Holz gestürzt war. Willy Urban hatte ihn die Treppe hinabgestoßen und ein anderer Polizist seine Mutter in Zaum gehalten; nachdem er mit gebrochenen Fingern unten gelandet war, hatte er sich aufgerappelt und die Flucht ergriffen. Gefesselt und blind vor Schmerzen. Geradewegs ins Krötenluch hinein. Heute erkannte er den Sinn dieses Martyriums, damals hatte er sich rasch gewünscht, er wäre *nicht* geflohen, hätte *nicht* Willy Urbans Zorn provoziert.

Martin öffnete die Tür zu seiner Stube, und kaum dass er den Fuß über die Schwelle hob, wurden ihm die Knie weich. Er stützte sich mit dem rechten Arm am Türrahmen ab, in der Linken noch immer den Koffer. Die Eindrücke, die auf ihn niederstürzten, erschöpften ihn. Das Zimmer war größer und heller als das in seiner Erinnerung, hatte rein gar nichts von einer Besenkammer oder einem Gefängnis. 20 Jahre hatte er mit einem falschen Bild gelebt, dachte er betrübt. 20 Jahre mit einem dunklen Raum im Kopf. Er wankte hinein, stellte den Koffer neben das Bett und setzte sich.

»Und, Martin?«

Die Stimme seiner Mutter.

»Was sagst du?«

Von der Stiege.

»Alles wie früher, nicht wahr?«

Jetzt ganz nah.

»Ich hab Kartoffeln aufgesetzt.«

Sie kam so zielstrebig in die Stube, als wolle sie etwas Bestimmtes erledigen. Bilder aus seiner Jugend erwachten zum Leben: Lisbeth holt die Sportsachen, die anstatt im Waschbottich in seinem Turnbeutel knüllen und vor sich hin stinken; Lisbeth holt den Kohleneimer, den er eigentlich auffüllen sollte. Zweifellos musste er sich seine Privatsphäre hier erkämpfen, nicht anders als in der Klinik.

Seine Mutter verharrte unter der Dachschräge, faltete die Hände vor dem Bauch und betrachtete die Schaukästen. »Kaum zu glauben, was du alles gesammelt hast.«

»Ich würde die Tiere lieber in der Natur sehn.«

Sie deutete mit dem Finger auf das Glas. »Ist 'n Hirschkäfer, oder?«

»Ja. Der steht unter Naturschutz.«

»So 'n kleines Ding?«

»Ich hätte ihn nicht töten dürfen.«

»Woher solltest du das denn wissen?« Ihr Tonfall machte aus ihm einen Jungen, für den sie bei seinem Lehrer wegen einer Dummheit um Entschuldigung bat. »Außerdem macht er was her. Mit dem Geweih und der glänzenden Haut.«

»Chitin«, erklärte er. »Käfer bestehen aus Chitin.«

»Das kommt mir bekannt vor.«

»Deshalb sind Insekten außen hart und innen weich. Im Gegensatz zu uns.«

»Daraus soll mal einer schlau werden.«

»Irgendwann muss sich die Natur gedacht haben, jetzt mach ich's umgekehrt.«

»Tja«, stellte sie fest. »'ne Nadel geht trotzdem rein.«

Seine Mutter war sichtlich in die Jahre gekommen, wirkte aber weder zerknittert noch schwammig. Unter der Bluse zeichneten sich ihre kräftigen Schultern ab, während ihre muskulösen Beine die Hose spannten; sie schien kompakter geworden zu sein, ein Monolith, der seit Menschengedenken den Eiszeiten und Stürmen trotzte. Er mochte sich nicht vorstellen, was sie durchgemacht hatte, erst die schwierige Zeit mit ihm, dann allein mit seinem Vater und zuletzt ein Leben in Einsamkeit. Er strich sich über den Bart und sagte beiläufig, dass er nächsten Freitag in die Klinik müsse.

»Ich denke, die haben dich entlassen?«

»Das nennt sich ambulante Nachsorge. Ist nichts Schlimmes, bloß ein bisschen reden.«

»Können die uns nicht in Ruhe lassen?«

»Das gehört dazu, Mama.«

»Solange man nicht selbst entscheiden darf, gehört immer alles dazu. Die Steuern, die GEZ, die verdammte Zuzahlung fürs Pantozol.«

Bisher waren für Martin solche Dinge nicht von Bedeutung gewesen; er hatte fünf Tage die Woche in der Töpferei gearbeitet und damit 180 Euro im Monat verdient, von der GEZ und einer Rezeptgebühr hatte er nur im Fernsehen gehört.

Auf wackligen Beinen schritt er ans Fenster und schaute in den Hühnerstall hinunter. Nicht ein Vogel war im Gehege zu sehen; er entdeckte im Schnee lediglich die Spuren winziger Krallen und vereinzelte Löcher, wo die Hühner nach Körnern gepickt hatten. Trotz der Kälte streute seine Mutter das Futter draußen. Ihr Verhalten gegenüber den Tieren resultierte aus der Strenge, mit der sie ihr eigenes Dasein bestritt; ein Dorfleben, eine andere Generation. Schonungslos. Martin nahm sich vor, die Hühner fortan im Stall zu füttern. Er brauchte dringend Aufgaben, brauchte eine Routine fernab von Gesprächstherapie und Gruppentherapie und Arbeitstherapie. Mit Langeweile, hatte ihm sein Zimmergenosse Benny oft gepredigt, sei nicht zu spaßen. Die bringe ihn schlimmstenfalls auf dumme Gedanken.

Er drehte sich ins Zimmer zurück. Seine Mutter, die auf dem Boden kniete, raffte die Zeitschriften zusammen, langte mit einer verstohlenen Geste nach einem Sexheft und verbarg es hinter dem Rücken.

»Ich glaub, die Kartoffeln sind fertig.«

Ihre Wangen waren rot vor Scham, und als sie sich zum Gehen wandte, sagte er:

»Du, Mama.«

»Ja?«

»Ich muss dir was sagen.«

Sie reckte ihr Kinn vor, wobei sich ihre Mundwinkel abwärts bogen.

»Ich habe die kleine Majakowski getroffen.«

»Wo?«

»Auf dem Friedhof.«

»So 'n Quatsch«, erwiderte sie. »Die war ewig nicht mehr hier.«

»Glaub mir, das war sie.«

»Und wie kommst du darauf?«

»Sie hat vor dem Grab ihrer Eltern gesessen.«

»Versteh ich nicht. Was hast du da zu suchen gehabt?«

Er krümmte seine Hand und kämmte mit den Knöcheln seinen Bart gegen den Strich. »Ich wollte dich nur informieren, falls du ins Dorf fährst.«

»Ich fahre aber nicht ins Dorf.« Es klang, als hätte er etwas völlig Abwegiges gesagt. Sie wandte sich ruckartig um, schlurfte aus der Stube und blieb vor der Stiege stehen. »Hast du irgendwas zu ihr gesagt?«

»Wir haben übers Wetter gesprochen.«

»Ich hoffe, du hast nicht deinen Namen erwähnt.«

»Sie hat mich nicht gefragt.«

»Pass bloß auf, was du sagst. Einige Leute wollen dir ans Leder.«

»Das kann ich mir denken.«

»Ich mein das ernst«, bekräftigte sie. »Antworte immer wie abgesprochen.«

Noch während er überlegte, worauf ihre Bemerkung abzielte, fuhr sie fort. »Es kann sein, dass irgendwer auf gut Freund macht, bloß um dich auszuhorchen. Lass dich davon nicht blenden, verstehst du? Du bist hier gewesen, hier bei mir, und in der Brandnacht ...«

Kaum hatte sie das Wort ausgesprochen, verlor er den Boden unter den Füßen und musste sich wieder setzen. Für ihn hatte es viele Nächte voller Rauch und Flammen gegeben, aber nur einer einzigen Nacht war dieser Name verliehen worden.

»... haben wir zusammen Fernsehen geguckt.« Scheinbar unbewusst klopfte sie mit dem Sexheft auf ihren Oberschenkel. »Weißt du, was da lief?«

Er hüllte sich in Schweigen, obwohl er genau wusste, welche Antwort sie hören wollte.

»›Wetten, dass..?‹ mit Thomas Gottschalk«, sagte sie. »Und als Gäste waren Henry Maske und diese Klamaukbrüder dagewesen.«

»Bud Spencer und Terence Hill.«

»Und Michael Jackson hat so 'n albernes Lied gesungen.«

»Das ist seine Schwester gewesen.«

»Jaja, und wie hieß das Lied?«

»'Whoops Now!'«, antwortete er.

Während Janet Jackson in seinem Kopf von Sonne, Spaß und ihren Freunden trällerte, nahm seine Stube die Gestalt aus seiner lang gepflegten Erinnerung an: Sie wurde enger und dunkler und glich bald einer Besenkammer. Schmieriger Staub verdüsterte das Fenster, an den Wänden hing der Tod mit sechs Beinen, und von dem Stapel Zeitschriften glotzte ihm ein grünes, hässliches Monster entgegen. Diese Stube war sein Gefängnis.

»Die Kartoffeln«, rief seine Mutter entgeistert und rannte die Stiege hinunter.

Martin setzte sich aufs Bett und betrachtete den Koffer, der verloren und deplatziert in der Stube stand. Der Koffer verwahrte die Zeugnisse seines neuen Lebens, die Stube die Zeugnisse seines alten. Konnte man sich neu erschaffen, inmitten von Trümmern und Ruinen? Er stützte die Ellbogen auf seine Knie und betrachtete den Kachelofen. Früher hatte man die Felder niedergebrannt, damit die nächste Ernte ertragreicher gedieh; früher hatte es noch geheißen: »Top, die Wette gilt.«

Faule Sau

Als es an der Haustür klopfte, klemmte Willy das schnurlose Telefon zwischen Ohr und Schulter, seine Nase hing über einem Topf Ravioli. Er legte das Telefon beiseite und drosselte die Gasflamme, griff nach dem Bier, kippte sich die Neige hinter und ging bedächtig zur Tür, obwohl ihm nach Rennen zumute war.

»Versprechen Sie, nicht auszurasten?« Sie stand vor der Eingangstreppe und klopfte sich den Schnee von den Stiefeln. »Ich meine das ernst.«

Er nickte.

»Kann ich mich darauf verlassen?«

»Ehrenwort.«

»Okay, zeigen Sie mir das Foto, dann zeige ich Ihnen auch was.«

»Aha, und was?«

»Ein paar Briefe.«

»Was für Briefe?«

»Sie werden schon sehen. Erst das Foto.«

Willy sperrte die Haustür auf, schlurfte in die Küche und widmete sich dem Essen. Die Ravioli schwammen in einer Sauce Bolognese, vollgepumpt mit Extrakten, damit das Rindfleisch nach Rindfleisch und die Tomaten nach Tomaten schmeckten. Er glaubte, im Nacken zu spüren, wie sie zögerlich und wachsam die Küche betrat, und vergewisserte sich über seine Schulter. Sie hatte Mantel und Mütze anbehalten, doch statt der Stiefel trug sie ein Paar zitrusgelbe Pantoffeln. Er hatte die Schuhe zum Schnäppchenpreis im Netto gekauft und für etwaigen Besuch unter die Telefonbank geschoben; das war allerdings Jahre her, sodass der eingestaubte Stoff den Milben ein gefundenes Fressen bot.

»Haben Sie Hunger?«, fragte Willy am Herd stehend.

»Nein danke.«

»Nicht mal auf feinstes Dosenfutter?«

»Nein, wirklich nicht.«

»Und was zu trinken?«

»Ein Glas Wasser würde ich nicht ablehnen.«

»Kein Bier? Ist gleich zwölf.«

»Nein, bloß Wasser bitte.«

Er ließ die Mundwinkel hängen und wies erst auf den Küchenschrank, dann auf die Spüle. »Bedienen Sie sich. Kostet nix.«

Ohne ihren Mantel und ihre Mütze abzulegen, füllte sie sich ein Glas Wasser ein und nahm Platz. Mit Blick auf sein Bier meinte sie:

»Zu Hause bevorzugen Sie wohl Glasflaschen?«

Eine Antwort konnte Willy sich sparen. Er hätte seine Unterhose darauf verwettet, dass sie ihn längst durchschaut hatte: Kronkorken im Haus, Schraubverschluss im Auto. Sie auf der Hinfahrt über seinen Bierkonsum anzuflunkern war ziemlich dumm gewesen; nicht allein seine Glaubwürdigkeit als Gesetzeshüter stand auf wackligen Beinen, seine ganze Person musste ihr mittlerweile schäbig vorkommen. Sie fragte ihn, ob er schon lange in diesem Haus lebte.

»Beinah mein ganzes Leben.«

»Ich nehme an, früher wohnten Sie hier zu zweit.«

»Ja«, bestätigte er und sah die Soße erste Blasen schlagen. »Seit Eva fort ist, hat sich aber kaum was verändert. Theoretisch könnte sie jederzeit reinschneien und den Tisch decken.« Er stockte für einen Moment. »Na ja, vielleicht würde sie über den Schmutz meckern.«

»Bei mir sieht's nicht besser aus.«

»Haben Sie auch ein Haus?«

»Nein, zwei Zimmer in der Platte.«

»Und wie stehts's mit Kindern?«

»Nein«, antwortete sie knapp und gab die Frage zurück.

»Evas Mutter ist an Krebs gestorben, sehr früh. Bevor Eva 30 war, musste sie in die Röhre, und da haben wir eine Entscheidung getroffen. Keine Kinder.«

Er setzte sich mit einer Schüssel Ravioli und einem Bier ihr gegenüber und merkte zu spät, dass er sie anstarrte. Sie saß tatsächlich in seiner Küche, Anna Majakowski. Um seine Nervosität zu kaschieren, folgte er den eigenen Bewegungen: Flasche öffnen, einen Happen löffeln, ausgiebig pusten, beim Kauen vor Genuss die Lider senken. Mit Bier nachspülen.

»Okay«, stieß sie nach einer Weile hervor. »Wo sind die *Beweise*?« Sie betonte das Wort »Beweise« so, als wären Zweifel angebracht, und überhaupt erschien ihm ihr Tonfall allzu fordernd, fast mechanisch.

Statt sich beeindruckt zu geben, kaute er mit provozierender Langsamkeit. »Das Foto hätten Sie schon vor 'ner Stunde sehen können.«

»Das hat Ihre Showeinlage ja grandios verhindert.«

»Ich weiß nicht, was Sie meinen?«

»Also nicht nur cholerisch, sondern auch noch begriffsstutzig.«

»Sie haben 'n ganz schön freches Mundwerk.«

»Ich bin nicht hier, um Höflichkeiten auszutauschen.«

»Mag sein. Aber jetzt ess ich erst mal.«

»Und ich soll Ihnen dabei zugucken?«

»Niemand zwingt Sie.« Er fühlte sich außerstande, auf dieses Gehabe zu verzichten. »Wenn Sie wollen, können Sie nachm Ofen schauen.«

»Bin ich jetzt Ihr Hausmädchen?«

»War ja nur 'n Angebot.«

»Ja, offenbar aus dem letzten Jahrhundert.«

»Dann schauen Sie eben dem Hausherrn beim Essen zu. Wie's Ihnen gefällt.«

Anna Majakowski nippte am Wasser, hievte sich hoch, streifte ihren Mantel ab und rieb sich die Unterarme. Ja, hätte er gern zu ihr gesagt, Willy Urban ist eine faule Sau und seine Hütte bitterkalt. Und nein, er hat nicht gerade deinen Körper von unten bis oben gemustert, deine Waden in der engen Jeans, deine spitze Hüfte, die wie ein Kleiderbügel über den Hosenbund ragt, deine dürren Arme, das markante Schlüsselbein. Die Wölbung deines Busens unter dem Pullover. Von den eigenen Gedanken beschämt, senkte er die Augen und spulte sein Programm ab. Löffel füllen, ausgiebig pusten, kauen, nachspülen und alles von vorn. Als er den Blick hob, war Anna Majakowski verschwunden, und aus der Wohnstube tönte das Quietschen der Ofenklappe.

Er schob die Schüssel von sich, schnappte sich das Telefon und drückte auf Wahlwiederholung. Auch nach dreimaligem Durchklingeln nahm Henning Kokles nicht ab; entweder war er unterwegs, auf beiden Ohren taub oder – und das wagte sich Willy kaum auszumalen – tot. Jahrelang hatte er den Tag herbeigesehnt, an dem er Anna Majakowski treffen würde; ihr ausgerechnet zu begegnen, als er den Mörder ihrer Familie verfolgte, hätte er jedoch nie für möglich gehalten.

»Das ist nicht zufällig passiert.«

Er nickte zum Küchenfenster hin.

»Das war Schicksal, zweifellos.«

»Wie bitte?«, rief sie aus der Wohnstube.

Evas Gestalt zerstreute sich in Luft und Staub, gab den Blick auf die vergilbte Gardine frei. Das letzte Mal hatte seine Frau die Vorhänge gewaschen, nicht nur die in der Wohnstube, sondern auch die im Rest des Hauses; seither verwirkte der Stoff Jahr um Jahr ein wenig seiner engelsweißen Farbe.

»Kommen Sie zurecht?«, rief er.

»Ja, alles klar«, kam von ihr zurück. »Erinnert mich an früher.«

Aus dem Hintergrund hörte er den Schürhaken über den gusseisernen Rost kratzen, direkt am Ohr das Tuten des Telefons. In seiner Vorstellung hatte er Anna Majakowski das Foto gezeigt und ihre Reaktion war so knapp wie eindeutig gewesen: Ja, das ist Martin Berger, der böse Mann. Dabei hatte ihre Stimme wie die eines zwölfjährigen Mädchens geklungen: teils bestimmt, teils schutzbedürftig, größtenteils verletzt. Er schob die Hand unter die Weste, berührte seinen Bauch und übte so lang Druck auf die Hämatome aus, bis er sich krümmte und sich selbst für seine Dummheit verfluchte.

»Sie haben nicht oft Besuch, oder?«

Sie trat in die Küche, und er nahm rasch die Hand von seinem Bauch. »So isses eben am Arsch der Welt.«

»Haben Sie keine Freunde im Dorf?«

»Neulich haben mich welche besucht«, sagte er. »War zwar unangemeldet, aber immerhin.«

»Auch 'ne offene Rechnung?«, fragte sie, und die Ironie in ihrer Stimme war nicht zu überhören. Sie rieb ihre schmutzigen Handflächen an der Jeans ab, zog ihr Telefon aus der Manteltasche und schaute aufs Display. Dann hob sie den Blick, und er glaubte für einen Moment, ihr rechtes Auge sei kleiner als das linke. Scheinbar grundlos spannte sie ihre Mundwinkel zu einer Grimasse, und sein Eindruck verflüchtigte sich.

»Schluss mit Small Talk«, forderte sie. »Sie wollten mir was zeigen.«

»Darf ich Sie vorher noch was fragen?«

»Wenn's denn sein muss.«

»Warum sind Sie erst jetzt zurückgekommen?«

»Wegen der Briefe«, entgegnete sie knapp.

Sie langte ihren Rucksack vom Boden, stellte ihn auf den Tisch, und er streckte den Arm danach aus, doch sie zog ihn wieder zurück. »Wir haben eine Abmachung. Außerdem schulden Sie mir und meiner Familie etwas.«

Sie hob das Glas und verharrte auf halben Weg zum Mund, und er schwenkte sein Bier über den Tisch in der Erwartung, sie wolle ihm zuprosten. Im unterkühlten Tonfall sagte sie:

»Ich will, dass er in den Knast wandert. Ein für alle Mal.«

»Wir wollen das Gleiche, Anna Majakowski.«

»Dann zeigen Sie mir endlich das Foto.«

Sie trank, ohne ihm zugeprostet zu haben, und er schob das Telefon in seine Hose und suchte die Wohnstube auf. Nachdem er zwei Holzscheite in den Ofen gefeuert hatte, hakte er die Daumen in die Westentaschen und verkündete:

»Ich hab sämtliche Fakten gesammelt, sortiert und angeheftet.« Er nickte zur linken Wand. »Zur besseren Übersicht, versteht sich.«

Anna Majakowski verharrte im Türrahmen, und ihr Blick strotzte vor Argwohn und Missbilligung.

»Die ganze Wand war voll.« Er schwang den Arm von links nach rechts. »Ich hab das gleiche System auf Wache gehabt. Ich und mein Kollege.«

»Welches System?«, fragte sie. »Ich seh nichts.«

»Das System nennt sich Wandzeitung.«

»'ne Wandzeitung wie in der zweiten Klasse?«

»Mindmap, Infowand, gefällt Ihnen das besser?«

Ihre Augen verengten sich zu schmalen Schlitzen, keine Verzückung, kein Erstaunen in ihnen, und als er ihr zeigte, dass die

Ergebnisse seiner Recherche bloß über den Boden verstreut waren, hellte sich ihre Miene ebenso wenig auf. Zwischen den Papieren, Fotos und Artikeln schimmerten die Scherben der zerbrochenen Bierflasche hervor; die Aufnahme ihres Elternhauses war zu einer Fußnote verkümmert, das Bild von Martin Berger eines unter vielen. Er bückte sich, griff wahllos nach einem Blatt und hielt es ihr unter die Nase.

»Ich weiß nicht, was ich erwartet habe«, murmelte sie. »*Das* auf keinen Fall. Am besten, ich gehe jetzt.«

Du Bastard

Martin saß am Küchentisch, blätterte in einem Gefühl behaglicher Eintönigkeit durch das Prospekt vom Netto und aß dabei Schokopudding. Seine Mutter hatte ihm häufig Pudding in die Klinik mitgebracht, doch war die Dose jedes Mal von einem Betreuer auf Drogen und Alkohol kontrolliert worden. Jetzt überprüfte allenfalls seine Mutter, ob sie genügend Zucker in die Milch gerührt hatte.

»Na, guckst du, was ich morgen kochen soll?« Sie spülte gerade das Geschirr vom Mittag ab. »Das Klinikessen hat dir nicht gutgetan.«

»Eigentlich war's nicht übel.«

»Dann versteh ich nicht, warum du so dünn geworden bist.«

»Findest du, dass ich abgenommen hab?«

»Der Pullover ist dir jedenfalls viel zu groß.«

Kaum hatte sie ausgesprochen, straffte er seinen Rücken. »Das liegt an meiner schlechten Haltung.«

»Ab heute«, verkündete sie lautstark, »gibt's nur noch das Beste.«

Lisbeth klemmte einen nassen Teller ins Abtropfgitter und schaute zum Fenster hinaus, als erwartete sie etwas, das sich über die Felder nähern würde.

»Hast wohl Angst, dass 'n Rudel Wölfe angeschlichen kommt.« Er lachte, damit sie seinen Kommentar nicht für bare Münze nahm.

»Macht dich ruhig lustig«, sagte sie. »Die haben hier schon Wölfe gesichtet.«

»Soviel ich weiß, sind das ganz scheue Tiere.«

»Räuber sind das, hinterlistige Räuber.«

»Ach Mama.«

»Nichts ach Mama. Die reißen unser Vieh, und die Grünen blöken was von Naturschutz.«

»Unser Vieh? Wir haben doch bloß Hühner.«

»Ich mein ja nur.«

Sie trug eine Jogginghose und eine Strickjacke, deren Knöpfe groß und rund waren und von den Küchendämpfen längst glanzlos. Obwohl sie Martin niemals in diesem Outfit besucht hatte, kam ihm der Anblick vertraut vor. Ihre schwarze Kluft oder die blaue Bluse und das Seidentuch von heute Morgen – das alles war nicht seine Mutter gewesen, sondern eine Besucherin, jemand, für den die Klinik jenseits der wirklichen Welt bleiben sollte. Zu Lisbeths Realität gehörte diese Küche, diese Strickjacke und dieser Wasserkessel, und Martin war nun Teil davon. Eine Welt, in der es nun einmal Wölfe gab.

Sie entfachte die Herdflamme, stellte den Wasserkessel drauf und gab anschließend fünf Löffel gemahlenen Kaffee in eine Kanne. Früher waren es mindestens acht Löffel gewesen, schließlich hatte es für drei Leute reichen müssen. Sie schob zwei Tassen auf den Tisch, die mit einem Fußball und der Jahreszahl 2006 bedruckt waren, dann wickelte sie aus einem Paket zwei Stück Apfelkuchen. »Den habe ich extra vom Bäcker besorgt.«

»Willst du mich etwa mästen?«

»Du brauchst was auf den Rippen, Junge.«

»Dann wunder dich aber nicht, wenn mir der Pullover zu eng wird.«

»Wieso trägst du überhaupt das Ding? Weihnachten ist schon lange vorbei.«

Das Telefon klingelte, und seine Mutter eilte in den Vorraum zwischen Küche und Wohnstube. Martin widmete sich wieder dem Prospekt, wobei er gelegentlich zum Fenster hinausspähte. Vielleicht bekäme er tatsächlich Wölfe zu sehen, dachte er bei sich, während im Hintergrund die Stimme seiner Mutter säuselte.

Er hatte auf Station gelernt, die Telefonate seiner Zimmergenossen zu ignorieren, meistens hatte er sich in eines von Bennys Büchern vertieft oder so konzentriert auf den Fernseher gestarrt, dass die Stimmen zu einem fernen Rauschen verebbten. Bestimmte Dinge zu überhören verlangte nicht weniger Übung, als bestimmte Dinge herauszuhören.

»Steck dir das verdammte Foto in den Arsch«, schallte es aus dem Vorraum. Trotz jahrelanger Routine berührte ihn der Satz auf unangenehme Weise. Er schaute zum Fenster, und der Dampf, der aus dem Kessel strömte, vernebelte seinen Blick. Er trat an den Herd und füllte die Kanne zu zwei Dritteln mit Wasser. Auf seinem Klinik-Zimmer hatte er eine eigene Kaffeemaschine besessen, ein Geschenk seiner Mutter; er hatte sie Benny zum Abschied vermacht, genauso wie seinen Rasierer und ein Dutzend Töpferarbeiten, die er angefertigt hatte.

»600 Euro.« Lisbeth nahm ihm kopfschüttelnd den Kessel aus der Hand. »Was denkt der sich? 600 Euro!«

»Hast du Ärger?«

»Diesem Deiwel sollte man die Beine lang ziehen.«

»Was ist denn passiert, Mama?«

Sie stellte die Kanne auf den Tisch und wies ihn mit einem Nicken in die Sitznische zurück. Seit dem Telefonat wirkte ihr Gesicht stumpf und abgegriffen. Sie drückte das Messer mit einer Wucht durch den Kuchen, als würde sie altes Brot schneiden.

»Ist es wegen ihm?«, fragte er, obwohl er höchst ungern über ihn reden wollte.

»Wen meinst du?«

»Na, Papa.«

»Wie kommst du denn auf den?«

»Ist nur so ein Gefühl.«

»Dein Vater liegt unter der Erde. Der verbockt nix mehr.«

Der süße Geschmack des Kuchens breitete sich in seinem Mund aus, und er wollte ihn festhalten, wenigstens für eine kurze Zeit genießen; aber die Einsicht, dass sich die Vergangenheit an diesem Ort nur schwer abstreifen ließ, machte aus den Äpfeln bittere Früchte. Hier in diesem Haus umarmten Gegenwart und Vergangenheit einander. Die Strickjacke, der Wasserkessel, sein Vater.

Mit seiner Therapeutin hatte er unzählige Stunden über seine Kindheit gesprochen, über die Enge im Elternhaus, die dicke Luft zwischen den Wänden und sein System, sich darin von einer Stube in die nächste zu bewegen. War er von der Schule heimgekommen, hatte er bereits im Vorraum die Zeichen zu deuten versucht: Standen die Schuhe seines Vaters ordentlich hinter der Tür, war alles im grünen Bereich, dann hockte er entweder mit einem Bier vor der Glotze oder döste auf dem Sofa. Wenn seine Schuhe allerdings im Vorraum herumlagen, huschte Martin durch die Küche und über die Stiege hinauf in seine Besenkammer. Grässliche Momente, in denen er hoffte, dass seine Mutter nicht bei seinem Vater war.

Einmal – Martin ist noch keine fünfzehn – öffnet er nichtsahnend die Wohnstube. Seine Mutter liegt bäuchlings auf dem Sofa, ihr Unterleib nackt, die Arme über das Polster gestreckt, und sein Vater, der dicht hinter ihr steht, hält einen bolzenartigen Gegenstand in der Hand. »Du Bastard!«, schreit er. »Hat man dir nicht beigebracht, anzuklopfen?« Martin weicht jede Spannung aus den Gliedern, er kann die Finger nicht zur Faust ballen, kann keinen Schritt machen. Erst das Seufzen seiner Mutter durchbricht seine Ohnmacht: »Los, raus mit dir.« Martin rennt auf sein Zimmer, wo sich die Ohnmacht in eine hämmernde Scham verkehrt. Der Anblick seiner halbnackten Mutter, die Miene seines Vaters, irgendwo zwischen Wollust und Zorn, und später am Abend das Gesicht seiner Mutter, so abgegriffen wie altes Leder.

Kaum anders als jetzt.

»Vielleicht hätte ich woanders hinziehen sollen«, sagte er nach einer Weile.

»So 'ne Sätze lässt du mal schön bleiben.« Sie schaute ihn mit feuchten Augen an. »Du gehörst hierher. Bist ja schließlich ein Berger.«

»Und wenn sich die Leute nicht an mich gewöhnen?«

»Martin, das ist nicht dein Problem.«

»Ich könnte mich ja im Dorf vorstellen.«

»Bist du noch bei Trost, Junge?«

»Warum nicht? Auf ein Bier in den Pub oder so.«

»Das verbiete ich dir, hast du gehört?«

»Hat das was mit dem Anruf zu tun?«

»Pass auf«, sagte sie, »dein Kaffee wird kalt.«

Alle gegen mich

Anna kauerte auf dem Sofa, und ihr Blick wanderte zwischen Urban und dem Fernseher hin und her. Es lief eine Doku über eine Affenart, die in den Gebirgswäldern Chinas hauste; sogenannte Stumpfnasen, deren aufrechter Gang den Mythos vom Yeti befeuert hatte. Angeblich. Willy Urban schien ebenso einer fernen, sonderbaren Welt anzugehören.

Er klaubte verschiedene Papiere vom Boden, musterte sie eingehend und pinnte sie an die Wand; einmal unterbrach er seine Arbeit, um Anna das Du anzubieten, ein andermal, um ein paar Tabletten mit jeder Menge Bier runterzuspülen. Vorsichtig fragte sie ihn, ob seine neuen Beweise lediglich aus dem einen Foto bestünden.

»Ja, nein«, stammelte er. »Eigentlich schon.«

»Und was sieht man darauf?«

»Martin Berger.«

»Und weiter.«

»Man sieht, wie er mit dem Moped seiner Mutter unterwegs ist. In der Tatnacht.«

Anna starrte auf den Fernseher, ohne der Off-Stimme zu folgen. Zur Winterzeit war das Leben für die Affen kein Zuckerschlecken; wegen der Kälte hockten sie dicht aufeinander, während sich Eis und Schneeflocken in ihrem Fell verfingen. Es hatte den Anschein, als gehörten die Affen nicht dorthin, als hätte sich die Natur einen Scherz auf deren Kosten erlaubt. Allein das zu beobachten, ließ Anna frösteln. Sie stemmte sich vom Sofa, berührte die Ofenkacheln – eine archaische Wärme, die man in Berlin vergeblich suchte – und schlenderte durch die Stube, bis sie vor dem Büfettschrank landete.

Sie sank auf die Knie und versuchte zu erkennen, was sich hinter den schmierigen Glastüren befand. Taschenbücher, darunter einige James-Bond-Romane, »Mondblitz«, »Casino Royale«, »Goldfinger«, ein Steckspiel namens »Super Code« und ein paar Videos, offenbar Wildwestfilme mit John Wayne, sowie ein Reiseführer für Italien. Weiter hinten eine Flasche Bushmills inklusive zweier Gläser, verpackt in einer dekorativen Schachtel. Sie wollte von Willy wissen, warum er den Whiskey aufbewahre, doch er reagierte nicht. Dann fragte sie ihn, diesmal vehementer, wann er Italien besucht habe.

»Wie kommst du auf die Idee, dass ich in Italien gewesen bin?«

»Wegen des Reiseführers.«

»Ach der.«

»Und warst du nun dort oder nicht?«

»Nee, hatte keine Zeit.«

»Ist ja noch nicht zu spät«, sagte sie mitfühlend. »Ich meine für eine Reise nach Italien.«

Willy zeigte ein Schulterzucken, und sie erhob sich wieder. Mit müder Neugier überflog sie den Stapel Schallplatten. Die meisten Alben hätte man auf einem Oldie-Sender abspielen können, Musik für die Zeit zwischen 2.00 und 4.00 Uhr morgens, Musik ohne Ecken und Kanten. Sympathisch. Sie zupfte Bill Withers »Lovely Day« aus dem Stapel und fragte:

»Darf ich die auflegen?«

»Ich hab seit Jahren keine Platte mehr gehört.«

»Ist das ein Ja oder ein Nein?«

»Ich finde die Affen ziemlich spannend.«

Als Willy sich wieder der Wand zuwandte, kehrte Anna aufs Sofa zurück und zückte ihr Handy. Drei Anrufe in Abwesenheit, allesamt von ihrer Tante. Garantiert wollte Helene wissen, wo sie blieb, schlimmstenfalls machte sie sich Sorgen, dass Anna den Friedhofsbesuch nicht verkraftet haben könnte. Sie fühlte sich außerstande, ihre Tante anzurufen, fühlte sich unfähig, nach einer passenden Entschuldigung zu suchen.

Also legte sie das Handy beiseite und folgte dem Treiben der Stumpfnasen.

Laut Kommentar waren die Nasen der Affen verkümmert, da sie sonst in der beißenden Kälte abfrören. In einem Buch über die Besteigung des Nanga Parbat hatte sie Fotos von toten Gliedmaßen gesehen, aufgrund der schwarzen Haut hatten die Finger und Zehen verkohlten Holzstücken geähnelt. Wie verbrannt.

»Dauert es noch lange?«, fragte sie ihn.

»Warum? Hast du keine Zeit?«

»Meine Tante erwartet mich zum Essen.«

Ein Haufen loser Papiere unter den Arm geklemmt, unterbrach er seine Arbeit und wandte ihr das Gesicht zu. Sie hatte das Gefühl, er würde nicht sie, sondern irgendetwas hinter ihr anvisieren. Er blinzelte mehrmals, als sei ihm Schmutz ins Auge geflogen, dann fokussierte er Anna und fragte gleichzeitig, woran sie sich erinnern könne.

»Du redest von damals?«

Er nickte.

»Beinahe an nichts.«

»Kann doch nicht alles weg sein.«

»Verdrängung, wer weiß. Ich bin keine Psychologin.«

»Und was ist deine letzte Erinnerung?«

Die Antwort sprang ihr buchstäblich von den Lippen. »Wie mir meine Mutti einen Gutenachtkuss gibt.«

»Wenigstens 'ne schöne Erinnerung.«

»Nicht wirklich.«

Sie sah sich in ihrem Zimmer liegen, über dem Bett ein Poster von Michael Jackson, neben ihr ein Teddybär, und sie fragt ihre Mutter, ob sie ihr eine Geschichte vorliest, eine einzige, eine ganz kurze. Nein, antwortet ihre Mutter, gibt ihr einen Kuss, einen letzten, einen ganz kurzen, und Anna kann den Alkohol in ihrem Atem riechen. Seit Tagen hängt der Haussegen schief, Gebrüll, Gezeter und das große Angeschweige, das in Anna einen bösen Verdacht heraufbeschwört: dass Mama und Papa sich nicht mehr lieb haben. Scheidung ist für die Zwölfjährige ein schlimmeres Wort als Sex und Satanismus, auch wenn die »Bravo« den letzten Sachen größere Aufmerksamkeit schenkt.

»Und dann hast du das Licht ausgemacht?«, fragte Willy.

»Ich kann mich nicht erinnern«, beharrte Anna.

»Vielleicht hast du noch 'n bisschen gelesen?«

»Ich war eher der Hörspiel-Typ.«

Willy nickte und war im Begriff, sich wieder seiner Wandzeitung zu widmen. Sie rückte an die Sofakante und fragte ihn, ob er auch der Meinung sei, Berger habe sie aus dem brennenden Haus geschafft.

»Wer denn sonst?«, wollte er wissen.

»Und warum sollte er das getan haben?«

»Weiß der Geier«, raunte er. »Weil er verrückt ist.«

Er zerrte das Telefon aus der Gesäßtasche und trat vor den Fernseher. Das HD-Geflimmer schürfte in seinem Gesicht eine tiefe, doch unstete Resignation frei. Sowie sich das Bild für einen Moment verdunkelte, offenbarte sich sein Alter, und als er sich gänzlich vom Fernseher abwandte, erkannte sie beides zur gleichen Zeit: Alter und Hoffnungslosigkeit. Mit dem Telefon in der Hand verließ er die Stube.

Anna rutschte vom Sofa, um seine Sammlung genauer in Augenschein zu nehmen. Vieles lag auf dem Boden, ein Bruchteil hing an der Wand. Einige Fotos zeigten niedergebrannte Gebäude oder verkohlte Klumpen, vielleicht Tierkadaver, vielleicht auch bloß abgefackelte Autoreifen; andere Fotos blieben für sie noch größere Fragezeichen. Teilweise waren die Motive so verschwommen, dass man vor hundert Jahren bedenkenlos Spuk- und Geisterwesen hineingedeutet hätte. Überall hingen Zeitungsartikel, entweder vergilbte Originale oder miserable Kopien, und dazwischen unzählige Zettel mit kaum lesbaren Kommentaren und bizarren Skizzen.

Das Krickelkrakel eines Irren, dachte Anna und rieb sich vor Erschöpfung die Schläfen. Als sie Willys Schritte vernahm, huschte sie zurück aufs Sofa.

»Ich bin kurz weg«, rief er durch die Tür.

Sie rannte nach draußen. »Das ist nicht dein Ernst?«

»Hast du 1.000 Euro in petto?« Er schnürte eilig seine Schuhe zu. »Dann kann ich mir die Fahrt sparen.«

»Was willst du mit 1.000 Euro?«

»So viel verlangt Schmidt für das Foto.«

Sie ging in die Küche und warf sich ihren Mantel über, kehrte in die Diele zurück und schleuderte die Pantoffeln unter die Telefonbank. »Warum hat ausgerechnet Psycho-Danny dein Foto?«

»Er hat's mir gestohlen.«

»Und das fällt dir erst jetzt ein?«

Kopfschüttelnd öffnete er die Haustür. Anna hopste ihm mit einem Stiefel am Fuß und dem zweiten in der Hand nach. Die Landschaft umrahmte das Haus wie ein steifes, angerautes Bettlaken; vereinzelte, vom Wind getragene Schneeflocken schwebten herum, ansonsten herrschte ringsum Reglosigkeit. Während sie auf der Treppe in den Stiefel stieg, wischte Willy die Autoscheiben mit dem Jackenärmel schneefrei. Er begann, von seinem letzten Besuch im Leprechaun zu erzählen, gehetzt und getrieben, sodass sich seine Worte überschlugen.

»Ich will deine Märchen nicht hören«, unterbrach sie ihn.

»Anna, die Schweine haben mich gepackt.«

»Hast du gehört, was ich gesagt habe? Ich will ...«

»Die denken, dass sie's selber regeln können.«

Sie kam ihm entgegen, und er berichtete ihr von einem Handgemenge, an dem das halbe Dorf beteiligt gewesen war; alle gegen Willy Urban, und Willy Urban wehrhaft wie ein Bulle. Angeblich. In Erinnerung an das Chaos, das er für eine Recherche hielt, meinte Anna, sie könne ihm einen guten Arzt empfehlen.

»Spinnst du, das ist genau so passiert.«

»Vielleicht hast du ein Wahrnehmungsproblem.«

»Ein was?«

»Ein Wahrnehmungsproblem«, wiederholte sie und tippte sich an die Stirn.

»Blöde Kuh«, sagte er. »Ich kenne die Wahrheit.«

»Schon klar, und das kleine Äffchen ist der Yeti.«

Er schlug die Weste zurück, riss mit einer theatralischen Geste sein Hemd aus der Hose und präsentierte ihr seine nackte Wampe. »Sieht das etwa nach ’nem Wahrnehmungsproblem aus?«

Gierige Muscheln

Sie fuhren über die B 102 ins Grenzland zwischen Brandburg und Meckpomm. Schwere Lastwagen, die über die Landstraßen heizten, hatten den Schnee vom Asphalt geschleudert, sodass Matsch und schmutzige Brocken die Fahrbahn säumten. Anna äußerte die Befürchtung, in eine Kontrolle zu geraten, worauf Willy sie von der Seite musterte: Vor jeder Kurve bremste sie mit, nach jeder Kurve atmete sie auf.

»Ich war hier 40 Jahre Polizist«, sagte er. »Ich rieche andere Bullen.«

»Und die riechen garantiert deine Fahne.«

»Notfalls bastle ich mir eben ’ne Ausrede zurecht.«

»Klasse, darin bist du ja Profi.«

Sie offenbarte ein nervöses Grinsen, während ihre Augen zwischen Seitenspiegel und Frontscheibe hin und her sprangen. In der Hoffnung, sie zu beruhigen, stellte Willy das Radio lauter; ausgerechnet Tina Turners »Two People« wurde gespielt, eine von Evas Lieblingsnummern, und er verspürte sogleich eine unheimliche Dürre in seiner Kehle. Er schielte in den Fußraum auf der Beifahrerseite und dankte dem Himmel dafür, dass sein Biervorrat alle war.

Sie durchquerten Kyritz, schnitten den dicht bewaldeten Salzsee und fuhren weiter gen Osten. Als der Wagen die Ortschaft Pechlin erreichte, fragte sie ihn, wie er an das Foto gelangt sei.

»Durch Zufall«, antwortete er.

»Dieser Typ knipst zufällig Martin Berger und du bekommst zufällig das Foto? Ziemlich viel Zufall auf einmal.«

»Ich hab's im Pub aufgeschnappt.«

»Das Foto?«

»Nein, dass Kokles sich bei uns rumgetrieben hat.«

»Ist das derselbe Pub, wo man besonderen Wert auf deine Meinung legt?«

Willy sparte sich eine Antwort, und Anna wandte den Blick zum Seitenfenster. Er war unsicher, ob sie aus Desinteresse schwieg oder weil sie über das Gesagte nachdachte; schlimmstenfalls hielt sie ihn für einen Spinner, genau wie damals seine Kollegen, als er trotz seiner Pensionierung, trotz seines Trauerfalls auf Wache erschienen war. Nein, hatten sie zu ihm gesagt, das Foto beweise gar nichts, das könne jeder auf dem Moped sein. Das ist eindeutig Lisbeths Maschine, war Willys Kommentar gewesen, und sie hatten gekontert, dass jeder Dritte eine Simson besitze. Zudem habe Berger ein Alibi. Willy war sie der Reihe nach angegangen: Allesamt seien sie blauäugige Arschgeigen, eine Schande für den ganzen Stall. Der Kollege Wolf hatte letztlich die Situation gelöst, indem er Willy hinausbegleitet hatte. Fahr heim, hatte er gesagt. Verreise. Lass es dir gut gehen.

Willy parkte im Heidekrautweg vor der Hausnummer 14, stellte das Radio ab und schob sich ein Bonbon in den Mund. »Eukalyptus«, sagte er und hielt Anna die Tüte hin. »Hilft gegen die Bierfahne.«

»Hast du auch was gegen Dummheit?«

Sie schüttelte den Kopf, zweifellos über ihn, stieg aus und schmiss die Tür zu.

Kokles' Haus war ein Flachbau aus den 70ern. Die Löcher und Furchen im Außenputz waren so schwarz wie die Knopfaugen einer Mamba. Schwere Rollläden verdunkelten die Fenster, und ein Baucontainer blockierte den Zugang zum Hof. Willy klopfte an die Vordertür, und Anna, die neben ihm stand, kniff die Lippen zusammen und wippte nervös auf den Ballen. Ihre Erscheinung wirkte fremd und deplatziert in dieser Gegend, passte eher zu einer Bürotante, die für das Jugendamt oder das Jobcenter Hausbesuche zu erledigen hatte. Willy klopfte erneut, und hinter der Türverglasung bewegte sich die Gardine. Er nickte zur Begrüßung, und eine Frau öffnete ihnen.

Sie trug ein Baumwollkleid und um den Hals eine Muschelkette, die von ihrem mächtigen Busen baumelte. Willy schätzte ihr Alter auf Mitte 40, und als sie im müden Singsang fragte, was sie wollten, antwortete er:

»Wir haben vorhin telefoniert.«

»Und ich hab Ihnen gesagt, dass ich keine Zeit habe.«

»Wir sind zufällig in der Gegend gewesen und …«

»Denken Sie, ich bin bescheuert?«, schnitt sie ihm das Wort ab.

Perfekter Einstieg, dachte Willy. Die Frau behielt die Hand an der Klinke, ihr Gesicht ein fleischgewordenes Stoppschild. Verstohlen linste er zu Anna. Sie schien längst durchschaut zu haben, dass er ihr von seinem Telefonat kaum die Hälfte erzählt hatte. Herr Kokles war seit Anfang des Jahres im Seniorenheim und seine Tochter machte sich daran, den Haushalt aufzulösen; außerdem hatte sie schon am Telefon verlauten lassen, dass sie sich nicht mit alten Geschichten abgeben wolle. Nicht an einem Sonntag.

»Wir gucken uns bloß das Foto an«, schlug er vor. »Fünf Minuten, okay?«

»Sorry«, entgegnete die Frau. »Ich hab nicht aus Lust und Laune nein gesagt. Ich würde mein Wochenende lieber woanders verbringen, aber irgendwer muss ja den ganzen Plunder entsorgen. Haben Sie den Container gesehn?«

Willy und Anna nickten.

»Der ist voller Krempel, den man nicht geschenkt haben will.« Sie trat zurück ins Haus und blaffte: »'nen schönen Sonntag noch«, und drückte ihnen die Tür vor der Nase zu.

»Und jetzt?«, fragte Anna.

Willy hatte keinen Plan B und verharrte in stummer Ratlosigkeit. Da klopfte Anna an die Tür, und als ihr die Frau mit empörter Miene öffnete, bot sie ihr ohne Umschweife 200 Euro an. »Dieses Foto ist uns sehr wichtig«, drängte Anna. »Ich bitte Sie.«

Die Frau starrte an ihnen vorbei ins Leere und befühlte die Muscheln ihrer Halskette; offensichtlich hoffte sie den Eindruck zu erwecken, das Angebot gründlich zu überdenken. Willy spürte intuitiv, dass das fleischgewordene Stoppschild bereits schwankte, auch wenn 200 Euro kein Sturm, sondern eher ein Lüftchen waren.

Fünf Minuten später standen sie zu dritt im ehemaligen Arbeitszimmer ihres Vaters. An der Decke klebten in Holzoptik gehaltene Styroporplatten, von denen sich einige gelöst hatten und abzufallen drohten; darunter stapelten sich Kartons und auf einem Schreibtisch thronte ein PC mit Röhrenmonitor.

»Papa war ein Sparfuchs«, erläuterte die Frau, die sich mittlerweile als Frau Kramer vorgestellt hatte. »Das ging jedem auf die Nerven, besonders meinem Mann. Papa hat nicht nur alles sortiert, sondern auch alles aufgehoben.«

»Hat er allein gelebt?«, fragte Willy.

»Meine Eltern haben sich vor Ewigkeiten getrennt. Wer will schon mit 'nem Kerl zusammenleben, der einem nachm Pinkeln das Spülen verbietet?«

Anna quittierte Frau Kramers Geschwätz mit einem höflichen Nicken; Ja und Amen und immer schön bei Laune halten. Willy glaubte in Annas kommunikativer Art die Sozialarbeiterin zu erkennen. Zufrieden hakte er die Daumen in die Westentaschen und musterte die Kartons.

»Jeder ist mit 'nem Datum versehn.« Frau Kramer zeigte auf eine Signatur. »Wir haben ihm extra 'ne Digitalkamera geschenkt, damit er seine Bilder aufm Computer abspeichern kann. Muss ich den jetzt etwa hochfahren?«

»Wir interessieren uns für März '95.«

»Das ist ja hundert Jahre her.«

»Tja, Mord bleibt Mord.«

»Mord«, wiederholte Frau Kramer erschrocken.

»Keine Sorge«, beschwichtigte Anna. »Ist bloß sein dämlicher Humor.«

»Aha, Sorte Witzbold«, sagte Frau Kramer, ehe sie auf einen Karton tippte. »Das isser.«

Willy wuchtete ihn herunter; dann knieten sie sich gemeinsam auf den Boden. Frau Kramer riss mit ihren lackierten Nägeln das Klebeband ab, knüllte es zusammen und warf es achtlos über die Schulter. In dem Karton steckten etwa 40 DIN-A4-große Umschläge, allesamt vergilbt, doch kein einziger ohne Markierung. *Kraniche, Frühjahr 1992. Gülper See, 1998.* Willys Finger tanzten über die Umschläge, bis er einen mit der Signatur *Kraniche, Frühjahr 1995* fand. Krampfhaft versuchte er, ein Lächeln zu unterdrücken, wollte Frau

Kramer nicht offenbaren, wie viel ihm das Foto wert war. Bevor er den Umschlag jedoch öffnen konnte, entriss sie ihn seiner Hand, ruppig und ohne die geringste Scheu. Willy sah Anna zurückschrecken, darauf entgeistert gucken.

»Von mir aus«, sagte er zu Kokles' Tochter. »Öffnen Sie halt den Umschlag.«

»Ist ja auch meiner.«

»Verkauft ist aber verkauft.«

»Ein Foto hab ich Ihnen zugesagt. Ein einziges.« Während sie die Bilder aus dem Umschlag zog, fügte sie hinzu: »Wissen Sie eigentlich, was es kostet, den Sperrmüll abholen zu lassen?«

Auch wenn Willy sofort verstand, wandte sich Frau Kramer demonstrativ an Anna. »Ich denke, das Bild ist 300 Euro wert.«

300 Euro, das waren 700 Euro weniger als Schmidts Forderung. Immerhin. Wenn sie allerdings erst zur nächsten Sparkasse fahren müssten, könnte Frau Kramer auf die Idee kommen, die Summe zu erhöhen oder ihnen sogar den Einlass zu verwehren. Willy taxierte die Frau, fragte sich, was nun? Die Muschelkette auf ihrem Busen hob und senkte sich, verriet ihre Nervosität. Vielleicht war das fleischgewordene Stoppschild in Wirklichkeit nur ein Fetzen Papier im Wind. In aller Strenge sagte er:

»Sie behindern gerade eine polizeiliche Ermittlung.«

»Sie sind doch gar kein echter Bulle.«

»Doch, das bin ich.«

»Ich lach mich tot. Etwa von der Rentnerpolente?«

»Los, geben Sie schon her.«

»Drohen Sie mir etwa?«

»Ich will mich nicht wiederholen müssen«, bemerkte er nachdrücklich. »Also zack, zack.«

Anna legte ihm die Hand auf die Schulter, als wäre er ein Kind, das es zu beruhigen galt, eine überflüssige Geste, die ihn noch ungeduldiger machte. Er schenkte Anna den Todesblick, mit dem er während seiner Dienstzeit Jugendliche eingeschüchtert hatte, und sie ließ von ihm ab.

»Rücken Sie die Fotos raus«, sagte er. »Sie wollen bestimmt keinen Ärger.«

»Ich … ich …«, stotterte Frau Kramer, und Willy war sich im Klaren darüber, dass auf Härte stets Milde folgen musste.

»Sie haben ja recht«, lenkte er ein und hievte sich hoch. »Also 300 Euro. Ist das besiegelt?« Er streckte Frau Kramer die offene Hand entgegen, aber sie schlug nicht ein, sondern reichte ihm mit tattrigen Fingern die Fotos.

»Wollen Sie 'ne Tasse Kaffee?«, fragte sie eingeschüchtert.

Willy nickte anerkennend und meinte:

»Sehr gern.«

»Was sollte das denn?«, wollte Anna wissen, sobald Frau Kramer abgerückt war. »Erst springt ihr euch gegenseitig an die Gurgel und jetzt holt sie dir 'nen Kaffee.«

»Bei uns zählt 'ne Abmachung eben noch was.«

»Was heißt bei uns? Bei dir und Frau Kramer?«

»Preußische Tugend«, sagte er. »Wir haben einen Deal.«

»Und du hast 100 Euro in der Tasche?«

»Quatsch.«

Er grinste über den errungenen Sieg und ließ Foto für Foto durch seine Finger gleiten. Sämtliche Bilder hatten das Format zwanzig mal zehn Zentimeter und waren in Schwarz-Weiß.

»Vögel in der Luft, Vögel aufm Feld«, sagte Anna. »Überall Vögel.«

»Kokles war besessen von den Viechern.«

»Die Kraniche machen hier Zwischenstation, stimmt's?«

»Da hat wohl jemand in Bio aufgepasst.«

»Ich war 'ne Einserschülerin.«

»Und ich hasse Vögel«, meinte Willy, ohne recht zu wissen, weshalb.

Unter den Fotos war das gesuchte nicht dabei, und Anna reichte ihm zwei weitere Umschläge aus dem Karton. *Kraniche*

Winter '95 und *Schnappschüsse* ohne Datum. Er fächerte die Bilder auf, überflog die Motive, und sie räumte alles ordentlich zurück.

»Ich verstehe nicht«, grübelte sie am Boden hockend, »warum man ein verpatztes Foto aufhebt?«

»Haste doch gehört, er war 'n Sparfuchs.«

»Klingt eher nach einem Messi.«

»Was 'n das?«

»Ein Mensch, der sich von nichts trennen kann.«

Willy hielt ihr einen verpfuschten Schnappschuss hin. »Die Rückseite kann man für Notizen nehmen«, sagte er. »Ist doch clever.«

»Oder krankhaft.« Sie reichte ihm einen neuen Umschlag. »Die braucht ziemlich lange für einen Kaffee.«

»Für 300 Euro erwarte ich auch einen mit Sahnehäubchen.«

Willy las die Signatur auf dem Umschlag und musste grinsen; *Abfall* stand in der oberen Ecke, kein Datum, kein Ort, einfach nur *Abfall.*

»Guten Tag, die Herrschaften«, schallte es in den Raum.

Willy drehte sich um und erblickte einen Mann, der den gesamten Türrahmen ausfüllte. Er war zu gleichen Teilen muskulös und fett: Seine Brüste und sein Wanst bildeten in dem hautengen Shirt ein Dreieck des Ekels.

»Guten Tag«, stammelte Willy. »Wir haben …«

»Schnauze, Alter. Ihr verpisst euch, sonst gibt's Senge.«

Anna, die vor der Kiste hockte, griff panisch nach Willys Hosenbein. Ihre Reaktion war verständlich: Dieser Kerl schwitzte aus jeder seiner Poren Ignoranz und Brutalität, und das garniert mit dem Geruch verbrannter Hautschuppen. Fitnessstudio, Solarium, Blödheit. Er ranzte Willy an:

»Was fällt dir ein, meine Maus zu bedrohen?«

»So 'n Schwachsinn«, hielt Willy dagegen. »Niemand wurde hier bedroht.«

Anna kam hoch und schüttelte ängstlich den Kopf.

»Willst du behaupten, sie hat Mist erzählt?«

»Ich denke, wir haben hier ein Problem.« Willy zwinkerte Anna zu. »Und zwar ein Wahrnehmungsproblem.«

»Hältst du uns für bescheuert?« Der Mann trat in das Zimmer, und sofort erwärmte sich die Luft auf tropische Temperatur. »Du legst jetzt den Umschlag zurück, kapiert?«

»Das alles tut uns furchtbar leid«, sagte Anna betont diplomatisch. »Wir werden sofort abhauen. Versprochen.«

Willy ließ die Mundwinkel hängen. Anna hatte die Niederlage eingeläutet, was ihn zu einem letzten Versuch zwang. »Nur den einen noch, okay?«

»Hinlegen, sonst knallt's.«

Willy überging seine Drohung und öffnete einen Umschlag mit der Signatur *Zwergschwäne, Herbst 2001*. Keine Sekunde später sprang Kramer auf ihn zu, und sämtliche Fotos rutschten heraus und segelten zu Boden. Willy versuchte, sich abzuwenden, doch der Kerl packte ihn am Kragen und rüttelte ihn kräftig durch. Als Anna dazwischendrängte, hob Kramer seinen Arm, und ihr Gesicht verzerrte sich zu einer Grimasse. Willy befreite sich aus Kramers Griff, packte dessen Hand, die sich im Gegensatz zu seinem restlichen Körper klein und überraschend weich anfühlte, und bog sie nach hinten. Mister Solarium knickte mit einem lautstarken Quieken ein.

»Lassen Sie meinen Mann los!«, forderte seine Frau.

»Hau ab!«, brüllte Kramer zurück. »Ich komm klar.«

»Das sieht man.« Sie funkelte Anna an. »Verzieh dich, du Schlampe. Und nimm deinen Sugardaddy mit.«

Als sie eine Viertelstunde später die Dorfstraße entlang fuhren, zitterten Anna die Beine so sehr, dass sie unentwegt gegen die leeren Bierflaschen schlugen; allein das Geklapper genügte, um Willy den Bierdurst in die Kehle zu treiben.

»Ich glaub's nicht«, sagte sie. »Was war das denn?«

»Hast du seine Babypfote gesehen?«

Sie schaute ihn verständnislos an.

»Die hab ich zerdrückt wie ein Stück Pflaumenkuchen.« Er tätschelte grinsend das Lenkrad und linste dabei auf die Flaschen hinunter. Sobald sie das Ortsausgangsschild passierten, schlug er die Weste zurück und zerrte sein Hemd aus der Hose. »Guck mal.«

»Shit«, meinte Anna besorgt. »Hat er dir auf den Bauch gedroschen?«

Mit zwei Fingern zerrte er das Foto hervor, das hinter seinem Hosenbund klemmte. »Das ist auch in dem Umschlag gewesen.«

»Hast du den nicht fallen gelassen?«

»Ich hab *einen* Umschlag fallen gelassen, nicht *den*.«

»Dann hätten wir ja gehen können.«

»Ich musste den Kerl erst ablenken.« Er reichte ihr das Foto mit den Worten: »Und war das jetzt Zufall, Glück oder Schicksal?«

Anna schaltete die Türbeleuchtung ein und betrachtete das Foto eingehend. Martin Berger auf einem Moped vor einer trüben Landschaft; das Original zur Kopie, die ihm Danny Schmidt gestohlen hatte. Willy konnte nicht an sich halten und lachte triumphierend auf.

»Und?«, fragte er. »Erkennst du ihn?«

»Das ist er nicht«, stellte Anna fest.

»Was?«

»Das ist mein Bruder.«

Denkzettel

»Ich muss dir was zeigen«, sagte seine Mutter.

»Was denn?«

»Komm einfach mit.«

Sie ging zur Vordertür hinaus, und Martin folgte ihr. Der Wind fegte über den Schnee, rieb kleine Haufen zu Wirbeln auf und ließ die Regenrinne gegen das Haus scheppern. Als Martin emporschaute, meinte seine Mutter:

»Hauptsache, der Schnee reißt das Ding nicht ab.«

»Ich kann die Rinne reparieren, wenn du willst.«

»Ich musste immer alles alleine machen«, lamentierte sie. »Nicht bloß den Haushalt, sondern auch den ganzen Hof. Eigentlich ist das Männersache.«

»Jetzt bin ich ja da, Mama.« Er trug eine grobe Arbeitsjacke, die sie ihm aufgedrängt hatte und die aus jeder Faser nach Kuhstall und Zigarettenrauch stank; gewiss war es die Jacke seines Vaters. »Ich bin für jede Aufgabe dankbar«, sagte er, »das kannst du mir glauben.«

Seine Mutter stapfte zielstrebig in Richtung Garage; die offene Strickjacke wehte wie ein Poncho ihren Rücken hoch, die Gummistiefel umschlossen ihre Waden wie Neopren. Die Garage, die den Hof nach Süden hin begrenzte, verfügte über ein riesiges Holztor, in dem sich wiederum eine schmale Tür befand. Die Dachpappe hing teilweise zerfleddert über die Traufe, als hätte man sie im Suff zugeschnitten. Seine Mutter fasste an die Verriegelung, hielt inne und spähte mit angespannter Miene aufs Feld hinaus. Martin, der in dieselbe Richtung schaute, fragte sich, was sie zu sehen hoffte oder befürchtete.

»Hast du wirklich Angst, dass ein Wolf die Hühner reißt?«

»Die Biester warten auf ihre Chance, draußen in den Gräben.«

»Hier ist weit und breit nichts. Kein Wolf, kein Fuchs, nichts, Mama.«

»Einmal hat aufm Feld ein Zigarettenautomat gelegen.« Sie knetete ihren Zeigefinger, als half ihr das beim Erinnern. »Den Kasten haben die Polen von 'ner Hauswand gerissen, mit 'ner Kette und 'nem Auto, und dann haben sie ihn versucht aufzubrechen.«

Sie hatte ihm die Geschichte bei einem ihrer Besuche bereits erzählt, nur waren die Diebe damals noch Rumänen oder Bulgaren gewesen.

»Die ham das Ding nicht aufgekriegt und einfach weggeschmissen. Saubande.« Sie öffnete die schmale Tür im Garagentor, wobei das Holz widerborstig über den Schnee schrammte, dann ein letzter Blick aufs Feld hinaus, ehe sie mit angezogenen Schultern eintrat.

Das Innere gähnte Martin ebenso dunkel entgegen wie die Bretterwände und die geteerte Dachpappe. Im Eingangsbereich stand die alte Simson, der Stellplatz für das Auto war leer.

»Was wollen wir hier eigentlich?«, fragte er.

»Rück mal 'n Stück«, sagte Lisbeth, als wäre das Antwort genug. Sie schob das Moped beiseite, verhüllte es mit einer Decke und schaltete über der Werkbank eine Leuchtstoffröhre an. Während die Lampe aufflackerte, kam ihm das Bild seines Vaters in den Sinn. Er sitzt an der Werkbank, das linke Bein gegen einen Bierkasten gestemmt, den Kopf über ein Automagazin und im Mundwinkel eine Kippe, ohne die er es keine 20 Minuten aushielt; sein Vater lässt ein Feuerzeug aufflammen und versengt sich mit einer gleichmäßigen Bewegung die Haare am Unterarm. Der Geruch erfüllt sofort die Garage, ein Geruch wie nichts auf der Welt. Einmalig.

Martin schluckte. Er fühlte sich in der Jacke so unwohl, dass er sie am liebsten abgestreift und in eine Ecke gefeuert hätte. Er zwang seinen Blick von der Werkbank hin zur linken Wand, wo allerhand Werkzeuge angebracht waren: Hämmer, Drahtbürsten, Spachtel, Maurerkellen und eine Handsichel, die Holzgriffe jeweils zwischen zwei Nägeln befestigt. Darunter ein Fass voll Hühnerfutter, wahrscheinlich Gerstenschrot. Er fragte seine Mutter, ob noch immer Mäuse in das Fass kletterten.

»Im Sommer schon«, antwortete sie. »Fette, graue Viecher.«

»Und was machst du mit ihnen?«

»Na, was schon.«

Er wagte es kaum auszusprechen: »Sie töten?«

»Die süßen Dinger doch nicht.« Sie schüttelte entgeistert den Kopf. »Die pack ich am Schwanz und schleudere sie aufs Feld. Soll sie der Bussard holen.« Sie lachte hämisch, gleichzeitig aber auch losgelöst.

Martin wandte sich zur Seite, hielt sich ein Nasenloch zu und schnaubte mehrmals ins Leere; die trockene Luft in dem Schuppen schien seine Nasenschleimhäute auszudörren. Er sah unter einer Plane einen metallischen Kasten hervorlugen, zupfte an dem tarnfarbenen Stoff und entdeckte den Zigarettenautomaten.

Diebe.

Lügner.

Bergers.

Sein Vater war hier im Halbdunkel präsenter als in dem Haus, das er bis zu seinem Tod bewohnt hatte. Martin wischte sich mit dem Jackenärmel die Nase, stülpte dann die Plane zurück und der Automat war wieder unsichtbar.

»Martin?«

»Ja.«

»Falls irgendwas passiert, musst du …«

Lisbeth machte eine Pause, und er fragte sie, was denn passieren solle. Ohne zu antworten, angelte sie von einer Ablage einen Schlüssel. »Im Haus hängt auch einer«, sagte sie und trat mit dem Stiefel gegen eine Stahlkiste. »Hier, schließ auf.«

Er sank in die Hocke, öffnete das Vorhängeschloss und hob den Deckel an.

»Die hat er 'nem Russen abgeschwatzt«. Seine Mutter schaute von oben in die Kiste. »Irgendwann Anfang der 90er.«

Martin traute sich nicht, die Pistole auch nur mit dem kleinen Finger zu berühren; Schusswaffen hatte er bisher höchstens im Fernsehen gesehen oder bei seiner Verhaftung im Holster der Polizisten. Neben der Waffe lagen ein Feldstecher, allerlei Anglerbedarf und ein bolzenartiger Gegenstand.

»Ach, das Ding hab ich ganz vergessen.« Sie wedelte mit der Hand. »Gib mal her.«

»Die Pistole?«

»Nein, den Totschläger.«

Er griff nach dem ledrigen Knüppel, an dessen oberem Ende eine kugelförmige Verdickung saß, während das untere in eine Schlaufe mündete. Das Gerät wirkte auf ihn wie ein Relikt aus dem 19. Jahrhundert, brachial und gleichzeitig elegant. Er reichte Lisbeth den Totschläger, und sie trat zwei Schritte zurück, umklammerte die Schlaufe und schwang den Knüppel durch die Luft, als würde sie einen seltsamen englischen Sport betreiben. Mit einem Knall krachte das kugelförmige Ende auf den Betonboden.

»Ist 'ne Metallkugel drin«, erklärte sie ihm. »Damit hat man Forellen betäubt.« Den Totschläger in einer Hand wiegend, meinte sie nüchtern, von dem Ding würde die Fischhaut nicht aufplatzen. »Macht keine Sauerei. Sehr praktisch.« Sie holte erneut Schwung und hieb das Ende so kraftvoll abwärts, dass Staub und Dreck vom Boden sprengten.

Martin musterte Lisbeths kompakte Gestalt, ihre Bewegungen, ihre Handhabung des Totschlägers. Im Allgemeinen erschreckte ihn ihr Verhalten kaum; er hatte in der Klinik viele brutale Geschichten und noch brutalere Fantasien mitanhören müssen, vielmehr fragte er sich, was sie mit dieser Demonstration bezweckte.

»Merk dir, wo der Schlüssel liegt. Ja?«

»Tut mir leid, Mama. Aber was redest du da?«

»In letzter Zeit passieren hier 'ne Menge Einbrüche.« Sie warf den Totschläger zurück in die Kiste und schlug den Deckel zu. »Ich hab den Verdacht, dass jemand ums Haus schleicht.«

»Dann müssen wir die Polizei holen.«

»Die Polizei hat uns noch nie geholfen. Das weißt du besser als jeder andere.«

»Aber ...«

»Martin, manche Leute brauchen 'nen Denkzettel.«

»Etwa mit dem Totschläger?«

»Warum nicht?«

»Ich werde niemanden mit dem Ding verletzen.«

»Das hab ich auch nicht gemeint.« Sie raffte die Strickjacke vor ihrer Brust zusammen. »Bloß ein bisschen drohen, das schadet doch niemandem.«

Pech gehabt

Ganz gleich, was er von dem Foto hielt oder was er den Leuten darüber weiszumachen versuchte, Anna hatte ihren Bruder erkannt; seine Bomberjacke, die schiefe Körperhaltung, die Reflektoren an den geliebten Turnschuhen. Sie lehnte in der Tür zur Wohnstube und fragte Willy, weshalb er ihr das Foto nicht per Post geschickt habe. »Oder wenigstens 'ne Kopie.«

»Und dann?«

»Dann hättest du dir weniger Hoffnung gemacht.«

»Unsinn«, wehrte er ab. »Du irrst dich einfach, das ist alles.«

»Ich werde doch meinen eigenen Bruder erkennen.«

»Du hast auch geglaubt, dass er dich vor den Flammen gerettet hat.«

Auf der ganzen Heimfahrt hatte er sich mal trotzig, mal resigniert gegeben, doch kaum war er ins Haus getreten, hatte sein Starrsinn die Oberhand gewonnen. Es fiel Anna nicht schwer, seine Enttäuschung nachzuempfinden. Im Schatten lang gehegter Illusionen, inklusive die der üblen Sorte, entwickelte sich der Mensch zum Gewohnheitstier. Nachdem Willy sich ein Bier geöffnet hatte, war er vor seine Recherchewand gekrochen und wandte ihr nun konsequent den Rücken zu.

»Ich muss meine Familie anrufen«, sagte Anna schließlich.

»Warum das denn?«, blaffte er zurück.

»Sie sollen mich abholen.«

»Herrje, ich kann dich fahren.«

»Du bist auf dem besten Weg, dir einen anzutrinken.«

»Erzählt nicht so 'n Quatsch. Die Fahrt hat mich ausgenüchtert.«

»Ich denke trotzdem, du solltest nirgendwo mehr hinfahren.«

»Ich kann fahren, wann und wohin ich will.«

»Bitte. Aber ohne mich.«

Die Luft in der Stube war zu dünn für ihre Erschöpfung und seinen Frust. Anna schüttelte bedauernd den Kopf, knipste das Hoflicht an und drängte zur Tür hinaus.

Es war 18.00 Uhr durch. Der gelbliche Lichtkreis der Lampe reichte vom Haus bis zu dem Holzverschlag, der Willys Hof auf der Nordseite begrenzte; der Rest der Welt schien in Dunkelheit gehüllt. Anna stapfte unter das geteerte Dach, wischte mit einem Holzscheit die Späne von dem Hauklotz und nahm

Platz. Eine aufrechte Europalette teilte den Verschlag in zwei Teile: In einem türmten sich Holzscheite, im anderen waren klobige Stammstücke bis in Kopfhöhe gestapelt. An der Rückwand hingen eine Bogensäge und mehrere Äxte. Anna konnte sich kaum vorstellen, dass der bald 70-Jährige die Brocken allein zu spalten imstande war. Vielleicht verliehen ihm seine Unrast und Sturheit auch die nötige Kraft, glichen das aus, was Einsamkeit und Suff zunichtemachten. Dass allein glückliche Menschen alt werden können, daran glaubte Anna schon lange nicht mehr; sie hatte zu viele Senioren getroffen, deren Bitterkeit ihnen ein wahres Lebenselixier war.

Sie schob ihre Hände in die Manteltaschen und blickte zum Haus zurück. Das Hoflicht ließ auf dem Schnee winzige Sterne funkeln, während ihre Fußspuren darin wie Schwarze Löcher klafften. Mit ihrer Erinnerung war es nicht anders: eine Menge Weiß, und dazwischen dunkle Leerstellen, die jede Energie schluckten und über die Jahre sogar expandiert waren. Schwarze Löcher, trübe Tage. Sie zog das Foto aus ihrer Manteltasche und hielt es ins schummrige Licht.

Blasses Schwarz-Weiß, irgendwie der Feinheiten beraubt. Ein Junge, der auf einem Moped einen Feldweg entlangfährt. Angeblich der Abend des 18. März 1995. Sekunden später hätte der Fotograf nichts weiter festgehalten als eine unscharfe Landschaft mit einem Schwarm Kraniche am Himmel; so war es aber das letzte Bild ihres Bruders geworden, ihres lebenden Bruders.

Anna stieg eine unangenehme Hitze über den Nacken in den Kopf. Sie streifte sich die Mütze ab, stopfte sie in die Manteltasche, und die abendliche Kälte pappte sich fest hinter ihren Ohren. Es war ihr schleierhaft, wo Lennart in dieser Nacht gewesen sein könnte. Und seit wann hatte er ein Moped besessen? Ihre Familie hatte keines gehabt und obendrein hatte Lennart nie einen Führerschein gemacht. Sie öffnete die obersten Knöpfe ihres Mantels und versuchte, sich sein Gesicht unter diesem Helm vorzustellen: die Stirn in Falten von all seinen nihilistischen Gedanken und dem Konsum mieser Horrorfilme, und eine Handbreit tiefer ein impulsives Lachen, das den Stirnfalten immer zu widersprechen schien. Ein Gesicht der Widersprüche. Lennarts Gesicht.

Es war ihr so vertraut wie an jenem Februartag vor über 20 Jahren: Die Geschwister sitzen auf einer umgestürzten Birke am Feldrand, lassen die Beine baumeln, und Anna sagt mit gespielter Entrüstung:

»Papa wird sich freuen, wenn du dich morgen rumtreibst.«

»Was kann ich dafür, dass er die ganze Woche weg ist?«

»Er muss halt Geld verdienen.«

»Ach, scheiß aufs Geld.«

»Mutti wird dich jedenfalls nicht fahren.«

»Ha, wer sagt denn, dass sie uns fahren muss.«

»Und wie willst du dann ins Kino kommen?«

Der Februarwind kriecht unter Lennarts Bomberjacke und bringt den Stoff am Rücken zum Flattern; geistesabwesend polkt er an der Birkenrinde herum, reißt schmale Stückchen ab und schnippt sie durch die Luft. Nach einer Minute meint er:

»Kann ich dir nicht sagen. Ist geheim.«

Anna trägt einen dicken Schal und drei Pullover übereinander, den obersten hat sie von ihrem Bruder geschenkt bekommen; ein Bügelbild von Alf, dem Außerirdischen, prangt darauf. »Und was wollt ihr gucken?«

»*Ihr*? Vielleicht fahr ich ja allein ins Kino.«

»Du fährst nie alleine weg.«

»Spionierst du mir etwa nach?«

Anna weicht seinem Blick aus und schaut den Pfad hinauf zu dem Haus, in dem sie noch in hundert Jahren leben will. Garantiert schwingt ihre Mutter gerade den Besen oder platziert ein paar Kerzen im Wohnzimmer, mit Vanilleduft für eine entspannte Atmosphäre. Sauber machen, gemütlich machen, schick machen, und das jeden Freitag, ehe Papa von seiner Dienstreise heimkommt.

»Und was guckt ihr nun?«, fragt Anna abermals.

»›Die Mächte des Wahnsinns‹.«

»Kenn ich nicht.«

»Ist auch nichts für Kinder.«

»Ein Horrorfilm, oder?«

»Klar, du würdest dir vor Angst glatt in die Hosen strullern.«

»Ich bin kein Baby mehr.«

»Das ist aber der härteste Film aller Zeiten.«

Sie erschaudert inwendig. Vor Kurzem war in der »Bravo« ein Artikel über Satanismus erschienen, über finstere Rituale und finstere Sekten, über finstere Opferungen von Tieren. Streng genommen sieht ihr Bruder nicht wie ein Teufelsanbeter aus, sein Bürstenschnitt und die hässliche Bomberjacke sprechen eindeutig dagegen, allerdings kann man sich bei Lennart nie ganz sicher sein.

»Und wann ist der Film zu Ende?«

»Mitternacht natürlich.«

»Dumm für euch. Da ist der letzte Bus längst weg.«

Er springt von der Birke und kickt einen morschen Ast entzwei. »Null Problemo, wir haben 'n Moped.«

»Ja, sicher. Und wo habt ihr das her?«

»Sorry, das ist topsecret.«

»Ich verrate es niemandem, ich schwöre.«

»Verdammte Scheiße.« Er mustert seine neuen Turnschuhe, die er von den Eltern erbettelt hatte; offenbar hat der Ast die Nikes beschmutzt. Er geht in die Hocke, leckt über die Fingerkuppe und beginnt, den Dreck von seiner Schuhspitze zu rubbeln. Wie nebenher schlägt er ihr einen Deal vor.

»Ich verrate es dir«, sagt er, »wenn du mir was verrätst.«

»Kapier ich nicht.«

»Mann, du eine Frage und ich eine Frage.«

»Okay. Aber keine perversen Sachen.«

Lennart kommt hoch, verschränkt die Finger ineinander und lässt seine Knöchel knacken. Grinst sie in einer Mischung aus Entzücken und bösartiger Gehässigkeit an. »Wenn du mich anlügst, wirst du die Wahrheit nie erfahren.«

»Ich lüge nicht. Ehrenwort.«

Er spannt sie auf die Folter, indem er aus seiner Ärmeltasche langsam und bedächtig die Zigaretten zerrt. »Hast du mit David gebumst?«

Vor Schreck wäre sie beinahe rücklings von der Birke gekippt. Zum einen hält sie sich selbst zu jung für Sex (und das ungeachtet des »Bravo«-Artikels über zwölfjährige Mädchen, die mit ihrem älteren Freund Liebe machen), zum anderen hat sie ihm nie ihre Schwärmerei für David anvertraut. Die Nächte, in denen sie anstelle eines Hörspiels dem Soundtrack von Dirty Dancing lauscht, das Getuschel mit den Freundinnen, die Lennart entweder für einen Teufelsanbeter oder Neonazi oder gar beides halten und David gern zur Kinderdisko einladen würden – das alles sollte ihr Geheimnis bleiben. Anna rutscht von der Birke und faucht:

»Du spinnst ja.«

»Er hat dir doch den Teddy geschenkt.«

»Ja, weil er mich mag.«

»Und du in ihn verknallt bist.«

»Igitt, er ist mein Cousin.«

»Na und?«

Und spätestens dieses lapidare *Na und* ist Beweis genug, dass ihr Bruder Dinge tut, die zu nichts Gutem führen, Dinge, die verboten und schmutzig sind. So Dinge eben. Sie will das Thema wechseln und sagt:

»Lennart, jetzt bist du dran.«

»Pech gehabt.« Er schaut sie ernst an. »Ich wette, du lügst.«

»Ich lüge nicht.«

»Tja, leider kann ich Gedanken lesen.«

»Mir egal, ich hasse dich.«

»Soll ich jetzt etwa weinen?«, fragt er voller Sarkasmus. Er versucht, sich im Wind eine Zigarette anzuzünden, und meint, sie solle ihm helfen. Anna rennt zu ihm, schließt ihre Hände um Lennarts hohle Hand, und seine Haut fühlt sich ganz heiß an, als hätte er sich eben noch am Ofen gewärmt. Er bedient das Feuerzeug, und sobald die Zigarette glimmt, inhaliert er in der lässigen Art, wie es nur ältere Brüder können. Er bläst den Qualm durch die Nase hinaus, und sie sieht in der Rauchwolke sein Gesicht, die Stirn in Falten, die Mundwinkel zu einem Grinsen verzogen. Einfach unzerstörbar.

Anna wischte sich mit dem Ärmel die Tränen ab, dann erhob sie sich von dem Hauklotz und ging mit dem Foto in der Hand über das Hofgelände. Auf der rechten Seite krümmten sich zwei kahle Pflaumenbäume, die sie wie die Stützen einer verwitterten Pforte empfingen. Wäre sie in diesem Augenblick gefragt worden, warum sie eigentlich hergekommen war, hätte ihre Antwort nicht mehr gelautet: Weil ich Angst habe, dass meiner Familie etwas Schlimmes zustößt. Nein, dachte Anna, ich bin gekommen, um dieses Foto zu finden. Das ist nicht logisch, das ist die Wahrheit. Sie trottete zwischen den Bäumen hindurch auf das Feld und immer weiter in die Dunkelheit, bis das Hoflicht kaum heller war als das schwache Glimmen einer Zigarette.

Bald machten ihr Erschöpfung und Müdigkeit die Stiefel schwer, sodass ihre Schritte träger wurden. In der Höhe der Ruf der Singschwäne, die sich zu ihrem Nachtlager begaben, und obwohl sie in familiären Verbänden flogen, war es ein einsamer Klang. Anna sehnte sich danach, in ihr Bett zu kriechen und einem ihrer alten Hörspiele zu lauschen, vielleicht »Fünf Freunde im Zeltlager« oder eine Folge von Alf. In ihrer Kindheit hätte sie alles dafür gegeben, der Langeweile und dem Überdruss zu entfliehen, hatte sich an ihren Bruder geheftet wie ein treuer Zwerg an den heldenhaften Prinzen. Jetzt sehnte sie sich nach dieser Eintönigkeit.

Sie schaltete ihr Handy ein und schrieb ihrem Cousin: *Hey, David. Ich bin bei Willy Urban. Frag nicht warum, das erkläre ich dir später. Würdest du mich abholen? Bitte!* Sie schaute hoch, den Kopf im Nacken, die Nachricht noch nicht abgesandt, und dachte an die Erklärung, die ihr Onkel einfordern würde. Weshalb warst du bei diesem Bullen? Hast du vergessen, dass er Schuld am Tod meiner Schwester ist? Dass seine stümperhaften Ermittlungen dieses Unglück erst ermöglicht haben? Sie wandte sich um und erspähte einen Lichtkegel, der wie ein Suchscheinwerfer über den Schnee kroch.

»Alles in Ordnung?«

Das leuchtende Auge einer Taschenlampe.

»Hallo?«

»Ja, alles bestens«, erwiderte sie.

»Ich wollte dir nur sagen, dass der Ofen warm ist.«

Ihr kamen erneut die Alf-Hörspiele in den Sinn. Familie Tanner, ihre nervigen Nachbarn und die kosmische Waise, deren Heimatplanet unwiderruflich zerstört worden war. Mit Sicherheit hatte Willy keine Hörspiele, garantiert aber ein paar Dokus mit sonderbaren Tieren aus sonderbaren Gegenden. Da drehte das Auge der Taschenlampe ab und näherte sich wieder dem Haus.

»Willy!«, rief sie durch die Nacht.

»Ja?«

»Hast du was dagegen, wenn ich bei dir penne?«

Rotfeder

Danny öffnete die Vordertür, rief ein zaghaftes »Hallo« in die Dunkelheit und zückte sein Handy. Er hatte ihr am Telefon gesagt, 22.00 Uhr im alten Bungalow, und noch ehe sie hatte protestieren können, hatte er aufgelegt. Jetzt zeigte sein Handy 22.10 Uhr und sie war nicht da.

Wie er vermutet hatte, lag auf dem Fensterbrett der weiße Kerzenstummel. Er kam oft zum Angeln hierher, hockte allein oder mit Kevin Hübner unten am See, und wenn sie ein Regenguss überraschte, stiegen sie die Böschung empor, um in dem Bungalow Schutz zu suchen. Er öffnete die Daunenjacke und trocknete mit einem Zipfel seines Shirts das Wachs, dann ließ er sein Feuerzeug so lange aufflammen, bis der Docht endlich Feuer fing.

Der Rauch, der von der Kerze schwarz und dünn emporstieg, vertrieb zeitweise den Modergeruch. Durch eine undichte Stelle im Dach war Feuchtigkeit ins Haus gelangt und hatte alles mit Nässe infiziert; die Tapete löste sich von den Wänden, das Linoleum wellte sich über den Betonboden. In einer Ecke zerfiel ein Türvorhang aus PVC-Streifen, die im trüben Kerzenschein filetierten Flussaalen glichen. Er vergrub seine Hände in der Jacke, senkte das Gesicht bis zur Nase hinter den Kragen und schaute abwärts zum Ufer.

Der Berliner oder der Typ mit dem Büro in Berlin hatte nicht diese Krebsbuden gekauft, sondern die Ruhe, das Land, die herrliche Aussicht aufs Wasser. Menschen blättern eine Menge hin für einen Horizont ohne störende Straßen, Häuser oder Fabrikhallen, und er fragte sich, warum das so wenige im Dorf begriffen. Fragte sich, weshalb Kevin nicht in seine Idee investierte, ein gemeinsames Geschäft aufzuziehen. Oft genug hatte Danny unten am Ufer gehockt und geangelt, gepafft und über die gute alte Zeit sinniert, über seine bescheuerte Ex-Frau und den großen Fang, den er nie gemacht hatte. Er zündete sich eine Zigarette an, blies den Rauch gegen das Fenster und prüfte erneut die Uhrzeit.

20 Minuten zu spät, dachte er und mahlte mit den Kiefern, als würde er den Zigarettenrauch wiederkäuen. Er durchquerte den Raum, und bei jedem seiner Schritte verursachte die Nässe unter dem Linoleum ein Quietschen. Hier war früher das Wohnzimmer gewesen; dort hatte ein Klappsofa gestanden, auf dem Männer in zu engen Badehosen lümmelten, davor ein Resopaltisch, den Frauen in geblümten Bikinis deckten. Panierte Jagdwurst mit Nudeln und Tomatensoße. Eiskonfekt zum Kaffee. Danny konnte kaum noch unterscheiden, welche Erinnerungen aus DDR-Zeiten stammten und welche aus den 90ern; womöglich hatte das Leben auf der Datsche die gute alte Zeit länger konserviert. Er checkte abermals die Uhrzeit, fluchte und verharrte schließlich vor dem Bad.

Die Tür war aus der Angel gesprungen und lehnte nun schräg an der Wand. Dort, wo das Klo gestanden hatte, gähnte eine hässliche schwarze Tiefe, in der sich selbst ein Haufen Scheiße gruseln würde. Er schnippte die Kippe über die Schwelle, verfehlte das Loch und beobachtete das langsame Verglimmen der Glut. In der guten alten Zeit hatte er mit Lennart gern brennende Streichhölzer umher geschnippt – über die Schulhofmauer oder vom alten Kahn aufs Wasser hinaus, gegen Straßenschilder oder die nackten Waden der Girls. Einmal hatte Lennart den ängstlichen Kevin dazu überredet, es auch zu probieren; aber er sollte keine Mädchenbeine zum Ziel nehmen, sondern einen ausrangierten Schrank hinterm Gutshaus. Was Kevin nicht wusste: Die Schranktüren waren von oben bis unten mit Brennspiritus überschüttet. Am Anfang zerbrach Kevin ein Streichholz nach dem anderen, er fluchte und schämte sich für sein Versagen, und als es ihm endlich gelang, eins angezündet von der Schachtel zu schnippen, war er außer sich vor Freude. Das erste Streichholz, das dann den Schrank traf, entfachte den Spiritus und binnen Sekunden schossen die Flammen hoch. In bühnenreifer Panik kläfften ihn Lennart und Danny an: Ach, du Scheiße. Bist du behämmert? Du hast das Ding angezündet. Kevin rannte flennend nach Hause, zu seinem Opa, zu seinen Meerschweinchen, zu seinen dämlichen Comics, während sie das Feuer in aller Seelenruhe auspinkelten.

»Guten Abend.«

Ruckartig drehte er sich zur Eingangstür. »'n bisschen spät.«

»Ist ja nicht gerade ein Spaziergang hierher.«

»Die Lady hat wohl 'n Taxi erwartet.«

Helene Majakowski trug einen Parka mit Fellkapuze, eine dicke Baumwollstrumpfhose und robuste Stiefel. Umrahmt vom flauschigen Fell wirkte ihr Gesicht wie eine weiße Flussperle in einer schwarzen Muschel. Sie war einen Kopf größer als er, was ihn dazu antrieb, sich zu strecken und auf den Fußballen zu wippen.

»Hast du keinen besseren Ort gefunden?«, fragte sie.

»Im Sommer ist es klasse hier, echt.«

»Okay, dann komm ich im Sommer nochmal.«

»Außerdem gibt's hier 'ne herrliche Aussicht.«

»Wenn ich eine herrliche Aussicht will, setze ich mich in unseren Wintergarten und fahre nicht extra um den halben See.«

Er zuckte die Achseln. Seit er stundenlange Exkursionen übers Luch anbot, hatte sich die Welt für ihn verkleinert; *weit weg* hieß für ihn südlich von Rathenow oder jenseits der Niederung, eben Entfernungen, die mit einem Spaziergang kaum zu schaffen waren.

Helene Majakowski verschränkte die Arme und fragte ihn, woher er ihre Telefonnummer habe.

»Von David natürlich.«

»Der rückt nicht einfach meine Nummer raus.«

»Ich hab ihm verklickert, dass ich ’ne Idee für ’n heißes Projekt hab. Halbpension plus Ausflug. So eine All-inclusive-Sache.«

»Etwa in Kooperation mit uns?«

»Ja, das ist der Plan.«

»Du und wir – ein Geschäft?«

»Wäre quasi ’ne Win-win-Situation.«

»Und das hat David dir abgekauft?«

Sie lachte humorlos auf, was ihn teils verunsicherte, teils innerlich zum Kochen brachte.

»’türlich«, antwortete er. »Klingt doch spitze.«

»Jeder weiß, wie’s bei dir läuft, Schmidt.«

»Im Winter machen alle miese«, verteidigte er sich. Er rieb seinen Unterlippenbart am Kragen, hoffte, seine Unsicherheit überspielen zu können. »Will die Lady ’ne Zigarette?«

»Nein danke.«

»Und was anderes zum Rauchen?«

»Ich bin nicht hier, um einen deiner hirnlosen Kumpels zu spielen. Ich will das Foto sehen.«

»Erst das Geld, sonst nix Foto.«

»Ich wusste nicht, dass ich schon fürs Angucken bezahlen muss.«

Er zog das Foto aus seiner Jacke, und als sie danach greifen wollte, feixte er: »Hey, anfassen kostet extra.«

Sie gönnte ihm weder ein Grinsen noch ein diplomatisches Lächeln, stattdessen schaltete sie ihr Handy ein, um das Foto genauer zu betrachten.

»Das ist alles?«, fragte sie. »Ein Mopedfahrer?«

»Wenn Sie nicht interessiert sind, kriegt ’s der Bulle.«

»Ex-Bulle, vergiss das nicht.«

»Einmal Bulle, immer Bulle, Frau Majakowski.«

Ihr Atem wölkte von ihren eingefetteten Lippen, ihre Brauen waren so schwungvoll gezeichnet wie der Hochrücken einer Rotfeder. Er fragte sich, ob sie erst Mitte oder schon

Ende 50 war. Im Grunde spielte das keine Rolle in einem Kaff, wo sich eine Frau höchstens gegen Schotter zum Bleiben bewegen ließ. Er war ärmer dran als die Kerle, die sich eine Frau aus Tschechien oder Russland besorgten; die Kerle hatte wenigstens Zaster, und, was weitaus schwerer wog: ein eigenes Haus.

Während Helene Majakowski das Bild studierte, näherte er das Foto langsam seinem Schritt. »Ich denke«, sagte er in einem Anflug von Wagemut, »der Preis hat sich soeben erhöht.«

»800 Euro waren abgemacht.«

»Die Preise fallen, die Preise steigen. Das weiß doch jeder.«

»Die Regel lautet, abgemacht ist abgemacht.«

»Wer anderen 'ne Grube gräbt, sollte anständig belohnt werden. So lautet die Regel.«

»Ich habe keinen Pfennig dabei.«

»Ich wette, das kriegen wir auch so hin.«

In seiner Jugend hatte er Lennarts Tante für die schärfste Braut auf Erden gehalten; jetzt war sie zwar älter und genauso verheiratet, dafür aber auf eine dämonische Art anziehend. Sie belauerten einander, und der Geruch des Bungalows wurde von Sekunde zu Sekunde schlimmer. Danny fasste nach ihrer Kapuze und zog sie zu sich heran, versuchte, seinen Mund auf den ihren zu pressen, doch sie stieß ihn von sich. Mit demonstrativer Langsamkeit schob er das Foto zurück in seine Jacke. »Alles klar, dann kriegt es eben der Bulle.«

»Das wagst du nicht.«

»Ich? Ich hab nichts zu verlieren.«

Obwohl ihr Gesicht ausdruckslos blieb, spürte er, dass sie ihr Dilemma zu begreifen schien. Wem sollte sie denn von dem Treffen erzählen? Jeder halbwegs gescheite Mensch würde sich fragen, weshalb sie abends zu einem einsamen Bungalow geschlichen war – garantiert nicht, um mit Herrn Schmidt die aktuellen Wanderkarten auszuwerten oder über die gute alte Zeit zu plaudern.

»Ich werde meinen Mann auf dich hetzen«, zischte sie. »Der wird dich fertigmachen.«

»Dann haben die Bullen gleich zwei Gründe, bei euch anzuklopfen.«

»Wie meinst du das?«

»Das weißt du genau.«

»Keinen Pfennig bekommst du von mir, keinen einzigen.«

Er löste seinen Gürtel, öffnete seine Hose, und sie kniete vor ihm auf den Boden.

»Guck mich an«, stöhnte er und spürte gleichzeitig sein Selbstvertrauen schwinden. Sowie er seinen Schwanz griff, um ihn ihr in den Mund zu schieben, neigte sie den Kopf zur Seite und umfasste ihn mit beiden Händen. So oder eben anders; es war ihm egal, ob sie ihm einen blies oder runterholte, er wollte nur dabei angeguckt werden. Als er glaubte, jeden Moment zu kommen, und nach ihrem Haar griff, ballte sie ihre Faust so fest um seinen Schwanz, dass er vor Schmerz ihre Hand beiseite schlug. Mit einem Seufzen ergoss er sich auf seine Hose und das Linoleum.

Helene Majakowski nahm ihm das Foto aus der Jacke, ging zur Badestube und beugte sich, ohne einzutreten, über die Schwelle. Geräusche ihres Würgens krochen die Wand entlang. Er hörte leicht heraus, dass sie sich nicht wirklich übergab; er hatte etliche Leute im Leprechaun reihern gehört, und Helene Majakowski erbrach bestenfalls heiße Luft. Er verharrte an der Wand, die Hose unter den Knien, seinen schlaffen Penis in der Hand, und fragte:

»Hast du das von dem Jungen aus Sydow gehört?«

Sie reagierte nicht, und er rief etwas lauter:

»Der Typ, der auf den Strommast geklettert ist?«

Sie schwieg noch immer.

»Der ist da hoch, weil er für seine Freundin 'nen Selfie machen wollte. Die Trulla hat unten gewartet, bestimmt total stolz auf ihn. Jedenfalls hat er 'nen Stromschlag kassiert,

15.000 Volt, ist in Flammen aufgegangen und fünf Meter tief gestürzt. Wie 'ne verdammte Sternschnuppe. Er soll tot gewesen sein, bevor er unten gelandet ist.«

»Tolle Geschichte«, entgegnete sie in gelangweiltem Ton.

»Verstehst du, was das bedeutet?«

Sie ließ das Foto in ihrem Parka verschwinden und richtete sich die Kapuze.

»Als er am Hellsten geleuchtet hat, war er längst tot«, sagte Danny. »Manchmal denk ich, dass der ganze Schwindel so abläuft.«

»Welcher Schwindel denn?«, fragte sie gereizt.

»Ich weiß nicht«, antwortete er. »Das alles eben.«

Er sah Helene Majakowski vom Bad wegtreten, und ihr Gesichtsausdruck schwankte zwischen Ekel und Mitleid. »Du musst mir einen Gefallen tun«, forderte sie. »Und zwar noch heute.«

HOW DEEP IS YOUR LOVE

23. Oktober 1994

Robert Beck wischte mit einem feuchten Lappen über die Arbeitsfläche der Hobelbank, bückte sich und säuberte auch die Holzbeine. Heute Abend, so hatte sein Papa ihm versichert, weihen wir den Werkzeugkoffer ein, wir gemeinsam, nur du und ich, und dann hatte er nochmals vom Fahrrad runtergerufen, ehe er mit zügigem Tritt ins Leprechaun aufgebrochen war: »Heute Abend, Großer. Mach schon mal die Werkstatt sauber!«

Robert drehte die Vorderzange auf und reinigte die Spannbacken von Innen, anschließend polierte er den Schraubstock, polierte all das, was längst vor Sauberkeit strotzte. Unentwegt wechselte sein Blick zwischen Werkbank und der offenen Tür im Scheunentor. Seit wann heißt heute Abend denn heute Nacht, dachte er, legte den Lappen beiseite und zog den Schraubstock mit aller Kraft zu. Den wieder zu öffnen, würde kein Leichtes sein, nicht einmal für seinen Papa.

Er setzte sich auf den Drehhocker, der bei jeder Bewegung ein Quietschen von sich gab, und legte die Hände in den Schoß. Direkt neben der Hobelbank thronte sein neuer Werkzeugkoffer, einen halben Meter lang, drei Handbreit hoch, silbergrau und noch ungeöffnet. Der Koffer war zugleich Geburtstags- und Weihnachtsgeschenk seiner Eltern gewesen, und heute Abend wollte sein Vater mit ihm die Werkzeuge ausprobieren, ein bisschen fachsimpeln, eventuell ein Bier trinken. Papa und Sohn. Männersache.

Robert schaute sehnsüchtig zur Tür und horchte nach

draußen. Die Vorstellung, sein Papa käme in den Schuppen herein, während er Däumchen drehte, ließ ihn hochfahren. Auch wenn er alles längst erledigt hatte, durfte er nicht untätig rumsitzen; also schnappte er sich den Besen und fegte zum dritten Mal den Boden. Sein Papa sagte immer, Grundlage guter Arbeit sei ein sauberer Arbeitsplatz. Er verrückte den Koffer und spürte sogleich das Gewicht in seinem Arm, das Gewicht von Loch- und Stechbeitel, von Feilen und einer englischen Rückensäge. Für Robert war der Koffer mehr als ein Kasten voller Werkzeuge: Er symbolisierte das Einverständnis seiner Eltern, dass er mit dem Abschluss der zehnten Klasse die Schule beenden durfte. Trotz seiner sehr guten Noten wollte er weder das Abitur machen, noch als Agraringenieur seinem Vater in die Landwirtschaft folgen; stattdessen bemühte er sich um eine Ausbildung zum Tischler. Holz, daran hatte er Freude, Holz zu bearbeiten, Schnittkanten anzureißen, die Dinge ins rechte Maß zu bringen.

Sowie er den Dreck gekehrt hatte, musterte er den Arbeitsplatz und befühlte den Flaum über seinen Lippen. Gern hätte er einen Vollbart gehabt, wie ihn sein Papa seit jeher trug; ein Vollbart verschaffte nämlich Respekt, ohne dass man große Reden schwingen musste, ein Vollbart unterstrich die Autorität des Stammesältesten. Er pustete sich den Staub von den Handflächen, knüpfte sich die Arbeitsweste zu und schritt zur Tür. Das Fahrrad seines Papas war nirgends zu sehen, nicht im Vorgarten, nicht auf der Dorfstraße, und auch kein fernes Klingeln ertönte, das seine Rückkehr ankündigte. Enttäuscht verließ Robert die Scheune und überquerte den Hof.

Auf der Giebelseite des Hauses hing eine riesige Plane, die der Herbstwind wie ein Segel in die Nacht bauschte. Sein Papa wollte die Badestube durch einen Anbau vergrößern, neben einer Duschkabine sollte endlich eine Wanne Platz haben. Leute aus dem Dorf halfen ihm dabei – Männer, die keinen Stein anhoben, ohne sich zuvor mit einem Bier zu stärken. Als

Robert sich über einen dieser Männer abfällig geäußert hatte, war die Hand seines Papas vorgeschnellt. Zack und Knall, eine Backe rot wie Lärchenholz. Daraufhin hatte Papa ihn gefragt, weshalb er das gesagt habe.

»Ist doch so«, hatte Robert beharrt. »Der Typ ist saudumm.«

»Wenn du solche Sachen ausplauderst, bist *du* der Dumme.«

»Warum?«

»Weil man so was für sich behält.«

»Ich hab's nur dir gesagt.«

»Heute mir, morgen deinen Mitschülern.«

»Papa, das sind meine Freunde. Die sagen nix.«

»Das glaubst du.«

Ehe Robert hätte widersprechen können, hatte sein Papa gemeint, er solle niemandem Anlass geben, ihn zu hassen; das gelte sowohl für die Pissnelken im Dorf als auch für die Herren vom Gemeinderat. »Es sei denn«, hatte er mit erhobenen Finger hinzugefügt, »du weißt die Mehrheit hinter dir.«

»Was meinst du damit?«

»Sieh zu, dass du dich nicht selbst ins Abseits schießt.«

»Wegen der dummen Sau?«

Und da hatte sein Vater drohend die Hand erhoben.

»Ja, du hast Recht.«

»Und weiter?«

»'tschuldige.«

»Wie bitte?«

»Es tut mir leid, Papa.«

Dann hatte sein Vater ihm auf diese kumpelhafte Art zugezwinkert, wie er stets seine Lektionen zu beenden pflegte. Richter, Lehrer, Kumpel. Einfach der beste Papa der Welt.

Robert öffnete die Haustür, blieb auf der Schwelle stehen und rief nach seiner Mutter. Das Wohnzimmer grenzte direkt an die Diele, und er konnte das Radio durch den Türspalt hören. »Die besten Hits der 70er«, was bedeutete, dass sie am

Bügeln war. Da er keine Lust hatte, seine Arbeitsschuhe auszuziehen, rief er abermals nach ihr.

»Mach die Tür zu«, kam es zurück. »Es zieht.«

»Mutti, hörst du mich?«

»Was ist denn?«

»Hat Papa angerufen?«

Statt zu antworten, trällerte seine Mutter lautstark zu einer schmalzigen Ballade der Bee Gees. Robert vernahm im Rücken ein Geräusch, schaute in den Hof, und dem Hoffnungsschimmer folgte die Erkenntnis, dass nur der Wind gegen die Plane schlug. Kein Fahrrad, kein Papa. Er schabte mit dem Schuh über die metallene Türschwelle und beäugte den Dreck, der sich von der Sohle löste und in die saubere Diele rieselte. Dann ein zweiter Anlauf:

»Und wann kommt er nach Hause?«

»Bald«, entgegnete seine Mutter, und schon wenige Sekunden später bezweifelte er, ob sie wirklich *bald* gesagt oder bloß den Song mitgeträllert hatte.

»Papa hat versprochen, dass wir heute zusammen bauen.«

Keine Antwort.

»Ich bereite alles vor, okay?«

Eine Pause zwischen zwei Songs, endlich.

»Mutti, hast du mich gehört?«

»Mach die Tür zu. Es zieht.«

Robert wusste nicht, wie lange er auf dem Hocker sitzend den Werkzeugkoffer angestarrt hatte. Jedenfalls rief seine Mutter vom Haus herüber, dass sein Vater angerufen habe. Er könne nicht kommen. Es brenne wieder.

Sofort sprang Robert auf, rannte ins Haus und glaubte noch in der Diele, seine Mutter wolle ihn veräppeln. Bestimmt wartete sein Vater in der Küche, längst die Arbeitshandschuhe übergestreift und voller Tatendrang. *Lass uns loslegen, Großer*. Bestimmt.

Aber die Küche war leer, und er begegnete auch niemandem im Wohnzimmer, wo unverändert das Radio plärrte. Er rannte zu der winzigen Badestube, die bald Geschichte sein würde, und klopfte energisch an die Tür.

»Jetzt nicht«, rief seine Mutter genervt.

Robert ließ sich nicht abwimmeln und fragte durch die Tür hindurch, wo sich sein Papa verstecke. Er müsse sich mal die Ohren waschen, schimpfte seine Mutter. Sie habe ihm bereits gesagt, dass Papa zu einem Brand gerufen worden war. Wieder ein Stall, diesmal von einer Firma Soundso. Er solle sie nicht stören und lieber das Licht in der Scheune ausmachen. »Los jetzt!«

»Ich hasse ihn«, stieß Robert hervor, und seine Mutter erwiderte seltsam müde:

»Sie werden ihn schon kriegen.«

Er rannte in die Scheune und stellte eine Leiter an das Regal, in dem Farben, Lacke und Lösungsmittel lagerten, schnappte sich eine Dose, stieg von der Leiter hinunter und hebelte sie mit einem Schraubendreher auf. Durch Roberts Gedanken jagte der Brandstifter, der seit Monaten die Gegend terrorisierte, und weil ihm das passende Gesicht fehlte, sah er sich selbst Scheune um Scheune, Schuppen um Schuppen, Stall um Stall abfackeln, sah sich selbst das Haus seiner Eltern anzünden, während er einen Pinsel in den Lack tauchte.

Sobald er fertig war, trat er von der Hobelbank zurück und betrachtete sein Werk. Quer über die Arbeitsfläche stand in großen weißen Buchstaben das Wort *Verräter*.

Trotz der Wut hatte er die Linien mit Bedacht gezogen, hatte peinlichst darauf geachtet, dass die acht Buchstaben nebeneinander Platz fanden und gut lesbar waren. Der Anblick verschaffte ihm eine tiefe Genugtuung, aber nicht wie damals, als er zum Klassensprecher gewählt worden war und sein Amt unter Applaus angenommen hatte, sondern so, als hätte er einen Streit geschlichtet, wofür ihm die Mitschüler dankbar auf die Schulter klopften.

Robert Beck, neunte Klasse.

Richter, Lehrer, Kumpel.

Er reinigte die Stellen, wo er ein paar Tropfen Lack verspritzt hatte, räumte die Dose wieder ins Regal und setzte sich auf den Hocker. Seine Körperhaltung war ganz still, nicht einmal der Hocker quietschte. Er beobachtete sein Werk beim Trocknen und strich sich mit Daumen und Zeigefinger über den Oberlippenflaum. *Grundlage einer guten Arbeit ist ein sauberer Arbeitsplatz*, und hier traf beides zweifellos zu: ein sauberer Arbeitsplatz und eine gute Arbeit.

Nach einer Stunde löschte er das Licht, verriegelte die Tür und begab sich zum Haus, und mit jedem Schritt erstarkte unter dem Gefühl der Zufriedenheit eine böse Vorahnung. Die Plane krachte vom Wind getrieben gegen den Giebel, die herbstliche Frische schmiegte sich an seine bartlosen Wangen. Dumme Männer, die er nicht *dumm* nennen durfte, verhöhnten ihn. Schließlich machte er kehrt und eilte zurück in die Scheune, öffnete den Werkzeugkoffer, fand einen Schaber und eine Rolle Sandpapier und begann in wilder Panik, den Lack von der Hobelbank zu kratzen. Sein Vater würde ihn für das, was er getan hatte, grün und blau schlagen. Um das zu wissen, brauchte er kein Abitur.

MONTAG

Kein Ding

Anna war den Feldern und kahlen Obstbäumen bis zur Gollwitzer Chaussee gefolgt und hatte sich dort von ihrem Cousin aufsammeln lassen. Die Uhr am Armaturenbrett zeigte 8.45 Uhr; in knapp fünf Stunden würde sie den Jugendklub öffnen müssen. Ein Käffchen mit der Putzkraft, ein Plausch mit Sonja über das Wochenende, verpatzte Dates und miese Serien, dazu kreischende Kinder und motzende Jugendliche – all das schien weit, weit weg zu sein.

»Deine Nachricht war ziemlich …« David stockte, um nach dem richtigen Wort zu suchen. »… ominös.«

»Ich wollte dich nicht verwirren.«

»Das ist dir aber vortrefflich gelungen.«

»Bist du mir sauer?«

»Ach, kein Ding.«

»Und was haben deine Eltern gesagt?«

Davids Blick blieb konzentriert auf die Straße gerichtet. Zu einer Blue Jeans und einem schwarzen Hemd trug er wadenhohe Lederstiefel. Seine Haare waren feucht, als wäre er gerade der Dusche entsprungen; dunkle Strähnen schnitten ihm über Stirn und Brauen und verliehen ihm eine traurige Kühnheit. »Ich hab's nur Mutti gesagt. Papa darfst du selbst überraschen.«

Anna befingerte in ihrer Manteltasche den Zettel, den sie heute Morgen neben sich auf dem Sofa vorgefunden hatte. *Falls du mal frische Luft brauchst*, stand darauf. *Du bist hier jederzeit willkommen.* Unter dem Zettel hatte ein Schlüssel gelegen. Übernächtigt und zerknittert war Anna vom Sofa gerollt, hatte David eine Nachricht gesandt und die Stube eingeheizt. Willy war nicht aufgetaucht, er musste wohl seinen Kater ausschlafen, nachdem er gestern eine Flasche »Goldkrone« gekippt hatte; selbst seine geliebten Tierfilme hatten den Frust und die Enttäuschung nicht schmälern können. *Sein* Martin Berger hatte sich als *ihr* Lennart entpuppt. Jetzt saß Anna in dem VW ihrer Tante, und David verkniff sich jene Fragen, die ihm förmlich ins Gesicht gemeißelt waren.

»Willst du überhaupt die ganze Story hören?«

»Ich weiß schon mehr, als mir lieb ist«, antwortete er. »Papa wird ziemlich angefressen sein.«

»Er hasst Willy Urban, stimmt's?«

»Das ist noch untertrieben.«

Kurz vor Gollwitz kam ihnen ein Löschzug der Feuerwehr entgegen. Die rote Lackierung der Fahrzeuge hob sich von der grauen Chaussee und den weißen Feldern ab wie ein Karnevalsumzug, eine grelle Karawane voller Kobolde, die allesamt überdimensionale Helme trugen.

»Da ist bestimmt jemand ins Eis gebrochen«, meinte David. »Schöner Mist.«

»Passiert das oft hier?«

»Ja, im Sommer am häufigsten.«

Sie grinste zaghaft, und er berichtete ihr, dass Jugendliche aus Sydow oder Blumberg den Heimweg gern übers Eis abkürzten; das ginge schneller, als um den halben See herumlaufen zu müssen. »Natürlich sind die total besoffen oder auf Chemo«, erklärte David, ehe er wieder in sein Schweigen verfiel.

Der VW durchquerte Gollwitz, das sich nicht vom Gollwitz der letzten Tage unterschied; womöglich hatte das Dorf auch nur die eine Fassung zu bieten: stets verschlafen, stets menschenleer. Seit sie der Feuerwehr begegnet waren, kam Anna die Stimmung im Auto gedrückt vor, irgendwie angespannt. Sie musterte David von der Seite, doch er zeigte bloß die Konzentration eines besonnenen Autofahrers, und so schwiegen sie, bis der Wagen das Gutshaus erreichte. Anna fragte ihn, wo denn die ganzen Autos hin seien?

»Die meisten Gäste sind abgereist«, erwiderte David. »Wir machen drei Kreuze, wenn der Winter vorbei ist.«

»Könnt ihr nicht ein bisschen Wintersport etablieren?«

»Wir versuchen es gerade.« Er schenkte ihr ein breites Grinsen. »Mit Eiswandern.«

Davids Bemühungen, die Atmosphäre durch seine Kommentare aufzuhellen, konnte sie lediglich mit einem Lächeln quittieren, und dieses Lächeln erschien ihr affektiert und falsch. Er parkte den Wagen, und in dem Moment, als er nach dem Türgriff langte, hielt sie ihn zurück.

»David, ich muss dich was fragen.«

»Hui, das klingt ja todernst.«

»Nicht ernster als die Stimmung hier.«

»Echt jetzt? Ist mir gar nicht aufgefallen.«

»David«, bemerkte sie. »Du bist kein guter Schauspieler.«

Er seufzte leise und entschuldigte sich, dass er sie nicht habe runterziehen wollen.

»Hast du nicht«, sagte Anna. »Ich hab die miese Stimmung selbst ins Auto geschleppt.«

»Ist ’ne komische Zeit grad.«

»Ja, alles zu viel und alles auf einmal.«

»Ist doch immer so.«

»Manchmal will ich bloß noch lachen, und dann habe ich Angst vor dem Lachen.«

»Weil du Angst hast, verrückt zu werden?«

»Ja, total schizo.«

Er nickte verständnisvoll, und sie fragte ihn, ob er oft an früher denke. Da senkte er die Stirn, und sein feuchtes Haar war nun ein dunkler Fächer, der ihn vor der Außenwelt abschirmte. Nach einer Weile hob er seine großen kindlichen Augen, um in die ihren zu schauen. »Ja, besonders an Lennart. Und du?«

Sie löste ihren Anschnallgurt und wandte sich ihm zu. »Erinnerst du dich an Lennarts Outfit?«

»Bomberjacke und Jeans.«

»Genau.«

»Und die saubersten Nikes der Welt.«

Anna musste unwillkürlich lächeln. »Es gibt ein Foto von ihm, er auf einem Moped. Ich habe seine Kleidung erkannt.«

»Ihr hattet doch gar kein Moped.«

»Eine Simson«, ergänzte Anna. »50 irgendwas.«

David umfasste seine Knie, sog die Unterlippe ein und starrte durch die Windschutzscheibe. Zuletzt hatte sie ihn in einer derart verlegenen Position gesehen, als sie ihn gefragt hatte, ob es auf dem Dorf genügend heiße Bräute gäbe; damals hatte sie nicht weiter herumgebohrt, aber jetzt ging es um ihren Bruder.

»Das ist über 20 Jahre her, David.« Ihr drohte die Stimme zu kippen, was sie mit einem Räuspern bekämpfte. »Wenn's irgendwas gibt, das du mir sagen willst, dann raus damit.«

»Weißt du«, brachte er schließlich hervor, »Lennart war 'n Teufelskerl.«

»Das brauchst du mir nicht zu erzählen.«

»Ich meine nicht, dass er ausm Leprechaun Alk geklaut hat, oder diese Hakenkreuz-Geschichte. Ich meine …«

Und David berichtete ihr, wie Lennart eines Tages mit einer Simsons aufgetaucht war. Als er ihn gefragt hatte, woher er die Maschine habe, war Lennarts Antwort so simpel wie verführerisch gewesen: Er hatte David einen zweiten Helm zugeworfen. Über Schleichwege und kaum befahrene Landstraßen hatten sie sich nach Berlin aufgemacht; erst unterwegs war Lennart gesprächiger geworden. Die Maschine hätte ihm ein Kumpel geliehen. Wer ist denn so bescheuert?, hatte David wissen wollen, ihre Clique habe nämlich nur aus Lennart, ihm und Danny Schmidt bestanden.

»Psycho-Danny?«, flüsterte Anna.

»Ja, der war früher echt okay.«

»Ich dachte, der ist total gaga.«

»Damals hatte er den Namen noch nicht verdient. War eher so 'n Lennart-Ding.«

»Und du hast ihn nicht gelöchert, von wem das Moped ist?«

»Du kennst doch deinen Bruder. Er hat gern auf geheimnisvoll gemacht.«

Anna befriedigte die Antwort ganz und gar nicht. Sie fragte ihn, ob Danny Schmidt auch eingeweiht war. »So als Teil der Clique.«

»Ich hab ihn nie von der Maschine reden gehört.«

»Sicher?«

»Hundertpro.«

»Ist Lennart denn oft allein unterwegs gewesen?«

»Meistens.«

»Und wo ist er so hingefahren?«

»Nach Berlin, hier war's doch stinklangweilig.«

»Und am 18.?«

Sie brauchte das Datum in keiner Weise zu präzisieren, es gab nur einen 18. im Leben ihrer Familie, vermutlich sogar nur einen in der Chronologie des Dorfes.

»Ich hab keine Ahnung«, sagte David sichtlich betroffen. »Leider.«

»Nimm es mir nicht übel, aber ich glaube dir nicht.«

Er schluckte, und Anna sah seine linke Hand zum Türgriff wandern.

»David, ich bitte dich.«

Seine Hand verharrte.

»Bitte, David.«

Die Tür blieb geschlossen, und er sagte:

»Lennart ist zu seiner Freundin gefahren.«

»Habe ich gerade richtig gehört? Zu seiner Freundin?«

»Ja, er hatte eine …« Er hob beide Hände und setzte imaginäre Anführungszeichen in die Luft. »Freundin.«

»Also 'ne rein körperliche Sache.«

»Wenn du es so nennen willst, ja.«

»Etwa eine Prostituierte?«

David runzelte die Stirn und schüttelte gleichzeitig den Kopf.

»Kennst du die Frau? Oder wenigstens ihren Namen?«

»Er hat mir nichts weiter verraten.«

»Ich denke, ihr wart so dicke.«

»Vielleicht war sie ihm peinlich.«

»Warum das denn?«

»Ach, keine Ahnung.«

»David, lass das Rumgedruckse!«

»Vielleicht hat's nicht für Miss Brandenburg gereicht, vielleicht stand sie auf Take That oder Boyzone. Was weiß ich, Anna.«

»Lennart hätte mir davon erzählt.«

»Ja, klar. Genauso wie er dir von dem Moped erzählt hat?«, meinte David und schickte rasch ein »Sorry« hinterher.

Anna lehnte sich zurück und spürte, dass die Informationen nicht einmal häppchenweise sacken wollten. Heimliche Fahrten nach Berlin und eine Affäre mit 15. Sie streckte den Arm aus, öffnete das Ablagefach und klappte es hoch, öffnete es erneut und klappte es wieder hoch, um es ein letztes Mal zu öffnen und kräftig zuzuschlagen.

»Anna«, sagte David ruhig. »Das Auto kann nichts dafür.«

»'tschuldige.«

»Kein Ding.«

Sie machte die Beifahrertür auf, hob die Beine hinaus und blieb in der Kälte sitzen. »Ich komme gleich nach«, sagte sie. »Okay?«

»Okay.«

David berührte sie nicht, aber sie glaubte, im Rücken zu spüren, dass es sein erster Impuls gewesen war; eine Geste des Mitgefühls, der Zuneigung und vor allem der Stärke. Ihre Tante hätte wohl nicht anders reagiert. Sie hörte ihn aussteigen und die Tür mit sanftem Druck schließen. Er schritt über den eingeschneiten Parkplatz, die Hände in die Taschen seiner Jeans gestemmt, der Hemdkragen aufgerichtet und sein Haar tanzend im Wind. Er glich einem gealterten Kinderstar aus den 90ern, einer angehimmelten Nebenrolle in einer finsteren Dystopie. Sowie er in der Pension verschwunden war, sprangen ihre Gedanken zu ihrem Bruder zurück. Lennart hatte seine Bürstenfrisur immer mit einem Klumpen Wetgel zu harten Stacheln gestylt. Sie fragte sich, ob die Stacheln und der Motorradhelm überhaupt kompatibel gewesen waren, und allein die Vorstellung – er gestriegelt und rausgeputzt auf dem Weg zu einer Frau – brachte sie zunächst zum Grinsen, dann sah sie ihn in seinem Bett liegen, Kopfhörer auf den Ohren, Kuschelrock in der Anlage, erstickt an seinem Erbrochenen.

Im Innern des Baumes

Martin erwachte vom Lärm, den seine Mutter in der Stube verursachte. Sie war mit einem Eimer Kohlen hereingekommen, geräuschvoll, hatte die Ofenklappe aufgeschraubt, geräuschvoll, und die Asche in einen Blecheimer zu schaufeln begonnen. Geräuschvoll.

»Mama, ich mach das.« Er bemühte sich, freundlich und weniger genervt zu klingen. »Lass einfach alles stehen.«

»Ich heize jeden Morgen«, sagte sie schroff.

»Hier drinnen etwa auch?«

»Das Haus darf nicht auskühlen.«

Er drehte sich auf die Seite, quetschte sich das Kopfkissen unter den Arm und beobachtete Lisbeth mit trägem Interesse. Sie trug Jogginghose und Strickjacke und in ihrem Kraushaar steckte eine riesige Spange aus Schildpatt. Mit jeder Schaufel Asche, die im Eimer landete, wirbelten graue Flocken über den Blechrand. Martin wurde den Verdacht nicht los, dass sie die Aschlade besonders penibel sauberkratzen wollte, dass sie die Schaufel bis in den hintersten Winkel stieß. Warum ausgerechnet heute?, fragte er sich, warum so früh? Besaß seine Mutter nach jahrelanger Einsamkeit noch das geringste Verständnis von Umsicht und Privatsphäre? Selbst er, der für die Dauer seines halben Lebens von der Welt abgeriegelt worden war, hatte sich mit anderen Menschen arrangiert, wenn auch gezwungenermaßen. Seine Mutter entfachte einen Anzündwürfel, legte ihn auf den Rost und schichtete drei Kohlen darüber, dann kam sie wieder hoch, und der Würfel verströmte in der Stube den Geruch von Paraffin, ein Geruch, der ihn die Augen schließen ließ.

Zu ausgewählten Anlässen durften die Patienten in der Klinik grillen, natürlich unter Aufsicht der Betreuer. Martin war klar gewesen, dass das Personal jeder seiner Regungen mit wachsamen Augen folgte, und so hatte er sich jedes Mal auf seine Hände gesetzt und demonstrativ Abstand zum Feuer gewahrt. Allein der Geruch des Petroleums, womit die Betreuer die Holzkohle ansteckten, war für seine Sinne ein Fest gewesen, nur hatte er sein Entzücken nicht gezeigt wie die Mitpatienten, hatte nicht frohlockt, was für ein schönes Feuerchen das sei und überhaupt, welch ein herrlicher Tag.

»So, erledigt.« Seine Mutter lehnte die Ofenklappe an. »In 20 Minuten gibt's Frühstück.«

»In 20 Minuten«, wiederholte er.

»Ich mach 'n paar Wiener warm.«

Er lächelte ihr zuliebe. »Wie früher, Mama.«

»Ja, mit Mostrich und Kartoffelsalat.« Sie schnappte sich den Ascheeimer und wies ihn an, noch etwas nachzulegen, ehe er zum Frühstück käme. Im Gestus enormer Betriebsamkeit verließ sie die Stube und trippelte die Treppe abwärts.

Martin neigte sich über die Bettkante, fächerte den Stapel Zeitschriften auf und fischte das Comic vom Sumpfding heraus. Er hatte es gefunden, während er versteckt unter den Schaulustigen auf Hübners brennende Scheune gegafft hatte. Seine Erinnerungen an diese Nacht waren sehr widersprüchlich: Mal hatte er zwei Dutzend Zuschauer vor Augen, mal stand er allein im Flammenschein, einmal knisterte die Nacht vor beängstigender Stille, ein andermal hörte er das Gebrüll sterbender Säue. Auch nach zwei Jahrzehnten waren die Eindrücke nicht klarer geworden, als hätte er sie bereits verschwommen im Gedächtnis abgespeichert. Womöglich in einer Art Rausch. Sicher war letztlich nur, dass er das Comic im Sand entdeckt und eingesteckt hatte. Jetzt blätterte er darin, guckte sich die düsteren Bilder an, die grellen Farben, die wüsten Pinselstriche, und sog den leicht herben Geruch des Ofenfeuers ein.

Nachdem er auf den Wecker geschaut hatte, schwang er

sich mit einem Seufzen aus dem Bett. Seine Beine steckten in langen Unterhosen, sein Oberkörper war nackt. Er streckte sich zur Decke, spreizte die Arme und ließ die Rückenwirbel knacken. Auf der Suche nach frischen Sachen öffnete er den Kleiderschrank.

An der Bügelstange hingen Hemden und Jacken, in den offenen Fächern lagen Nickis, Socken und Unterwäsche. Er schob die Bügel von einer Seite zur anderen, wobei er sich vorzustellen versuchte, wie er früher in den Klamotten ausgesehen hatte. Martin Berger, noch keine 41 Jahre alt, ohne Backenbart und ohne tiefe Gräben zwischen den Brauen. Er konnte sich nicht in die ausgewaschenen Jeans, in die protzigen Jacken oder grellbunten T-Shirts hineindenken; dieser Martin war für ihn unvorstellbar, zu jung, zu unreif. Glücklicherweise tot.

Er schloss den Schrank, ging zum Ofen und legte Kohlen nach. In der ausströmenden Hitze begann sein Gesicht zu glühen; die Wärme kroch ihm die nackten Schultern hinab und verteilte sich über seinen Oberkörper. Keine Kleidung der Welt konnte ihm diese Wärme geben.

Ehe Alan Albert Bloch den Weg der Erkenntnis gegangen war, hatte er die Drehbücher für einige obskure britische Gruselfilme verfasst; so waren etwa 1968 »Die lebenden Leichen des Dr. Diabolo« und 1971 »Leise, leise klingelt der Tod« entstanden. Eines Morgens hatte Alan Bloch sein neuestes Werk verbrannt, die Schreibmaschine einem mittellosen Dichter vermacht und sein Londoner Apartment gekündigt, um fortan auf der Straße zu leben. Sein Besitz allein die Kleidung, die er am Leib getragen hatte. Was genau diesen Lebenswandel ausgelöst hatte, war selbst für Bloch ein Mysterium. In seinem Buch »Im Innern des Baumes« hieß es dazu: *Ich bin aufgewacht und spürte die Nachwehen eines Traums, wie ich ihn niemals zuvor geträumt hatte. Kein Bild, keine Szene, kein Wort waren mir in Erinnerung geblieben, stattdessen das Gefühl, dass meine Existenz nicht meinem wahren Ich entspricht. Später, als ich die letzte Dusche für die nächsten Jahre nehmen sollte, hinterließ der Wasserdampf am Spiegel folgenden Satz: Im Innern des Baumes sitzt DU. Noch bevor sich die Schrift verflüchtigt hatte, wusste ich, was zu tun war.*

Martin lehnte die Ofenklappe an, streifte sich den Weihnachtspullover über und begab sich barfuß und in Unterhosen zum Frühstück.

Wieder da

Im Gutshaus bat Anna ihren Cousin, sie auf den Dachboden zu führen; sie wolle nur nach ihren alten Sachen gucken, weiter nichts. David meinte, er habe keine Zeit, er müsse mit seiner Mutter die Zimmer herrichten, außerdem wisse niemand, wo sich sein Vater herumtreibe. Der sei in der Frühe aufgebrochen, ohne sich abzumelden geschweige denn eine Notiz zu hinterlassen. Dann hatte David abgewunken und nach Annas Hand gegriffen. »Ach, was soll's, es kommt eh keiner.«

Nachdem sie durch die Bodenluke geklettert waren, betätigte er den Lichtschalter, doch blieb die Glühbirne unter dem Querbalken erloschen. David zuckte die Achseln, und das wenige Licht, das sich durch die Giebelfenster wälzte, war im aufgewirbelten Staub fast greifbar.

»Mächtig kalt hier oben.« Er rieb sich demonstrativ die Hände. »Willst du nicht ein andermal in deinen Sachen stöbern?«

»Die Kälte stört mich nicht«, sagte Anna und spürte, wie sich die kühle Luft zwischen ihre Haut und den dünnen Pullover zwängte. Entlang der Dachschräge türmten sich etliche Pappkartons, im Gang weiter hinten ein paar ausrangierte Möbelstücke: Gartenstühle aus Rattan oder Plastik, ein Sekretär unter einer transparenten Abdeckplane. »Das ist ja ein Prachtexemplar.«

»Das ist von dir.«

»Ist nicht dein Ernst?«

»Hundertpro, ich hab's selbst hochgeschleppt.«

»Wann?«

»Keine Ahnung, irgendwann halt.«

»Warum habt ihr das schöne Stück nicht unten hingestellt?«

David kniete vor einem der Kartons und lugte durch das Loch im Tragegriff. »Erstens ist es dein Sekretär, zweitens wusste niemand, wann du dich wieder blicken lässt.«

»Höre ich da einen leichten Vorwurf?«

»Nein, so klingt kalte Wut«, antwortete er und grinste.

Anna bückte sich, schob ihre Hand unter die Plastikplane und berührte mit den Fingerspitzen das Holz; es fühlte sich stumpf an, und am Sockel war das Furnier abgesplittert. Wahrscheinlich beim Herumrücken passiert, glaubte Anna und versuchte, das dazugehörige Bild zu finden. Ein Mädchen stemmt sich gegen den Sekretär, um ihn von A nach B zu schieben, und wenn nicht das Mädchen, dann rücken ihn Mama oder Papa an die passende Stelle. Anna konnte sich beim besten Willen nicht daran erinnern, dass sie oder ihre Eltern den Sekretär verschoben hatten; ihr gelang es nicht einmal, sich vorzustellen, wie sie an ihm Hausaufgaben machte oder ein Poesiealbum mit »Bravo«-Stickern beklebte. Das Prachtexemplar wirkte einfach ungeeignet für ein Kind.

Sie richtete sich auf und sah David unter der Dachschräge einen Karton hervorzerren. Sein Hemd war an den Ärmeln mit Staub und Spinnweben verziert, seine Jeans spannte an den Knien. Er wirkte äußerst erwachsen – wie ein Mann, der etwas auf einem Dachboden zu erledigen hatte, und nicht wie ein Junge, der mit einem Stock in Wespennestern rührt oder sich hinter einem Balken versteckt, um bei der nächsten Gelegenheit nach unten zu spurten und an einem provisorischen Tresen auszurufen: Abgeschlagen! Du bist dran! Ihr Cousin hatte nicht oft mit ihr gespielt; im Teeniealter schien ein Unterschied von drei Jahren unüberwindbar, 12 und 15, dazwischen lagen Welten. David strich sich das Haar aus der Stirn und bemerkte:

»Das müsste der richtige Karton sein.«

»Nur der eine?«

»Ja.«

»Mehr ist nicht übriggeblieben?«

»Doch«, sagte er, »der Sekretär.«

Anna erkannte an seinem Blick, dass er um ihre Enttäuschung wusste. Frag nicht, schienen seine Augen zu sagen, nimm es, wie es ist. Bitte. Er lächelte mitfühlend, hob dann die Schultern und erklärte, er müsse los. »Papa lässt uns hängen.«

»Ist nicht das erste Mal, oder?«

»Ach.« David winkte ab. »Papa ist Papa.«

Als er halb in der Bodenluke verschwunden war, sagte er:

»Das sind bloß Gegenstände, Anna!«

»Keine Sorge, ich bin nicht nostalgisch.«

»Dann bin ich ja beruhigt.«

»Ich kann es immer noch nicht fassen, dass er eine Freundin hatte.«

David reagierte mit einem Achselzucken, ehe sein Kopf abtauchte und Anna allein auf dem Dachboden zurückblieb.

Stephan ist Stephan, sinnierte sie und sank vor dem Karton in den Schneidersitz. Helene ist Helene und David eben

David. Sie öffnete den Karton und ließ den Blick auf den Resten ihrer Kindheit und Jugend ruhen.

Zuoberst lag eine zusammengewickelte Alditüte, in der sich ein Dutzend Hörspielkassetten aus der Zeit vor der Brandnacht befanden. Auch wenn die Flammen ihre Stube nicht erreicht hatten, war der Rauch in jede noch so winzige Faser gedrungen, in Tapeten, Kleidung und Stoffbezüge, und als sie ins Gutshaus gezogen war, hatte ihre Tante die verpesteten Sachen entsorgt. Ihre Sammlung von Alf-Hörspielen hatte sie behalten dürfen. Sie erinnerte sich vage, wie sie die Folge »Das Fenster zum Garten« in ihrem Kinderbett gehört hatte. Alfs neuestes Hobby ist es, das Haus seiner schrägen Nachbarn zu beobachten; eines Abends will er das Unglaubliche gesehen haben: Mr. Ochmonek tötet angeblich seine Frau Raquel mit einem Eispickel und verscharrt sie im Garten. Die Szene hatte Anna dermaßen aufgeregt, dass sie kaum zur Ruhe gekommen war; im Halbschlaf hatte sie geglaubt, sie höre Lennart satanische Zeichen in die Wand ritzen.

Sie schob die Kassetten beiseite und nahm einen Müllsack heraus, darin eine rote Jeans, eine glitzernde Leggings und ein Kapuzenpulli. Der Pullover war ein Geschenk ihres Bruders – entweder hatte sie Helene überreden können, ihn nicht wegzuwerfen, oder Anna hatte ihn vor ihr versteckt. Danach entdeckte sie zwei Barbies, mehrere »Was ist Was«-Bücher, eine Schachtel mit selbst gebastelten Ketten, einen Haufen wertloser Ringe und ausgeleierter Haargummis. An einem der Zopfhalter hafteten sogar noch Strähnen. Sie rollte ein einzelnes Haar ab und hielt es gegen das Licht. Es war gut 30 Zentimeter lang und würde ihr jetzt bis zu den Schultern reichen. Dann fand sie einen Haargummi, der anstelle von braunen Strähnen mit blonden, offensichtlich gefärbten Haaren umgarnt war. Den konnte nur ihre Mutter getragen haben, wahrscheinlich in der Zeit, als sie Madonnas Album »Bedtime Stories« rauf und runter gehört hatte. Anna roch an dem Haargummi, aber er verströmte weder den Geruch ihrer Mutter noch den der Tönung; allein der bloße Gegenstand hatte die Zeit überdauert, genau wie das Bild von Lennart auf einem Moped.

»Papa ist da«, rief David von unten. »Wir sollen alle ins Esszimmer kommen.«

»Sofort?«

»Es klang dringend.«

Anna packte den Zopfhalter, die Kassetten und den Pullover in die Tüte und begab sich ins zweite Stockwerk.

Helene kam den Flur hinuntergelaufen, und das Rouge, das sonst ihre Wangenknochen betonte, ließ ihr Gesicht ausgemergelt und abgekämpft wirken. Anna bereute es abermals, ihrer Tante von Bergers Brief und seinem Anruf erzählt zu haben. Die Menschen, die sie liebte, waren gnadenlos ihrer Willkür ausgesetzt: Erst verschwieg sie ihnen die Wahrheit, dann entlud sie über ihnen den Schmutz – oder zumindest einen Teil davon. Eben so, wie es ihr in den Kram passte.

»Ich hab mir Sorgen gemacht«, sagte Helene vor dem Esszimmer. »Ich meine, du sagst uns, du willst zum Friedhof, und dann bleibst du die ganze Nacht weg.«

»Entschuldige«, gab Anna zurück.

»Du musst dich nicht entschuldigen. Du bist eine erwachsene Frau. Es ist nur wegen …« Sie stockte. »Seit er draußen ist, krieg ich kein Auge mehr zu.«

Noch ehe Anna hätte reagieren können, nahm Helene sie in den Arm, strich ihr sanft über den Hinterkopf, und Anna drohte, in ihrer eigenen Müdigkeit zu versinken. Sie spürte, wie Helenes Finger durch ihr kurzes Haar fuhren, wie es sanft gegen den Strich gebürstet wurde. Ihre Tante hatte eine Eigenschaft, die Anna insgeheim beneidete: Sie kratzte nicht am Schorf, ignorierte ihn auch nicht, sie salbte ihn vielmehr an den Rändern, auf dass die Wunde langsam verheilte. Langsam, aber sicher. Helene straffte den Rücken, löste die Umarmung und trat ins Esszimmer.

David saß bereits am Tisch, er gähnte aus vollem Hals und spreizte die Arme. Auf dem Tisch standen eine Kaffeekanne und drei Tassen, ein Schälchen Zucker und ein Kännchen Milch. Als Helene ihnen einschenkte, fragte sie ihn, was sein Vater am Telefon gesagt hätte.

»Bloß, dass wir uns zusammensetzen müssen.«

»Hat er irgendwelche Andeutungen gemacht?«

»Nein, nicht das geringste Wort.« Er tauschte mit Anna einen komplizenhaften Blick. »Er schien sehr aufgebracht zu sein.«

Helene nahm gegenüber Anna Platz. Sie winkelte einen Arm vor der Brust, stützte den anderen darauf und strich sich mit dem Mittelfinger über die rechte Augenbraue. Einen Moment später flog die Tür auf, und Stephan stampfte herein. Sein Flanellhemd war an den Ärmeln offen, als hätte er vorgehabt, sie hochzukrempeln, und sich dann umentschieden oder es schlichtweg vergessen. Ohne eine Begrüßung rückte er an die Kopfseite des Tisches, und sobald er die Brille aufgesetzt hatte, zeichnete sich unter dem bernsteinfarbenen Gestell seine Blässe ab.

»Alles gut«, beschwichtigte Helene, »sie ist ja wieder da.« Sie wollte nach Stephans Hand greifen, doch er ballte sie zur Faust und schlug so stark auf die Tischplatte, dass sämtliche Tassen klirrten.

»Tut mir leid«, verteidigte sich Anna sofort. »Es hat sich einfach ergeben.«

Er schaute sie mit bestürzter Miene an, und sie entschied, alles zu erzählen, ehe sich seine Wut nach jedem Satz aufs Neue entladen würde.

»Wir haben dieses Foto besorgt, das ihm Danny Schmidt geklaut hat, und abends bin ich bei ihm auf dem Sofa eingepennt. Im Fernsehen lief irgendwas über Heuschrecken.« Sie merkte, wie absurd sich die Wahrheit anhörte. Bei ihm auf dem Sofa eingepennt – als würde sie sich vor ihren Eltern rechtfertigen, weshalb sie nach der Party nicht heimgekommen war und stattdessen woanders übernachtet hatte. »Es ist das letzte Bild, das Lennart lebend zeigt.«

»Ich versteh nur Bahnhof.«

»Lennart fährt darauf mit einem Moped.«

»Ihr hattet gar kein Moped.«

»Ich weiß.«

Stephan holte seinen Tabak heraus und drehte sich eine Zigarette; er öffnete nicht einmal das Fenster, sondern aschte direkt auf den Unterteller. Als Helene zu einer Frage ansetzte, hob er in einer zügelnden Geste die Hand und drängte Anna zum Weiterreden.

»Willy hat gedacht, dass Berger der Fahrer ist«, erklärte sie. »Eigentlich glaubt er das immer noch.«

Stephan schwieg.

»Hast du gewusst, dass Lennart eine Freundin gehabt hat?«

»Eine Freundin?«, fragte Helene ungläubig.

»Ja«, bekräftigte Anna und wartete auf Stephans Reaktion.

Nach einer Pause verkündete er, der Irre habe wieder zugeschlagen, und es klang, als spräche er von einer furchtbaren Krankheit, von einem Krebs, der Metastasen streute, von etwas, mit dem man eigentlich jederzeit hatte rechnen müssen. »Unten am See«, sagte er. »Bei den alten Bungalows.«

Lass das, lass das

Seine Mutter saß vor dem Fernseher, die Beine auf den Hocker gestreckt, das Strickzeug im Schoß und eine Wahrnehmung, die kaum über die Mattscheibe hinausreichte. Früher hatte sie es als Unsitte geschimpft, die Glotze schon am Nachmittag einzuschalten, und wenn es sein Vater dennoch getan hatte, war von ihr postwendend ein saftiger Kommentar gefolgt – zumindest so lange, bis er angefangen hatte, sie für jedes aufmüpfige Wort zu verdreschen.

»Bisschen früh, oder?«, sagte Martin mit ironischem Unterton.

»Das guck ich immer«, erwiderte sie ernst. »Fünf Tage die Woche.«

»Ist das 'ne Soap?«

»Nee, eine Telenovela.«

»Hab ich noch nie gehört.«

»›Rote Rosen‹, kennt doch jeder.«

»Erinnert mich an ›Guten Zeiten, schlechte Zeiten‹.«

»Das ist aber ›Rote Rosen‹.«

Sie folgte konzentriert der Sendung – ein Arthur gesteht einer Nora seine Liebe, ein Torben investiert in einen Zuchthengst – und die Maschen hüpften von einer Stricknadel auf die andere. Martins Ansage, er wolle seine Stube ausmisten, animierte sie zu keinerlei Reaktion. Er fragte nach den Müllsäcken, und sie sagte: »Bei der Alufolie«, er fragte nach dem Kehrblech, und sie sagte: »Darunter.«

In der Küche öffnete er Schubfach auf Schubfach, bis er eine Rolle blauer Müllsäcke entdeckte; sie lagen tatsächlich zwischen der Alufolie und einer Packung Schwämme, nur das Kehrblech fand sich nicht in dem Fach darunter, es sei denn, seine Mutter benutzte zum Kehren einen Tortenheber.

Er linste durch die angelehnte Tür in die Wohnstube, und Lisbeth saß in ihrem Sessel wie eine mechanische Konstruktion, deren Hände unermüdlich die Strichnadeln führten.

Ohne Hast begann Martin, seine Sachen in die Säcke zu verstauen, die CDs, die Klamotten aus dem Kleiderschrank sowie die Zeitschriften und den Kram vom Schreibtisch. Benny war der ordentlichste Mensch, den er in der Klinik kennengelernt hatte, und sein Leitspruch lautete: Von der äußeren Ordnung zur inneren. Bisweilen hatte er Benny stundenlang Gegenstände im Zimmer verschieben sehen, was ihm anfangs seltsam erschienen war; er hatte ihn gefragt, ob es nicht bald ausreiche, worauf Benny gemurmelt hatte: »Lass mich, lass mich, lass mich.« Nachdem das Rumgeräume ein Ende gefunden hatte, war Benny die Ruhe in Person gewesen. Vollkommen ausgeglichen. Martin empfand sich zwar als aufgeräumt, doch stimmte die Außenwelt nicht mit seiner inneren Ordnung überein. Nach Alan Blochs Worten spiegelte das alles nicht ihn wider, nicht den Menschen, der er sein wollte und eigentlich auch war. *Ihr allein bestimmt, wohin eure Äste und Zweige sprießen sollen,* hieß es in »Im Innern des Baumes«. *Egal, welche Entscheidung ihr trefft, alles treibt himmelwärts.* Und Martin rückte das Bett an den Ofen, dann gegen die Wand und letztlich wieder zurück unter die Dachschräge.

»Was machst du denn da?«

Seine Mutter stand auf der Treppe und schaute durchs Geländer zu ihm.

»Ich miste aus.« Er trug einen der Müllsäcke zur Treppe und stellte ihn so ab, dass ihr die Sicht versperrt wurde. »Ich bin kein Junge mehr.«

»Und die schönen Erinnerungen?«

»Mama, die Vergangenheit ist vergangen.«

»Deswegen muss man nicht alles wegwerfen.« Sie erklomm

die letzten Stufen und griff aus einem der Säcke eine Zeitschrift. »Warum denn die! Die haste immer gern gelesen.«

»Das ist 'n Videomagazin. Daran hab ich jedes Interesse verloren.«

»Ja, jetzt. Und morgen?«

»Warum sollte es morgen anders sein? Ich habe die letzten 20 Jahre nicht an das Zeug gedacht.«

Über ihre Augen senkte sich ein feuchter Glanz, und er versuchte, möglichst sanft zu klingen:

»Videos werden nicht mehr hergestellt, Mama. Die Zeit ist vorbei.«

Das Argument schien sie nachvollziehen zu können; sie zuckte mit den Schultern, schob das Magazin jedoch nicht zurück in den Müllsack, sondern legte es beiseite, als sei das letzte Wort noch nicht gesprochen.

Martin löste die Schaukästen von der Dachschräge, indem er die Nägel mit einer Zange äußerst vorsichtig aus dem Holz zog. Unter keinen Umständen wollte er das Glas beschädigen; die Schmetterlinge, Käfer und Libellen sollten unversehrt bleiben.

»Die Viecher darfst du nicht wegwerfen.« Sie saß mittlerweile auf dem Bett, und ihre Stimme klang eher resigniert als angesäuert. »Gib sie mir, Martin. Ich räume sie weg.«

»Seit wann interessierst du dich für Insekten?«

Er nahm einen Kasten mit zwei schwarz-gelb gestreiften Libellen von der Wand. »Das sind Keiljungfern«, sagte er. »Hast du die jemals in freier Natur gesehn?«

»Klar, unten im Luch.«

»Sieht bestimmt herrlich aus, wenn die da rumsausen oder in der Luft stehenbleiben. 40 Flügelschläge pro Sekunde, stell dir das mal vor.«

»Jetzt sind die Viecher aber tot.«

»Richtig, und dafür schäme ich mich.«

»Wenn du sie wegwirfst, werden sie auch nicht mehr lebendig.«

Er schob den Kasten in den Müllsack, die Libellen zu den Nachtfaltern und Schmetterlingen, Käfern und Bienen, konnte den skeptischen Blick seiner Mutter auf seinen Händen spüren, genau wie damals die Blicke der Betreuer, wenn die Patienten einen Grillabend veranstaltet hatten und eines der Feuerzeuge ohne sein Zutun in seinen Fingern gelandet war.

»Du bist kein Tierquäler.« Sie senkte die Lider und strich sich die Hose an ihren kräftigen Schenkeln glatt. »Vorhin hast du gesagt, dass die Vergangenheit vergangen ist.«

»Das stimmt, Mama.«

»Du wirst niemandem wehtun, das weiß ich.«

»Warum bist du dir da so sicher?«

»Weil du geheilt bist, Junge.«

»Geheilt. Das klingt aus deinem Mund, als hätte jemand 'nen kaputten Fernseher repariert. Er funktioniert wieder, endlich ist das nervige Geflimmer weg.«

»Dein Vater wird nicht zurückkommen, niemals.« Sie stemmte sich ruckartig hoch und raffte die Strickjacke vor ihrer Brust zusammen. »Und wenn ich aufm Mittag Fernseh gucken will, guck ich aufm Mittag Fernsehen.«

Er sank in den Schneidersitz, den vollen Müllsack vor sich. »Wir könnten das Zeug in die Garage schaffen. Dann ist es aus meinen Augen und trotzdem nicht auf der Müllkippe.«

»Und wenn jemand das Zeug klaut?«

»Wer ist denn auf so was erpicht?«

»Dein Freund ist hier auch rumgeschlichen, wie's ihm gepasst hat.«

»Mein Freund?«

»Du weißt, wen ich meine.«

Martin und seine Mutter tauschten eindringliche Blicke, und er war froh, auf dem Boden zu sitzen.

»Mir war nicht klar, dass du's gewusst hast.«

»Die Sache mit dem Moped?«, rief sie. »'türlich.«

»Schon immer?«

»Ja, von Anfang an.«

»Und Papa?«

Lisbeth ließ den Arm sinken, und ihre Finger nestelten an der Folie einer Mülltüte herum. »Dein Vater war nicht grad 'ne Leuchte. Wenn er mich gefragt hat, ob's draußen gerumst hat, hab ich ihn abgelenkt. Bei ihm musste man bloß die richtigen Knöpfe drücken.«

Ihm wurde die Kehle eng. Er brauchte keine Fantasie, um sich vorzustellen, womit sie seinen Vater auf andere Gedanken gebracht hatte. »Warum hast du das gemacht?«

»Du weißt, was passiert wäre, wenn er euch erwischt hätte.«

»Du hättest es mir einfach verbieten können.«

»Dein Vater hat das Moped sowieso nie benutzt.«

»Trotzdem, Mama.«

»Außerdem ist der Bursche dein einziger Freund gewesen.«

»Ja, und? Du kanntest ihn nicht mal.«

»Ich wollte nicht, dass du dich allein rumtreibst, verstehst du?«

Wie dein Bruder

Anna folgte den Fußspuren, die Stephan im Schnee hinterlassen hatte, durchquerte den nahen Pappelhain und stapfte weiter Richtung Westen. Nach zehn Minuten fand sie ihn an einem Grenzzaun – kniend und nur in Pullover und Windjacke gekleidet, als sei Kälte ein Zustand, den er lediglich aus Büchern über Polarexpeditionen kannte.

»Lass mich allein«, sagte er, ohne den Blick zu heben. Er flickte den Zaun, indem er um die beschädigten Maschen neuen Draht flocht. »Hast du mich nicht verstanden?«

Bevor sie Stephan gefolgt war, hatte sie das angezogen, was sie als Erstes in die Finger bekam: den Alf-Pullover aus der Alditüte. Sie stützte sich an einem Zaunpfahl ab, rang nach Luft, und der Wind brachte die Tüte in ihrer Hand zum Knistern. »Wir müssen reden.«

»Ich will keine neuen Wahrheiten hören.«

»Ich habe Angst um euch, wirklich Angst.«

»Glaub mir, uns wird nichts passieren.«

»Es ist schon viel zu viel passiert, Stephan.«

Der Wind zerzauste sein Haar, und seine blasse Kopfhaut schimmerte durch; soweit sie sich erinnerte, war er nie zu einem Friseur gegangen, stattdessen hatte ihm Helene einen kantigen Schnitt mit der Maschine verpasst. »Ich habe mich 20 Jahre lang machtlos gefühlt«, meinte er. »Das ist nun vorbei.«

»Was soll das heißen?«

»Na, dass es eben vorbei ist.«

»Geht's noch geheimnisvoller?«

»Wir regeln die Dinge jetzt auf unsre Art«, sagte er. »Urban hat's vergeigt.«

»Willy hat selbst daran zu knabbern.«

»Dein Willy hat drei Leben auf dem Gewissen.«

»Ist eine ziemlich simple Sichtweise.«

»So simpel wie die Tatsache, dass Berger draußen ist?«

Anna stieß sich von dem Pfahl ab, streifte sich die Kapuze des Pullovers über und schwieg. Stephan klemmte die Drahtspule in den Zaun, trocknete mit einem Flicken die Maschen und öffnete anschließend einen Eimer Rostschutz. Als er aufblickte, zuckte es in seinen Mundwinkeln, vielleicht die Andeutung eines Lächelns. »Du siehst aus wie dein Bruder.«

»Liegt bloß an dem Pullover.«

»Und deinen Stoppelhaaren.«

»Die gab's zu meiner netten Art obendrauf.«

Er schüttelte kaum merklich den Kopf. Dann tauchte er einen Pinsel in die Lauge und begann, das neue Drahtgeflecht zu bestreichen. Diese Ruhe während eines Konfliktes war Anna vertraut, diese stoische Konzentration auf weniger relevante Dinge, das Ignorieren der eigenen Innenwelt und des Beiseins anderer Personen; gleichzeitig wusste sie, dass es eine verborgene Seite zügeln sollte, eine Seite, die vor Schränken, Telefonen oder dem Partner nicht haltmachte. Sie fragte ihn, wer ihm von dem Bungalow erzählt habe.

»Beck hat mich heute Morgen angerufen.«

»Du meinst Robert Speck?«

Wieder das Zucken des Mundwinkels, diesmal vielleicht ein Grinsen. »Ja, genau der.« Er tauchte den Pinsel in die Lauge und strich ihn am Eimer ab. »Die Feuerwehr ist aus Falkenberg gekommen, 20 Mann und drei Einsatzwagen.«

»Die hab ich heute Morgen gesehen.«

»Ja, möglich.«

»David hat gedacht, dass jemand ins Eis gebrochen ist.«

»Mir wäre lieber«, sagte Stephan, »er würde es immer noch glauben.«

»Nimmt es ihn sehr mit? Ich meine, die ganze Geschichte.«

»Ich versuche, ihn davon fernzuhalten. Aber du weißt ja, wie sensibel er und seine Mutter sind.«

Nachdem er die Drahtenden mit Rostschutz behandelt hatte, stützte er den Unterarm aufs das angewinkelte Knie und drehte sich eine Zigarette. »Heute Abend findet im Pub eine Versammlung statt. Also mach dir keine Sorgen.«

»Was für eine Versammlung?«

»Ach, das Übliche.« Sein Tonfall wirkte, als würde er das

Treffen herunterspielen wollen. »Bloß Einheimische, die einen Grund zum Saufen suchen.«

»Ich möchte mitkommen.«

»Ausgeschlossen.«

»Mich betrifft die Sache aber genauso.«

»Hör zu, Anna! Die Stimmung ist schon im Keller.« Er sog an seiner Zigarette und stieß den Rauch durch die Nase aus. »Musst du nicht arbeiten?«

Seine Frage war berechtigt. Eigentlich hatte ihr Dienst um 12 Uhr begonnen, und sie dachte an Sonja, die allein einen jähzornigen Justin händeln musste oder einen Haufen zugekiffter Jugendlicher. Niemand, der ihr half, die Bande rauszuwerfen oder die Kontrollrunde zu machen. Würde Anna auf der Stelle abreisen, wäre sie einerseits unpünktlich, andererseits wenigstens überhaupt im Klub. Sie log ihrem Onkel vor, Montag sei Ruhetag. »Dafür haben wir Sonnabend geöffnet.«

»Du kommst trotzdem nicht mit.«

»Warum nicht?«

»Weil ich das sage, und damit basta.«

Er zog an der Zigarette und setzte seine Arbeit unbeirrt fort; Pinsel eintauchen, am Eimer abstreichen und den Draht betupfen. Wie von selbst knautschten ihre Finger die Alditüte, und sie spürte unter den Nägeln das Plastik, auf ihrem Handrücken den Schorf, und in Gedanken erschien ihr Sonja, die allein den Klub abschließen musste.

»Ich komm mit«, beharrte Anna. »Das kannst du mir nicht verbieten.«

Er hielt ihr unverdrossen den Hinterkopf zugewandt.

»Hast du mich gehört?«

Er strich die Asche seiner Zigarette am Zaunpfahl ab.

»Onkel Stephan!«

»Ich hab dir gesagt, was die Leute über dich denken.«

»Ist mir egal. Sollen sie mich doch unheimlich finden.«

Er starrte durch die Zaunmaschen in die Ferne.

»Ist es, weil Martin Berger mich gerettet haben soll?«

Er nickte.

»Und du glaubst das auch, stimmt's?«

»Das hab ich nie behauptet.«

»Aber das denkst du. Jedes Mal, wenn du mich ansiehst.«

Im Bruchteil einer Sekunde beschleunigte sich ihr Atem. Sie hatte das Gefühl, ihr ganzer Körper sei mit Schorf umhüllt, überall juckte es, überall spannte es. Überall drohte die Kruste zu platzen und die wunde Haut freizulegen. Anna kickte den Blecheimer um, und die Lauge ergoss sich in den Schnee.

Stephan blickte auf den Eimer, ohne aus der Hocke zu fahren; in seinem Gesicht keinerlei Zorn, nicht einmal das geringste Anzeichen von Erstaunen.

»Das wollte ich nicht«, beteuerte Anna. »Wirklich nicht.«

Wortlos richtete er den Eimer auf, drückte seine Kippe aus und schaufelte mit bloßen Händen den verschmutzten Schnee in den Behälter. Als sie in die Knie ging, um die Sauerei selbst zu bereinigen, winkelte er den Arm an und hielt sie auf Abstand. Sie erhob sich und sah das trübe Nass von seinen Fingern rinnen, sah dort, wo er den Schnee weggeschaufelt hatte, die pechschwarze Erde.

Sobald Stephan fertig war, wischte er die Hände an seinen Hosenbeinen ab und schob sich mit dem kleinen Finger die Brille zurecht.

»Guck mal, was ich gefunden hab.« Anna zog aus der Alditüte den Zopfhalter ihrer Mutter. »Der hat in meinen Sachen gelegen.«

Zunächst reagierte er nicht, schielte nicht einmal zu ihr herauf, bis sie ihm den Zopfhalter direkt vor das Gesicht hielt. Vorsichtig pflückte er ihn von ihrer Hand, und sein entrückter Blick verriet ihr, dass sie nichts zu erklären brauchte. Er entfernte sich einen Schritt, wandte sich leicht ab und roch an dem Zopfhalter, wie sie es selbst auf dem Dachboden getan hatte.

»Der riecht nach ihr«, sagte er. »Ganz deutlich.«

»Ja, ich weiß.«
»Vanilleduft. Ist das ihr Shampoo gewesen?«
»Ja, Vanille.«

Tot, unwiderruflich

Martin zwängte sich in den beengten Stall, und sofort huschten sämtliche Hühner durch das Schlupfloch hinaus in die Kälte. Er hockte sich nieder, stellte die Tupperdose neben seine Schuhe und lehnte sich rücklings an die Brettertür.

Das Mauerwerk war gekalkt, die Sitzstange mit Kot beschmiert, und eine Plexiglasscheibe spendete gerade so viel Licht, um das Legenest kontrollieren zu können. In der Obstkiste, die mit einer Handvoll Stroh gefüllt war, lag ein schmutziggraues Gipsei. Martin öffnete die mitgebrachte Dose und wartete darauf, dass sich die Hennen zurück in den Stall trauten. Er hatte Zeit, und er hatte Geduld.

Nach wenigen Minuten näherten sich ihm die ersten braun gefiederten Vögel. Eine Henne hob eine ihrer gelben Krallen, neigte den Kopf seitwärts, als würde sie in die Ferne lauschen, und starrte ihn aus roten Augen an. Ihre Haltung verriet mehr Skepsis denn Angst, und sobald die Glucke in ihrem Nest war, riskierte Martin ein paar sachte Bewegungen. Er setzte sich auf den Hintern und winkelte die Knie an. Wartete.

Die Kälte trieb auch die letzten Hühner in den Stall, einige hüpften auf die Sitzstange, andere suchten mit ihren stumpfen Schnäbeln nach Futter. Martin beugte sich vorsichtig zur Seite und langte ebenso vorsichtig in die Dose, was die Hühner dennoch zu alarmieren schien: Sie verharrten in Reglosigkeit, ihre Blicke starr, die Köpfe leicht geneigt. Ein seltsames Volk, dachte er und fingerte den Hirschkäfer heraus, betrachtete ihn ein letztes Mal – die glänzenden Flügel, den imposanten Oberkiefer, das winzige Loch, das die Stecknadel hinterlassen hatte – und warf ihn den Hühnern hin.

Sofort stürzten sich zwei Hennen auf den Käfer: Die größere pickte sich an dem Panzer müde, die kleinere schnellte mit dem Kopf dazwischen und biss ihm die Beinchen ab. Darauf erstritten die schwächeren Hühner sich einen Platz in der ersten Reihe, doch schoben sie den Käfer nur über den Boden, als wüssten sie nichts mit ihm anzufangen.

Martin war verblüfft und zugleich enttäuscht. Einmal hatte sein Vater eine Maus aus der Futtertonne gegrabscht, mit einer so flinken Bewegung, dass er geglaubt hatte, er übertreffe an Schnelligkeit selbst Jackie Chan. Obgleich er seinen Vater niemals bei einer sportlichen Aktivität beobachtet hatte, waren dessen Arme blitzschnell und von einer Furcht einflößenden Dynamik. Er hatte die Maus auf den Boden geschleudert und den toten Körper durch eine Zaunmasche ins Gehege gequetscht; zwischen den Hühnern war ein regelrechter Kampf entbrannt, bis das stärkste Huhn den Kadaver mit einem einzigen Happen runtergewürgt hatte. Die neuen Hühner waren dagegen nahezu phlegmatisch. Sie ließen den Hirschkäfer unbeachtet im Dreck liegen.

Martin leerte die Dose vollständig und hoffte, sie würden wenigstens die Libellen, Schmetterlinge oder kleineren Käfer nicht verschmähen, keines der Insekten sollte umsonst gestorben sein. Zwar konnte er die Vergangenheit nicht ungeschehen machen, konnte die Tiere nicht zum Leben erwecken, aber er hatte die Möglichkeit, ihrem Tod einen Sinn zu verleihen.

Ernüchtert stellte er fest, dass die Hühner mit den Insekten eher spielten, anstatt sie als Beute zu betrachten. Er verließ den Stall, besorgte sich eine Handvoll Gerstenschrot und füllte den Futternapf. In bester Hackordnung drängten die Hühner zum Napf hin, jedes Interesse an den Käfern war dahin. Martin würde die Tiere trotzdem im Stall füttern und nicht draußen in der Kälte, wie es seine Mutter tat. Die Insekten waren tot, unwiderruflich, die Hühner lebten, und er würde sich um sie kümmern. Allerdings musste Lisbeth die Käfer hier nicht herumliegen sehen, schon gar nicht, nachdem er ihr versprochen hatte, sie aufzubewahren.

Er rutschte auf Knien an den Hirschkäfer heran, streckte die Finger aus, und im selben Moment wandten sich die Hühner vom Futter ab. Sie begannen, mit kehligen Lauten zu gackern, mit ihren verkümmerten Flügeln zu flattern. Hüpften ihm gegen Stirn und Ohren, stießen ihre Schnäbel in seinen Nacken, als wären sie von Tollwut befallen. In dem Versuch, seine Augen zu schützen, schirmte er sein Gesicht ab und stieß die Ellbogen zur Seite, fasste blind nach dem Käfer und spürte gleichzeitig, wie die Vögel in kollektiver Raserei auf seinen Handrücken einhackten. Eine Henne verfing sich mit den Krallen im Ärmel seines Wollpullovers, wirbelte herum, zerkratzte ihm die Haut, bis er das Tier gegen die Mauer schleuderte. Die Knie auf dem Zementboden, den Käfer in der hohlen Faust, kroch er rückwärts zur Tür.

Als Martin die Faust öffnete, war der Käfer unter seinem Gewicht zerbröselt; allein der mächtige Oberkiefer hatte die Flucht überstanden. Er schüttete die Krümel in die Dose und stemmte sich hoch, sah die vor Erregung zitternden Kehllappen der Hühner, das sich sträubende Gefieder und die wutroten Augen. Er fragte sich, welche Stellung er in ihrer Hierarchie einnehmen würde, und sein Blick fiel auf die Glucke und das unter ihr liegende Gipsei.

Nichts, nichts, nichts

Der Schnee war inzwischen so pappig, dass er an ihren Stiefeln haften blieb und jeden Schritt erschwerte. Auf den Feldern versuchten Wildgänse, die Wintersaat freizuscharren, und Anna grub sich tiefer in den Mantel. Stephan hatte sie bis zur Zufahrtsstraße gebracht, weiter hatte er sich Willys Grundstück nicht nähern wollen.

»Ich will den Spinner nicht sehen«, hatte er gesagt.

»Bist du sauer, dass ich zu ihm will?«

»Du musst selber wissen, was du tust.«

»Kannst du mich nicht verstehen?«, hatte sie ihn gefragt. »Niemand weiß mehr über die Nacht als Willy Urban.«

»Das wollte er uns auch weismachen. Am Ende hat er uns alle ins Unglück gestürzt.«

Sie hatte argumentiert, es ginge um Lennart, einzig und allein um Lennart, und war aus seinem Wagen gestiegen. Er hatte sie gebeten, Urban nichts von der Versammlung im Pub zu erzählen. Niemand wolle ihn dort sehen, Urban stifte nur Unruhe. Ohne ein Abschiedswort hatte er die Tür herangezogen, das Auto gewendet und war zurück zum Gutshaus gefahren.

Anna folgte den eigenen Fußstapfen von heute Morgen. An den Obstbäumen, die den Weg säumten, hing noch das Laub vom letzten Jahr, brüchige Blätter, erstarrt in Kälte und Tod. Jedes Mal, wenn sie in eine Furche trat, rutschte das Bündel Briefe in ihrem Rucksack hin und her. Bisher hatte sie die Briefe nur Paul gezeigt, zumindest zwei davon, auf den Rest war ihr Ex zufällig gestoßen. In seiner Sorge hatte er sie als »krank und schizo« bezeichnet, und sofort waren ihr die Tränen gekommen, worauf Paul sie hatte umarmen wollen – oder packen, fixieren, ruhigstellen; sie wusste es nicht mehr;

sie erinnerte sich dunkel, dass ihr seine Berührungen zu viel gewesen waren, zu viel und zu intim. Das Wort *schizo* hatte sich allerdings in ihr Gedächtnis eingebrannt, nicht anders als das Wort *unheimlich*, das ihr Onkel gebraucht hatte. Würde Lennart noch leben, hätte er garantiert auch einen Spitznamen für sie erdacht: zum Beispiel Psycho-Anna. Oder Schizo-Eule, zwei unterschiedliche Augen, zwei unterschiedliche Wesenszüge, heute plemplem, morgen unheimlich. Bei dem Gedanken musste sie lachen, und es war keineswegs so, wie sie es zuletzt erwartet hatte: Das Lachen erschreckte sie nicht, und sie ließ es frei herausplatzen. Dann entsann sie sich Justins Ausspruch, dass sie gehirnamputiert sei, und musste noch lauter lachen.

Erst der Anblick von Willys Haus erstickte ihr Gelächter. Aus dem Schornstein kräuselte sich Rauch in den niedrigen Himmel; ein gutes Zeichen, dachte sie, denn das hieß, dass Willy auf den Beinen war. Direkt vor der Haustür vernahm sie sogar das Gewummer lauter Musik. Sie klopfte, er reagierte nicht, und sie benutzte den Schlüssel, der heute Morgen auf dem Sofa gelegen hatte.

»Hallo-o?«

Nichts.

»Willy, ich bin's.«

Statt einer Antwort donnerte ihr der unverkennbare Bass von Barry White entgegen. *»I'm like a blind man, who lost his way … See the trouble with me.«* Auch wenn die Schallplatte auf nostalgische Art schnarrte, wirkte der Sound befremdlich in dem Haus. Sie hängte ihren Mantel an die Garderobe, streifte ihre Stiefel ab und zerrte unter der Telefonbank die Pantoffeln hervor, als ginge sie hier seit Jahren ein und aus.

Die Tür zur Wohnstube stand sperrangelweit offen. Willy hockte vor der Ofenluke, und auf seinem schweißnassen Gesicht spiegelten sich die Flammen wie in einer schmutzigen Pfütze. Im Hintergrund lief der Fernseher ohne Ton, irgendein Film, dessen wacklige Optik an den Horrorstreifen »Blair Witch Project« erinnerte.

»Was machst du da?«, fragte sie.

»Ich tue, was ich schon längst hätte tun sollen.« Er schrie sie an, als antworte er einer Schwerhörigen. »Der ganze Scheiß muss weg.«

Seine Recherchewand war leer, doch lag das Material diesmal nicht auf dem Boden.

»Bist du bescheuert, Willy?«

»Ich hab den Kuchen immer mit Zucker gegessen. Immer.« Er warf eine Handvoll Papier ins Feuer und redete wirres Zeug. »Wenn du mir nicht glaubst, dann guck dir das Video an.«

»Willy, das ist deine Arbeit.«

»Großer Rotz ist das. Alles Mumpitz.«

»Du hast dafür Jahre investiert.«

»Sinnlose Jahre, Anna. Total vergeudete Zeit.«

»Ich hab die Briefe.« Sie hielt ihm den Rucksack hin. »Die kannst du lesen, wenn du willst.«

»Was interessieren mich die Briefe. Guck dir das Video an.«

»Nur, wenn du aufhörst, deine Arbeit zu verbrennen.«

»Heißt das, du guckst es?«

Er entfernte sich vom Ofen, die Klappe noch offen, das Feuer im Rücken, und kniete vor dem Fernseher. »Das ist digital. Ich hab die Kamera direkt angeschlossen.« Er spulte zurück, doch ehe das Video von Neuem begann, forderte er sie auf, sich zu setzen. Aus dem rückwärtigen Teil der Stube hörte sie das Klicken des Plattenspielers, die LP war zu Ende, der Tonarm hochgesprungen, und die Lautsprecher fabrizierten ein sattes Rauschen. Willy fixierte sie so lange, bis sie ihre Aufmerksamkeit ganz dem Bildschirm widmete, dann startete er das Video.

»Wo ist das?«, fragte sie.

»In Bergers Haus.«

»Und wer hat das aufgenommen?«

»Na, ich. Wer sonst?«

Die Kamera bewegte sich durch eine kitschig eingerichtete Wohnstube, verharrte mal hier, mal dort, stoppte in der Aufnahme, um unvermittelt an anderer Stelle fortzufahren. Anna hörte ein Hecheln, offenbar Willy in Hast, und als er eine Treppe emporstieg ein Stöhnen, offenbar Willy erschöpft. Er war tatsächlich in das Haus von Lisbeth Berger eingebrochen.

»Das ist zu viel für mich«, meinte sie. »Ich will das nicht sehen.«

»Warte«, sagte er. »'ne halbe Minute noch.«

Im Video öffnete er eine Tür und betrat eine ausgebaute Dachkammer. Das Zimmer eines Jugendlichen, zweifellos. Auch wenn sie wusste, dass es sich nicht um die Stube ihres Bruders handelte, drängte sich ihr der Vergleich auf. An der Wand fehlte das Poster eines Horrorfilms, unterm Bett ein ranziger Joghurtbecher oder die dreckige Wäsche. Diese Stube hätte einem älteren Lennart gehören können, einem, der mit den Jahren ordentlicher geworden war, einem, den sie nie hatte erleben dürfen.

Langsam öffnete sich eine Schranktür, und die Kamera erfasste Hemden und Jacken und am Boden ein Paar Ledersandalen, die kein Kind freiwillig getragen hätte. Die Kamera schwenkte auf ein Comic, von dessen Cover ein grünes Monster glotzte, dann verwackelte die Aufnahme und von irgendwoher erscholl ein Brüllen, wieder ein Wackeln, bis die Aufnahme abbrach.

»Hast du's gesehen?«, fragte Willy ungeduldig.

»Die Glotze ist ja groß genug.«

»Und was sagste?«

»Ein stinknormales Zimmer.«

»Anna, ich meine seine Jacken?«

»Ja, die hab ich gesehen.«

»Also.«

»Was also?«

»Bist du blind auf den Augen? Da hängt nirgends 'ne Bomberjacke.«

»Warum soll denn Lennarts Jacke dort hängen?«

»Ich rede von Martin Berger«, erklärte Willy ungehalten. »Der hat keine Bomberjacke gehabt, nicht im Schrank und auch nicht bei seiner Festnahme.«

Er spulte zu der Stelle, an der er den Schrank öffnet, und pausierte das Bild. »Nichts.« Er tippte auf die Mattscheibe, zählte Jacke für Jacke ab. »Nichts, nichts, nichts. Verdammte Scheiße.«

Anna lehnte sich zurück, merkte jedoch, dass die Distanz zum Fernseher kaum größer wurde, und versuchte, sich buchstäblich durch die Lehne zu pressen. Das »Willy Urban Project« war amateurhaft, anstrengend, allzu authentisch. »Warum hast du mir das gezeigt?«

»Willst du's nicht kapieren?« Er wandte den Kopf um. »Berger ist das Moped nicht gefahren.«

Es hatte keinen Sinn, ihm zu sagen, dass sie ihn schon gestern darauf hingewiesen hatte; es machte nie Sinn, den Leuten verklickern zu wollen, dass man es besser gewusst hatte. Stattdessen fragte sie ihn, wie viel er intus hatte.

»Ein paar Bier. Wieso?«

»Wir fahren jetzt zu Danny Schmidt.«

»Was willst du von der Ratte?« Er schickte sich an, sein Hemd hochzuzerren.

»Lass stecken, Willy. Ich bin nicht dement.«

»Aber bei Verstand scheinbar auch nicht … Einmal hat Schmidt von Kuczinski zwei Karnickel geklaut, um mit den Viechern 'ne Zucht aufzuziehen. Der wollte die als Futtertiere an den Tierpark verkaufen, für Schlangen und Raubkatzen.« Willy wandte sich ihr zu, und Anna resignierte bei dem Versuch, ihn zu unterbrechen. »Der Idiot hat nicht geschnallt, dass er sich zwei Böcke gekrallt hat. Verstehste, zwei Böcke. Nix mit Zucht und so. Als Kuczinski uns alarmiert hat, hab ich Schmidt gleich aufgelauert, und ich sag dir, der ist gerannt wie ein Irrer. Die Karnickel auf seinen Schultern, eins links, eins rechts, und die Viecher haben so 'ne Panik, dass die Kötel seinen Fluchtweg verraten.« Willy schaltete den Fernseher aus und erhob sich. »Jedenfalls hab ich mir wegen der Ratte 'ne Fettzerrung eingefangen.«

»'ne Fettzerrung?«, wiederholte sie.

»Ja, 'ne Fettzerrung.«

»Und was hat das mit Lennart zu tun?«

»So viel, wie dein Bruder mit Schmidt zu tun hat. Nichts.«

»Irgendwer muss Lennart die Maschine geliehen haben. Ich wette, Schmidt weiß was.«

Willy löste die SD-Karte aus der Kamera und hievte sich hoch, indem er zunächst einen Arm auf den Boden stemmte, dann einen aufs Knie, wankte zum Ofen, schnippte die SD-Karte hinein und schloss die Klappe. »Wenn Schmidt irgendwas weiß«, sagte er, »ist es mit der Sauferei vorbei. Versprochen.«

Haifischgrinsen

Willy parkte den Astra vor Müllers Pension, die über die Wintermonate geschlossen blieb. Während er und Anna den mit Kies gestreuten Fußweg entlangliefen, fuhr der 150er-Bus an ihnen vorbei, und er registrierte, dass sie sich weder umwandte, noch einen flüchtigen Blick in dessen Richtung verschwendete.

Nein, sagte er sich. Sie denkt nicht ans Heimfahren. Nicht mehr.

»Sicher Nummer zwölf?«, fragte sie.

»Ja, ich hab Schmidts oft besucht.«

»Das klang vorhin nicht nach der großen Freundschaft.«

»Ich und Schmidt? Niemals. Er hat ständig Mist gebaut, und Eltern haften nun mal für ihre Kinder. Du kannst dir ja vorstellen, dass Schmidts Alter keine Freudensprünge gemacht hat, wenn ich mal wieder auf der Matte stand.«

Schmidts Haus – oder das seiner Eltern – schenkte nur derjenige Aufmerksamkeit, der hier wohnte und sein Grundstück mit dem des Nachbarn verglich; für alle anderen war es lediglich ein Einfamilienhaus, genau wie das Nachbarhaus und das übernächste Haus, eben ein stinknormales Gebäude in einem stinknormalen Kaff. Willy bereute es nicht, mit Eva ein Grundstück außerhalb von Gollwitz gekauft zu haben.

Anna stieg die Eingangsstufen empor, klingelte, und er wartete am Fuß der Treppe. Als sich nichts rührte, atmete er auf. »Es hat keinen Zweck«, meinte er rasch. »Lass uns verduften.«

Sie klingelte erneut, und er setzte hinzu:

»Der ist bestimmt unterwegs.«

»Und seine Eltern?«

»Sein Vater ist auf Arbeit.«

»Dann klingeln wir halt seine Mutter raus.«

Kaum hatte sie ihr Vorhaben angekündigt, öffnete sich die Tür und Danny Schmidt erschien auf der Schwelle. Er trug eine Cargohose in Tarnfarben, einen Fleecepullover, Sportschuhe mit Klettverschlüssen und seine knallrote Basecape. Seine Visage zeigte ein schiefes Lächeln, indes der Rest seines Körpers Ablehnung und Widerwillen ausstrahlte.

»Sieh an, die kleine Majakowski.«

»Hallo, Danny.«

»Heute mit Anstandswauwau?« Er schielte demonstrativ an ihr vorbei. »Oder bist du Opas Betreuerin?«

Willy hatte das Gefühl, Schmidt würde ihm einen unsichtbaren Finger in den Bauch bohren. »Ich pass bloß auf, dass sie sich von dir nicht die Krätze holt.«

»Alter, bist du auf Stunk aus?«

»Nein, ist er nicht«, antwortete Anna. »Mir liegen ein paar Fragen auf der Seele. Ist wirklich wichtig, Danny.«

»Frag ihn mal, wo er seine Langfinger her hat«, rief Willy die Treppe hoch. »Das Foto kannste gleich …«

Sie drehte sich um und zischte ihn an, wobei sie genervt mit den Augen rollte, dann formte sie eine freundliche Miene und meinte zu Schmidt, was bei Willy passiert sei, interessiere sie nicht. »Können wir reinkommen? Er wird sich benehmen.«

Schmidt wippte auf die Schuhspitzen und schaute über ihren Kopf hinweg nach unten. »Und wirst du auch schön brav sein?«

Willy rang sich ein Nicken ab, und Schmidt gab die Schwelle frei, blieb allerdings so im Türrahmen stehen, dass Willy ihn beim Eintreten fast berührte. Um ihm nicht im Affekt an die Gurgel zu springen, hakte Willy die Daumen in die Westentaschen und konzentrierte sich übertrieben auf alles, was getan und gesagt wurde.

Von der Diele führten drei Türen ab, die allesamt geschlossen waren. Schmidt bedeutete ihnen, die Straßenschuhe anzulassen und ihm leise zu folgen.

»Danny?« Eine schrille Stimme aus dem Nachbarraum. »Danny, wer is ’n da?«

»Niemand«, rief er gereizt.

Sein Muttchen, dachte Willy amüsiert und würgte die Steilvorlage in Annas Interesse herunter. Schmidt öffnete eine der Türen und Willy folgte den beiden durch eine modrig riechende Waschküche, vorbei an einer Zinkwanne und einer Standschleuder, und schließlich lotste Schmidt sie in eine Stube, die zum Hof hin lag.

»Dein Zimmer?«, fragte Anna.

»Übergangsweise«, gab er zurück. »Bis ich genügend auf der Kante hab.«

»Na dann viel Glück.«

»Das brauch ich nicht. Ist bloß 'ne Frage der Zeit.«

»Aber du bleibst bei den Nachtwanderungen, oder?«

»Nicht nur das.« Er hob übertrieben die Brauen. »Ich werde expandieren.«

Willy ignorierte seine Protzerei und stellte sich von Innen an den Türpfosten. Die Wand gegenüber dem Fenster war vollständig mit Fototapete beklebt, das Motiv ein nachtblauer Sternenhimmel. Vor dem Sofa ein Tisch mit Glasplatte, an der man sich böse wehtun konnte; darauf ein Laptop, dessen Akku bei Überhitzung einen Brand zu verursachen imstande war; zwei Hanteln nahe dem Kleiderschrank luden zum Stolpern ein, und die frei baumelnde Gardinenschnur barg das Risiko, seinen Hals darin zu verfangen und sich womöglich selbst zu erdrosseln. Die Bude war dafür prädestiniert, dass ein Maulheld in ihr zufällig den Tod finden könnte. Willy berührte die Hämatome unter seinem Hemd und fragte sich, ob er dem Zufall vertrauen sollte.

Anna, die ihren Mantel aufgeknöpft hatte, schob ihre Hände in die Bauchtasche des Pullovers.

»Wow, Alf«, reagierte Schmidt. »Total oldschool.«

»Der ist von meinem Bruder.«

»Passt zu ihm. Echt.«

»Du hast gesagt, ihr seid Freunde gewesen, du und Lennart?«

»Und ob. Wir waren best friends.« Er öffnete das Fenster zum Hof, und in der Scheibe spiegelte sich sein Grinsen. »Und dich hab ich auch gemocht.«

Anna schenkte ihm ein gequältes Lächeln. »David hat mir von dem Motorrad erzählt.«

»Was fürn Motorrad?«

»Eine Simson irgendwas.«

»Das ist ’n Moped.«

»Frauen und Technik«. Sie warf dem Klugscheißer erneut ein Lächeln zu, und er streckte ihr eine Schachtel West Silver hin; sie lehnte ab, worauf er sich eine Kippe anzündete. »Lennart hat kein Moped gehabt«, sagte sie. »Also, wo kommt es her?«

»Null Ahnung.«

»David hat gesagt …«

»Aha«, unterbrach er sie. »Was hat David gesagt?«

»Er hat gesagt, dass du es weißt.«

»Das hat der schöne David gesagt?«

»Ja, das hat er gesagt.«

»Sehr interessant.«

»Danny, komm schon. Wir haben das Foto.«

Er schnippte die Asche in eine Blechdose und bleckte die Zähne zu einem Haifischgrinsen. Willy war nahe dran, ihm die Fensterscheibe gegen den Schädel zu schmettern – Unfälle im Haushalt, insbesondere an offenen Fenstern, waren keine Seltenheit, doch ehe er zur Tat schreiten konnte, zupfte Anna das Foto aus ihrer Manteltasche und zeigte es Schmidt.

»Ich will niemanden in die Pfanne hauen«, erklärte sie. »Ich will einfach wissen, wo Lennart die Maschine her hat.« Und dann mit sanftmütiger Stimme, irgendwo angesiedelt zwischen einem Flehen und einer intimen Beichte: »Dein bester Freund war mein Bruder. Mein einziger Bruder.«

Schmidts Augen hefteten sich an den Sternenhimmel auf der Tapete. Willy wechselte sein Standbein, streckte den Arm aus, um irgendwo Halt zu suchen, stockte in der Bewegung und trat zurück auf das andere Bein.

»Du machst mich nervös«, raunte Danny ihn an. »Pflanz dich hin.«

Willy rückte wortlos auf das Sofa, die Sternbilder und die Milchstraße nun im Nacken. Anna nahm in einem der Sessel Platz und bemühte sich, Schmidts Geschwätzigkeit wachzukitzeln.

»Warum hat dich Lennart eigentlich Psycho-Danny genannt?«

»Wer behauptet das denn?«

»David.«

»Der behauptet ziemlich viel in letzter Zeit.«

Danny zwirbelte an seinem Unterlippenbart, wobei er so entspannt wirkte wie ein Hund mit eingeklemmter Rute. Er warf die Kippe in die Blechdose, schloss das Fenster und setzte sich ebenfalls. Einer angerosteten Schatulle entnahm er Longpapers, Tabak und ein bisschen Gras; die Gegenwart eines ehemaligen Polizisten schien ihn nicht im Geringsten zu beeindrucken. Auf Willys Bauch pochten die Hämatome, und als sich sein Mund öffnete, um einen Kommentar abzufeuern, traf ihn Annas unmissverständlicher Blick. Vielleicht, schoss es ihm durch den Kopf, war er selbst der Hund mit der eingeklemmten Rute.

»Lennart hat irgendwann gemeint, nächstes Wochenende versauern wir hier nicht«, begann Danny, während er sich einen Joint baute. »Ich hab ihn gefragt, ob seine Mutter uns nach Berlin fährt, und er hat bloß gelacht. Du weißt schon, dieses Lennart-Lachen.« Über Annas Gesicht huschte ein Ausdruck des Erkennens und Danny blinzelte ihr komplizenhaft zu. »Er hat mir erzählt, dass er mit David 'ne Spritztour machen will, und ich wollte wissen, wo wir uns treffen. Kannst du dir vorstellen, was dein lieber Bruder geantwortet hat? Ich soll den Bus nehmen, den scheiß Bus! Jeder Honk weiß doch, dass der letzte um sechse fährt. Weißt du, wir haben uns immer zu dritt rumgetrieben, Lennart, ich und David, und plötzlich war ich out of space.«

Nachdem Danny erneut das Fenster geöffnet hatte, zündete er sich den Joint an. Er inhalierte, verzog das Gesicht zu einer Grimasse und pustete den Rauch über den Sims. »Jedenfalls sind David und Lennart tanzen gefahren und ich hab mit Kevin ›Akte X‹ geglotzt. Kevin Hübner, der sich bei jeder spannenden Szene die Haut aufgekratzt hat, und am Montag ist Lennart dann mit 'nem bescheuerten Grinsen in die Schule gekommen, hat von heißen Weibern gelabert und ich von olle Scully, die nicht mal ihre Titten gezeigt hat.«

»Tut mir echt leid für dich«, sagte Anna. »Aber wo hatte er das Moped nun her?«

»Dreimal kannste raten.«

»Irgendwo gekauft?«

»Von seinem Taschengeld, oder was?«

»Drogengeschäfte eventuell.«

»Klaro«, spottete Schmidt. »Lennart war der verdammte Drug-Lord von Gollwitz.«

Anna schaute ihn hilflos an, und er befeuchtete in aller Seelenruhe das Paper unterhalb der Glut. Als er ihr den Joint hinhielt, schüttelte sie den Kopf und er inhalierte selbst. »Einmal hat David keine Zeit für ihn gehabt und wir sind allein nach Berlin gedüst. Ich und Lennart, die alte Crew. Wir haben aber keine Disse besucht – nee, mit mir wollte er nicht tanzen gehn, wir haben bloß 'n bisschen Gras besorgt. Aufm Rückweg hat Lennart dann gesagt: ›Wenn wir die Maschine nicht zurückbringen, fackelt er uns die Butze ab.‹«

Willy saß von einer Sekunde zur nächsten kerzengerade und der Schmerz in seinem Bauch war genauso zweitrangig wie der alte Groll. Um seine Anspannung zu kaschieren, lehnte er sich wieder zurück und steckte beide Daumen in die Weste.

»Ich hab mir nichts dabei gedacht«, fuhr Schmidt fort. »Wir haben ständig Witze über den Brandstifter gemacht. Passt auf!« Er fixierte zunächst Anna, dann Willy. »Was kommt als Rothaut zur Welt und stirbt als Neger?«

Willy und Anna blieben stumm.

»Gollwitzer Ferkel.« Er hustete ein trockenes Lachen heraus. »Kapiert? Erst blutig-rot, dann schwarz-verkohlt.« Es dauerte einen Moment, bis er bemerkte, dass sein Witz kein Brüller war. Er zog an der Tüte, pustete aus und fuhr fort: »Nachdem unser Superbulle Berger verhaftet hat, ist mir ein Licht aufgegangen.«

»Also hatte Lennart das Moped von Martin Berger?«

Er vollführte mit der Hand eine mehrdeutige Geste.

»Haben die eine Art Deal gehabt?«, fragte Anna.

»Deal würde ich das nicht nennen.«

»Sondern?«

»Wie wär's mit Erpressung?«

Er klemmte das Ende des Joints unter die Blechdose und verriegelte das Fenster, setzte sich und starrte Anna aus geröteten Augen an. Vereinzelte Ascheflocken zierten seinen Pullover, und erst als er Willys Blick auffing, fuhr er sich über die Brust.

»Wir haben alle von der Maschine profitiert«, sagte er. »Was haben uns 'n paar tote Schweine interessiert. Wir wollten bloß weg hier.«

»Ihr habt alle Berger erpresst, stimmt's?«

»Nee, so skrupellos war nur Lennart.«

Der Protest sprang Anna buchstäblich aus dem Gesicht, aber sie zügelte sich und fragte ihn, wo ihr Bruder am 18. Januar hingefahren war.

»Du meinst wegen dem Foto?«

Sie nickte.

»Die Frage kannste dir schenken.«

»Wieso?«

»Schon mal in Erwägung gezogen, dass das Foto an 'nem ganz anderen Tag geknipst wurde?«

»Vergiss es«, warf Willy ein. »Ich hab's schriftlich.«

»Du hast es schriftlich von 'nem alten Knacker. Das ist so viel wert wie 'ne Fischgräte im Rachen.«

»Jaja, laber nur schön.«

»Das ist mir alles scheißegal«, entgegnete Schmidt und deutete mit dem kleinen Finger auf ihn. »Kommst du heute etwa auch?«

Willy wusste nicht, was er meinte, bis Anna mit einer seltsamen Betonung statt seiner antwortete:

»Nee, deine Nachtwanderungen interessieren ihn nicht.«

»Klaro«, entgegnete Schmidt und verdrehte irre die Augen. Seine Gesprächigkeit schwand so schnell, wie sie entflammt war; er meinte noch, dass er zu tun habe, angeblich warteten wichtige Geschäfte auf ihn.

In der Diele bedankte sich Anna bei ihm für seine Offenheit; sie verharrte auf der Schwelle und fragte ihn, ob er den Namen von Lennarts Freundin kenne.

»Welche Freundin?«

»Na, die er mit dem Moped besucht hat.«

»Lennart war höchstens in Michi verknallt. So wie alle Jungs.«

»Er muss eine Freundin gehabt haben«, beharrte Anna. »In Berlin.«

»Ich lach mich tot. So ’n Rotz.«

Aus dem Nachbarraum ertönte wieder die Stimme seiner Mutti: »Danny, hast du etwa Besuch?«

»Bloß die Zeugen Jehovas«, rief Schmidt zurück und verfrachtete Willy und Anna nach draußen.

Hau doch ab

Auf der Rückfahrt verloren sie keine Silbe über das Thema, geschweige denn kommentierten sie in irgendeiner Weise Schmidts Aussage. Anna schleppte sich, ohne ihre Sachen abgelegt zu haben, in Willys Stube und ließ sich aufs Sofa sinken. Die Erschöpfung begann, ihre Neugier zu lähmen; den Informationen waren Bilder gefolgt und mit den Bildern hatte die blanke Ratlosigkeit von ihr Besitz ergriffen. Sie spürte im Nacken einen Luftzug, eher beiläufig, und schaute zur Tür.

»Meine Fresse«, rief Willy, und obgleich er noch die Mütze mit den Ohrenklappen trug, hielt er in seiner Hand schon ein Bier. Er hob den Arm, zeigte zum Fenster, und sie erblickte das Loch in der Scheibe.

»Vogelschlag?«, fragte Anna.

»Quatsch«, erwiderte Willy. »Nicht bei den dreckigen Scheiben.«

Er kam ihr entgegen, stolperte und wäre fast der Länge nach hingefallen. Anna entdeckte den am Boden liegenden Stein, und Willy stellte das Bier ab, rannte aus der Stube, und keine Minute später sah sie ihn draußen herumtigern. Durch die zerbrochene Scheibe fragte sie ihn, was er da treibt.

»Ich gucke nach Reifenspuren.«

»Hast du eine Ahnung, wer das gewesen sein könnte?«

»Klar, das Arschloch.«

»Glaub ich nicht«, sagte Anna. »Danny hätte uns unterwegs überholen müssen.«

»Ich red nicht von Schmidt. Ich red von Friesack.«

»Wer ist Friesack?«

»Das Schwein ausm Pub. Die Erdbeermütze.«

Sie erinnerte sich an einen rothaarigen Wirt, der in ihrer Kindheit um die 30 gewesen sein musste. Ihre Mutter hatte

Lennart untersagt, den Pub zu betreten, und natürlich hatte er sich nicht um das Verbot geschert; wahrscheinlich war er dort nach seinen Ausflügen eingekehrt, um vor den anderen Gästen zu prahlen, dachte Anna, mit seinen tollen Storys, die er in Berlin erlebt hatte. Vielleicht hatte er auch sein schlechtes Gewissen ertränken wollen.

Sie stieß den Stein mit dem Fuß an und inspizierte ihn wie einen toten Käfer. Seine Oberfläche war noch feucht, und das Tauwasser hatte einen dunklen Fleck auf den Dielen gebildet. Anna bedrängte der Verdacht, dass der Steinwurf nicht Willy gegolten hatte. Sie schaute zum Fenster, und obwohl sie nur den Widerschein der erleuchteten Stube wahrnahm, war sie sich seiner Gegenwart sicher; er musste hier irgendwo sein, irgendwo dort draußen im Abendgrau.

Sie schnappte sich Willys Bier, wischte mit dem Ärmel über die Öffnung und verspürte den Drang, die Flasche in einem Zug zu leeren. Das letzte Mal war sie vor Monaten betrunken gewesen; sie und Sonja hatten ihre Trennung von Paul gefeiert – eine von Sonjas grandiosen Ideen –, und Anna hatte auf dem Heimweg gegen den Rückspiegel eines fremden Autos getreten. Absichtlich. Und voller Genugtuung. In der Angst vor dem, was der Alkohol in ihrem Innern zu wecken vermochte, stellte sie die Flasche zurück auf den Boden. Sie besorgte sich eine Mülltüte und Klebeband aus der Küche und dichtete die Bruchstelle ab, dann löschte sie das Deckenlicht, spähte durch das Nachbarfenster in die Dämmerung und sah ihren Atem an der Scheibe kondensieren. Die Stube war vollkommen ausgekühlt. Sie raffte sich die Ärmel ihres Pullovers über die Handballen und hing ihren dunklen Fantasien nach, bis es ihr gelang, sich vom Fenster loszureißen.

Willy kauerte am Küchentisch, den Stein wie ein Andenken vor sich, ein neues Bier in der Hand.

»Danke«, sagte er. »Ich ruf morgen den Glaser an.«

»Danke, dass du mit mir zu Schmidt gefahren bist.«

Er krümmte die Mundwinkel und zuckte gleichzeitig die Achseln. Anna nahm ihm gegenüber Platz, merkte aber rasch, dass sie nicht still sitzen konnte, und schritt ans Küchenfenster. Im Zwielicht ließ sich gerade noch der Holzverschlag auf dem Hof ausmachen: Über das Dach streckte sich der Schnee in abgewetzten Schlieren, direkt unter der Traufe wuchsen erste Eiszapfen.

»Brauchst keine Angst zu haben«, meinte Willy. »Der kommt nicht wieder.«

»Warum bist du dir da so sicher?«

»Weil er den Pub aufmachen muss.«

Offenbar sprachen sie von unterschiedlichen Personen.

»Der kann sich warm anziehen«, murmelte Willy, und sie hörte das Gluckern des Bieres, das er trotz der Kälte, trotz der miesen Erkenntnisse hinunterkippte. Oder gerade deshalb, dachte sie, drehte sich in die Küche und schritt um den Tisch herum.

»Na, füllst du dich wieder ab?«

»Was soll ich denn sonst machen?«

»Martin Berger festnehmen.«

»Das Foto ist ’nen Dreck wert.«

»Sag das nicht.«

»Stimmt doch. Alles umsonst, alles Scheiße.«

»Wenigstens mit einer Sache hast du recht behalten.«

»Ach ja?«

»Das Moped auf dem Foto ist von Berger.«

»Klasse«, rief er. »Echt, große Klasse.«

»Die beiden hängen irgendwie zusammen. Lennart und Martin Berger.«

Willy leerte die Flasche, hievte sich hoch und ging zu dem Kasten hinter der Tür, um sich ein weiteres Bier zu holen. »Du hast Schmidt gehört«, sagte er unterwegs. »Dein Bruder hat ihn erpresst und das war’s. Tut mir leid, aber er hat sein eignes Grab geschaufelt. Mitgegangen, mitgefangen.«

Anna spürte, wie sich ihr Herzschlag hochzuschrauben drohte, und schlang die Arme um den eigenen Körper, wollte oder musste sich irgendwo festhalten. Als Willy sich wieder setzte, sagte sie:

»Wenn du nicht so 'n versoffener Idiot wärst, würde ich dir dafür eine scheuern.«

»Na los«, reagierte Willy, »niemand hindert dich.«

»Dein Selbstmitleid kotzt mich an.«

»Dann hau doch ab.«

Sie schloss die Augen und atmete durch. »Es ist hundekalt hier«, bemerkte sie. »Ich heize erst mal.«

Er reckte ihr müde den Daumen entgegen, und Anna schnappte sich die Holzkiepe und verließ das Haus durch den Hinterausgang.

Die Luft war nicht mehr dumpf vor Kälte, sondern schneidend und frostig, als hätte das Wetter den Kinderspielen abgeschworen. Anna trat unter den Verschlag, stellte die Kiepe ab und hob das Handbeil von der Bretterwand. Sie bugsierte einen Kloben auf den Hauklotz, holte Schwung und ließ das Beil ins Holz krachen. Die Klinge verkeilte sich, worauf sie einen Fuß gegen das Holz stemmte und das Beil unter großer Anstrengung herauszerrte. Beim zweiten Versuch gelang es ihr, das Stück zu spalten.

Sie schielte zum Küchenfenster hinüber, doch Willy hatte sich keinen Zentimeter gerührt. Sie bugsierte ein neues Stück auf den Hauklotz und ließ das Beil niedersausen, schlug erst daneben und dann quer zur Faser, schlug unkoordiniert und ungelenk und spürte gleichzeitig, wie sich die Anspannung in ihrem Innern löste.

Sobald die Kiepe gefüllt war, raffte sie die Kapuze über ihren Kopf und schaute aufs Feld hinaus. Ihr Bruder hatte mit Sicherheit großen Mist gebaut, aber zwischen großen Mist bauen und anderer Leute Scheunen, Ställe und Häuser anzünden gab es einen gewaltigen Unterschied. Ihr fielen die Briefe in ihrem Rucksack ein; vielleicht würden die Willys Jagdinstinkt aufs Neue wecken.

Sie trat mit der vollen Kiepe ins Haus, passierte die Küchentür und sah Willy unverändert am Tisch sitzen. Sein Rücken war krumm, seine Mütze abwärts geneigt. »Kommst du klar?«, fragte er, ohne aufzuschauen.

»Ich heize hier nicht zum ersten Mal.«

»Daran könnte ich mich glatt gewöhnen.«

»Hör auf zu labern. Lies endlich die scheiß Briefe.«

Sie wuchtete die Kiepe durch die Wohnstube zum Ofen, straffte ihren Rücken und stemmte die Hände in die Hüften. Was Willy von seiner Sammlung noch nicht verbrannt hatte, bildete vor dem Ofen einen losen Haufen. Auf dem Ofenblech lagen Asche und zerknüllte Klebezettel, das Schüreisen hielt wie ein brachialer Briefbeschwerer einen Stoß Papiere zusammen. Sie entfachte den Kohlenanzünder und wartete darauf, dass die Holzscheite Feuer fingen. Nebenher stocherte sie mit dem Schüreisen in den Papieren, fächerte den Haufen auseinander, schob Fotos über die Dielen. Vermochte nur zu denken: Wertlos, der ganze Kram. Die Fotos, die Artikel, einfach alles. Willy Urban hatte im unfruchtbaren Boden nach Wurzeln gegraben und am Ende einen Stein in Form einer Wurzel aufgespürt. Ein riesengroßes Als-Ob, das nun ihren toten Bruder anklagte und verunglimpfte. Lennart war nicht mehr bloß ein Jugendlicher, der mal über die Strenge schlug und heimlich Gras rauchte; durch Willys Schnüffelei war er zu einem Erpresser geworden, zu einem Mitwisser, schlimmstenfalls sogar zu einem Komplizen bei Brandstiftung, Tierquälerei, wer weiß, was noch alles. Nein, du bist schuld, sagte sie sich. Du allein. Erst ihre Rückkehr nach Gollwitz hatte das Grab ihres Bruders beschmutzt. Wer hatte denn Willy dazu überredet, Danny Schmidt einen Besuch abzustatten, wer hatte die Vergangenheit nicht ruhen lassen können? Vielleicht war es an der Zeit, sinnierte sie, das Foto und überhaupt sämtliche Notizen zu vernichten, ein für alle Mal, so wie es nur ein Feuer fertigbrachte. Also warf sie eine Handvoll Zettel in den Ofen und beobachtete das kurze, impulsive Aufflammen des Papiers. Sie kratzte mit dem Schürhaken den Rest zusammen, wobei ein vergilbter Fetzen ihr Interesse erregte. Offenbar war das Stück Papier für eine Notiz von einem Briefbogen abgerissen worden. Unter dem Gekritzel – das zweifellos Willys Handschrift trug – fand sich das Überbleibsel eines aufgedruckten Bildes: ein Schneemann mit Karottennase und Kohleaugen.

Anna verließ das Haus und stieg in Willys Opel, setzte aus der Einfahrt, bekam den Wagen nicht vor der Grasnarbe zum Halten, und das Auto rollte von der Straße hinunter aufs Feld. Statt den Hang wieder hochzufahren, steuerte sie über den Schnee in die hereinbrechende Nacht. Verschwand, ehe sie einem fast 70-Jährigen furchtbare Schmerzen zugefügt hätte.

Toter Bulle

Mit einer Taschenlampe bewaffnet irrte er übers Feld, lief 20 Schritte nach Norden, 20 Schritte nach Westen und rief ihren Namen, während am Himmel vereinzelte Sterne kalt und abweisend glimmten, als würden sie ihn verhöhnen.

»Meine Fresse«, fluchte Willy und gab den Versuch auf, die Mütze unterm Kinn festzuschnüren. Er zog aus seiner Weste das schnurlose Haustelefon und hoffte, dass die Funkverbindung bis zum Haus reichte. Mit steifen Fingern wählte er ihre Nummer, dann lauschte er dem Tuten.

Womöglich war sie längst in Richtung Gutshaus verschwunden, allerdings konnte er sich nicht vorstellen, dass sie ohne Fernlicht den Weg finden würde. Er begann, sich um die eigene Achse zu drehen, und ließ den Lichtkegel der Taschenlampe übers Feld wandern. Wider Erwarten wurde am anderen Ende abgenommen.

»Ja?«

»Anna?«

»Ja.«

Er löschte das Licht, schob die Lampe in seine Weste und legte den Kopf in den Nacken. »Ich bin's.« Doch bevor er fragen konnte, weshalb sie so plötzlich abgehauen war, ergriff sie das Wort.

»Hast du schon mal auf meinem Handy angerufen?«

»Nein«, antwortete er. »Ist zum ersten Mal.«

»Und bei mir auf Arbeit?«

Er biss sich auf die Unterlippe und ermahnte sich, nichts Falsches zu sagen. »Wie kommste darauf?«

»Ich hab dich was gefragt, Willy.« Ihre Stimme klang verweint, sodass sich ihm ein Bild aufdrängte: sie, allein in seinem Auto, mit einem Taschentuch unter den Augen. Nach einer kurzen Pause wiederholte sie nicht weniger gebrochen: »Ich habe dich was gefragt.«

»Ist das denn wichtig?«

Sie legte auf, und er wählte erneut ihre Nummer.

»Ja«, sagte er sofort, als sie abnahm. »Ich hab im Jugendklub angerufen.«

»Wann?«

»Letzte Woche.«

»Bis du bescheuert? Du hast meine Familie bedroht.«

Er erwiderte nichts.

»Ich hätte die Bullen rufen können.«

Er schwieg und starrte in den Himmel.

»Was sollte der ganze Psychoterror?«, wollte sie wissen, wobei ihre Stimme jede Härte vermissen ließ. Vermutlich hätte sie ihn mit allen nur denkbaren Schimpfwörtern belegen können und in ihrer Erschöpfung dennoch weich und milde, beinahe zärtlich geklungen.

»Ich wollte dich nach Gollwitz locken«, gestand er.

»Und aus welchem Grund?«

»Weil du meine einzige Zeugin bist.«

»Für was?«

»Dafür, dass dich Berger gerettet hat.«

Vor Anspannung bewegte er sich ein paar Meter über das Feld und unter seiner Sohle knisterte das filigrane Eis, das sich auf dem Schmelzwasser gebildet hatte.

»Du hast diese Briefe geschrieben, stimmt's?«

»Ja, hab ich.«

»Warum?«

»Es war leichter, als dich anzurufen.«

»Ziemlich feige, findest du nicht?«

Willy sparte sich eine Antwort, und zwischen ihnen breitete sich eine beunruhigende Stille aus. Im Geiste sah er Anna darüber grübeln, was sie als Nächstes tun sollte, sah ihre unterschiedlich großen Augen und ihre seltsamen Grimassen, die sie des Öfteren grundlos schnitt, sah ihr Gesicht, das er binnen weniger Tage so lieb gewonnen hatte. Es ging ihm nicht mehr um ein zwölfjähriges Mädchen, stattdessen schämte er sich, eine 33-jährige Frau verletzt zu haben.

»Anna«, brach er die Stille, »wo bist du?«

»In deinem Auto.«

»Und wo steht das?«

»Du hast 20 Jahre Zeit gehabt, die richtigen Fragen zu stellen.«

Jetzt konnte er deutlich hören, wie sie in ein Taschentuch schniefte, und da wollte er sich nach ihrem Befinden erkundigen, wagte es aber nicht, sie überhaupt noch etwas zu fragen. Anna hatte vollkommen recht: Er hatte 20 Jahre Zeit gehabt, und nun stand er draußen in der Kälte mit seinem Haustelefon und einer Mütze, die sich nicht einmal zuschnüren ließ.

»Den ersten Brief hab ich vor fünf Jahren bekommen«, sagte sie. »Im Sommer.«

»Gut möglich.«

»Warum zu diesem Zeitpunkt?«

»Keine Ahnung.«

»Ich denke, du weißt es genau.«

Er schaute abermals in den Himmel, und der Anblick erzeugte in ihm nichts als Abscheu; er hasste die Wolken, die Sterne, er hasste die Nacht als solche.

»Wann ist Eva gestorben?«, fragte sie.

Er fixierte das Dunkle zwischen den Sternen, schwieg.

»Vor fünf Jahren, stimmt's?«

Diese Finsternis war nicht vergleichbar mit den tiefsten Tiefen der Ozeane; da unten gab es Leben, dort oben nicht.

»Eva wird nicht zurückkommen«, sagte Anna, »auch wenn du Berger den Mord beweist.«

Bei diesen Worten gefror sein Herz zu einem Gletscher, der sich in seiner Brust ausdehnte und kalbte. Ein Krachen hinter den Rippen, Eisströme in den Adern und danach eine Stille, die er das letzte Mal wahrgenommen hatte, als Eva von ihm verlangt hatte, er solle seine Dienstwaffe nicht auf Arbeit lassen. Seine Eva, krebskrank, am Ende ihrer Kräfte, einen letzten Wunsch auf den Lippen, eine letzte Möglichkeit, ihr seine Liebe zu beweisen.

»Bist du noch dran, Willy?«

»Ja.«

»Glaubst du auch, dass Martin Berger mich gerettet hat?«

»Ja.«

»Ich kannte ihn doch gar nicht.«

»Martin Berger hat ewig euer Haus beobachtet«, meinte Willy. »Wer weiß, vielleicht hat ihm Lennart unabsichtlich Informationen zugespielt. Wann deine Mutti das Abendbrot zubereitete, wann dein Vater am Wochenende nach Hause kam, wann du ins Bett gegangen bist. Im Grunde habt ihr das Leben geführt, das er sich insgeheim gewünscht hat, und während er eure Gewohnheiten ausspioniert hat, ist es eben passiert.«

»Was ist passiert?«

»Na, du weißt schon.«

»Sag's mir, bitte.«

»Er hat sich in dich verliebt, Anna.«

»Ich war ein kleines Mädchen. Gerade zwölf Jahre alt.«

»Wenn du jemanden tagein, tagaus beobachtest, kommst du ihm automatisch näher. Ist 'ne alte Polizeiweisheit.«

Er hörte durch das Telefon ein Rascheln, womöglich von einem Taschentuch, und nuschelte, die Wahrheit sei eben grausam. »Dass Berger in dich verliebt war, hat dir das Leben gerettet.«

»Du bist total irre«, erwiderte Anna trotzig. »Kein Wunder, dass dir niemand glaubt.«

»Hör zu, er hat dir aufgelauert. Damals wie heute.« Willy hörte sie schniefen, aber es war ihm egal; denn nun starrte er nicht mehr in die Dunkelheit, nun war er die Dunkelheit selbst, ganz ohne Leben, ohne Mitgefühl. »Erinnerst du dich an den Mann auf dem Friedhof?«

»Hör auf damit, Willy.«

»Der mit dem Bart und dem hässlichen Pullover.«

»Halt die Klappe, verdammt.«

»Das ist Martin Berger gewesen.«

»Ich hasse dich, Willy. Ich hasse dich.«

»Er hat dir aufgelauert«, wiederholte er. »Damals wie heute.«

In der Ferne leuchteten zwei rote Lampen auf, eindeutig die Rücklichter seines Astra. Reflexartig rannte er in deren Richtung. Die Leitung brach ab, und der Wagen entfernte sich über das Feld; er hatte nicht die geringste Chance.

Aus allen Poren schwitzend, sackte Willy auf die Knie. Der Schnee tränkte seine Hosenbeine und rann ihm über die Fasern in die Schuhe, doch das alles berührte ihn nicht. Er stemmte sich hoch, stapfte heimwärts, und unterwegs gesellte sich Eva zu ihm und erzählte von der gemeinsamen Reise zur Ostsee, von den Abenden zu zweit auf dem Sofa, von dem Pflaumenkuchen, mit dem sie ihn am Wochenende verwöhnen wollte. Es war sehr lange her, dass Eva auch zu ihm gesprochen hatte.

Am Haken

Danny verließ die Toilette, schritt an den Tresen und bestellte ein Glas Sprudel.

»Wasser?«, fragte Friesack. »Willst du mich veräppeln?«

»Mir ist kotzübel«, sagte Danny.

»In echt jetzt?«

»Nein, nur zum Spaß.«

Die hintere Sitzecke war so voll, dass Friesack unter anderen Umständen vor Lachen nicht in den Schlaf gekommen wäre. Im vorderen Bereich saßen die wenigen Gäste von außerhalb, drei Männer in den 60ern, die über Sterne, Brennweiten und schlechtes Wetter fachsimpelten und dabei jede Menge Guinness kippten. Sicherlich glaubten sie, hier würde eine Geburtstagsfeier oder irgendein Vereinstreffen stattfinden.

»Und das macht?«, wollte Danny wissen.

»Geht aufs Haus«, antwortete Friesack.

»Danke, Meister.«

»Hauptsache, du schleppst hier nicht die Grippe an.«

»Keine Sorge. Ist bloß 'n aggressiver Magen-Darm-Virus.« Er grinste, ohne das geringste Interesse daran, ob sein Grinsen erwidert wurde. Während er sein Glas direkt am Tresen leerte, ließ er den Blick über die Sitzecke schweifen. Robert Beck hatte halb Gollwitz ins Leprechaun beordert, und fast alle waren seiner Aufforderung gefolgt, selbst die Geschwister Konrad. Die beiden Brüder behaupteten, die besten Führungen durch den Sternenpark anzubieten, da sie die besten Routen kannten und über das beste Equipment verfügten. Was die Brüder nicht wussten: Nächsten Monat würde Danny eine Kooperation mit dem Gutshaus eingehen, spätestens dann könnten sie einpacken und sich für eine Rundtour durchs Jobcenter anmelden. Sobald sein Blick Stephan Majakowskis Rücken streifte, verflüchtigte sich sein Optimismus.

Er stellte das Glas ab und schlurfte in die Sitznische, winkte Kevin vom Platz und rutschte neben Jeanette Gerber, ein Vollweib mit blonden Locken und einem Dekolleté bis zum Nabel. Sie war noch keine 40 und arbeitete in den Ställen der Falkmann GmbH. Kevin trank bereits sein drittes Bier, indes Danny sich unverdrossen am ersten festhielt; der Alkohol durfte seine Zunge nicht lösen, ein falsches Wort an falscher Stelle und all seine Projekte wären dahin.

»Guckt euch die Fotos genau an«, rief Robert Beck, der auf dem Stammplatz seines Vaters saß und eine Digicam reihum wandern ließ. Alle gehorchten brav, klickten sich durch die Fotos, machten »Ah« und »Oh«, und als die Kamera schließlich bei Danny ankam, betrachtete er jedes Foto mit gespielter Neugier.

»Mir wird ganz schlecht«, sagte Kevin, den der Alkohol

für seine Verhältnisse nahezu redselig machte. »Sieht ja aus wie nachm Krieg.«

»Das musste dir vor Ort angucken.« Robert strich sich über seinen Schnauzer. »Das ist eindeutig seine Handschrift.«

»Die Bilder reichen mir, das kannste glauben.«

»Wer weiß, was er dort eingesperrt hat.«

»Oh nein«, entrüstete sich Jeanette. »Die armen Tiere.«

Auf dem Kameradisplay sah man aus vielerlei Perspektiven einen abgebrannten Bungalow; einmal war die Brandstelle vom Seeufer aus fotografiert worden, ein andermal musste Beck einen Baum erklommen haben, um das angekohlte Dach einzufangen. Entlang der Außenwände war der Waldboden so weiß wie der Bauch eines toten Karpfens.

»Komisch«, warf Jeanette ein. »Trotz der Hitze ist der Schnee nicht geschmolzen.«

»Das ist Löschschaum«, meinte Danny.

»Und hier ist das Bad gewesen.« Kevin tatschte aufs Display. »Da, der Abfluss.«

»Das kannste alles erkennen?«, fragte Jeanette.

»Klar, war ja unsere Bude.«

»Eure Bude?«

Danny trat ihm gegen das Schienbein und antwortete statt seiner: »Na ja, so allgemein. Unser Dorf, unsere Bude. Ist doch alles der gleiche Acker.«

Kevin berührte erneut das Display, um ein Foto vorzublättern.

»Willst *du* die Kamera halten?«, fragte Danny genervt.

»Dann kann ich aber nix sehen«, protestierte Jeanette.

»Musste eben rüberrücken.«

»Etwa zu Kevin?«

»Der wird dir schon nicht an die Wäsche gehn.«

Jeanette schob sich an ihm vorbei, und Danny fragte sich, warum manche Frauen ihre Ärsche in viel zu enge Hosen pressten; weshalb konnten nicht alle Frauen wenigstens ein

Quäntchen von Helene Majakowskis Klasse haben? Kaum hatte sich Jeanette zwischen ihn und Kevin gezwängt, reichte er seinem Freund die Kamera und glitt in die Sitznische. Er befühlte in seiner Hose die Schatulle mit dem Gras und hoffte inständig, dass die Show bald vorüber war.

»Ist das nicht Tommy?« Jeanette tätschelte ihm den Oberschenkel.

»Glaub ja.« Er schob ihre Hand beiseite. »Der schafft jetzt bei der Freiwilligen an.«

Auf dem Foto umkreisten den Bungalow etwa 20 Feuerwehrleute, und jene unter ihnen, die nichts zu tun hatten, stellten ihre eigene Schutzkleidung zur Schau. Germanys Next Mutantenstadl. Vor ein paar Jahren hatte Danny sich bei der Feuerwehr beworben, war aber durch die ärztliche Voruntersuchung gerasselt; seitdem begegnete er diesem Verein mit unverblümter Abscheu.

»Der Brandgeruch wehte bis zu uns«, schilderte Lasse Kallabis, der mit seiner Frau am östlichen Zipfel von Gollwitz wohnte. »Erst hab ich gedacht, olle Siebert verbrennt wieder Autoreifen.«

»Ich hoffe, du hast kräftig eingeatmet«, entgegnete Robert. »Das Dach war aus purem Asbest.«

Lasse schaute ihn finster an, dann fragte er mit einem abschätzigen Grinsen, wo der Senior heute sei.

»Der Alte hat Rücken«, erwiderte Robert.

»Jaja, Rücken.« Lasse schwafelte irgendwas von Bandscheiben und Rheuma und einem Sessel mit verstellbarer Lehne und integrierter Fußstütze; niemand schenkte ihm Gehör, seine Frau war längst hackedicht und er selbst gerade so interessant wie ein gefrorener Kuhfladen.

Stephan Majakowski hüllte sich dagegen in Schweigen. Es saß einfach da, schwenkte ein Glas und folgte mit den Augen der Bewegung des Whiskeys. Danny wagte es kaum, ihn anzugucken; er hatte das Gefühl, seine geheimsten Sehnsüchte wären ihm auf die Stirn tätowiert.

»Wir sollten uns das Schwein vorknöpfen«, schloss Lasse seine Rede ab. »Seit seiner Rückkehr kriegt Claudia kein Auge zu.«

»Meine Frau«, seufzte Metzger Ruprecht, »lässt ihre Sorgen an mir aus, und das seit Wochen. Wenn ihr versteht, was ich meine.«

»Kein Wunder«, kommentierte Sandra Bräuer. »Bei einem wie dir hätte ich auch 'ne Ausrede parat.«

»Was meinste 'n damit?«

Sandra Bräuer betrieb eine Pension in ihrem Haus, drei Zweibettzimmer, ein Gemeinschaftsbad, ein Raum für Frühstück und Abendbrot; seit ihre Kinder fortgezogen waren und ihr Mann sich in eine 20-jährige Ukrainerin verguckt hatte, verstand sie sich auf Tourismus und Männerhass.

»Haste in letzter Zeit mal in den Spiegel geschaut.«

»Hey«, lachte Ruprecht. »Nachts sind alle Glatzen kahl.«

»Leute, liebhaben könnt ihr euch später noch«, übernahm Robert das Wort. »Heute hat sich leider gezeigt, dass etwas passieren muss.«

»Was sagt denn die Polente?«, fragte Claudia Kallabis, die soeben aus ihrem Koma erwacht war.

»Das Brandkommissariat ist am Ermitteln.«

»Mein Gott«, lallte sie und tauchte wieder ins Bierglas.

»Du, Danny«, rief Robert über den Tisch. »Du bist doch bestimmt da gewesen, oder?«

»Wo?« Danny presste sich tiefer in die Sitznische.

»Na, am Bungalow.«

»Ich? Wieso?«

»Ist dort nicht dein Angelplatz?«

Danny trat Kevin erneut gegen das Schienbein, ehe der ganze Tisch ihm die Augen zuwandte. Er tastete nach seiner Zigarettenschachtel, klappte mehrmals den Deckel auf und zu und fixierte einen imaginären Punkt unter der Decke. Er verfluchte sich dafür, seine Basecap entgegen seiner Gewohnheit an die Garderobe gehängt zu haben. Da löste sich ein Schweißtropfen von seiner Stirn, perlte über seine Schläfe und blieb auf seinem Wangenknochen haften. Er wurde den Verdacht nicht los, Stephan Majakowski würde dem Tropfen eine besonders hohe Aufmerksamkeit schenken.

»Was los?«, rief Lasse über den Tisch. »Hat dir deine Mutter das Angeln verboten?«

»Dannyboy hat bestimmt zu oft an seiner Rute gespielt«, feuerte Sandra Bräuer hinterher.

Die Runde brach in Gelächter aus, und Danny fuhr sich mit einer fahrigen Geste über das Gesicht.

»Und Stephan?«, fragte Robert schließlich. »Was denkst du?«

»Uns geht's nicht schlecht, im Gegensatz zu manch anderem«, gab Majakowski mit fester Stimme zurück. »Hat lange gedauert, bis wir soweit waren.«

Von allen Seiten folgte zustimmendes Gemurmel. Majakowski hatte seine Hemdsärmel hochgekrempelt, schwenkte unverändert das Glas, und Danny erkannte, wie sich allein von der kreisenden Bewegung seine Unterarme strafften. Für einen Mann seines Alters war Majakowski gut in Form, zudem hatte er das Gutshaus, den Wintergarten mit der herrlichen Aussicht und die einzige attraktive Frau in ganz Gollwitz.

»Den Kredit stottern wir immer noch ab«, fuhr er fort. »Eine Hilfskraft können wir uns nicht leisten und jetzt im Winter sieht's auch bei uns nicht rosig aus. Würde unser Sohn nicht mit anpacken, wäre die Kacke längst am Dampfen. Aber wie gesagt, uns geht's sicherlich besser als manch anderem.« Er nippte am Whiskey und spannte eine kurze Pause, die niemand durch einen Kommentar zu unterbrechen wagte. »Ich würde alles dafür tun«, fügte er mit Nachdruck hinzu, »damit wir den Standard halten können. Alles.«

»Besser kann man's nicht auf den Punkt bringen.« Robert schüttete sich ein Gläschen Klaren hinter die Binde und fuhr sich anschließend mit Daumen und Zeigefinger über den Schnauzer. »Also ist es beschlossene Sache?«

Stephan Majakowski nickte.

»Was wollt ihr denn tun?«, fragte Jeanette zunächst Danny, und als er ihr ein kaltes Schweigen schenkte, stupste sie Kevin an. Bevor sein Kumpel hätte antworten können, stemmte Danny sich hoch und zwängte sich aus der Sitzecke.

»Musst du schon wieder pinkeln?«, flüsterte Kevin.

»Ich hab mir was eingefangen.«

»Das kannste dem Weihnachtsmann erzählen.« Kevin hob bedeutungsschwer die Brauen. »Ich glaub, du quarzt zu viel.«

»Ich geh bloß pinkeln«, erwiderte Danny gereizt.

»Jaja, wer's glaubt.«

»Pass lieber auf«, warnte Danny, »dass deine neue Freundin nicht vom Haken flutscht.«

Er steuerte zum Tresen, wo er unschlüssig und mit aufgestützten Ellbogen verharrte. Friesack fragte ihn, ob er noch ein Glas Wasser wolle, doch Danny winkte ab. Mit schweren Lidern blickte er zurück und sah Majakowskis langen Rücken, seinen akkuraten Haarschnitt und die anderen Gollwitzer, die ihm alle zuhörten, als berichte er von goldenen Laichgründen und zentnerschweren Hechten. Danny dachte an den Burschen, der brennend von einem Strommasten gestürzt war. Mausetot in seiner hellsten Sekunde. Kein Schicksal, das er teilen mochte. Er fischte seine Basecap vom Kleiderhaken, passierte die Toilette und stieß die Tür des Pubs auf. Draußen begegnete er der jungen Majakowski, deren Gesicht unter einer Kapuze steckte und dem eines Junkies glich. Er fragte sie, ob alles okay sei, aber sie lief wortlos an ihm vorbei. Dann fiel die Tür zu.

Irgendwas ist mit ihr passiert

»Tut mir leid«, sagte der Wirt. »Da hinten findet 'ne geschlossene Veranstaltung statt.«

Sein Hinweis erreichte Anna wie das Geschrei von Kindern, die längst außer Sicht waren; nebelhafte Töne, untermalt mit dem Geschrammel einer Fidel und dem wilden Gezupfe eines Banjos. Willy hatte behauptet, der Wirt würde ihn bezichtigen, ihm einen Stein ins Fenster geworfen zu haben, irgendwann vor hundert Jahren, und seitdem stünden sie auf Kriegsfuß. Anna wusste nicht mehr, welche von Willys Stories überhaupt ein Quäntchen Wahrheit enthielt.

»Wie wär's mit 'nem Platz am Kamin?«, fragte der Wirt freundlich und deutete auf das lodernde Feuer.

»Ich will zu meinem Onkel.«

Offenbar in der Annahme, ihr Onkel wäre von auswärts, taxierte er die Gäste nahe der Eingangstür.

»Zu Stephan Majakowski.«

Kaum war der Name gefallen, wich ihm die Farbe aus dem Gesicht; sein rötliches Haar ähnelte Herbstlaub, das sich über einem Flecken Schnee wellte. Noch während er um eine passende Antwort rang, nickte Anna ihm zu, als hätte er ihr bereits die Richtung gewiesen.

In der hinteren Sitzecke hockten an die 20 Gäste und unterhielten sich teils rege, teils gedämpft, mal zu zweit, mal in kleineren Gruppen. Der bloße Anblick weckte den Eindruck, diese Leute hätten sich hier versammelt, um einen Baustopp für Windräder oder die Obergrenze für Wölfe einzufordern. Besorgte Bürger gegen übermächtige Feinde. Unsicher trat Anna neben Stephan, neigte sich vor und begrüßte ihn leise. Die Erregung, die durch seinen Körper fuhr, war kaum merklich, aber ihr konnte er nichts vormachen. Mit einer hastigen

Gebärde verrückte er seinen Stuhl und zog vom Nachbartisch einen zweiten heran.

»Das ist ja 'ne Überraschung«, rief ihnen ein Mann mit Schnauzbart zu. Er musste zwischen Mitte und Ende 30 sein, trug eine Weste aus Lammfell und ein Halstuch. »Robert Beck«, stellte er sich vor und reichte ihr über den Tisch die Hand.

»Ich dachte, Anna sollte dabei sein«, erklärte Stephan, als wäre ihre Anwesenheit seine Idee gewesen. »Sie ist schließlich genauso betroffen.«

»Kommt der Verrückte etwa auch?«, blaffte ein anderer Mann, worauf Stephan sie verunsichert anschaute.

»Nein«, sagte Anna. »Willy weiß nichts von dem Treffen.«

»Besser ist's«, meinte der Mann, der auf seinem breiten Gesicht eine feingliedrige Nickelbrille trug. Neben ihm kauerte eine Frau, die irgendwas vor sich hin murmelte; man konnte nicht deuten, ob sie mit sich selbst, ihrem Sitznachbarn oder dem Glas sprach.

»Lange her, seit du das letzte Mal hier warst«, bemerkte Beck.

»Ist immer was dazwischengekommen.«

»Komisch, dass es gerade jetzt klappt.«

»Ja, kann sein.«

»Manch einer würde glatt misstrauisch werden, Frau Majakowski.«

Die Musik im Hintergrund vermochte kaum das allgemeine Gemurmel zu übertönen; Worte huschten von Nachbar zu Nachbar, wilde Spekulationen sprossen hinter vorgehaltenen Händen. Ihr Onkel nahm seine Brille ab, um die Gläser mit dem Hemdsärmel zu putzen, zweifellos eine Geste der Verlegenheit. Dann schob er sich die Brille langsam aufs Nasenbein, leerte in einem Zug sein Glas und ergriff das Wort:

»Martin Berger hat Anna bedroht.«

Alle verstummten.

»Letzte Woche hat er ihr einen Brief geschickt.«

»Bestimmt ’nen Liebesbrief?«, raunte Nickebrille zu seiner Nachbarin.

»Lasse, halt die Schnauze«, reagierte Stephan, und sie erkannte den Schreck im Gesicht des anderen. »Er hat nicht nur Anna bedroht, sondern auch uns.«

»Die Briefe spielen keine Rolle«, sagte Anna. »Aber wir sollten die Polizei holen, bevor noch was Schlimmeres passiert.«

Während das Gemurmel wieder hochkochte, funkelte Stephan sie mit gerunzelter Stirn an. Sie wusste, dass er gehört hatte, was er nicht hatte hören sollen; den anderen Gollwitzern war es entweder entgangen oder schlichtweg egal, dass sie von mehreren Briefen gesprochen hatte.

»Wärst du nicht zurückgekommen«, lallte die Frau neben Lasse, »würde Berger uns in Frieden lassen.« Sie drückte sich schwerfällig hoch, stieß ihr Kinn durch die Luft und forderte Anna auf, nach Berlin zu verschwinden. »*Wir* müssen nämlich den Unsinn ausbaden, den *ihr* verzapft.«

»Reiß dich zusammen«, rief Robert Beck.

»Waschlappen seid ihr allesamt.«

»Claudia, setz dich!« Lasse packte sie an der Schulter und zog sie auf den Stuhl zurück.

Schlagartig schwoll das Gemurmel an. Leute zupften Beck am Ärmel, forderten von ihm dies und das, und es war beinahe so, als säßen Stephan und Anna Majakowski nicht im gleichen Raum wie die übrigen Gäste. Sie schrumpfte neben ihrem Onkel zu einer Zwölfjährigen, deren unterschiedliche Augen von allen begutachtet wurden, schließlich schaute sie auf ihren Schoß hinab und verzog übertrieben die Mundwinkel. In der Masse war für die Wut einer Einzelnen kein Platz. Robert Beck hob den Arm und rief:

»’ne Runde für alle.«

Anna entschuldigte sich bei Stephan, warf ein Anstandslächeln in den Kreis und floh auf die Toilette.

Sobald sie durch die Tür trat, sprang von selbst das Deckenlicht an. Sie taumelte zum Waschbecken, darüber ein Spiegel, daneben ein schmuddeliges Handtuch. Am Spiegel klebten die Überbleibsel eines Stickers, der nur halbherzig entfernt worden war. Ein roter Pfeil auf blauem Grund. Das Symbol abgehängter Männer und Frauen, die ihre Landbräune für gesund hielten. Anna beugte sich vor, spritzte sich kaltes Wasser ins Gesicht und benutzte zum Abtrocknen anstelle des Handtuchs ihren Pullover. Dann huschte sie in die einzige Kabine, verriegelte die Tür und ließ sich auf den Klodeckel sinken.

Wie schon auf der Herfahrt versuchte sie, die Erinnerung an ihren Friedhofsbesuch wachzurufen. Was hatte Martin Berger zu ihr gesagt, als er keine Armlänge von ihr entfernt gesessen hatte? Sie und er direkt vor dem Grab ihrer Familie. Sie erinnerte sich an Willys penetrantes Nachfragen und daran, was sie ihm unermüdlich geantwortet hatte: Der fremde Mann habe vom Wetter gesprochen und die wohltuende Stille auf dem Land beschworen. Das sei alles gewesen, wirklich.

Jetzt wollte sie ihren eigenen Worten nicht mehr trauen. Hatte Martin Berger nicht gesagt, dass es kälter werden würde? Dass frostige Zeiten anstünden? Je länger sie sich vorstellte, wie solche Sätze aus seinem Mund kamen, desto klarer formte sich in ihr ein Verdacht: Martin Berger war nicht zufällig auf dem Friedhof erschienen. Er hatte sie abgepasst, und wenn Willy nicht in der Nähe gewesen wäre, hätte sie sich gleich auf das Grab ihrer Familie legen können. Anna Majakowski, neben Mama und Papa und dem Bruder, der sie nicht gerettet hatte.

Nein, korrigierte sie sich. Berger hatte kein Interesse daran, ihr körperlich zu schaden. Vor 20 Jahren war ihr durch seine Rettungsaktion ein viel schlimmeres Schicksal beschert worden: Er hatte sie zu seinem Werk gemacht, die einzige Überlebende der Brandnacht – damals, jetzt, für alle Zeit. Einen Beweis hatten ihr die Gollwitzer geliefert, diese braven Leute, die sie vorhin angestarrt hatten wie eine Außerirdische. Anna, die Unheimliche vom Planeten Berlin. Sie umfasste die Rolle Klopapier und verbog die Halterung, bis das Plastik mit einem hellen Knacken von der Wand brach.

Schizo.

Unheimlich.

Und nicht zu vergessen:

Aggressiv.

Erst das Geräusch der sich öffnenden Toilettentür zerstreute Annas Gedanken. Sie legte die Halterung auf den Fliesenboden, schob die losen Teile mit der Ferse hinter das Klo, und als sich die Türklinke ihrer Kabine abwärts neigte, sagte sie:

»Sorry, besetzt.«

Die Klinke sprang hoch, und sie hörte, wie sich die Person von der Kabine entfernte. Sie lauschte der WC-Lüftung, zählte innerlich bis fünf, öffnete die Tür, und im selben Moment trat ihr ein Mann entgegen und drängte sie in die Kabine zurück.

»Halt ja die Klappe.« Er presste sie mit dem Unterarm an die Wand. »Und hör gut zu.«

Anna nickte.

»Ich hab keine Ahnung, was du hier willst oder warum du dich mit Urban rumtreibst.« Er senkte den Unterarm und drückte ihr stattdessen zwei Finger in die Schulter. »Aber die ganze Scheiße fing erst an, seitdem du hier bist.«

»Lasse, richtig?«

»Du sollst die Schnauze halten.«

»Ich kann nichts für seine Entlassung. Ich bin keine Richterin und erst recht keine Ärztin.«

Lasse stieß sie heftig gegen die Wand, und auch wenn er sie kaum überragte, maß er in der Breite das Doppelte von ihr, um Bauch und Hüfte sogar das Vielfache. Sie schätzte sein Alter auf knappe 60. Sein lichtes Haar hatte schon bessere Zeiten gesehen, die Nase war angeschwollen und die Augen blutunterlaufen. Erneut bohrte er ihr zwei Finger in die Schulter. »Du siehst aus wie dein Bruder.«

»Kannten Sie Lennart?«

»Ich kannte deine Mutter.«

»Das heißt?«

Er wich ihrem Blick aus, während seine Finger langsam von ihrer Schulter hinabglitten, über ihr Schlüsselbein, über ihre Brüste. »Sie hat sich auf alle Fälle besser angezogen als du.«

»Hey, lassen Sie das.«

»Ich mach doch gar nichts.«

Er zupfte an der Bauchtasche ihres Pullovers, grinste dabei unter seiner Nickelbrille, und sobald er ihre Atemnot zu bemerken schien, stierte er auf das Heben und Senken ihrer Brust.

»Nimm die Pfoten weg«, drohte sie, »oder es knallt.«

»Deine Mutter hat nicht so 'n loses Mundwerk gehabt.«

»Ich warne dich ein letztes Mal.«

Seine Pupillen sprangen in den runden Brillengläsern nervös auf und ab; vielleicht missfiel ihm der Tonfall, vielleicht erregte er ihn auch. Anna war es gleich. Sie rammte ihm das Knie zwischen die Beine, er krümmte sich und plumpste auf den Klodeckel. »Oh, Shit«, presste er hervor, ehe sie die Kabine verließ.

Draußen überkam sie ein so heftiges Zittern, dass sie glaubte, es würde sie von Innen zerreißen. Sie krallte ihre Finger um den Rand des Waschbeckens und unter dem Geschlotter spürte sie ihn ganz schwach: einen Hauch von Befriedigung, tiefer, alles umfassender Befriedigung. Sie drehte sich um, und Lasse lehnte wie ein Betrunkener, der das Gleichgewicht verloren hatte, am Spülkasten.

»Es tut mir leid«, lallte er und begann zu schluchzen. Er löste einen Sportbügel seiner Brille, sodass sie nur am linken Ohr baumelte, und trocknete sich mit dem Ärmel die Augen. Der fette Mann glich einem hässlichen, fetten Kind.

»Er hat unseren Charlie getötet, der Bastard.«

Charlie – ihr Bruder hatte von dem Hund erzählt. Berger hatte ihn in ein Plumpsklo gesperrt und das Klo angezündet, und nun lag ein Foto von seinen verkohlten Überresten vor Willys Ofen.

»War bloß 'n Köter«, stammelte Lasse, als wollte er seine Aussage relativieren. »Ein blöder Köter und sie fängt an zu saufen.«

Anna vermutete, dass er von der Frau sprach, die am Tisch neben ihm gesessen hatte. Claudia Großschnauze, volltrunken und jähzornig. Seine Tränen weckten in Anna keinerlei Mitleid; noch immer konnte sie spüren, wie seine Finger über ihre Brust wanderten und an dem Pullover ihres Bruders zupften. Kleiner, fetter, lüsterner Junge. Sie trat auf ihn zu, und er hob verblüfft das Gesicht, als hätte er bis eben ihre Gegenwart ausgeblendet.

»Seit damals ist meine Frau nicht mehr dieselbe«, sagte er. »Irgendwas ist mit ihr passiert.«

»Das geht vielen so.« Sie fasste nach der Kabinentür und schlug sie ihm vor der Nase zu.

Machwerke und Humbug

Martin rannte durchs Dorf, von Ost nach West, wobei er sich stets im Schatten der Häuser bewegte. Er passierte das alte Pfarrhaus, den Friedhof samt Kirche und stoppte schließlich an der Bushaltestelle. Unter der Arbeitsjacke seines

Vaters trug er den Weihnachtspullover; die Kombination aus Schweiß und Wolle verursachte ein Ziepen auf seiner erhitzten Haut. Er öffnete die Jacke, die noch immer nach Nikotin und Kuhstahl roch, und krallte die Finger in den Ausschnitt seines Pullis. Auf der anderen Straßenseite ragte das Denkmal der Butterhexe empor. Theresa Allstein. Wegen angeblich vergifteter Butter auf dem Scheiterhaufen hingerichtet. Der Sockel der Statue war lodernden Flammen nachgebildet, die an ihrem kaum verhüllten Leib hochpeitschten. Martin hatte den Eindruck, die zementgrauen Augen würden ihn anstarren, der geöffnete Mund ihn mit einem Wispern verfluchen und gleichzeitig alle anderen warnen. Gollwitz, nimm dich in Acht. Der Teufel geht um.

Martin wandte den Blick ab und vergewisserte sich, dass niemand seinen Weg kreuzte. Vor dem hellen Schnee wirkten die Häuser noch grauer, als sie es ohnehin schon waren. In einigen Fenstern flackerte das Fernsehlicht wie kaltes, blaues Feuer, und ein Stück die Straße abwärts glimmte die Beleuchtung eines Schaufensters.

Gegenüber dem Leprechaun parkten drei Autos, nahe der Eingangstür lehnte ein Fahrrad. Er glaubte, in der Stille das Gemurmel der Gäste zu hören. Gollwitzer, die Bier tranken und über die Wehwehchen in ihrem Dorf plauderten; der kaputte Zaun von olle Ihmchen, die entflohene Katze von Soundso, die gefrorene Wasserleitung bei Hinz und Kunz. Gern wäre Martin ins Leprechaun spaziert, hätte ein Guinness geordert und zwischen den Gollwitzern Platz genommen – zwanglos, gesprächig, mit einem Lächeln im Bart. Aber die Gestalt der Butterhexe zog seinen Blick zurück und gab ihm zu verstehen, was er besser als jeder andere hätte wissen müssen: Aus einem Feuer entrinnt kein Geflüster, kein warnender Blick, im Flammenmeer verzerren sich Augen und Münder in Schmerzen, nur Schmerzen und darunter noch mehr Schmerzen. Martin löste die Finger vom

Kragen seines Pullovers, knöpfte sich die Jacke zu und spürte dabei etwas Hartes in der Innentasche. Als er die Jacke erneut öffnete und nachschauen wollte, trat jemand aus dem Pub und blickte zur Bushaltestelle. Aus Furcht, erkannt zu werden, rannte er in Windeseile die Koloniestraße entlang.

Es dauerte nicht lange und er stieß auf eine einsame Zufahrt. Gollwitz lag nun hinter ihm, und vor seinen Augen öffnete sich die Landschaft: keine Bäume links und rechts, lediglich eine weiße Straße zwischen weißen Feldern und darüber eine Glocke aus Dunkelheit. In der Ferne erspähte er ein paar wenige Lichter. Seine Mutter wäre garantiert aus allen Wolken gefallen, wenn sie ihn hier draußen hätte herumlaufen sehen.

Wider Erwarten hatte Martin festgestellt, dass sie weder ein Dasein in Einsamkeit führte, noch eines, dessen Höhepunkt eine Folge »Rote Rosen« war. Lisbeth hatte sich ihr Leben eingerichtet, so wie sie es an der Seite seines Vaters getan hatte. Ein Monolith, der den Eiszeiten und Stürmen trotzte. Wenngleich sie wenig Kontakt zu anderen Menschen pflegte, hatte sie heute Mittag einen Namen erwähnt, der nie zuvor gefallen war. Luzie Schäfer, die in einem Nachbarort wohnte und die sie angeblich seit Jahrzehnten kannte. »Ich bring ihr ein Paar selbst gestrickte Socken vorbei«, hatte seine Mutter gesagt, ehe sie mit dem Moped in den Abend gebraust war. Martin hatte sofort gewusst, was zu tun war.

Während er die Zufahrt entlangrannte, spürte er das Gewicht der Arbeitsjacke auf seinen Schultern, spürte die Baumwolle auf seinen verschwitzten Armen. Erinnerungen an sein früheres Ich loderten in ihm hoch. Er sah einen jüngeren Martin voller Wut aus dem Haus fliehen, weil sein Vater wieder einmal seine Mutter verprügelt hatte, sah diesen Martin in einem Gefühl der Erleichterung vor der nahenden Feuerwehr fliehen. Sah ihn unter den Schaulustigen, deren

Mienen die Flammen, den Qualm und auch das Gebrüll der Tiere widerspiegeln. Dieser Martin ahnt noch nicht, dass sich manche Bauwerke nicht niederbrennen lassen.

Er stoppte keine 200 Meter vom Gutshaus entfernt. Seine Lunge gierte nach Luft, seine Hände froren von außen, glühten von innen. Erstaunt bemerkte er die wenigen Autos auf dem Parkplatz. Lisbeths Geschichten hatten ihm ein anderes Bild vermittelt, eines, das eine ausgebuchte Pension und rege Betriebsamkeit zeigte. Bis auf ein Fenster im zweiten Stockwerk war die Fassade dunkel; er konnte weder Details ausmachen, noch den Anblick mit seiner Erinnerung abgleichen.

Nachdem Martin das Hörbuch von »Im Innern des Baumes« zum ersten Mal durch hatte, war in ihm die Frage entbrannt, mit welchen Filmen Alan Albert Bloch seinen Lebensunterhalt verdient hatte. Im Vorwort sprach Bloch nur von »Machwerken« und »Humbug«, kein Titel wurde benannt, kein Inhalt verraten. Aber das Internet half Martin aus. Einer der Filme hieß »Die lebenden Leichen des Dr. Diabolo«, ein Gruselfilm aus dem Jahr 1968. Handlungsort war ein englisches Herrenhaus, das ihn an Majakowskis Villa erinnerte, insbesondere an den Zustand, den sie vor der Sanierung gehabt hatte. Im Laufe seines Klinikaufenthalts wurde dieses Herrenhaus immer mehr zu dem Gutshaus, sodass er seiner Therapeutin irgendwann statt der Realität die Filmkulisse beschrieb. Nur die lebenden Leichen des Dr. Diabolo waren geblieben, was sie seit jeher gewesen waren: Humbug aus dem früheren Leben von Alan Albert Bloch.

Martin überquerte den Parkplatz und verharrte in dem Pappelhain nahe dem Gutshaus. Im dritten Stock waren lediglich zwei Fenster erhellt, und er fand seinen ersten Eindruck bestätigt. Da leuchtete der Wintergarten auf, ein schwaches Deckenlicht, das kaum bis zu den Pappeln reichte, und eine Frau erschien hinter den Glaswänden.

Er trat zurück und schmiegte sich an einen der Baumstämme. Die Frau sammelte die Sitzkissen ein und brachte sie ins Haus, kehrte mit einem Korb wieder und räumte die Deko und Getränkekarten von den Tischen. Vermutlich eine Angestellte, dachte Martin. Seine Mutter hatte gemeint, die Pensionsbesitzer seien die Absahner von Gollwitz, ausgefuchste Geschäftsleute, die den anderen die Gäste wegschnappten. Keine guten Leute. Den Familiennamen hatte sie bei ihrem Anschiss ausgespart, als genüge das Totschweigen von Namen, um Menschen vergessen zu machen. Menschen und Ereignisse. Und Katastrophen.

Die Frau stellte den Korb ab, stemmte die Hände in die Hüfte und wandte die Augen zum Fenster. Obwohl Martin sich an den Stamm drängte, befürchtete er, sie könne seinen Atem in der kalten Luft erkennen. Er presste den Ärmel auf seinen Mund und dachte im gleichen Moment, die Frau sei womöglich Anna Majakowski. Sie war mittelgroß, hatte dunkles Haar, doch ihre Gesichtszüge verschwammen hinter dem Glas. War das dieselbe Person, die er auf dem Friedhof angetroffen hatte?

Martin war zu ihr auf die Bank gerückt, ganz an das gegenüberliegende Ende. Sie hatte ausgerechnet vor dem Grab gesessen, das er selbst gesucht hatte. Dass diese Frau die kleine Majakowski war, hätte er weder beschworen noch vehement verneint. Eine Wollmütze bedeckte ihr Haar und ein Schal reichte ihr bis unter die Nase. Er wagte es nicht, sie genauer zu betrachten, nicht einmal von der Seite, und fixierte stattdessen den Grabstein. Nach einer Weile nahm er seinen Mut zusammen und sagte:

»Morgen soll es kälter werden.«

»Entschuldigen Sie«, erwiderte die Frau. »Haben Sie mit mir gesprochen?«

»Ich hab bloß gemeint, dass es kälter werden wird.«

»Besitzen Sie auch so eine App?« Ihr Ton klang fast belustigt.

»Nee, hab ich im Radio gehört.«

»Klingt ja schon klassisch.«

»Wie meinen Sie das?«

»Ach, war nur so dahergeplappert.«

So abrupt ihr Gespräch begonnen hatte, so abrupt endete es wieder. Sein Blick haftete unverändert an dem Grabstein, dessen Inschrift sich im Schneegestöber nur teilweise entziffern ließ: *Majakowski. Lennart.* Und darunter: *In ewiger Liebe*. Der Rest verschwand hinter der weißen Wand, die sich zwischen ihn und die Gräber schob. Zu seiner Überraschung fragte sie ihn, ob er oft hier sei.

»Ja«, antwortete er. »Mein Vater liegt hier begraben.«

»Also sind Sie ein echter Gollwitzer?«

»Hier geboren und aufgewachsen. Und Sie?«

Statt zu antworten, senkte sie ihren Kopf und krümmte die Schultern nach vorn. Ihr Schweigen schürte sein Unbehagen; ihm beschlich das Gefühl, den Blick seiner Mutter im Nacken zu spüren. Im Geist sah er Lisbeth auf den Friedhof wanken und Krawall schlagen. Wo bleibe er denn? Und wer ist die Frau an seiner Seite? Er hievte sich hoch, und sagte, ohne sie anzusehen: »Auf Wiedersehen.« Die Frau wünschte ihm einen guten Tag, und erst als er hinter den Grabstein trat, drehte er sich um. Er wollte ihr seinen Namen zurufen, wollte ihre Reaktion abwarten und sie im Fall der Fälle um Verzeihung bitten. Wollte vor ihr auf die Knie sinken und ihr sagen, dass er ein neuer Mensch sei. Aber die Frau hatte unverdrossen aufs Grab gestiert, wobei ihre vermummte Gestalt in Ablehnung erstarrt war. Letztlich hatte Martin die Hand zu einem vagen Abschiedsgruß erhoben und den Friedhof verlassen.

Jetzt musste er wissen, ob die Frau in dem Wintergarten Anna Majakowski war. Sie hatte die Hände unverändert in die Hüfte gestützt, während sie ihren Blick emporrichtete; irgendwas an der Decke erregte offenbar ihr Interesse. Martin wagte sich aus dem Pappelhain, beseelt von der Hoffnung, die Dinge zu klären, die er auf dem Friedhof zu klären versäumt hatte. Kaum war er zwei Schritte gegangen, sprang das Hoflicht an. Die Frau schaute zum Fenster, und er sah den Schreck in ihrem Gesicht. Das war nicht Anna Majakowski, das war wer auch immer. Er flüchtete unter die Bäume, und die Frau löschte das Licht im Wintergarten. Dann Finsternis und Kälte. Er begann die Hände an der Arbeitsjacke seines Vaters warmzurubbeln, strich fahrig über seine Brust und fühlte, wie das Feuerzeug in der Innentasche gegen sein Herz drückte.

Auf Teufel und Verderb

Anna saß in Willys Auto und bedrängte Stephan, der Versammlung beizuwohnen; er solle wieder hineingehen, sie werde hier warten, bis er mit den anderen alles besprochen habe.

»Die Karre hat nicht mal 'ne Heizung«, sagte Stephan.

»Egal. Ich friere nicht.«

Sie versuchte, das Zittern in ihren Beinen zu unterdrücken, wenigstens so lang, wie ihr Onkel auf dem Beifahrersitz saß und abwechselnd zu ihr und zum Pub schaute. Er fragte sie, warum sie plötzlich abgehauen sei. »Du wolltest doch unbedingt dabei sein.«

»Ich hab's mir halt anders überlegt.«

»Aha, so mir nichts dir nichts.«

»Es war eben ein großer Fehler.«

»Dass du hierhergekommen bist?«

»Nicht nur das«, gestand sie ein.

Die Tür zum Leprechaun öffnete sich, und fünf Männer wankten zur Straße hinaus. Instinktiv hob Anna eine Hand ans Lenkrad, indes die andere auf halbem Weg zum Zündschlüssel verharrte. Stephan fragte, ob sie heimfahren wolle, und sie schüttelte den Kopf. Dann zog er den Reißverschluss seiner Windjacke hoch, zückte seinen Tabak und schickte sich an, das Auto zu verlassen.

»Du, Stephan«, flüsterte sie. »Ich wollte niemanden provozieren.«

»Das willst du nie.« Er schmiss die Wagentür zu und marschierte auf die Gruppe zu.

Das Bleiglasfenster in der Kneipentür streute schummriges Licht über die Eingangsstufen, den Gehweg und die Männer. Mehrere Feuerzeuge blitzen auf, Köpfe wurden geschüttelt und graue Nebelschwaden in die Nacht gepustet. Einer drängte die anderen mit ausufernden Gesten von sich, ein anderer scharrte mit den Füßen im Schnee. Offenbar war zwischen ihnen eine hitzige Diskussion entbrannt, und als jemand seine Kippe in Richtung Auto schnippte, rutschte Anna tiefer in den Sitz.

Sie schaltete ihr Handy unter dem Lenkrad ein und stellte die Beleuchtung des Displays auf ein Minimum. Vier Anrufe in Abwesenheit: drei von Sonja, die sich garantiert fragte, warum sie nicht auf Arbeit erschienen war, und ein Anruf ohne übertragene Nummer. Willy, dachte sie und registrierte gleichzeitig, wie die Scheiben von ihrem Atem beschlugen. Allmählich verblassten die Gestalten vor dem Pub zu bloßen Silhouetten.

Nach einer Weile löste sich ein Schatten aus der Gruppe und näherte sich dem Auto. Anna drückte den Stift der Türverriegelung herunter und wühlte in ihrer Manteltasche nach dem Kugelschreiber, den sie Willy vorgestern stibitzt hatte. Klick, klick, machte es in ihrer Faust und wenig später klopfte es an der Scheibe.

Anna rutschte sofort auf die Beifahrerseite und harrte in fiebriger Anspannung aus, bis es abermals klopfte. Dann beugte sie sich über den Fahrersitz und wischte mit der Linken über das Seitenfenster. Direkt vor der Tür stand ein Mann, und obgleich sie nur einen Teil seines Oberkörpers erkannte, genügte das, um den Bauch und vor allem die massigen Arme von diesem Lasse zu identifizieren. Er klopfte erneut, und sie schaute ängstlich in Richtung Pub. Die Männer unterhielten sich unablässig, keiner machte Anstalten, ihr zu helfen oder Lasse zurückzupfeifen. Sie verfluchte ihren Onkel, der sich anscheinend einen Dreck um sie scherte und sie ihrem Schicksal überließ. Unvermittelt zeigte sich Lasses Gesicht in dem Streifen, den sie auf der Scheibe freigewischt hatte, sein fleischiges Gesicht, die Nickelbrille und die klobigen Schultern. Mit der typischen Geste appellierte er an Anna, die Scheibe runterzukurbeln, wobei er wie ein unverschämter Junge grinste.

»Verpiss dich«, spuckte sie gegen das Fenster. »Hau ab.«

Der Kugelschreiber in ihrer Hand bebte.

»Oder willst du noch eins in die Eier?«

Das Glas seiner Nickelbrille war beschlagen, was es ihr unmöglich machte, seine Augen zu erkennen.

»Los«, sagte er, »schraub mal das Fenster runter.«

»Wieso?«

»Ich muss dir was sagen.«

»Darauf kann ich verzichten. Verpiss dich.«

Sie drückte den Kugelschreiber ans Fenster und ließ die Miene zweimal vor- und zurückspringen, als würde sie Lasse mit einem Schnappmesser bedrohen. Widerstrebend lachte sie auf, weil sie ihre eigene Drohgebärde reichlich bescheuert fand. Klick, klick – wie in einem drittklassigen Rachefilm. Sie entfernte sich vom Fenster, aber es war zu spät: Lasse schüttelte den Kopf auf eine Weise, die sie selbst allzu oft im Jugendklub an den Tag legte.

»Ich wollte mich nur entschuldigen«, nuschelte er gegen die Scheibe. »Es tut mir leid.«

Seine Gesichtszüge blieben starr, seine Augen hinter der Brille verborgen.

»Gut, ich geh jetzt«, sagte er. »Tschüss.«

»Ja, verpiss dich«, verabschiedete sich Anna und beobachtete, wie Lasse wieder zu einem Schatten wurde.

Zehn Minuten später klopfte es abermals an der Scheibe.

»Alles geklärt.« Das war eindeutig Stephans Stimme. »Lass uns gehn«, meinte er und wartete draußen vor Willys Auto, die Hände in den Taschen seiner Windjacke, den Blick zu Boden gerichtet.

Anna schnappte sich ihren Rucksack, verriegelte das Auto und schob den Wagenschlüssel unter das linke Hinterrad. Die Männer auf der Straße glotzten zu ihr herüber; einer hob sogar die Hand, doch konnte sie nicht erkennen, ob es sich um einen Gruß oder eine Drohung handelte.

Bald hatten sie den Dorfkern und die wenigen Laternen im Rücken, und eine glitzernde Dunkelheit umhüllte sie. Wenn Stephan sie damals von der Schule hatte abholen müssen, weil sie einen ihrer Mitschüler angegangen war, hatten sie wohl einen ähnlichen Anblick geboten: Anna und Stephan Majakowski, nebeneinanderher gehend, beide die Stirn in unterdrückter Aggression gewölbt, keine Silbe zwischen ihnen.

Im Gehen drehte sich Stephan eine Zigarette, und als sie den Schwarzen See erreichten, winkte er nach links auf den Uferpfad, wobei sich die Glut von seiner Kippe löste und in der Nacht zerstob. Jede vom Wind entfesselte Bewegung verursachte in Anna ein Zucken, hier das Wogen der Böschung, dort ein Zweig, der über eine Schneeverwehung trieb. Das Gutshaus kam in Sicht, und sie zupfte an Stephans Jacke.

»Was ist?«, fragte er ungeduldig. »Helene wartet.«

»Nur eine Minute, bitte.«

Statt den Hang zur Villa emporzusteigen, machte er kehrt und trat ans Seeufer. Die Wasseroberfläche war gefroren, und das Eis dehnte sich wie schwarzblaue Tusche in die Landschaft. Sie ballte die Hand um Willys Kugelschreiber, einmal, kurz und intensiv, dann fragte sie ihn, ob ihre Mutter glücklich gewesen sei.

»Muss das ausgerechnet jetzt sein?«

»Ich denke, ja.«

»Ich will aber nicht über meine Schwester reden.«

»Dieser Lasse hat so eine Anspielung gemacht.«

»Der hat sich doch entschuldigt, oder nicht?«

»Gesagt bleibt gesagt.«

»Anna, der Kerl hat nicht mehr alle Latten am Zaun. Hast du seine Frau gesehn? Bei denen stimmt was nicht.«

»Du weißt doch gar nicht, um was es ging.«

Stephan wandte sich ab.

»Meine Erinnerung ist zwar lückenhaft, aber eins weiß ich noch: Meine Eltern haben sich oft gestritten. Ich meine, bevor es passiert ist.«

Er löschte die Kippe mit zwei Fingern und schob den Stummel in die Jackentasche.

»Kannst du mir sagen, warum?«

»Dein Vater ist selten zu Hause gewesen«, antwortete er widerwillig. »Er hat sich kaum um euch oder das Haus gekümmert. Musste hier hin und dort hin, und alles, um euch ein sorgenfreies Leben zu ermöglichen.«

»*Musste* er oder *wollte* er?«

»Da fragst du den falschen. Ich hab ihn kaum zu Gesicht bekommen.«

»Und Mutti hat's aufgeregt, nicht wahr?«

Offensichtlich hatte Stephan in den letzten Tagen kaum etwas gegessen; in der dünnen Jacke glich er einem Kleiderständer, dem man eine Mülltüte übergestreift hatte. Seine Brille umrahmte riesige Augen in einem Totenschädel. »Manchmal wünsche ich mir«, sagte er, »ich hätte sie mehr unterstützt. Lennart war nicht einfach.«

»Ich weiß, dass er Martin Berger erpresst hat.«

»Das solltest du für dich behalten.«

»Ich wollte es selbst nicht glauben, aber ...«

Stephan nahm seine Brille ab, klappte sie zusammen und verstaute sie in der Innentasche.

»Lennart und David haben nicht bloß von den Brandstiftungen gewusst.«

»Wer behauptet das?«

»Danny Schmidt.«

»Du weißt schon, wie dein Bruder ihn genannt hat.«

»Lennart hat für jeden 'nen Spitznamen gehabt.«

»Trotzdem darfst du Danny nicht glauben.« Er testete mit dem Stiefelabsatz die Dicke des Eises. »Der ist einfach neidisch auf David.«

»Warum ausgerechnet auf David?«

Stephan fischte seinen Tabak heraus. »Lennart und David waren ein Herz und eine Seele, fast wie Brüder. Die gleichen Ansichten, der gleiche Humor, die gleichen Klamotten. Alles.«

»Und deshalb sind sich David und Danny nicht grün?«

»David hat nichts gegen Danny. Überhaupt nichts.«

»Also schiebt bloß Danny Frust?«

»Ja, damals wie heute.«

»Aber das ist doch alles ewig her.«

»Für dich vielleicht«, sagte Stephan. Anna solle sich nur einmal vergegenwärtigen, was aus David geworden ist; immerhin habe er die Kurve gekriegt, trotz des Kummers, den die Familie hatte ertragen müssen, trotz der Trauer, trotz der Bürden, die ihm das triste Dorfleben auferlegt hatte. Irgendwann würde sein Sohn die Pension übernehmen, und das mit Herzblut. Viele aus seiner Schulzeit hätten es dagegen total vergeigt. »Wer nicht abgehauen ist«, konstatierte er, »krebst hier auf Teufel und Verderb herum. Siehe Danny Schmidt.«

»Er meinte, er hätte ein großes Ding am Laufen.«

»So 'n Unsinn. Der will sich mit Nachtwanderungen über Wasser halten, und kann den Mond nicht von der Sonne unterscheiden.«

Anna fragte ihn, ob sie sich eine drehe dürfe.

»Seit wann rauchst du?«

»Mir ist gerade danach.«

Er reichte ihr seine Zigarette, drehte sich selbst eine neue und zündete beide an. Die Kälte des offenen Sees schnitt ihr ins Gesicht, und sie raffte die Kapuze ihres Pullovers hoch.

»Alle drei haben Bergers Motorrad benutzt«, erklärte sie. »Danny und David haben nicht bloß davon gewusst.«

»Sondern?«

»Sie haben es auch toleriert. Und nicht nur das.«

»Das sind Spekulationen, nichts weiter.«

»Nein, die beiden haben auch davon profitiert.«

»Das waren Jungs, Anna. Gelangweilte Jungs.«

Derweil ihre Zigarette verglomm, erzählte sie ihm von ihrem Besuch bei Danny Schmidt. Stephan drückte ihr das Feuerzeug in die Hand und schwieg. Erst als sie meinte, dass Danny und David sich darin widersprachen, ob ihr Bruder eine Freundin hatte oder nicht, riss er das Wort an sich.

»Weißt du, was ich nicht verstehe?«

Sie berührte die schorfige Stelle auf ihrem Handrücken.

»Von allen Menschen im Dorf glaubst du ausgerechnet Urban und Schmidt. Einem verwirrten Mann und einem Vollidioten.«

»Ich gebe nur wieder, was Danny mir erzählt hat.«

»Unser größtes Problem streckt gerade bei seiner Mutter die Beine aus und lässt sich verwöhnen. Daran solltest du mal denken.«

»Ich denke an nichts anderes.«

»Na ja, Helene wartet«, würgte er das Gespräch ab. »Sie will Bericht erstattet haben. Ich muss.« Es hatte fast etwas Spöttisches. Er löschte seine Zigarette im Schnee und stapfte den Hang zum Gutshaus hinauf.

»Stephan!«, rief Anna ihm nach. »Warte mal.«

»Was noch? Es ist spät.«

»Wir haben uns gar nicht richtig begrüßt.«

»Wie begrüßt?«

»Na, mit Umarmung und so.«

Stephan verweilte auf der Anhöhe, starrte zum Ufer herunter, und in der Düsternis war sein Gesicht ein graues, ausdrucksloses Dreieck, weder Ablehnung darin erkennbar noch eine Spur von Gegenliebe. »Wie viele Briefe hast du eigentlich bekommen?«

»Fünf.«

»Ganze fünf Stück?«

»Ja.«

»Und wann kam der erste?«

»Vor ungefähr fünf Jahren.«

»Danke«, sagte er. »Danke, dass du uns sofort informiert hast.«

Er drehte sich um und schritt durch die kristallene Dunkelheit, bis die Außenlaterne am Gutshaus aufleuchtete und deren Schein seine kantigen Konturen umrahmte. Nachdem er im Vordereingang verschwunden war, dauerte es keine zwei Minuten und das Licht erlosch.

ITALIEN

24. März 1995

»Na, los«, brüllte Willy Urban in den Pausenraum. »Pack die Stullen ein und schaff deinen Hintern raus.«

Im Prinzip hätte sich Tom Wolf diesen Ton nicht gefallen lassen müssen; auf seinen und Urbans Schulterklappen glänzten jeweils zwei Sterne; gleicher Dienstgrad, gleiche Tätigkeit, fast gleicher Verdienst. Doch sein Kollege war beinahe 50 und somit 20 Jahre älter als er, was für Tom einem höheren Rang entsprach, und Urbans Tonfall ließ keinerlei Zweifel daran, dass er es genauso sah.

»Soll ich dir Beine machen«, setzte Urban nach.

»Ich hab Pause«, antwortete Tom, packte aber sein Brot in die Plastikdose. Er schob den Stuhl mit hörbarem Protest gegen den Tisch, setzte sich seine Dienstmütze auf und folgte Urban. Sowie er an den Kollegen vorbeiging, warfen sie ihm vielsagende Blicke zu; niemand wollte freiwillig mit Urban zusammenarbeiten, schon gar nicht, seit ihn die Krebserkrankung seiner Frau zu einem Nervenbündel machte.

Urban startete den grünweißen Opel Vectra, und Tom sprang auf die Beifahrerseite, legte hastig den Gurt an und fragte, wohin es gehen solle.

»Nach Gollwitz«, erwiderte Urban knapp.

»Da wohnst du doch.«

»Und? Ist das verboten?«

Tom spannte eine Pause, in der er sich seine Uniform zurechtrückte – Schlips und Hemdkragen, Gürtel und Jacke.

Im Anschluss wollte er von Urban wissen, was eigentlich vorliege.

»Hast du deine Waffe dabei?«, erwiderte sein Kollege, und Tom wagte es nicht, den Kopf zu schütteln. Seine SIG Sauer lag im Spind, wo sie in den meisten Fällen verblieb, selbst wenn sie zu einem Einsatz ausrückten. Bisher hatte Tom die Pistole lediglich auf dem Schießstand benutzt, und einmal, als er zu einem Wildunfall gerufen worden war und einem Reh den Gnadenschuss hatte verpassen müssen. Statt Urban zu antworten, starrte er durchs Seitenfenster hinaus und stellte sich vor, dass er seinen Kopf tatsächlich geschüttelt hätte.

Der Dienstwagen verließ Rathenow in Richtung Nordwesten. Bei 80 Stundenkilometern verschwammen die Markierungen auf den Alleebäumen zu einem schmutzig weißen Band. Fast 1.000 Verkehrstote waren letztes Jahr in Brandenburg gezählt worden; etliche hatten an einer der Linden den Tod gefunden, selten infolge eines Wildwechsels, meist wegen Selbstüberschätzung und Trunkenheit. Zwischen den Bäumen flackerte der Himmel hindurch, zerschnitten, trübe, überhaupt nicht einladend. Mit Wehmut dachte Tom an seinen letzten Urlaub. Für 850 Mark im Reisebus abwärts zur Stiefelspitze. Florenz, Rom, Kalabrien – alles in zwei Wochen. Als er Willy Urban vor einem Jahr zugeteilt worden war, hatte er ihm seinen Reiseführer ausgeliehen. Kann ich nur empfehlen, hatte Tom geschwärmt. Ist ein wahrer Traum. Musste unbedingt mal hin. Dann war Urbans Frau erkrankt, und er hatte es für taktlos gehalten, sich nach der Lektüre zu erkundigen; irgendwann würde Urban Licht am Ende des Tunnels sehen und ihm das Buch mit einem Lächeln zurückgeben, irgendwann.

Ohne die Geschwindigkeit zu drosseln, lenkte Urban den Wagen durch Gollwitz. Tom fragte kein zweites Mal, was sie hier wollten, er hatte die Befürchtung, das würde Urban wieder auf seine Dienstwaffe lenken. Sie fuhren den Falkenberger

Weg entlang, passierten den Friedhof und stoppten schließlich vor einem Haus.

Auf den ersten Blick konnte Tom nichts Besonderes an dem Grundstück entdecken: ein Haus, eine offene Einfahrt, ringsum Wiesen und in Sichtweite eine Reihe weiterer Anwesen.

»Es ist besser, wenn du die Pistole nimmst.« Urban schnallte sein Holster vom Gürtel und reichte es ihm. »Schlag ruhig die Jacke zurück. Das macht Eindruck.«

Tom zögerte.

»Verdammt«, blaffte Urban, »nimm schon.«

Er befestigte das Holster an seinem Gürtel, nickte mehrmals und hoffte auf einen Kommentar von seinem älteren Kollegen; doch dessen Gesicht glich einer unüberwindlichen Mauer, in deren Schatten man allenfalls rätseln konnte, was sich hinter ihr verbergen mochte.

»Egal, was geschieht«, sagte Urban beim Aussteigen, »halt dich im Hintergrund. Ich weiß, wie man die Leute anpacken muss, insbesondere Jörg Berger.«

»Jörg Berger?«

»Der Herr Papa, ein richtiger Haudrauf.«

»Du kennst ihn?«

»Unsere Kneipe hat 'ne lose Zunge, verstehst du?«

Tom versuchte, sich Urban in einer Kneipe vorzustellen: er zwischen anderen Menschen, mit spöttischer Stimme und gewölbter Stirn, die neben verbissener Entschlossenheit nur Kummer und Groll ausdrückte. Er verließ das Auto, und Urban dirigierte ihn am Haus vorbei zum Hof. Nachdem er das Gatter aufgeschoben hatte, meinte er, dass Papa Haudrauf garantiert unterwegs sei. Sie betraten den Hof, und Toms Blick irrte über das bucklige Pflaster aus Feldsteinen. Rechts eine Garage und ein Schuppen, links das Wohnhaus. Nahe der Fassade ein Schwalbennest, das entweder der Wind vom Dach gefegt hatte oder das abgerissen worden war. Ein Vorschlaghammer lehnte an einer kniehohen Milchkanne, aus einer Mülltonne strömte ein fauliger Gestank. Das ist kein guter Ort, dachte Tom. Er wünschte sich zurück in den Pausenraum, zurück in den Kreis der Kollegen, auch wenn sie sich über seine Arbeit mit Urban das Maul zerrissen.

Urban, der im dunklen Viereck der Garagentür stand, winkte ihn herein. Er zog eine Taschenlampe aus der Jacke und schloss die Tür von innen. Die beiden Männer umgab eine flirrende Düsternis, die Tom noch mehr verunsicherte.

»Schau dich nach Petroleum um.«

»Petroleum?«

»Oder 'nen anderen Brandbeschleuniger.«

Tom krampfte schlagartig die Brust. Er spürte, wie sein rasendes Herz das Blut in seine Ohren pumpte, spürte den Hammerschlag seiner Angst. Er wollte Urban fragen, ob er noch ganz bei Trost sei. Spätestens jetzt mussten sie die Leitstelle alarmieren, schließlich ging es um einen mehrfachen Mörder und nicht um ein zündelndes Kind. Brandbeschleuniger, die Pistole an seinem Gürtel, Papa Haudrauf. Urban schien seine Gedanken zu erraten und fixierte ihn mit einem Blick, dem Ironie und Zweifel fremd waren.

»Na los«, zischte er. »Oder brauchste 'ne Einladung.«

Urban schaltete die Taschenlampe ein und dirigierte ihn mit dem Lichtstrahl auf die andere Seite. Tom suchte unter einer Werkbank, auf staubigen Regalen, zwischen Schrott und alten Katalogen, öffnete mehrere Flaschen, um an ihnen zu schnüffeln. Regelmäßig wandte er die Augen zum Eingang, horchte nach draußen, und einmal fixierte er die Eingangstür so eindringlich, dass er die Suche und alles um sich herum vergaß. Vor fast einer Woche hatte der Brandstifter, der die Region seit Jahren terrorisierte, ein Familienhaus angezündet; drei Menschen waren ums Leben gekommen, zwei Erwachsene und ein Kind. Willy Urban war einer der ersten am Tatort gewesen, er hatte die einzige Überlebende auf einem Feld vorgefunden, ein Mädchen, das unentwegt nach ihrem Bruder geschrien haben soll. Die Geschichte beherrschte fortan die Lokalpresse; es wurde von einem Monster geschrieben, von einem Menschen ohne Gewissen, der nicht vor Mord zurückschrecke.

»Wolf«, schnauzte ihn Urban an. »Such weiter.«

»Und Berger?«

»Das Schwein ist nicht da.«

»Woher willst du das wissen?«

»Weil sein Golf nicht hier steht.«

Tatsächlich: Ein Stellplatz in der geräumigen Garage war leer, was Tom jedoch nur teilweise beruhigte. Er sah eine Simson und sagte: »Und wenn seine Frau mit dem Auto unterwegs ist?«

»Niemals«, erwiderte Urban. »Er und Bergers Frau dürfen die Karre nicht fahren.«

Ehe Tom fragen konnte, wen Urban mit *er* meinte, zeigte er auf das Moped. »Die haben bloß das Ding. Solange uns keiner auf die Bretter schickt, kann er damit nicht abhauen.«

Urban wühlte im rückwärtigen Teil der Garage; es schien ihn kaum zu kümmern, dass irgendwer hellhörig werden könnte. Angeblich war er früher anders gewesen, umgänglich, gutmütig, und einige meinen sogar lebensfroh, erst die Krankheit seiner Frau habe etwas Starres in sein Gesicht und seine Bewegungen verankert – so hatte sich jedenfalls ein Kollege ausgedrückt. Tom hatte lange darüber nachgedacht, hatte es sogar seiner Verlobten erzählt, sich aber nichts Konkretes darunter vorstellen können. Jetzt, wo er mit Urban zusammenarbeitete, wusste er genau, was der Kollege gemeint hatte: Einem Urban versperrte man nicht den Weg, weder aus Berechnung noch unabsichtlich; einem Urban machte man besser Platz, denn ein Urban stoppte nicht.

»Meine Fresse«, rief er und hielt einen Kanister Petroleum hoch. »Sie hat recht gehabt.«

»Wen meinst du?«

»Na, die Anruferin.«

»Wurde Jörg Berger verpfiffen?«

»Verdammt, Wolf. Wer spricht denn von dem?«

Urban verließ die Garage, steuerte die Vordertür des Hauses an, und Tom rannte hinter ihm her. Als sich die Tür nach kurzem Klopfen öffnete und eine Frau mittleren Alters erschien, schlug er seine Jacke zurück und ließ das Holster hervorlugen, wie es ihm Urban angeraten hatte.

»Wir wollen zu Martin«, sagte sein Kollege.

»Der ist in der Berufsschule.«

»Quatsch.«

»Ich werd wohl wissen, wo mein Sohn ist.«

»Ich hab vorhin in der Schule angerufen. Da ist er nicht.«

Frau Berger trug einen Kittel, der sie älter machte, als sie in Wirklichkeit war. Tom fühlte sich unwillkürlich an seine Mutter erinnert, im Grunde an alle Frauen jenseits der 50. Ihr abgezehrtes Gesicht vermittelte ihm eine vage Vorstellung von dem Leben mit Jörg Berger alias Papa Haudrauf.

»Um was geht's denn?«, wollte die Frau wissen.

»Das klären wir mit Martin.«

»Ich sag ihm Bescheid. Er wird sich melden.«

»Das hätten Sie wohl gern. Wir warten hier.«

»Aber draußen.«

»Kein Problem«, erwiderte Urban. »Kein Problem.«

Mit einer Andeutung wandte er sich von der Tür ab, dann machte er eine rasche Drehung zurück und stemmte einen Fuß in die Tür, sodass Frau Berger keine Chance zum Reagieren blieb.

Urban schrie ihn an, er solle die Frau in Schach halten, und im selben Atemzug hob sie die Fäuste, kreischte und versuchte, sich in die Tür zu zwängen. Tom preschte dazwischen, drängte sie in die Wohnstube und fixierte sie auf dem Sofa. Urban rannte an ihm vorbei und hastete über eine Stiege nach oben.

Während Tom den Kopf der Frau in die Polster drückte und ihr gleichzeitig einen Arm rücklings bog, konnte er durch die Decke Urbans Schritte hören. Auf einen Moment der Stille folgte ein lautes Rumsen, dann Gepolter, als würde jemand die Treppe herabstürzen. Tom sah einen jungen Mann zur Tür stürmen. Mit der strampelnden Frau unter sich wagte er es allerdings nicht, sich ihm entgegenzustellen. Keine drei Sekunden später kam Willy Urban angestampft, sein Gesicht erstarrt in Zorn, seine Bewegungen wuchtig. Widerstand zwecklos, Widerworte sinnlos. Er folgte dem Mann durch die Tür und ließ Tom mit der Frau allein.

Nachdem sein Kollege seit zehn Minuten kein Lebenszeichen offenbart hatte, rückte Tom von Frau Berger ab, informierte die Leitstelle und rannte ebenso ins Freie. Er umrundete das Haus, fand weder den einen noch den anderen und blieb ratlos auf der Straße stehen. Die dumpfe Landschaft ringsum schien ihn zu verhöhnen: nirgends ein Indiz auf Urbans Verbleib, dazu brüllte Frau Berger unentwegt, dass Jörg ihnen die Scheiße aus dem Leib prügeln würde, wenn sie ihrem Sohn auch nur ein Haar krümmten. Ihr Geschrei und seine Tatenlosigkeit setzten Tom schwer zu, er fühlte sich der Aufgabe nicht gewachsen. Einem spontanen Impuls folgend, spurtete er einen ungepflasterten Weg entlang, direkt in eine Niederung hinein.

Bald war das Haus kaum mehr als ein Schuhkarton am Horizont. Tom rief nach Urban, doch niemand meldete sich; alles verlachte ihn mit Stille und Reglosigkeit. Er dachte daran, sich durch einen Schuss in die Luft bemerkbar zu machen. Gerade als er zur Pistole griff, entdeckte er eine diffuse Gestalt, die sich aus dem Gras erhob. Willy Urban. Niemand sonst hätte das Grün auf diese Weise beiseitegepflügt wie Willy Urban. Von dem Jungen fehlte noch immer jede Spur.

Sobald Urban den Weg erreicht hatte, sagte er:

»Wir haben ihn.«

Er lachte, und an seinen Fingerknöcheln klebte Blut. Tom konnte nicht erkennen, ob die Haut an Urbans Hand aufgeplatzt war oder es sich um fremdes Blut handelte.

»Der Teufel hat alles gestanden«, triumphierte sein Kollege. »Die Feuer, die verdammte Tierquälerei. Alles.«

Er legte Tom die Hand auf die Schulter, nicht grob oder kumpelhaft, sondern mit einer müden Zärtlichkeit, die das Blut darauf vergessen machte. Unter diesem Eindruck fragte Tom ihn, wer die Anruferin gewesen sei.

»Welche Anruferin?«

»Von der du den Tipp erhalten hast.«

»Weiß der Geier.« Urban lächelte fast. »Wen interessiert denn so ’n bescheuerter Anruf? Gollwitz kann wieder ruhig schlafen, verstehst du?«

DIENSTAG

Komm jetzt

Ein ohrenbetäubendes Fiepen ließ sie aus dem Schlaf hochfahren, und sie wusste sofort, was dieses Geräusch verursachte. Zweifellos ein Feuermelder, irgendwo im unteren Stockwerk.

Anna rollte sich vom Bett und rannte in Shorts und T-Shirt auf den Flur hinaus. Über den Teppich wälzte Rauch, blau und dicht wie eine Mauer, die ihr jede Orientierung raubte. Fast blind drängte sie zur Tür auf der anderen Flurseite und rüttelte an der Klinke. Abgeschlossen. Sie versuchte die nächste Tür. Ebenso abgeschlossen. Von Panik gepackt, schlug sie die andere Richtung ein, floh vor der Mauer und dem, was sich hinter ihr verbarg und durchs Haus tobte. Dann vernahm sie die Stimme ihrer Tante.

»Anna, hier lang.«

Helene packte ihren Arm, zerrte sie über den Flur, und während Annas Beine sich kaum vorwärts bewegten, machte ihr Verstand eine einfache Rechnung auf: Sie und ihre Tante würden entweder im Rauch ersticken oder qualvoll verbrennen; das war keine Schwarzmalerei, sondern schlichte Gewissheit. Sie würden beide sterben, hier und jetzt.

An der Treppe waren ihre Beine taub und kraftlos, sodass sie unfähig war, auch nur eine Stufe zu nehmen. Mittlerweile hatte der Rauch sie vollkommen verschlungen; es gab keine Wände mehr, keine Decke, und selbst der Boden könnte sich beim nächsten Schritt auflösen. Helene redete ihr zu, sie solle sich das Shirt auf den Mund pressen und sich von ihr führen lassen. »Uns wird nichts passieren, vertrau mir.«

Und dazwischen Martin Bergers Worte, als er sie in der Brandnacht aus dem Kinderzimmer schaffen wollte: Halt dir den Pullover vor den Mund. Nimm das verdammte Ding! Aber Anna rührte sich nicht.

Helene drückte ihr die Hand auf den Mund und führte sie die Treppe hinunter. Anna stolperte über die Stufen, und als sie am Fuß der Treppe die Augen öffnete, sah sie im Rauch ihren Bruder. Sie riss sich von Helene los, umklammerte stattdessen das Geländer und rief nach ihm. Doch Lennart reagierte nicht. Er huschte durch den Speisesaal in Richtung Wintergarten, kein Blick zurück, kein Zeichen des Erkennens, und verschwand wie ein Gespenst in den Schwaden.

»Komm jetzt!«, schrie Helene und versuchte, Annas Finger vom Geländer zu lösen. »Noch ein paar Meter.«

Da tauchte Stephan aus dem dichten Qualm auf. Er hatte sich einen Fetzen Stoff um den Mund gebunden und trug einen Feuerlöscher. Helene rief ihm irgendetwas zu, worauf er zur Treppe eilte und gegen das Geländer trat. Die Wucht des Tritts befreite Anna aus ihrer Starre, und sie folgte ihrer Tante durch das Foyer und die Eingangstür.

Draußen stützte sie die Arme auf die Knie und glaubte, sich die Lunge aus dem Leib husten zu müssen. Helene, die neben ihr stand und ebenfalls hustete, strich ihr mütterlich über den Rücken. Anna brannten die Lider, als wäre ihr Sand auf die Pupillen gestreut worden. Sie griff eine Handvoll Schnee, klatschte ihn sich ins Gesicht und rieb die eisige Nässe über Stirn, Augen und Nase. In der Ferne das blaue Licht der Feuerwehr.

Er wird uns alle umbringen

Anna und ihre Familie waren nach Rathenow ins Klinikum gebracht worden. Verdacht auf Rauchgasvergiftung. Laut Ansicht der Ärzte waren sie schnell genug aus dem Haus gewesen, um dem Schlimmsten zu entgehen, selbst Stephan und David, die den Brand mithilfe der Feuerlöscher hatten eindämmen können. Vier oder fünf Atemzüge von dem giftigen Gas hätten schon zur Bewusstlosigkeit führen können – Ohnmacht, Atemstillstand, Tod. Niemand verlor ein Wort darüber, dass Anna nach ihrem Bruder gerufen hatte.

Auf Helenes Bitte hin war Jeanette Gerber zur Klinik gekommen, um sie nach Hause zu fahren. Stephan saß vorne neben Jeanette; Anna, David und Helene drängten sich auf der Rückbank aneinander. David starrte unentwegt aus dem Fenster. Seit heute Morgen hatte er außer ein paar knappen Worten zu den Ärzten nichts gesagt; auf die Frage, ob es ihm gut gehe, hatte er lediglich einen Mundwinkel hochgezogen. Was einen gestern als charmantes Grinsen verzaubert hatte, war heute nur noch ein Zucken im Gesicht, weiter nichts.

»Das hab ich mir gedacht«, sagte Stephan. Er telefonierte mit Robert Beck, der anscheinend vor Ort die Stellung hielt.

Das Handy am Ohr wandte er sich nach hinten. »Der Wintergarten ist abgesperrt, ganz offiziell.«

»Von der Polizei?«, fragte Helene.

»Ja«, erklärte Stephan. »Ist eindeutig ein Fall von Brandstiftung.«

»Urban hat also recht gehabt«, sinnierte Helene.

Stephan legte sich einen Finger an die Lippen und schüttelte leicht den Kopf, allerdings kam seine Intervention zu spät: Helenes Worte bildeten den Startschuss für Jeanette Gerber, die pausenlos mit ihrem Schädel wackelte, als leide sie unter einem Tremor. Die Sätze sprudelten förmlich aus ihr heraus, Sätze, die Willy alle Ehre gemacht hätten. »Manche Sachen sind nicht heilbar«, beschwor sie. »Das weiß doch jeder.« Sie hob den Sicherheitsgurt von ihrem Busen, um ihre Empörung ungehindert hinauszuposaunen. »Das ist wie mit diesen Kinderschändern.«

Auch wenn niemand Jeanettes Weisheiten kommentierte, blieben ihre Sätze unverrückbar und schwärend im Auto hängen. Anna zog ein Taschentuch unter der Stoffdecke hervor, die sie vom Klinikpersonal erhalten hatte, und spuckte hinein. Sie wurde das Gefühl nicht los, ihre Kehle sei von Spinnweben verklebt, mit jedem Atemzug schwebten die Fäden empor und reizten ihren Hals.

»Hätte er damals nicht diesen Tipp bekommen«, sagte Jeanette, »würde hier kein Haus mehr stehen. Ich sag euch, Urban is 'n totaler Versager …«

Helene, die über ihrem Pyjama ebenfalls eine Decke trug, ballte die linke Hand um eine Packung Tabletten, während sich ihre rechte an Anna klammerte. Ihr Gesicht glich einer Gipsmaske: Unter ihrer Nase festigten sich strenge Furchen, um ihre Mundwinkel sichelförmige Kerben. Ihre Haut war von stumpfer, krankhafter Blässe. »Martin Berger hat unser Haus angezündet«, sagte sie in Jeanettes Wortschwall hinein. »So wie er's angekündigt hat.«

»Hör auf«, befahl Stephan.
»Er wird uns alle umbringen.«
»Helene!« Er drückte das Telefon gegen seine Schulter und fixierte seine Frau. »Nicht jetzt.«

Stephan bewahrte allein das Telefon vor dem Kontrollverlust; seine ganze Konzentration galt dem Gespräch mit Robert Beck, der ihn unermüdlich mit Informationen versorgte. Wie gestern, als er draußen den Zaun gestrichen hatte, um nicht zu explodieren, nur dass er sich jetzt nicht auf seiner Hände Arbeit fokussierte, sondern stur den Fakten lauschte.

Anna tat es David gleich und starrte schweigend aus dem Fenster. Gollwitz empfing sie mit falscher Anteilnahme. Die Dorfbewohner mussten weder ihre Häuser verlassen noch sich in ihren Fenstern zeigen; Anna ahnte, dass die meisten sich hinter den Gardinen versteckten und voller Sensationsgier auf die Straße spähten. Sie fühlte sich, als würde ihr Leben in eine unnatürliche Richtung streben. Normalerweise entfernte man sich mit jeder Katastrophe weiter von dem Kind, das man einmal gewesen war. Die falschen Geschenke unterm Weihnachtsbaum, der Verlust des ersten Haustieres; die Freundin, die nicht mehr an der Ecke wartet, um den Schulweg mit dir gemeinsam zu gehen, die beste Band der Welt, deren neues Album fremd, ungewohnt, schlichtweg furchtbar klingt; dein erster Liebeskummer, von dem du glaubst, ihn niemals vergessen zu können, dein zweiter Liebeskummer, der den ersten vergessen macht, die Beziehung, die ausgerechnet deine Freunde nicht billigen; Streit auf Streit auf Streit, das Ende einer Beziehung, mitgeteilt per SMS oder gepackten Koffern; ein Anruf, den du nicht herbeigesehnt hast, und zu guter Letzt statt falscher Geschenke unterm Weihnachtsbaum eine leere Stelle, wo eigentlich ein Weihnachtsbaum hätte stehen sollen. Anna schien jede Katastrophe stückchenweise an das Kind heranzuführen, das sie einst gewesen war. Sie hatte Angst, im

Schatten des zwölfjährigen Mädchens für immer verloren zu gehen. Die Katastrophe, die dich alle späteren Katastrophen vergessen lässt.

Als Jeanette Gerber auf dem Parkplatz vor dem Gutshaus hielt, äußerte sie in einem Tonfall naiver Verblüffung:

»Euer Haus steht ja noch.«

»Er hat den Wintergarten angezündet«, sagte Stephan. »Unseren Wintergarten, verdammt.«

Ohne die Wagentür zu schließen, marschierte er zum Gutshaus, und die hereinströmende Kälte traf alle völlig unvorbereitet, die Kälte oder Stephans Reaktion. Anna kam der Gedanke, dass sie ohne den Rauchmelder wohl alle den Tod gefunden hätten. Friedlich und ahnungslos im Schlaf, nicht anders als ihre Eltern und ihr Bruder. Sie öffnete die Tür, neigte sich hinaus und versuchte, die Spinnweben wie ein verschlucktes Stück Apfel in den Schnee zu würgen.

In prähistorischer Zeit

Martin hatte sich den Wecker gestellt, um seiner Mutter beim Heizen zuvorzukommen, und als er schließlich mit dem Eimer voller Kohlen zurück ins Haus trat, lächelte sie breit, beinahe gelöst, und er wusste, dass sie ihm seine Entrümpelung kaum noch verübelte.

»Denk an die Asche«, ermahnte sie ihn. »Die kannste hinterm Schuppen entsorgen.«

»Ist die nicht giftig?

»Warum giftig? Das ist Asche.«

»Ich mein, wegen der Schadstoffe.«

»Da ist 'n tiefes Loch. Da kommt nix raus.«

Während Martin sich im Vorraum die Schuhe von den Füßen streifte, band sie sich einen selbst gestrickten Schal um.

»Musst du weg?«, fragte er.

»Ich will frische Schrippen holen. Zur Feier des Tages.«

»Hab ich deinen Geburtstag verpasst?« Er verzog den Mund zu einem Grinsen. »Oder kommt heute die 1.000. Folge ›Rote Rosen‹?«

Sie bedachte ihn mit steifer Miene. »Weil heut Dienstag ist, und ich esse dienstags immer Schrippen.«

Er ahnte dunkel, was sie ihm gegenüber nicht auszusprechen wagte; es war wohl zu emotional, zu gefühlsduselig für eine Frau ihrer Herkunft, vielleicht auch für ein Kind ihrer Generation. Hab dich gern. Hab dich lieb. Küsse und Umarmungen. Für derlei Zärtlichkeiten gab es »Rote Rosen«. Er schlüpfte in seine Pantoffeln, und als sie nach ihrer Jacke langte, griff er rasch zu und hielt sie ihr geöffnet hin.

»Galant, galant«, säuselte sie, und wieder ein befreites Lächeln. »Oder führst du was im Schilde?«

»Warum sollte ich?«

»Versuch deine Mutter nicht zu veräppeln, ja?«

»Das würde ich niemals tun, Mama.«

Sie schüttelte den Kopf und grapschte von der Kommode den Autoschlüssel, verließ das Haus und schüttelte auch noch auf dem Weg zur Garage den Kopf. In der Tür stehend, überblickte Martin die weiße Ebene und rieb sich die Handflächen. Die Temperatur war über Nacht deutlich gefallen, die Luft rein und klar. Ein Wintertag wie auf einem Panoramafoto.

»Los, rein«, rief seine Mutter. »Oder willste dich erkälten?«

Er gab keine Antwort.

»Soll ich dir erst Beine machen, Junge?«

Kurz darauf sah er Lisbeth am Küchenfenster vorbeifahren; er wunderte sich, dass sie anstelle des warmen, gemütlichen Peugeot das Moped gewählt hatte. Die alten Gewohnheiten, dachte er und folgte der Simson, bis sie vom Falkenberger Weg auf die Dorfstraße bog und seinem Blick entschwand.

Angesichts der ungetrübten Sicht wurmte es ihn, dass er in der Frühe nicht hinausgegangen war, um die Sterne zu beobachten. Dann fragte er sich, ob er noch ganz bei Trost sei, er könne sich heute oder morgen oder in warmen Sommernächten ausgiebig den Sternen, den Planeten, den Monden und Kometen widmen. Der Himmel läuft ja nicht weg, sinnierte er und ging mit dem Kohleneimer in seine Stube hinauf.

Er hob die Asche aus dem Ofen und legte dünne Hölzer zum Anfeuern auf. Das Streichholz, mit dem er den Paraffinwürfel entfachte, krümmte sich wie eine Libelle im Liebesspiel seinen Fingern entgegen. Er schnippte es ins Feuer, pustete in die Flammen, und sofort stieg ihm der Brandgeruch in die Nase. Unter seiner Haut entfaltete sich ein behagliches Gefühl, das von seinen Wangen hinunter in seine Brust wanderte. Seine Therapeutin hatte behauptet, dass dieses Wohlbefinden einer frühkindlichen Phase entsprang; eventuell hatte ihm irgendein Ereignis, das mit Feuer in Zusammenhang stand, tiefe Befriedigung bereitet. Ein Lagerfeuer im Kreis der Familie, die Kerzen auf dem Weihnachtsbaum, der wärmende Ofen in frostigen Zeiten. Später hatte sie in Bezug auf seinen Trieb von Impulskontrolle und emotionaler Spannungsabfuhr gesprochen. Alles Bullshit, hatte sein ehemaliger Zimmergenosse dazu gesagt. Benny war der Ansicht, dieser Psychokram solle bloß die Wahrheit verschleiern: Martins Wohlbefinden käme nicht aus seiner Kindheit, sondern sei in prähistorischer Zeit in seiner DNA verankert worden. Quasi evolutionär. Die Menschen hätten nämlich seit jeher das Feuer vergöttert, was Benny ihm mit Fotos von Höhlenmalereien hatte beweisen wollen. Martin hatte sich rasch dafür begeistert, Teil einer größeren Ordnung zu sein.

Nachdem er ein paar Kohlen in den Ofen gefeuert hatte, öffnete er seinen Koffer. Zuoberst lag ein Ordner, dessen Deckel ein Streifen Wundpflaster zierte. *18. März*, hatte er vor vielen Jahren draufgeschrieben. Er legte den Ordner auf die nackten Dielen – auch den Teppich mit den Dinosauriermotiven hatte er entsorgt – und stieß ihn in Richtung Ofen, danach holte er den Walkman heraus und die Audiokassetten, die ihm Benny geschenkt hatte. »Im Innern des Baumes«, die gesamte Hörbuchfassung des ersten Bandes.

Er klemmte sich den Walkman an den Hosenbund, legte eine der Kassetten ein und pendelte, während er dem Sprecher lauschte, zwischen Küche und Stube hin und her. Unten deckte er den Frühstückstisch, oben kontrollierte er das Feuer. Erschien ihm eine Passage besonders wichtig, hielt er inne, setzte sich auf die Treppe oder den Fußboden und folgte konzentriert den Worten.

30 Minuten später pausierte er die Kassette und betrachtete von seinem Giebelfenster aus die schwarz-weißen Felder – Erde hier und Schnee dort, und eine Weite, an die er sich noch gewöhnen musste. Er stützte sich mit beiden Armen aufs Fensterbrett und genoss den grenzenlosen Blick. Dachte immer wieder: Freiheit. Freiheit und Liebe. In der Ferne, wo ein Feldweg und wenige Bäume den Himmel schnitten, regten sich ein paar Gestalten. Ein Rudel Wölfe, vermutete er amüsiert und schüttelte den Kopf auf gleiche Weise wie zuvor seine Mutter.

Scheues Tier

Willy stand am Seeufer, nuckelte an einem Flachmann und beäugte das Spektakel aus sicherer Entfernung. Überall liefen Feuerwehrleute in steifen Kutten, robusten Hosen und stumpfen Helmen herum, dazwischen ein paar Polizisten, von denen er nicht einen kannte; zudem hatte das Dorf die üblichen Gaffer ausgeworfen, unter ihnen die verbliebenen Pensionsgäste und vielleicht auch Martin Berger.

Um den Wintergarten besser inspizieren zu können, wagte Willy sich ein paar Schritte den Hang hinauf. Das Feuer hatte die vormals weiße Konstruktion fast vollständig geschwärzt; die Glasscheiben waren von Ruß verschmiert, die Balken angekokelt und die Plastikstühle teilweise zu einer schrumpeligen Masse deformiert. Die Fassade über dem Wintergarten hatte hingegen nur geringen Schaden genommen: Graue Rauchspuren krochen wie formlose Gespenster den Putz empor. Der Brandherd schien gelöscht, und das Löschwasser rann nun in breiten Bächen über den Schnee und abwärts zum See.

Willy hielt Ausschau nach seinen Pappenheimern: Robert Beck, Lasse Kallabis, Kevin Hübner und Danny Schmidt. Auf den ersten Blick entdeckte er keinen von ihnen, worauf er sich weiter in Richtung Gutshaus traute. Dann sah er Anna Majakowski, die aus dem kleinen Pappelhain hervortrat und zwischen den Leuten umherirrte. Sie wurde von allen Seiten angegafft wie ein dreibeiniger Hund. Eine junge Frau, lediglich in Shirt, Boxershorts und eine Decke gekleidet, war trotz der bitteren Umstände ein Highlight für die Gollwitzer. Ihre Blicke trafen sich, und Anna wirkte fast dankbar, ihn zu sehen. Sowie sie den Hang hinabstakste, rief er ihr entgegen:

»Ich wollt bloß mein Auto abholen.«

»Das steht vorm Leprechaun«, erwiderte Anna. »Der Schlüssel liegt unterm linken Hinterrad.«

»Hätt ich mir den Weg ja sparen können.«

»Jetzt bin ich wohl schuld, dass du hier bist?«

»Soll ich wieder abhauen?«

Anna zuckte die Achseln, was für ihn einer Verneinung gleichkam. Sie stellte sich neben ihn und murmelte, dass ihr kotzübel sei, auch ein bisschen schwindlig.

»Willst du 'nen Schluck?«

Er hielt ihr den Flachmann hin.

»Was ist da drin?«

»Feinster Bushmills.«

»Die Flasche aus deiner Wohnstube?«

»Ja, war 'n Geschenk.«

Anna nippte vorsichtig. »Ein Geschenk von deiner Frau?«

»Nee, haben mir die Kollegen am letzten Arbeitstag spendiert.« Er griff nach dem Flachmann. »Ich dachte, jetzt ist's an der Zeit.«

»Das Gefühl kenne ich.«

»Wenn man den letzten Arbeitstag hinter sich hat?«

»Nein, wenn etwas an der Zeit ist.«

Vor dem Wintergarten tauchten David und Helene Majakowski auf. Willy hätte nicht sagen können, ob er es sich nur einbildete, aber er fand, dass ihre Mienen nicht hierher passten. Die beiden wirkten weder nüchtern noch schaulustig oder entsetzt, sie wirkten einfach resigniert. Die armen Schweine, dachte Willy und gönnte sich aus reinem Mitgefühl einen weiteren Schluck.

Da hob David Majakowski die Hand, kaum mehr als ein zaghaftes Winken, und trat zu seinem Vater, der mit dem Brandmeister sprach. Ein Polizist in Uniform sperrte den Wintergarten mit Flatterband ab, während der Großteil der Einsatzkräfte bereits in den Fahrzeugen saß und heißen Tee oder Kaffee aus Thermoskannen trank. Die müde Aufbruchstimmung kollidierte mit dem Schrecken der Hinterbliebenen, mit Asche, Ruß und Trümmern. Willy war das alles aus seiner Dienstzeit vertraut, diese konträren Gemütslagen von Rettungskräften und Opfern.

»Guck mal.« Er stupste Anna am Ellbogen. »Dahinten.«

»Wo?«

»Direkt am Uferweg.«

Anna neigte sich vor und linste an ihm vorbei. Auf dem schmalen Pfad stand Lisbeth und starrte unbemerkt vom Rest der Welt zum Gutshaus.

»Jemand aus dem Dorf?«, flüsterte Anna.

»Lisbeth Berger, die alte Hexe.«

»Seine Mutter?«

»Ja.

»Was will sie hier?«

»Sich an dem Anblick ergötzen, was sonst?«

Anna drängte hinter ihm vorbei und wollte ihr entgegenlaufen, doch Lisbeth entfernte sich über den Pfad und verschwand im Schilf wie ein scheues Tier, das für einen achtlosen Moment aus der Deckung getreten war.

»Ich hab gehofft«, sagte er, »das würde uns erspart bleiben.«

»Dass seine Mutter hier auftaucht?«

»Nein, das alles.«

»Entschuldige«, brachte Anna hervor. »Aber deine Betroffenheit kauf ich dir nicht ab.«

»Ich glaub, ich hab mich grad verhört.«

»Deine Prognosen haben sich erfüllt, Willy. In Gollwitz brennt es wieder.« Sie klang nicht trotzig, sondern kalt und emotionslos. »Du bist nun ein gemachter Mann«, fuhr sie fort. »Ein Prophet.« Jetzt war es reiner Sarkasmus, für den er nur eine Antwort hatte:

»Haben die dich im Krankenhaus auf Drogen gesetzt?«

Sie nahm ihm den Flachmann aus der Hand. »Das war nicht Berger. Niemals.«

»Erzähl nicht so ’n Unsinn.«

»Berger war ein Tierquäler.«

»Und Mörder. Vergiss das nicht!«

»Warum sollte er einen leeren Bungalow abfackeln? Wegen der Spinnen und Kellerasseln?«

»Schon mal dran gedacht, was passiert wäre, wenn das Feuer das Haus erfasst hätte?«

»Ich denke an nichts anderes, Willy. An nichts anderes.«

»Du kannst dich glücklich schätzen, dass der Rauchmelder funktioniert hat.« Willy riss ihr den Flachmann aus den Fingern und kippte einen Schluck. »Ihr wärt sonst alle hopsgegangen.«

»Muss ja kein Zufall gewesen sein«, entgegnete Anna seltsam entrückt.

»Du meinst, das mit dem Feuermelder?«

Sie nickte unbestimmt.

»Also wollte Berger euch nur …« Hier setzte er imaginäre Gänsefüßchen. »… erschrecken, oder was? Er entscheidet sich absichtlich für den Wintergarten, weil der einen Rauchmelder hat. Sein großer Masterplan, hä?«

»Vielleicht war es nicht sein Plan.«

»Anna, das ist total absurd.«

»Absurd, Willy? Du hast mir geisteskranke Briefe geschickt, hast mich mit verstellter Stimme bedroht, du bist einem Foto nachgejagt, das rein gar nichts beweist. Erzähl mir nicht, was absurd ist.«

»Das tut mir alles furchtbar leid.«

»Egal«, sagte Anna. »Du hast ja recht.«

Sie wirkte auf falsche Art einsichtig, genau wie es Eva getan hatte, wenn er sich in einem Thema zu verrennen drohte. Noch ehe er seinen Ärger darüber äußern konnte, erblickte er Helene Majakowski, die sich in eine Decke gehüllt dem Ufer näherte. Selbst in dieser Situation gelang ihr ein mitfühlendes Lächeln; eindeutig eine Frau von Format und Stärke, grundverschieden von ihrer Nichte. Helene öffnete die Arme, wobei sich die Decke von ihren Schultern bis zu den Fingerspitzen spannte wie der Hals einer Kragenechse. Anna wich der Umarmung aus und rannte in Richtung Gutshaus. Für Willy völlig unerwartet.

Unter einer Decke

Martin spähte durch das Küchenfenster, und die vermeintlichen Wölfe hatten sich in eine Gruppe Männer verwandelt. Sie querten das Feld von Norden her, beinahe im Gleichschritt, die Köpfe tief geneigt, als stemmten sie sich gegen den Wind. Er fragte sich, weshalb seine Mutter so lange brauchte; obwohl sie nur zum Bäcker hatte fahren wollen, war sie seit einer knappen Stunde unterwegs. Er dachte an überfüllte Straßen und heimtückische Glätte, an einen Alltag, von dem er nicht die geringste Ahnung hatte.

Die Männer verharrten auf einem schneefreien Flecken und sprachen miteinander. Landkäufer oder Pächter, vermutete Martin zunächst, eventuell auch beides. Seine Mutter hatte ihm erzählt, wie begehrt Grundstücke im Havelland waren, ganz gleich, ob Westler darauf Eigenheime und Feriendomizile hochziehen wollten oder es sich um Investitionen mächtiger Konzerne handelte. An und für sich wusste er darüber noch weniger als vom Alltagstrott in Gollwitz und Umgebung. Hatte man ihm Ausgang nach Lockerungsstufe 5 bewilligt, war er mit Lisbeth in Rathenow Kaffeetrinken gewesen – ein Stückchen Kuchen, ein Cappuccino, drei Stunden Zeit, um sich frei zu fühlen. In der Erwartung, dass seine Mutter jeden Moment eintreffen würde, rückte er vom Fenster ab, setzte Wasser auf und begab sich in sein Zimmer.

Vor dem Ofen lag noch immer der Ordner, den er in der Klinik angefertigt hatte. Er kniete sich hin und prüfte die Feuerkammer. Die Briketts waren durchgeglüht, und er schaute auf die Mappe, dann zurück in die Glut und schließlich zum Fenster. Mit dem Gedanken an den dampfenden Kessel schraubte er die Ofenklappe zu, schnappte sich den Ascheeimer und zwängte sich unten in Lisbeths Gummistiefel. Ihre Botten waren ihm zwar zwei Nummern zu klein, dafür sparte er sich das Binden der eigenen Schuhe. Rasch die Asche ins Loch, den Kaffee aufgegossen und fertig, ehe seine Mutter heimkam; das war der Plan.

Als er vor die Tür trat, lungerten die Männer keine 30 Meter vom Haus entfernt am Feldrand. Er hob grüßend die linke Hand, während er mit der rechten den Eimer festhielt. Der jüngste der Männer winkte zurück, die anderen drei nickten auf die abgeklärte Art, die für Dörfler typisch war. Garantiert wollten sie zu seiner Mutter; vielleicht hatte sie irgendwelches Werkzeug aus der Garage verhökert oder einfach bloß Zoff mit einem der Nachbarn. Ihre Miene nach dem gestrigen Telefonat war ihm lebhaft in Erinnerung.

»Guten Morgen«, rief er freundlich. »Frau Berger ist unterwegs.«

»Tatsächlich?«, meinte ein Typ mit Schnauzbart.

»Soll ich ihr was ausrichten?«

»Nicht nötig. Was machste ’n da?«

»Die Asche wegbringen.«

»Wohin denn?«

Martin zuckte die Achseln.

»Die willste doch nicht etwa verbuddeln?«

Der Bärtige trat einen Schritt vor, und aus einem Reflex heraus langte Martin nach hinten und zog die Tür ins Schloss. Er bewegte sich wachsam die Stufen abwärts und in Richtung Garage. Der hart gefrorene Schnee knirschte unter den Gummistiefeln, der Eimer schlenkerte gegen seinen Oberschenkel. »Alles im grünen Bereich«, sagte er mit falscher Sorglosigkeit. »Die Asche landet in der Mülltonne. Der Umwelt zuliebe.«

»Ist die Asche überhaupt abgekühlt?«, fragte ein Dicker mit Nickelbrille.

»Selbstverständlich.«

»Hast ja was in der Klinik gelernt, mein Freundchen.«

»Wie bitte?«

»Ich sagte, dass du was in der Klinik gelernt hast.«

Schlagartig wurde Martin sich seines Irrtums bewusst: Die Männer wollten nicht seine Mutter besuchen, wollten auch kein Werkzeug kaufen. Lisbeths Warnung, dass jemand ums Haus schleichen würde, fiel ihm ein, und er legte automatisch einen Gang zu.

»Hey, warte«, rief der Bärtige. »Lass uns ein bisschen plaudern.«

»Ja, okay.«

»Dann schalt mal ’nen Gang runter.«

»Ich muss das Haus einheizen. Meine Mutter kann jeden Moment kommen.«

»Das trifft sich gut«, bemerkte der Bärtige, dessen Gesicht ihm irgendwie bekannt vorkam. »Nicht wahr, Leute?«

Der Mann gab sich unbeschwert, doch unter seiner Lässigkeit glaubte Martin etwas Gemeines herauszuhören. Bei einem Grillabend im Klinikum hatte ein Betreuer zu ihm gemeint, er solle das Feuerzeug ruhig einstecken, er solle sich keinen Zwang antun, er werde schon sehen, was er davon habe. Der Tonfall des Bärtigen erinnerte ihn stark an den des Betreuers. Martin stoppte auf halbem Weg zur Garage, stellte den Eimer in den Schnee und wischte sich die Hände an seinem Pullover ab, als wären sie mit Asche beschmutzt. »Okay, wie kann ich Ihnen helfen?«

»Eigentlich sind wir hier, um *dir* zu helfen«, entgegnete der Bärtige.

»Danke, aber mit der Asche werd ich allein fertig.«

»Vielleicht ist es das Einzige, mit dem du allein fertigwirst.«

»War das ironisch gemeint?«

»Sag du es uns«, meinte der Bärtige, und die Männer näherten sich ihm auf wenige Meter. Er und ein Kerl mit einer Baseballkappe mochten in seinem Alter sein, wohingegen der Dicke längst die 60 überschritten haben musste. Der Mann, der ihm vorhin zugewunken hatte, wirkte jünger als die anderen.

»Wir wissen, was du getan hast«, blaffte Nickelbrille. »Glaub bloß nicht, dass du verduften kannst.«

»Ruhig Blut, Lasse.« Der Bärtige legte ihm die Hand auf die Schulter, doch Lasses Mundwinkel verrieten, dass ihm die Geste missfiel, dass er die Hand seines Gefährten am liebsten abgeschüttelt hätte. »Wir wollen bloß 'n paar Worte wechseln«, sagte der Bärtige, »sonst nichts.«

»Kennen wir uns?«

»Ich kann mich jedenfalls an dich erinnern, Martin Berger.«

»Wer kann das nicht«, bellte Lasse.

»Die Vergangenheit ist vergangen«, beschwichtigte der Bärtige. »Schnee von gestern, und ich spreche für uns alle.«

Sobald Martin ihn identifiziert hatte, begannen seine Hände zu zittern, und er verbarg sie vor Scham hinter dem Rücken.

»Ich denke …« Robert Beck hielt inne und öffnete seine Arme zu einer ausladenden Geste. »*Wir* denken … dass du woanders besser aufgehoben bist.«

»Ich bin hier geboren. Gollwitz ist meine Heimat.«

»Deine Heimatliebe in Ehren. Leider beruht diese Liebe nicht auf Gegenseitigkeit.«

Martin nickte; zum einen hatte er keinen Schimmer, worauf das alles hinauslaufen sollte, zum anderen wollte er niemanden provozieren.

»Falls du's nicht bemerkt hast«, sagte Beck, »hier hat sich 'ne Menge verändert.«

»Ich hab mich auch verändert.«

»Das haben wir gesehn.«

»Tut mir leid, ich kann dir nicht folgen.«

Lasse funkelte ihn aggressiv an. »Der Bungalow ist wohl nur zum Aufwärmen gewesen?«

»Was für 'n Bungalow?«

»Hör endlich mit der dämlichen Fragerei auf«, warf Baseballkappe ein. »Wir wissen alle, weswegen du im Knast warst.«

»Ich war nicht im Knast.«

»Ach nee, wo warste dann?«

»Vielleicht im Streichelzoo«, antwortete Lasse. »Zusammen mit den anderen perversen Schweinen.«

Er und Baseballkappe lachten ungehemmt drauflos. »Perverse Schweine«, wiederholte Lasse, stemmte sich die Fäuste in die Hüfte und grunzte.

»Sagt mir einfach, was ihr wollt«, bat Martin. »Es ist hundekalt.«

»Dann lass uns reingehen.« Beck wies mit dem Daumen aufs Haus. »Drinnen ist es bestimmt kuschlig.«

»Das wird meiner Mutter nicht passen.«

»Unsere kleine Stippvisite?«

»Ja, das und der Rest.«

»Warum?«

»Weil wir in Ruhe frühstücken wollen. Allein.«

»Ich denke, deine Mutter ist nicht da.«

»Sie ist zum Bäcker gefahren.«

»Sag bloß, es gibt Kuchen?« Beck leckte sich über die Lippen. »Ich liebe Kuchen.« Er fügte hinzu, dass Lisbeth und sein Alter quasi Bekannte seien und sich aus der Zeit in der LPG kennen.

»Ich werde ihr Grüße ausrichten«, sagte Martin. »Versprochen.«

»Kann es sein, dass du uns abwimmeln willst?« Er zwirbelte das eine Ende seines Schnauzers. »Hast wohl Mist gebaut?«

Martin schwieg.

»Plötzlich ist er um 'ne Antwort verlegen«, stellte Lasse fest. »Komisch.«

Die engen Gummistiefel quetschten Martin die Zehen, und er musste das Gewicht abwechselnd von seinem linken auf den rechten Fuß verlagern.

Beck zeigte ein selbstgefälliges Grinsen, genau wie damals, als er ihn vor den anderen Jugendlichen gehänselt, bloßgestellt und schikaniert hatte. Der jüngere Beck hatte vor dem älteren Martin keinerlei Scheu gehabt, und manchmal war ihm der Verdacht gekommen, dieser Robert Beck wisse genau, wo sich Martins wunde Punkte verbargen.

»Da haben wir dich wohl ertappt«, sagte Beck.

»Wobei?«, fragte Martin. »Beim Asche rausbringen?«

»Der will uns verarschen.« Baseballkappe stieß das Kinn über den Kragen seiner Daunenjacke. »Wer weiß, was er in der Klapse für Psychotricks gelernt hat.«

»Die Irren stecken alle unter einer Decke.« Lasse trat aus der Reihe, näherte sich ihm und geriet wegen einer Untiefe im Schnee ins Stolpern; er prallte mit der Stiefelspitze gegen den Blecheimer, der daraufhin langsam und träge umstürzte. Sobald Lasse sein Gleichgewicht wiedererlangt hatte, bäumte er sich vor Martin auf und kickte den Eimer an die Mülltonne.

It's a little bit funny

Anna nahm die Treppe ins zweite Stockwerk, durchquerte den endlosen Flur, und jeder Schritt erschien ihr gedämpft – wie in Zeitlupe. Sie quälte sich in ihre Jeans und den Kapuzenpulli, schnappte sich ihren Rucksack und betrat in derselben unnatürlichen Langsamkeit das Esszimmer, wo er am Tisch saß, mit wirren Haaren, dem khakifarbenen Oberhemd und einem Buch vor sich. Der Mann, in den sie als Mädchen verliebt gewesen war.

»Ich hab dich gesucht«, sagte sie mit einer Stimme, die nicht die ihre war.

»In meinem Zimmer stehen gerade alle Fenster offen.«

»Ist das auch voll Rauch?«

»Ja, es stinkt bestialisch.«

Mit steifen Schritten umrundete Anna den Tisch, wobei sie den Blick über die Familiengalerie wandern ließ. David in jeder seiner Entwicklungsphasen, von klein und süß bis groß und schön. Könnte man Elternliebe nach den aufgehängten Kinderfotos bemessen, würde man hier sehr viel Liebe vermuten.

»Was liest du da?«, frage sie ihn.

»Ein altes Songbook, das ich rausgekramt habe.«

»Willst du wieder mit dem Klavierspielen anfangen?«

»Vielleicht muntert das meine Eltern auf.« Er ließ seine Finger über imaginäre Tasten schweben. »Das verlernt man nicht so schnell.«

»Dann wirst du eure Gäste wohl bald mit Elton John verwöhnen.«

Er flüsterte: »It's a little bit funny«, und sie entgegnete: »This feeling inside.«

In seinem Gesicht die Andeutung eines Lächelns.

Einer Marionette gleich wandte Anna sich der Galerie zu; sie wollte auf eines der Bilder deuten, stieß aber mit der Fingerspitze unabsichtlich gegen den Rahmen.

»Alles okay?«, fragte David besorgt.

»Ja, der Schreck steckt mir noch in den Gliedern.«

»Geht mir genauso.«

»Kannst du dich eigentlich daran erinnern?«

Sie zeigte auf eines der Fotos, und er schob das Buch beiseite.

»Das ist im Tierpark mit meinen Eltern. Da war ich acht.«

Sie deutete auf ein anderes Bild.

»Da müsste ich zehn gewesen sein. Wir sind zu diesen Findlingen in Weiß-der-Teufel-wo gefahren.«

»Und das?«

»Das war bei meiner Jugendweihe. Ich hab das hässlichste Sakko von allen angehabt. Echt 90er.«

»Dein Gedächtnis ist phänomenal«, bemerkte Anna. »Ich erinnere mich an fast nichts mehr.«

Seine Miene signalisierte Verständnis, während seine großen kindlichen Augen das Mitleid zu verbergen suchten. »Das Gedächtnis hab ich von meiner Mutter geerbt.«

»Ja, von denen erbt man immer das Beste.«

Er zog einen Mundwinkel hoch.

»Und wo war das?« Sie zeigte auf ein weiteres Bild.

»An der Wurzelfichte in der Märkischen Schweiz.«

»Und das?«

»Zehnte Klasse, Abschlussfeier.«

»Und das?«

»Zur Einweihung der Villa. War das ein Fest.«

Sie zog aus der Gesäßtasche das Schwarz-Weiß-Bild, legte es auf den Tisch und schob es ihm unter die Nase. »Und das?«

Kannste vergessen

Martin starrte auf den Eimer, den Lasse gegen die Mülltonne gepfeffert hatte und der nun umgekippt im Schnee lag. Wie ein dreckiger Sprühregen hatte sich die Asche über das Weiß verteilt. Beck hob eine Braue, schüttelte den Kopf.

»Lasse, du Grobmotoriker.«

»Was denn?«

»Das Malheur machste gefälligst sauber.«

»Kannste vergessen.«

»Hätt ich das verschüttet, würde ich das wegmachen.«

»Der kann sich selber bücken. Ich bin nicht sein Lakai.«

»Lakai«, wiederholte Baseballkappe. »Wo haste 'n das aufgeschnappt?«

»Na, von deiner Ex. Die will so genannt werden, wenn ich's ihr besorge.«

»Die geht wenigstens arbeiten«, erwiderte Baseballkappe todernst.

»Klar«, erwiderte Lasse. »Splitternackt und auf Knien.«

Das Geplänkel zwischen Baseballkappe und dem deutlich älteren Lasse zog das Interesse der anderen auf sich. Lasse funkelte Baseballkappe durch seine Nickelbrille an, und der junge Typ schupperte sich in einer Tour den Unterarm. Robert Beck beäugte die Situation, als sei sie ihm zuwider, könne sich aber nicht von ihr lösen. Martin rückte unauffällig zur Garage, rutschte mit den Gummistiefeln Zentimeter für Zentimeter über den Schnee.

In einem angewiderten Ton fragte Robert Beck, ob die beiden Schwestern ihre Tage hätten. Prompt verstummten Lasse und Baseballkappe, und das Augenmerk der Gruppe schwenkte wieder auf Martin. Er stoppte und registrierte gleichzeitig das Misstrauen in ihren Gesichtern, das Misstrauen, den Unmut und eine brutale Entschlossenheit. In dem Versuch, sie in ein Gespräch zu verwickeln, fragte er Baseballkappe:

»Du heißt Danny, oder?«

Baseballkappe ignorierte ihn.

»Wohl eher Psycho-Danny«, antwortete Lasse, und Baseballkappe schoss die Röte ins Gesicht.

»Warst du nicht mit Lennart befreundet?«

Baseballkappe starrte ihn an.

»Du bist auch mit unsrem Moped gefahren. Ich erinnere mich.«

Da setzte Baseballkappe auf ihn zu, langte nach seinem Pullover, doch Martin schlug dessen Hand beiseite und rannte zur Garage.

Und Peng

Kaum hatte Anna Platz genommen, überwältigte sie eine Schwere, die ihren Körper wie einen Sack Mehl auf den Stuhl presste. Durch ihren Schädel tobten unzählige Fragen, von denen sie nicht eine an ihn richten würde. Sie hatte Angst, ein einziges Wort ihrerseits könne David am Reden hindern; also blieb sie stumm und reglos, während sie mit ansah, wie er nicht weniger stumm und reglos auf das Foto in seinen Händen starrte.

»Ich werde dir alles erzählen«, durchbrach er nach Ewigkeiten die Stille. »Im Gegenzug verlange ich etwas von dir.«

Ihr Mund öffnete sich. »Ich könnte zur Polizei gehen.«

»Ja, das könntest du.« Seine Stimme ließ jede Aggression vermissen. »Bloß wirst du dann niemals die Wahrheit erfahren.«

In der überreizten Atmosphäre glaubte Anna die kalkweißen Wände zu riechen, das mit Politur gepflegte Tischholz, den Weichspüler in Davids Hemd. Das dezente Parfum auf seinem Hals. Sie fragte ihn, was er von ihr verlange.

»Ich will, dass du abhaust und nie wiederkommst.«

»Nach Gollwitz?«

»Ja.«

»Und meine Familie?«

»Deine Familie ist tot.«

Es war, als packe er sie an der Kehle und drücke ihr mit unbändiger Kraft die Luft ab. Unter großer Mühe stemmte sie sich hoch, bewegte sich steif und ungelenk durchs Zimmer, kippte das Oberlicht an und stützte die Arme auf die Fensterbank.

Sie dachte daran, dass sie ihre Mutter nie wieder umarmen würde, dass sie nie wieder vor ihrem Bruder fliehen würde, weil er ihr Schläge androhte oder sie mit einer Gruselgeschichte verschreckt hatte, dass *nie wieder* nichts anderes bedeutete als *nie wieder*. Sie schleppte sich zurück an den Tisch, und Davids Position hatte sich nicht verändert: in den Fingern das Foto, seine Schultern und sein Rücken äußerst gerade. Die Selbstbeherrschung seiner Mutter, dachte Anna mit Abscheu und Wut.

»Erinnerst du dich an den Teddy, den ich dir geschenkt hab?«

Sie rang sich ein Nicken ab.

»Den hab ich aufm Weihnachtsmarkt geschossen.« Er lächelte, womöglich ein Anflug von Nostalgie. »Ich hab an die 20 Schuss verballert und wollte schon aufgeben. Plötzlich spürte ich so eine Gewissheit, so eine Stärke. Ich hab gezielt …« Er bewegte leicht die Hände, als stünde er noch immer an der Schießbude. »… und Peng. Der Teddy war unserer.«

Sie erinnerte sich, dass das Stofftier zwar den Brand überstanden hatte, aber der Rauchgestank nicht aus dem Fell zu entfernen gewesen war. Ihre Tante hatte ihn weggeworfen – wie alles andere auch, das nicht ins neue Zimmer gepasst hatte: Geschenke von Mama und Papa. Fotos, die ihre Mutti posierend am Strand zeigten. In ihrem neuen Bikini, mit ihrer neuen Frisur. Blondierte Erinnerungen. Anlässe für Trauer und Tränen.

»Du hast dich über den Teddy unheimlich gefreut«, sagte David. »Ich hab mir sogar eingebildet, du wärst in mich verknallt.« Er offenbarte sein charmantes Grinsen. »Eigentlich hab ich ihn für deine Mutter gewonnen. Wir waren zusammen auf dem Weihnachtsmarkt, danach haben wir zum ersten Mal miteinander geschlafen, in einer kleinen Pension, irgendwo zwischen Berlin und Gollwitz.«

Nur du und ich

Martin hatte einen Besenstiel hinter die Türklinke geklemmt, sodass sie von außen nicht aufzuziehen war. Am Boden kniend, lugte er durch einen Spalt im Türholz nach draußen.

Die Männer waren allesamt auf dem Hof. Lasse scharrte in verdrossenem Gehorsam die Asche zusammen, wobei sein Bauch hin und her schwappte wie eine Boje auf stürmischer

See; Beck strich sich über den Bart und sprach mit stoischer Ruhe zu den anderen; Danny Schmidt rauchte eine Zigarette, und der jüngere Mann, der sich bislang im Hintergrund gehalten hatte, kratzte sich manisch den Unterarm. Sein Gesicht war Martin völlig fremd, und er fragte sich, ob das auf Gegenseitigkeit beruhte; eventuell war der Mann der Gruppe bloß im Herdentrieb gefolgt, ein junger Kerl, der einfach dazugehören wollte.

Martin rüttelte vorsichtig an dem Besenstiel. Ihm war klar, dass ein Stemmeisen genügte, um das Holz brechen zu lassen und die Tür aufzuhebeln. Wenigstens zwei der Männer – Beck und dieser Lasse – überragten ihn an Größe und Gewicht. Unter allen Umständen musste er eine körperliche Auseinandersetzung verhindern; seine neu gewonnene Freiheit stand auf dem Spiel, das Leben bei seiner Mutter. Wer würde einem Menschen mit seiner Vorgeschichte glauben, dass er die Männer nicht absichtlich provoziert hatte? Im Ernstfall stand sein Wort gegen das von vier anständigen Bürgern.

»Hey«, rief Beck. »Wir wollen bloß reden.«

»Geht bitte«, brüllte Martin. »Ich hab euch nichts getan.«

»Wir wissen, dass du das Gutshaus angezündet hast.«

»Und den Bungalow«, ergänzte Danny.

»Das habt ihr euch ausgedacht. Ich war die ganze Zeit hier.«

»Genauso wie damals?« Beck straffte die Handschuhe über den Fingern. »Wird dir deine Mutti wieder 'n Alibi verschaffen?«

»Ihr glaubt mir sowieso nicht.«

»Warum auch?«, entgegnete Lasse, der mithilfe des Eimers den verdreckten Schnee in die Mülltonne schaufelte. »Wer sich versteckt, hat was zu verbergen.«

Martin konnte erkennen, wie Lasse sich selbst für seine stichfeste Logik feierte. Der Jüngste unter ihnen griente knabenhaft, als sei das alles eine Szene aus einem Comic, alles gleichermaßen spannend und aberwitzig. Da trat Robert Beck aus der Runde, bedeutete seinen Gefährten, an Ort und Stelle zu bleiben, und näherte sich der Garage.

»Und wenn wir allein reden?«, schlug Beck vor. »Nur du und ich.«

»Das wäre okay.«

»Dann lass mich rein.«

»Nein, wir können auch so reden.«

»Du meinst durch die Tür?«

»Ja.«

»Ist es nicht angenehmer, wenn man seinem Gegenüber in die Augen schauen kann?«

Darauf wusste Martin keine Erwiderung.

»Du brauchst keine Angst zu haben«, fügte Beck hinzu. »Was soll ich allein schon ausrichten?«

Er betrachtete Robert Beck durch den Spalt und sah immerfort den Halbwüchsigen, der sich bereits in Schulzeiten als großer Redner entpuppt hatte. Heute ähnelte er mehr denn je seinem Vater, eine mächtige Gestalt, deren Präsenz ganze Räume zu beherrschen vermochte. Anscheinend führte an Robert Beck kein Weg vorbei, damals und heute nicht weniger.

»Ich hab euch nichts getan«, wiederholte Martin. »Ich fang mir bloß 'ne Lungenentzündung ein.«

»Warum machste dir kein Feuerchen?« Lasses Blick suchte die amüsierten Gesichter der Anderen. »Ich hab gehört, dass du dich damit bestens auskennst.«

Je weiter ihm die Kälte unter die Kleidung kroch, desto tauber fühlten sich seine Zehen an. Er zerrte eine filzige Decke vom Regal, breitete sie auf dem Betonboden aus und streifte sich die Stiefel ab. Auch wenn das Blut zurück in seine Zehen schoss, wartete er vergebens auf ein Gefühl der Erleichterung. Er wickelte sich die Decke um die Unterschenkel, blieb vor der Tür knien und linste nach draußen.

»Ich werde jetzt reinkommen«, kündigte Beck an. »Okay?«

»Das ist keine gute Idee.«

»Ich denke, dass es besser für dich ist. Für uns alle.«

»Nein, bitte nicht.«

Beck machte zwei Schritte auf die Garage zu. Martin sah keinen Ausweg mehr, in der Hoffnung, dass nur Beck ihn hören würde, sagte er leise:

»Stopp, ich hab eine Waffe.«

Jähe Zweifel spülten jede Selbstsicherheit aus Becks Gesicht; er verharrte, schien angestrengt zu grübeln. Martin schaute über seine Schulter in den rückwärtigen Teil der Garage. An der Werkbank lehnten die Müllsäcke, in denen sich jene Person verbarg, derentwegen sie eigentlich hier waren. Dort zwischen den alten Kleidern, den alten Zeitschriften, den alten CDs. Der alte Martin Berger. Auf der anderen Seite stand ein Regal und in der Ecke die Metallkiste. Wie hatte seine Mutter gemeint: Einige Leute wollten ihm ans Leder, er solle sich merken, wo der Schlüssel liegt. Seine Gedanken schwenkten von seiner Mutter auf den Kessel, unter dem die Gasflamme zischte. Das Wasser musste bald restlos verdampft sein. Er presste sich die Handballen auf die Augen und atmete tief durch die Nase ein, roch das Öl des Mopeds, das Plastik der Müllsäcke, das Holz der Wände. Den Geruch seines Vaters. Schon einmal hatte er seine Mama im Stich gelassen.

Er huschte nach hinten, schnappte sich den Schlüssel und öffnete die Metallkiste. Im Halbdunkel zeichneten sich die Umrisse der Pistole und des Totschlägers ab. Er hatte noch nie mit einer Handfeuerwaffe auf einen Menschen gezielt. Als Junge hatte er beim Cowboy-und-Indianer-Spielen eine Astgabel zum Revolver umfunktioniert und damit seine Gegner niedergestreckt, bis sein Vater den Ast einkassiert und verbrannt hatte. Indianer benutzen Pfeil und Bogen, hatte er ihn belehrt, sie schießen nicht mit Pistolen. Merk dir das. Zu Ostzeiten war man immer der edle Wilde gewesen, und Martin hatte nicht zu erklären gewagt, dass er zu den Cowboys gehörte und die Indianer die Bösen waren, weil sie eine Frau entführt hatten und sie zum Liebemachen zwangen. Martin fasste den in Leder gehüllten Knüppel ins Auge.

»Okay, verstehe«, kam es von Robert Beck nach einer Ewigkeit. »Dann müssen wir mal mit deiner Mutti ein Wörtchen reden.«

»Sie weiß nichts«, brüllte Martin zurück. »Gar nichts.«

»Echt nicht?«

»Nein, ich schwöre.«

»Dann weiß sie also nicht, wo du heut Nacht gewesen bist?«

»Das hab ich nicht gesagt.«

»Was denn nun? Weiß Lisbeth Bescheid oder nicht?«

Martin tapste zur Tür, verharrte aufrecht vor ihr und sprach den Satz aus, den seine Mutter viel zu oft wiederholt hatte und den er im Grunde falsch und unehrlich und verharmlosend fand. »Ich bin geheilt, das haben die Ärzte festgestellt. Ich bin geheilt.«

»Und ich bin nicht mehr fett«, grölte Lasse und fuhr sich lachend über den Wanst.

»Ich glaube dir«, sagte Robert fast schon einfühlsam. »Deine liebe Mutti sieht das bestimmt genauso.«

Martin malte sich aus, was die Männer schlimmstenfalls mit ihr machen würden, stellte sich vor, wozu einige seiner Mitpatienten fähig gewesen waren. Als etwas mit einem Knall gegen die Tür rumste, schreckte er zurück ins Dunkle. Der Besenstiel sprang hinter der Klinke hoch, und er dachte an den Wasserkessel, sah in Gedanken die Küche lichterloh brennen. »Angst blockiert, fesselt und schränkt ein«, flüsterte er in einer Art Selbstbeschwörung. »Du darfst dich von ihr nicht leiten lassen.« Er fasste in die Kiste, trat wieder an die Tür und wischte sich den Schweiß von der Stirn. Mit gesenktem Kopf raunte er gegen die Bretter: »Verbanne jeden unerwünschten Gast aus deinem mentalen Gebäude. Jeden.«

»'tschuldige«, sagte Beck. »Ich hab dich nicht verstanden.«

Martin zog den Besenstiel hervor, öffnete die Tür und blinzelte über die Köpfe der Männer hinweg in einen klaren, eisblauen Himmel.

Irgendwas zerbrochen

»Lennart hat diesen Deal mit Martin Berger gehabt. Er verpfeift ihn nicht bei der Polizei, dafür darf er das Moped benutzen. Im Nachhinein klingt es, als hätte dein Bruder sonst was Schlimmes getan, aber das stimmt nicht. Berger hat Scheunen und Ställe abgefackelt, da sind keine Menschen drin gewesen. Niemand von uns hat den blassesten Schimmer gehabt, was so ein Stall oder Schuppen wert war. Und die Tiere. Na ja …« Er verschob das Foto, das vor ihm auf dem Tisch lag, um wenige Zentimeter. »… die haben wir jeden Tag vor der Nase gehabt. Das sind keine süßen Delfine, keine Pandas oder Eisbären aus der ›medizini‹ gewesen. Das war für uns bloß Viehzeug, wie für alle anderen auch. Fast schon Gegenstände, die herumstanden und Muh und Mäh machten. Warum Martin darauf so abgegangen ist, kann ich nicht sagen. Vielleicht hat es mit seinem Alten zu tun gehabt. Der Sadismus steckt ihm ja im Blut.«

Je länger David die Vergangenheit heraufbeschwor, desto stärker offenbarte sich in seiner Art das Wesen der Majakowskis – kühl, distanziert, rechthaberisch.

»Irgendwann hab ich das Moped benutzt, ohne Lennart Bescheid zu sagen. Wie hätte das auch funktionieren sollen?

Er hätte mich ständig gelöchert, wo ich hinfahren will. Ich konnte ihm ja schwerlich anvertrauen, dass ich mich mit seiner Mutter treffe.«

Er hob das Gesicht, und sie glaubte, unter der Fassade ein Zittern seiner Lider zu erkennen, ein zartes Beben seiner Lippen.

»Alles, was ich dir über unsre Beziehung erzählen kann, würde dir eh nicht weiterhelfen. Aber eins sollst du wissen: Deine Mutter ist in eurem Haus nicht glücklich gewesen, hundertpro nicht.«

Anna spürte, wie sich ein Gift in ihrem Körper ausbreitete, doch der Punkt, an dem man es noch hätte erbrechen können, war bereits überschritten. Sie umfasste die Tischkante so fest, dass die Adern auf ihrem Handrücken hervortraten.

»Am 16. März hat sie unsere Beziehung beendet. Genau einen Tag, bevor dein Vater von seiner Dienstreise nach Hause gekommen ist. Sie hat gesagt, sie will das nicht mehr, sie hätte einen großen Fehler gemacht, und ich soll mir keine Sorgen machen. Die Welt dreht sich weiter, und ich werd mich bald in eine andere Frau vergucken, eben der ganze Müll, den man in solchen Momenten nicht hören will.«

Über sein linkes Augenlid perlte eine einzelne Träne, die sich in den unteren Wimpern verfing; kein Blick zur Seite, keiner an die Decke oder auf den Fußboden, kein Versuch, ihren Augen auszuweichen. Das Gift in seinem Körper war ein anderes.

»Ich hab ihr beteuert, dass ich sie liebe und für immer lieben werde. Ich wollte mich nicht im Gutshaus abschuften, und überhaupt hätte ich alles getan, um mit ihr durchzubrennen. Was für ein Leben hat sie denn geführt? Eine Hausfrau, die sich in den Alkohol flüchtet. Mit einem Sohn, der ihr auf der Nase herumtanzt, und einem Mann, der lieber in einem Hotelbett schläft als zu Hause. Das war ihre Wirklichkeit, ihre tägliche Soap. Aber meine Sicht hat sie nicht interessiert, nicht einmal, dass ich keine Frau vor ihr gehabt habe und auch keine nach ihr haben wollte. Sie hat nur gemeint, Fehler lassen sich ausbügeln, das Leben geht weiter. Ich hab innerlich so gekocht und mich gleichzeitig außerstande gefühlt, einen Wutanfall zu kriegen. Ich wollte explodieren, einfach explodieren und wild um mich schlagen. Dinge kaputt machen. Stattdessen bin ich, feige, wie ich war, abgehauen.«

Anna wartete darauf, dass er laut auflachte und ihr sagte, alles sei erstunken und erlogen, alles ein Scherz; erst dann wäre es ihr möglich, ihre Finger von der Tischkante zu lösen.

»Zu Hause ist es allerdings nicht besser geworden«, fuhr er fort. »Im Gegenteil. Meine Eltern haben bloß von der Sanierung gelabert, tagein, tagaus ging es um Schulden und Kredite, den ganzen materiellen Scheiß. Am Sonnabend ist es dann über mich gekommen. Ich hab mir das Moped geschnappt und bin zu euch gefahren. Hatte mir ernsthaft eingebildet, das reinste Chaos vorzufinden, deine Mutter aufs Moped zu verfrachten und mit ihr durchzubrennen. Zu meiner Überraschung ist alles mucksmäuschenstill gewesen, obwohl es gerade mal elf war. Also hab ich mich ins Haus geschlichen, um mir ein Bild zu machen. Und dann das ... Deine Eltern haben im Schlafzimmer gelegen, als wären sie das glücklichste Paar der Welt. Eng umschlungen und nackt. In der Wohnstube haben Kerzen gestanden und zwei offene Weinflaschen. Von wegen kaputte Bilder und zerdepperte Vasen. Nach ’nem handfesten Krach hat das nicht ausgesehen. Selbst die Glotze lief, als hätten sie ’nen gemütlichen Abend mit ›Wetten, dass..?‹ verbracht, und plötzlich ist irgendwas in mir zerbrochen, ohne Knall und Tara. Ganz leise. Ich hab eine Kerze unter die Gardine gestellt und draußen gewartet, hab gehofft, sie würde mit ’ner Mordsangst rausgerannt kommen. Ich wollte ihr nur beweisen, dass das Leben kein Wunschkonzert ist, dass es in der Welt Konsequenzen gibt, Konsequenzen und Schmerzen.«

Er zog das Foto zu sich heran, senkte den Kopf und betrachtete es mit feuchten Augen. »Ich bin kein Mörder, ich bin nicht wie Martin. Ihm macht es Spaß, Tiere zu quälen und anderen Menschen Leid zuzufügen. Mir nicht.«

Anna riss den Tisch hoch, sodass er in Davids Richtung und gegen seinen Bauch schlug. Der Stuhl kippte mit ihm zu Boden, und sie umrundete den Tisch, sank vor David nieder und stemmte ihr Knie auf seinen Brustkorb, dann zog sie den Kugelschreiber aus ihrer Manteltasche, neigte sich über ihn und hielt ihm die Spitze vor das Auge. »Schau mich an, verdammt noch mal!«

David kniff die Augen zu, und sie sah, wie sich die Tränen durch seine geschlossenen Lider pressten.

»Guck dir an, was du angerichtet hast!«

Sie drückte ihm den Kugelschreiber auf das nasse Lid und befahl ihm, die Augen zu öffnen, sonst ramme sie ihm die Mine ins Hirn. Zuerst flatterten seine Lider, dann bebte sein ganzer Schädel, als hätte er einen epileptischen Anfall. Sie griff ihm ins Haar, fixierte seinen Kopf auf dem Parkett und schaute ihm in seine großen kindlichen Augen, wobei ihre Finger genauso ruhig blieben wie der Kugelschreiber, der knapp über seiner Pupille schwebte. Sie bekam wieder Luft, endlich.

Tot, tot, tot

Ihr Onkel umschlang sie von hinten und zerrte sie von David herunter. In einem ersten Reflex ließ sie den Kugelschreiber fallen und packte Stephans Unterarme, doch versuchte sie nicht, ihn loszuwerden, sondern hielt sich an ihm fest, umklammerte ihn, als würde sie sonst in den Abgrund stürzen, der sich unter ihr aufgetan hatte.

»Sie hat den Verstand verloren«, sagte David und kroch rückwärts gegen die Wand. »Plötzlich ist sie ausgerastet.«

Stephan zerrte sie über das Parkett, brachte Abstand zwischen sie und seinen Sohn, hielt sie weiter umschlungen. Sie hatte das Gefühl, er würde sie sachte wiegen, aber ihr Verstand wusste es besser: Ihr Onkel war zu einer derartigen Geste nicht imstande, und dennoch schienen sie sich niemals so nah gewesen wie in diesem Augenblick.

»Pass bloß auf, Papa«, rief David herüber.

»Sei ruhig«, antwortete Stephan. »Du weißt, dass sie nichts dafür kann.«

David wischte sich die Tränen ab, und binnen Sekunden wandelte sich sein Gesichtsausdruck. Was vorher verstört und angsterfüllt gewirkt hatte, verschwand hinter einer Maske der Selbstbeherrschung. Er rappelte sich an der Wand hoch und beteuerte:

»Es tut mir leid. Das habe ich nicht gewollt.«

»Was hast du nicht gewollt?«, wollte Helene wissen, die unbemerkt in der Tür aufgetaucht war.

Stephan stemmte sich ebenfalls auf die Beine und betrachtete seinen Sohn. Anna, die noch am Boden kauerte, sah die Irritation in den Gesichtern ihres Onkels und ihrer Tante, aber niemand fragte nach; stattdessen schwiegen sie wie Menschen, deren dunkle Ahnung im Dunklen verbleiben sollte.

Anna kämpfte sich hoch, stand nun ihrer Familie gegenüber, sie auf der einen Seite des Zimmers, Stephan, Helene und David auf der anderen.

»Du hast es gewusst, nicht wahr?«

Ihre Tante reagierte nicht.

»Du bist die anonyme Anruferin. Du hast Willys Aufmerksamkeit auf Martin Berger gelenkt, genauso, wie du es jetzt wieder versucht hast.«

Die Stille nach Annas Worten war lauter als das Bersten glühender Holzscheite, das Wehklagen der Zurückgebliebenen, die Sirenen einer Feuerwehr, die durch die Nacht eilt, um zu retten, was nicht mehr zu retten war. Eine Stille lauter als Wut und Zorn.

»Zum Glück hat dich der Rauchmelder nicht im Stich gelassen«, fuhr Anna fort. »Oder hast du im Wintergarten Wache geschoben?« Sie schnallte sich ihren Rucksack über, trat auf Helene zu und registrierte mit Genugtuung, dass ihre Tante einen Schritt zurückwich. »Und Martin Berger ist wieder der Sündenbock, damit dein Sohn davonkommt.«

»Das wirst du nie verstehen«, entgegnete Helene.

»Richtig, ich bin bloß ein gefühlloser Eisblock. Ein unheimliches Ding.«

»Vergiss nicht, dass David dich gerettet hat.« Helene sprach mit einer Überzeugung, gegen die es nicht anzukämpfen lohnte. »Er hat dich aus dem Haus geschleppt. Ohne ihn wärst du jetzt tot.«

»Tot, tot, tot«, sagte Anna und schaute Stephan, Helene und David nacheinander an. »Tot, tot, tot.« Ohne ein weiteres Wort ging sie an ihnen vorbei und durch die Tür, lief hinaus ins Freie und ließ das Gutshaus hinter sich, wie sie es schon einmal getan hatte.

Fischfang

Robert hatte ihn tatsächlich dazu bewegen können, die Garage zu verlassen. Martin Berger war durch die Tür getreten, und seine Arme baumelten schlaff herunter, während seine Handflächen nach vorn zeigten, als wollte er auf wehrlos machen oder den heiligen Dingsbums spielen.

»Und was nun?«, fragte Danny leise.

»Wir werden ihm Manieren beibringen«, erwiderte Lasse. »Haben sie ja in der Klapse versäumt.«

Obwohl sie allerlei Pläne ausgeheckt hatten, um ihn aus der Garage zu locken, wusste anscheinend niemand, worauf ihr Besuch eigentlich abzielte. Mit Ausnahme von Lasse. Der streckte seine Linke in Richtung Berger und rief:

»Stopp, mein Freundchen.« Seine Schweinsaugen funkelten unter der Nickelbrille. »Wehe, du rührst dich auch nur einen Zentimeter von der Stelle.«

»Immer schön locker«, sagte Robert, und Danny war sich unschlüssig, wen von beiden er meinte: Lasse, der sich langsam zur Garage bewegte, oder Berger, der ebenso langsam auf die Gruppe zusteuerte.

»Mir ist scheißegal, was du letzte Nacht angestellt hast«, erklärte Lasse. »Wir beide haben noch ’ne Rechnung offen.« Er winkelte die Arme an, als wollte er ihn mit Schwung wieder durch die Tür stoßen.

Berger machte einen Schritt seitwärts, fasste unter seinen Weihnachtspullover und zerrte etwas hervor, das Danny an einen Riesenpimmel erinnerte. Zunächst konnte er sich nicht entscheiden, ob er vor Entsetzen lachen oder schreien sollte; dann schwang Berger den Prügel durch die Luft und ließ das ledrige Ende auf Lasses Bauch knallen. Was Danny im Hals stecken blieb, war kein Lachen, sondern ein Schrei.

Robert und Kevin wichen zurück, während Lasse zu Boden sank. Im Schnee liegend hielt er sich die Wampe und produzierte eine Kakofonie aus Schreien, Geheul und Flüchen. Robert, der sich von allen am schnellsten sammelte, drückte Kevin in die zweite Reihe und näherte sich Berger mit einer Geste der Beschwichtigung.

»Mannomann«, sagte er. »Reit uns bloß nicht in die Scheiße.«

Martin Berger schien die Sicherung durchgebrannt zu sein. Wie von Sinnen schwenkte er den Prügel umher, mal bauchwärts, mal in Kopfhöhe, und erst als Danny zu Robert aufschloss, identifizierte er das Ding in Bergers Hand. Ein Totschläger, eindeutig. Offensichtlich sogar ein Prachtexemplar aus der glorreichen Zeit des Fischfangs.

Robert winkte Danny und Kevin heran, dann bildeten sie gemeinsam einen Halbkreis und gingen Schritt für Schritt auf Berger zu.

»Du bist fällig«, keuchte Lasse hinter ihnen.

Ohne Vorwarnung machte Berger einen gewaltigen Sprung in ihre Richtung, und sobald der Totschläger vor ihnen die Luft teilte, zerstreute sich die Formation wie ein aufgescheuchter Schwarm Stichlinge. Robert rannte nach links, Danny nach rechts und Kevin sogar bis ans Haus.

»Leg das weg«, forderte Robert, und seine sonst eher milde Stimme hatte jede Ruhe verloren. »Leg das Ding weg oder es wird hässlich enden.«

Anstatt einzulenken, schnellte Berger vorwärts und drängte Robert zurück, dann rannte er an der Garage entlang, hievte sich über das Tor und spurtete aufs Feld hinaus. Danny tauschte mit den Männern einen kurzen Blick: Allen stand eine wilde Entschlossenheit ins Gesicht geschrieben. Auf Roberts Nicken hin setzten sie sich in Bewegung, folgten Berger durch das Gatter und über das Feld.

Obwohl Dannys Stiefel bei jedem Schritt im Schnee versanken, ließ er Robert und Kevin rasch hinter sich. Bald waren er und Berger auf gleicher Höhe, dann rutschte Berger aus, sodass Danny ihn überholen konnte. Er wandte sich um und spreizte die Arme, als wollte er ein ausgebüxtes Kalb ins Gehege treiben. Sein erster klarer Gedanke: Er hatte seine Basecap verloren. Unvermittelt fühlte er sich nackt.

Berger mühte sich hoch, wischte sich die Stirn und blinzelte in den blauen Himmel. Mit flachen Atem fragte er:

»Seid ihr nicht Freunde gewesen?«

»Kann sein«, erwiderte Danny.

»Ich hab euch oft zusammen gesehen.«

»Schön für dich.«

Jetzt, wo er Berger direkt gegenüberstand, fiel ihm auf, wie ihm der Schweiß übers Gesicht rann und er gleichzeitig am ganzen Leib zitterte. Zu seiner Verblüffung trug er keine Schuhe, sondern war in Socken, die knöcheltief im Schnee steckten. Seine Hose triefte vor Nässe, in seinem Bart glitzerte das Schmelzwasser. Er schwang den Totschläger vor sich her, doch fehlte der Bewegung jede Kraft.

»Wir sind auch Freunde gewesen«, ächzte Berger.

»Du und Lennart?«

»Ja.«

»Davon träumst du höchstens.«

»Er hatte einen wunderbaren Humor.« Berger ließ die Arme hängen. »Es tut mir leid, dass er gestorben ist. Ehrlich.«

Danny wusste nicht, was er darauf entgegnen sollte; zudem missfiel ihm, dass Berger von Lennart sprach, vor allem in dieser Art und Weise. Er raffte die Kapuze seiner Jacke über den Kopf, um sich weniger nackt und wehrlos zu fühlen. Hinter Berger näherten sich Robert und Kevin, und in ungleich größerer Entfernung kämpfte Lasse um jeden Meter.

Berger drückte sich einen Handballen aufs Auge.

»Im Innern des Baumes«, rief er. »Im Innern des Baumes sitzt du, du allein.«

Danny glaubte, eine tiefe Resignation aus seiner Stimme herauszuhören. Da holte Berger mit dem Totschläger aus und setzte auf ihn zu, doch noch ehe das Ding ihm den Schädel hätte zertrümmern können, sprang Robert ihm in den Rücken. Berger sackte zu Boden, und Kevin stürzte sich auf ihn. Danny war völlig perplex. Robert rollte sich zur Seite, und der kleine Schisser bearbeitete Berger weiter, indem er ihm irgendetwas in den Bauch rammte, einmal, zweimal, immer wieder, und der Schnee färbte sich dunkelrosa.

Erst als Robert sich erhob, entfernte sich auch Kevin von Berger. Aus dessen Mund quollen Blut und Speichel, seine Augenlider bebten wie aufgefächerte Kiemen.

»Das hast du nun davon«, triumphierte Lasse, der völlig außer Atem zu ihnen aufschloss. »Und das ist für Charlie.« Er trat ihm in den Bauch und im selben Moment kam ein Schwall Blut über Bergers Lippen; dann ließ Lasse, scheinbar unbeeindruckt und rasend vor Wut, Fußtritt auf Fußtritt folgen, bis Robert ihn an den Schultern fortzerrte.

Zu viert glotzten sie auf ihn herab, schweigend und außer Atem. Danny hörte, wie Kevin die Klinge seines Taschenmessers einklappte, ein Geräusch, nach dem es lange still blieb. Er hatte keine Ahnung, ob Berger vor ihren Augen den Löffel abgab; er war noch nie einem Menschen begegnet, der im Sterben lag, allerdings wusste er eines mit Sicherheit: Bei Bewusstsein war Berger nicht. Sein Körper lag reglos da, und hätte das Blut nicht wirre Muster auf seine Haut gezeichnet, wäre sein Gesicht bleicher als der Schnee gewesen. Alles ringsum war von roter und weißer Farbe, genau wie sein Weihnachtspullover.

Alles in Ordnung?

»Du weißt aber schon, dass ich dich hasse.« Anna wischte die beschlagene Windschutzscheibe frei und spähte zu dem Haus hinüber.

»Und deswegen soll ich mitkommen?«, fragte Willy.

»Das ist das Mindeste, was du für mich tun kannst.«

»Ich für dich tun kann?«

»Ja, als eine Art Entschuldigung.«

»Tut mir leid, Anna. Dort kriegen mich keine zehn Pferde rein.«

Das zweistöckige Haus, in dem Martin Berger wohnte, wirkte nicht weniger einsam und verlassen als Willys Grundstück: Beide lagen außerhalb von Gollwitz und inmitten weiter Felder, beide wurden von der Witterung gebeutelt wie vernarbte Findlinge. Anna schnappte sich ihren Rucksack aus dem Fußraum und öffnete die Tür.

»Willst du dir nicht den Mantel überziehen?«, fragte er.

»Ach, ist der Herr plötzlich um mich besorgt?«

Er schaute abwärts, und sie bemerkte seine Verlegenheit. Sie sagte, dass ihr der Pullover genüge, wonach Willy auf das Bügelbild zeigte.

»Ist das die Type vom Planeten Melmac?«

»Da kennt sich ja einer aus.«

»Auch wenn ich keine Kinder hab, weiß ich, was Kinder mögen.«

»Gemocht haben«, erwiderte Anna und fand in Willys Antwort einen Trost, den sie nicht erwartet hatte. Sie drückte die Tür zu, schob die Hände in die Bauchtaschen und lief den Falkenberger Weg entlang. Im Schnee eine einzige Spur, anscheinend die Fahrrinne eines Mopeds. Sie war noch keine 20 Meter gestiefelt, da dröhnte ihr Willys Stimme hinterher.

In der vagen Hoffnung, dass er sie doch begleiten würde, drehte sie sich um.

»Pass bloß auf«, schrie er über das Autodach hinweg. »Die Alte hat 'n Hackebeil.« Er stieg wieder in den Wagen, und sie legte den Rest der Strecke allein zurück.

Nach einmaligem Klopfen öffnete Frau Berger die Tür. Aus dem Innern des Hauses strömte ein übler Brandgeruch, und Anna spürte die Spinnweben, die ihr seit heute Morgen die Kehle verklebten. Sie trat zurück, hustete in die Hand und entschuldigte sich.

»Ja, bitte?« fragte Frau Berger. Sie trug Jogginghose und Strickjacke, ihre Füße steckten in Hauspantoffeln mit flauschigen Bommeln. Noch ehe Anna hätte antworten können, meinte sie:

»Ich hab Sie vorhin gesehen.« Ihr Blick wurde misstrauisch. »Vorhin am alten Gutshaus.«

»Ich habe Sie auch gesehen. Unten am Ufer.«

»Ja, und … Was wollen Sie?«

»Mein Name ist Anna Majakowski.«

Es war ein sonderbares Gefühl, ihren Namen vor dieser Frau auszusprechen, ein sonderbares Gefühl und gleichzeitig eines, das sie nicht mehr zu einem Kind schrumpfen ließ. Entgegen Annas Befürchtung musste Lisbeth Berger nicht erst umgestimmt werden, damit sie ihr Einlass gewährte. Die Frau führte sie in die Küche und bot ihr einen Platz an, während sie selbst am Herd stehen blieb. Der Tisch war Teil eines Sitzecke und für zwei Personen gedeckt, in einem Korb frische Schrippen, auf einem Teller angeschnittener Kuchen.

»Entschuldigen Sie den Gestank«, gab Frau Berger zu verstehen. »Mir ist der Kessel durchgeschmort.«

»Ach, Mist«, sagte Anna und war über ihrer eigene spontane Reaktion erstaunt.

»Einmal nicht aufgepasst und schon isses passiert.« Sie hob

den Kessel aus dem Spülbecken und zeigte ihr den verrußten Boden. »Na ja, Netto hat grad einen im Angebot.«

Anna legte ihre Hände in den Schoß und lauschte der Frau, die ohne jede Aufforderung zu erzählen begonnen hatte. Früher seien die Schrippen billiger gewesen und statt Sahne hatte man richtigen Pudding im Kuchen erwarten können. Früher sei vieles besser gewesen, nur eben nicht das, was hätte besser sein sollen. Ein seltsamer Satz aus dem Mund dieser Frau. Anna nickte höflich, sagte »ja« und »na so was«, und obwohl die Frau größtenteils banales Zeug von sich gab, schien sie sich jedes einzelne Wort abringen zu müssen. Mit Blick auf den gedeckten Tisch fragte Anna schließlich:

»Ist Ihr Sohn zu Hause?«

Frau Berger schüttelte den Kopf.

»Aber er kommt gleich, oder?«

»Martin weiß, dass ich bloß zum Bäcker wollte.«

Lisbeth Berger verstummte und fing an, irgendwelche Gegenstände zu verrücken, schob den Kuchenteller in die Tischmitte, danach auf die Anrichte und entschloss sich letzten Endes, jedes einzelne Stück Kuchen nochmals zu halbieren. Statt in dem durchgeschmorten Kessel erhitzte sie das Wasser in einer Kasserolle. Beiläufig erkundigte sie sich bei Anna, was sie in Berlin so treibe. Seit ihrer Ankunft vor vier Tagen war Lisbeth Berger der erste Mensch, der sich dafür zu interessieren schien.

»Ich arbeite in einem Jugendklub«, erklärte Anna. »Und meine Kollegin wird ziemlich sauer auf mich sein.«

»Warum?«

»Ich hätte gerade Dienst.«

Sie verzog den Mund, worauf Frau Berger unbestimmt mit den Schultern zuckte. Dann fragte sie Anna, ob sie verheiratet sei.

»Nein«, entgegnete sie. »Mein Freund hat die Flucht ergriffen.«

»Hat wohl nicht gepasst?«

Anna verdrehte die Augen. »Und sind Sie verheiratet?«

»Ich war.«

In der Annahme, ihr Mann sei wegen schwerer Krankheit verschieden, hakte Anna nicht nach.

»Ich hab Jörg rausgeschmissen.« Frau Berger offenbarte ein Grinsen, das viel zu subtil für ihr grobes Gesicht wirkte. »Nur leider zu spät. Ich hätte es früher tun sollen.«

»Ja«, seufzte Anna. »Das lässt sich von vielen Dingen sagen.«

Mittlerweile war eine halbe Stunde verstrichen, und Anna trank die zweite Tasse Kaffee. Frau Berger hatte ihr ein Stück Kuchen angeboten, das sie aus reiner Höflichkeit nicht abgelehnt hatte und nun mit vorsichtigen Bissen aß. Ihre erste Mahlzeit seit Tagen. Sie schaute zum Fenster und sah in Gedanken Willy frierend und voller Ungeduld seinem Oldie-Sender lauschen; der einsame Mann, der Jahre damit verbracht hatte, eine einsame Frau zu beobachten.

Anna tupfte sich einen Krümel von der Unterlippe und legte ihn wie einen Fremdkörper auf den Tellerrand. »Sie wissen, dass ich wegen Ihrem Sohn hier bin?«

»Hab mir schon gedacht, dass Sie mir nix andrehen wollen.«

»Um ehrlich zu sein, ich hab ein paar Kessel im Rucksack. Sogar mit nostalgischem Pfeifton.«

Sie grinsten einander an, freundlich und doch lauernd. Während Annas Mundwinkel wieder sanken, breitete sich zwischen ihnen ein Schweigen aus, das sie von prekären Elterngesprächen kannte; es stellte sich meist ein, nachdem man Eltern erläutert hatte, dass ihr Kind nicht nach Hause wolle, weil dies oder das vorgefallen sei, ein Schweigen, das sich in Flucht, Tränen oder lautstarker Empörung entlud.

»Ich werde Ihnen nichts über Martin erzählen«, meinte Frau Berger entschieden. »Das können Sie gleich vergessen.«

»Keine Sorge, ich will mit ihm selbst sprechen.«

»Aber nur, wenn er Lust dazu hat.«

Anna schaute auf ihr Handy. »Sind Sie sich sicher, dass er zum Frühstück kommt?«

»Martin hat noch nichts gegessen.«

Anna nickte. »Ich muss jedenfalls in ein paar Minuten los.«

»Tja, dann soll's wohl so sein.«

»Eine Bitte hätte ich noch.« Anna schob die Unterarme auf die Tischplatte und hoffte, ihrem Blick eine beherzte Offenheit zu verleihen. »Ich würde gern sein Zimmer sehen.«

»Woher wissen Sie, dass er hier ein Zimmer hat?«

»Haben nicht alle Kinder eins bei ihren Eltern?«

In Lisbeth Bergers Augen erstrahlte ein kümmerliches Licht – das Signalfeuer eines Leuchtturms, das durch die Nacht aufs Meer blinkt, um im nächsten Moment wieder abzudrehen. Sie stand auf, räumte die Tassen in die Spüle und blickte zum Fenster hinaus. »Von mir aus«, murmelte sie, »danach müssen Sie aber gehn.«

Als Anna ihr in die Stube folgte, hatte sie das Gefühl, sie betrete eine Filmkulisse. Schnitt und Inventar waren ihr aus Willys Video bekannt, nur die Größe widersprach ihrem damaligen Eindruck: Die Stube war klein, fast bedrückend, und die Dachschräge verstärkte diese Enge. Bis auf ein Comicheft vor dem Bett und einem Ordner nahe dem Ofen konnte sie nichts Persönliches von Martin Berger entdecken; die Stube wirkte gesäubert und leergeräumt wie ein Zimmer, das man zur Weitervermietung anbieten möchte.

Anna trat ans Fenster und schaute auf einen Hühnerstall hinab. Automatisch fragte sie sich, ob er auch Hühner in Brand gesetzt hatte, vielleicht sogar die eigenen, und womöglich hatte ihr Bruder davon gewusst. Angeekelt von ihrer eigenen Fantasie wandte sie sich ab und inspizierte erneut die Stube. Auf dem Schreibtisch ein Walkman und eine leere Kassettenhülle, sonst nichts. Die Wände waren kahl, lediglich in der Dachschräge entdeckte sie ein paar winzige Löcher, die von

Nägeln oder Schrauben stammten; offenbar hatte die Stube nicht immer so kahl ausgesehen.

»Wird Ihr Sohn hierbleiben?«

»Wo soll er denn sonst hin?«, entgegnete Frau Berger und setzte sich aufs Bett. »Ich bin seine ganze Familie.«

»Seine ganze Familie«, wiederholte Anna leise.

»Was haben Sie gesagt?«

»Nichts. Hab bloß laut gedacht.«

Anna öffnete den Kleiderschrank, worauf sich Frau Berger ruckartig erhob. »Ich hab Ihnen nicht gestattet, hier rumzuschnüffeln.«

»'tschuldigung.«

Allein der flüchtige Blick durch den Türspalt hatte Anna genügt: Der Schrank war ebenso leer wie die Stube. Sie wandte Frau Berger den Rücken zu, kniete vor dem Ofen nieder und öffnete den Ordner. In einer grazilen, äußerst sauberen Handschrift hatte jemand an die hundert Blätter vollgeschrieben. Sie begann, die Zeilen zu überfliegen, ehe Frau Berger ihr auch das verbieten würde.

Politische Ereignisse stand auf einer Seite, darunter Stichpunkte wie *Serbien brodelt* oder *Krieg in Tschetschenien,* außerdem Notizen zu einer Flugzeugentführung im Sudan. Eine Überschrift lautete *Anschlag auf türkische Einrichtungen*, folgend ein Text, der sich mit einer Terrorserie beschäftigte: Bilder ausgebrannter Restaurants und Reisebüros. PKK, Neonazis, Täter unbekannt. Von einer Hochzeit im spanischen Königshaus war zu lesen, und zum Ende hin fand sich eine Sammlung diverser Listen: 22. Spieltag der Bundesliga, Tabellenführer Borussia Dortmund, die Singlecharts mit Titeln wie »'74–'75« von The Connells, »Love Is All Around« von DJ Bobo, »Zombie« von den Cranberries. Die letzte Seite präsentierte Wetterdaten wie Temperatur, Luftfeuchtigkeit und Windrichtung.

»Was machen Sie da?«, wollte Frau Berger wissen.

»Ich guck mir bloß den Ordner an«, erwiderte Anna mit gespielter Lässigkeit. »Er hat irgendwelche Lottozahlen notiert und dann die Quersummen ausgerechnet. Die reinste Zahlenmystik.«

»Martin ist schon immer ein kluger Junge gewesen.«

»Hier hat er das Fernsehprogramm aufgelistet, sogar der Ablauf von ›Wetten, dass..?‹ ist genauestens beschrieben. In der Außenwette ist ein Kandidat einen Turm mit 32 Stockwerken hochgelaufen.«

»Er musste schneller als der Fahrstuhl sein.«

»Stimmt. Haben Sie die Sendung gesehen?«

»Ja, und zwar mit Martin.«

»Ist bestimmt lange her.«

»Es war die Sendung vom 18. März 1995.«

Anna zuckte auf, als wäre sie beim Lesen eingenickt; das unangenehme Gefühl, aus tiefer Bewusstlosigkeit hochzufahren, und das dermaßen abrupt, dass sich einem der Magen umdrehte. Sie würgte und hielt sich die Hand vor den Mund.

»Alles in Ordnung?«, erkundigte sich Frau Berger.

»Jaja«, presste Anna hervor.

Alle Geschehnisse, die in dem Ordner vermerkt waren, bezogen sich auf einen Zeitraum von 24 Stunden. Martin Berger hatte tatsächlich den 18. März zwischen zwei Pappdeckel zu packen versucht. Sie blätterte von hinten nach vorne, fand aber keine Überschrift, die sich mit ihrem Schicksal befasste, keinen Satz, der die Brandstiftung ins Weltgeschehen einfügte. Nirgends war zu lesen: *Leid und Elend im Havelland. Die Feuernächte von Gollwitz. Das traurige Schicksal eines Kindes. Anna Majakowski, die einzige Überlebende der Brandnacht.* Nirgends. Martin Bergers Ordner war das Gegenstück zu Willys Wandzeitung.

»Sie sollten das nicht lesen«, sagte Frau Berger. »Das gehört nicht Ihnen.«

»Tut mir leid«, entschuldigte sich Anna. »Ich muss ohnehin los.«

»Ich denke, das ist auch besser.«

Frau Berger richtete sich auf und glättete das Bettzeug an der Stelle, wo sie gesessen hatte. Der Stoff ihrer Strickjacke war auf dem Rücken bleich und durchgescheuert, als hätte sie in dieser Jacke bereits Jahrzehnte zugebracht, stets im gleichen Sessel, stets an die gleiche Stuhllehne gerückt, und kein Mensch in der Nähe, der ihr klargemacht hatte, was sie nicht im Spiegel sehen konnte.

»Ich weiß«, sagte Anna, »dass Martin meine Familie nicht auf dem Gewissen hat.«

Lisbeth Berger wandte sich um, und die beiden Frauen standen sich gegenüber, allenfalls zwei Schritte voneinander entfernt.

»Sagen Sie ihm das, bitte.«

Martin Bergers Mutter rührte sich nicht; allein das Misstrauen schien in ihrem Gesicht mit einer anderen Regung zu ringen, einer Regung, die Anna nicht zu deuten vermochte. Schließlich meinte Lisbeth Berger:

»Sie arbeiten doch mit Kindern?«

»Ja, warum fragen Sie?«

»Bestimmt liest eins von denen so 'n Zeug.« Sie reichte Anna das Comic, das auf dem Boden gelegen hatte. »Ich hab keinen Schimmer, woher das stammt. Aber ein erwachsener Mann sollte so was nicht lesen.«

»Das Sumpfding«, flüsterte Anna.

»Sieht ziemlich gruselig aus, oder?«

»Gruselig?«, sagte Anna. »Ich finde, es sieht traurig aus.«

Eisangeln

Eine knappe Stunde, nachdem Martin Berger auf dem Feld zu Boden gegangen war, fanden sie eine geeignete Stelle am Schwarzen See. Sie saßen allesamt in Kevins Nissan, weil Robert gemeint hatte, drei Autos würden unnötig Aufmerksamkeit erregen. Aus den Boxen plärrte irgendein endloses Gitarren-Solo, das Kevin schon früher rauf und runter gehört hatte, eigentlich die Art von Musik, die man kaum freiwillig oder nur auf Drogen ertrug, doch jetzt – mit Bergers Körper im Kofferraum – verkniff sich Danny jeden Kommentar.

Das Gitarren-Solo erstarb in einem dunklen Rauschen, und sie verließen gemeinsam das Auto. Kevin Hübner, Lasse Kallabis, Robert Beck und Danny. Sie wuchteten den Leichnam aus dem Kofferraum auf eine goldfarbene Rettungsdecke, wie man sie in jedem Notfallpaket fand, wickelten ihn darin ein und schleiften ihn ans Ufer. Um nicht gesehen zu werden, verblieben sie im Schutz der Böschung. Es war helllichter Tag, und das Schilf raschelte friedvoll in der leichten Brise.

Kevin schlug vor, Bergers Kleidung mit Steinen zu beschweren – das hatte er angeblich in einer Krimiserie gesehen –, und Robert segnete die Idee ab. Also wurde durch Schnick, Schnack, Schnuck entschieden, wer Steine sammeln durfte und wer aufs Eis hinaus musste. Danny verlor und legte postwendend Protest ein:

»Ich dachte, wir spielen ohne Brunnen.«

»Brunnen gehört aber dazu«, sagte Lasse.

»Das heißt Schere, Stein, Papier und nicht Schere, Stein, Papier und Brunnen.«

»Im Kalten Hund ist auch kein Hundefleisch drin.«

»Was is 'n das für 'n bescheuertes Argument«, meinte Danny, und Kevin pflichtete ihm bei. Darauf fragte Robert ihn, ob er anstelle von Danny aufs Eis wollte. Kevin kapitulierte sofort.

Danny schob seine Arme über das Eis und zog anschließend wie ein Gelähmter die Beine nach. Auf diese Weise rutschte er so weit, bis er das Wasser tief genug glaubte und ihn dennoch das Schilf verbarg. Er befreite eine Stelle vom Schnee, starrte abwärts und drohte, sich in dem Sonnenlicht zu verlieren, das von der Schwärze unter dem Eis gespiegelt wurde. Dann hörte er einen Stein an sich vorbeisausen, wandte sich um und sah Lasse die Faust heben. *Fettes Schwein* hätte er gern zurückgeschrien, zügelte sich aber und begann stattdessen, mit Kevins Radschlüssel ein Loch in die Eisdecke zu schlagen.

Das Gehämmer dröhnte ihm bis in die Brust, und jeder Schlag sprengte neue Bilder von Lennart aus seinem Gedächtnis frei: Lennart und er beim Angeln. Lennart und er, während sie Streichhölzer durch die Luft schnippten. Lennart und er auf geheimen Wegen sonst wohin; Lennart und er eng umschlungen und 3,7 PS unterm Hintern. Lennart und er total bekifft zu Akte X und Massive Attack, damals in der guten alten Zeit. Oft hatten sie sich im Rausch vorgestellt, gemeinsam aus Gollwitz zu verduften. Lennart und er, ohne den schönen David.

Ein letzter Schlag, und das eisige Wasser brachte seine Hände zum Zittern. Er schätzte den Durchmesser des Lochs auf einen Meter und winkte Kevin und Robert heran; den fetten Lasse wollte niemand übers Eis stampfen sehen, jedenfalls nicht, solange sie selbst noch drauf waren. Die beiden Männer fassten die Rettungsdecke und zogen den Körper samt Steinen hinter sich her, bis sie das Loch erreichten. Zu dritt schoben sie Martin Berger unter die Eisdecke, kopfüber und ohne Schuhe.

Wetten, dass II

Als Anna sich Willys Auto näherte, sah sie ihn zu einem Song aus dem Radio mitsingen; er klemmte hinter dem Steuer, und sein Mund öffnete und schloss sich wie bei einem Selbstgespräch. Damit er sie vor dem Einsteigen bemerkte und sich nicht genieren musste, machte sie einen weiten Bogen um den Wagen. Dann öffnete sie die Tür, doch das Radio war stumm.

»Und jetzt?«, erkundigte er sich.

»Direkt zum Bahnhof«, antwortete Anna.

»Und was ist mit Berger?«

»Ich will nach Hause, einfach nur nach Hause.«

Sie fuhren die Gollwitzer Chaussee entlang, und die Schneekristalle reflektierten das Licht eines strahlend blauen Vormittags. Anna erzählte ihm, dass Martin Berger nicht zu Hause gewesen sei und seine Mutter auf ihn warte. Willy hörte ihr andächtig zu, wobei in seinem Gesicht wieder ein Ausdruck lag, als fühlte er sich von den Ereignissen voll und ganz bestätigt.

»Sein Zimmer war leer«, sagte Anna. »Total leer.«

»Keine Klamotten im Schrank?«

»Nein, nichts. Alles ausgeräumt.«

»Bestimmt hat er sich abgesetzt.«

»Der ist doch nirgends überlebensfähig.«

»Solche Menschen funktionieren nicht wie du und ich.« Er schob seine Mütze hinter den Haaransatz, was ihm das Aussehen eines übermüdeten Fernfahrers verlieh. »Überleg mal, zwei Feuer in so kurzer Zeit. Bei ihm hat sich garantiert Druck aufgestaut.«

»Ich finde immer noch, dass es nicht nach Berger aussieht.«

»Du redest von dem Bungalow und eurem Wintergarten?«

»Ja.«

»Berger war 20 Jahre weggesperrt. Da ist garantiert 'n Haufen Mist passiert.«

»Und deswegen muss er's gewesen sein?«

»Anna, Menschen verändern sich.«

»Eben, sie verändern sich.«

»Aber nicht unbedingt zum Guten, glaub mir.«

Sie strich mit dem linken Daumen über ihren rechten Handrücken. Dort, wo gestern der Schorf gejuckt hatte, glänzte die Haut in einem dunklen Rosa; schon bald würde die Stelle aufhellen, rauer werden und sich am Ende nicht mehr von anderen Stellen ihrer Hand unterscheiden. Sie lockerte den Anschnallgurt und wandte Willy den Oberkörper zu. »Und was treibst du heute noch?«

»Na, das Übliche.«

»Saufen und Tierfilme glotzen?«

»Quatsch. Ich werd mich auf die Lauer legen.«

»Also Lisbeth Berger beobachten?«

»Jede Wette«, sagte er, »irgendwann kommt er nach Hause.«

Er stellte das Radio an, und die letzten Takte eines Phil-Collins-Songs verklangen, worauf nahtlos »Simply, the Best« folgte. Willy begann, enthusiastisch aufs Lenkrad zu trommeln.

»Du magst Tina Turner, nicht wahr?«

»Ist 'ne starke Frau.«

»Wow, so 'n Satz hätte ich dir gar nicht zugetraut.«

»Eva liebte diesen Schinken aus den 90ern.«

»Du meinst 'What's love got to do with it?'«

Willy lächelte versonnen, und Anna wandte den Blick zum Fenster. Sie dachte an den Spruch, dass der Schnee erst schmelzen muss, ehe man die Scheiße sieht. Wenn das passiert, würde sie weit weg sein – in einer Stadt, wo es zwar keinen richtigen Schnee gab, dafür aber viel Scheiße. Die Jugendlichen in der »Blauen Oase« schleppten eine Menge davon mit sich herum, was für sie wiederum Arbeit und Ablenkung verhieß.

»Im Grunde keine üble Sache«, nuschelte sie.

»Was? Tina Turner?«

»Nein, dass du dich auf die Lauer legst.«

»Ohne Routine wär ich längst unter der Erde.«

»Da wärst du nicht der Einzige, Willy.«

Sie erreichten Rathenow, und an Annas Augen wälzten sich aschgraue Fassaden vorbei, Autos und Busse, deren Karosserien von Matsch und Dreckwasser schmierig waren, lose Abfälle, die den Schnee wie angespültes Treibgut befleckten, hier und dort vereinzelte Menschen, aus deren Gesichtern der Winter jede Farbe getilgt hatte. Alles in bester Routine, sinnierte Anna, und Willy lenkte den Wagen auf den Bahnhofsvorplatz.

»Danke für deinen Einsatz und ...« Sie stockte.

»Was und?«

»Schick mir bitte keine Briefe mehr.«

»Ist versprochen.«

»Auch keine weiteren Anrufe«, fügte sie hinzu. »Jedenfalls keine fiesen.«

Sie streckte Willy die Hand entgegen, und während er mit seinen rauen Fingern die ihren umschlossen hielt, wollte er wissen, ob sie keine Angst vor Berger habe.

»Erinnerst du dich an meinen Besuch auf dem Friedhof?«, fragte sie zurück.

Er nickte.

»Ich glaube, er war nicht wegen mir dort.«

»Sondern?«

»Vielleicht wollte er irgendein Grab besuchen.«

»Klar, das von seinem Papa.« Willys Stimme klang hart und unnachgiebig. »Jeder in Gollwitz weiß, dass die vom gleichen Schlag sind.«

»Das muss nicht sein.«

»Anna, du bist zu naiv für diese Welt.«

»Und wenn schon! So ’n Opa in ’ner schäbigen Weste beschützt mich ja.«

Anna warf die Tür zu, und im Fenster erschien ihr Spiegelbild. Ein großes und ein kleines Auge und darunter ein Grinsen, das sie an einen anderen Menschen erinnerte. Willy drückte aufs Gas, der Astra rollte über den Vorplatz und verschwand an der nächsten Abzweigung. Womöglich fuhr Willy direkt zu Lisbeth Berger, womöglich auch erst nach Hause, um sich eine Kanne Kaffee aufzubrühen.

Sie schulterte den Rucksack, öffnete ihren Mantel und steckte beide Hände in die Bauchtasche ihres Pullovers. Fast wäre es nicht ihr Pulli geworden, denn die Wette mit ihrem Bruder hatte sie verloren: Damals hatte Lennart behauptet, es gäbe einen Feuerteufel und er würde ihn sogar kennen, doch war Anna kein bisschen überzeugt gewesen. Heute wusste sie, dass sie falschgelegen und ihn zu Unrecht für einen Spinner gehalten hatte. Aber weil große Brüder manchmal auch nette Menschen sind, hatte Lennart ihr den Pullover dennoch geschenkt. Sie zog sich die Kapuze über den Kopf, schob die Hände zurück in die Bauchtasche und nahm die Treppe hinauf zum Bahnsteig.

BRANDNACHT II

18. März 1995

Lisbeth saß auf dem Sofa, ein Kissen im Rücken und die Strickjacke geöffnet. Sie neigte sich vor an den Tisch und schob die Tafel Schokolade zu ihrem Sohn hinüber.

»Hier«, sagte sie. »Lass es dir schmecken.«

Martin starrte unverdrossen auf den Fernseher, wobei seine Ellbogen in die Armlehnen des Sessels stachen. Obwohl sie nicht zum ersten Mal »Wetten, dass..?« guckten, war er völlig gebannt, insbesondere von den beiden Klamaukbrüdern, die ihr Geld damit verdienten, sich vor der Kamera zu prügeln. Wenn ihr Mann für jede Schelle, die er austeilte, eine Mark bekommen würde, hätte er sein Auto längst abbezahlt. Immerhin war Jörg heute außer Haus, und sie genoss seine Abwesenheit.

»Martin, willst du kein Stück?«

Er drehte sich um, schaute auf die Schokolade und begann, übers ganze Gesicht zu grinsen. »Mama, du weißt, was gut ist«, schwärmte er, und sie war sich unsicher, ob er sie nicht veräppeln wollte. Er brach sich ein viel zu großes Stück ab, und sie hätte ihn beinahe ermahnt, nicht so zu aasen. Da wurde die Außenwette angekündigt, und Martin rückte bis zur Sesselkante vor. Dieter Soundso wollte die Treppen von irgendeinem Turm hochlaufen und dabei schneller sein als der Fahrstuhl.

»Das schafft der nie im Leben.« Sie schüttelte den Kopf. »Das sind 32 Stockwerke.«

»625 Stufen«, präzisierte Martin. »Ich glaub, dass er's schafft.«

»Niemals. Guck dir das Gerippe mal an.«

»Die Dünnen sind immer die Schnellsten.«

»Hast du nicht hingehört? Der Typ hat's noch nie geschafft.«

»Psst, Mama, es geht los.«

Und Martin stützte die Unterarme auf die Knie und ballte die Hände zu Fäusten, als würde er einen Kumpel anfeuern. Lisbeth hoffte unterdessen, Jörg würde sich im Pub richtig die Kante geben, sehr spät heimkommen und volltrunken ins Bett fallen. Hoffte, er wäre unfähig, sich ihr zu nähern.

»Jetzt ziehen sie gleich«, rief Martin aufgeregt.

»Soll ich dir mal was sagen?«

»Los, Mensch, streng dich an.«

»Schön, dass du heute zu Hause bist.«

»Kein Ding, Mama. Kein Ding.«

Nach zweieinhalb Minuten öffneten sich die Fahrstuhltüren, doch Dieter Soundso hatte die Plattform des Turms noch nicht erreicht.

»Verloren«, sagte Lisbeth. »So ein Idiot.«

Martin schaute sie an, ein bisschen enttäuscht, aber auch ein bisschen erstaunt, und dann platzte es gleichzeitig aus ihnen heraus. Die pure Schadenfreude.

ENDE